四季恋歌

SIJI LIANGE

吉秋昌加 题写

黄玉东 ◎ 主编

中国言实出版社

图书在版编目（CIP）数据

四季恋歌 / 黄玉东主编 . -- 北京：中国言实出版社，2018.6

ISBN 978-7-5171-2669-0

Ⅰ.①四… Ⅱ.①黄… Ⅲ.①散文集－中国－当代 Ⅳ.①I267

中国版本图书馆 CIP 数据核字（2018）第 118280 号

责任编辑：史会美　崔文婷
出版统筹：李满意
责任印制：佟贵兆
封面设计：淡晓库
插　　图：栗　梅

出版发行　中国言实出版社
　　　　　地　　址：北京市朝阳区北苑路 180 号加利大厦 5 号楼 105 室
　　　　　邮　　编：100101
　　　　　编辑部：北京市海淀区北太平庄路甲 1 号
　　　　　邮　　编：100088
　　　　　电　　话：64924853（总编室）　64924716（发行部）
　　　　　网　　址：www.zgyscbs.cn
　　　　　E-mail：zgyscbs@263.net
经　　销　新华书店
印　　刷　北京久佳印刷有限责任公司
版　　次　2018 年 8 月第 1 版　　2018 年 8 月第 1 次印刷
规　　格　889 毫米 ×1194 毫米　1/32　14.125 印张
字　　数　290 千字
定　　价　68.00 元　　ISBN 978-7-5171-2669-0

序一

热 爱

舒 洁

　　《四季恋歌》能够付梓，得益于一种美丽的守望，得益于微信"冬歌文苑"交流群的朋友们，尤其是群主、军旅作家黄玉东。他们奉献宝贵的业余时间，以诚挚与热爱精心打造这一交流平台，始出于心，终获成果。

　　我是这个群体中的一员。

　　这个群体友善、健康、勤奋，他们文字尽管略显稚嫩，但不失本真。为此，玉东付出了巨大的精力与心血。收入本书的文字，大都经玉东亲自编辑展示于平台，获得了朋友们极好的赞誉。

　　黄玉东是著名军旅作家，也是我的好朋友。他的著作《向往大海》出版后，我曾在《文艺报》撰文推介。他的著作是一种蓝色的梦想，"冬歌文苑"同是蓝色的梦想。形象的比喻是，他个人的著作是海，"冬歌文苑"交流群是湖。水的意象的丰富性，决定了《四季恋歌》的基本品质，的确可喜可贺。

　　"冬歌文苑"交流群里有很多可爱的朋友，我与他们相熟于群中；通常，我会将刚刚写就的诗歌发在群里，总会获得鼓励与认同。这就是一个纯粹文化平台存在的意义，彼此尊重，以文会友，倡导正能量，以文怡心。

　　生活繁复，不能没有想象和诗意。玉东深谙其意，他所营造的平台氛围，就如他的性格，率真、诚实、可信。这也是"冬歌文苑"交流群作品得以成书的重要原因。另一个原因是，"冬歌文苑"交流群内有一些极为热情活跃的朋友，其表现让我联想到不计名利的志愿者，他们被黄玉东的人格魅力所吸引，从中付出了很多努力，这就赢得了我的尊重。

　　他们都很年轻。

　　《四季恋歌》是一部年轻的著作。

　　年轻，就是一首美丽的歌！

　　在《还乡》中，英国大作家哈代这样说："总有一天，在整个自然界里，唯有山海原野那种幽淡无华的卓绝之处，才能与那种更有思想的人的心情绝对和谐；这种时刻即便还没有真正到来，却也并不很遥远了。"我笃信他的预言；我笃信，在人间，只要心怀热爱，就会有所获得。

　　是为序。

2018 年 5 月 11 日
于蚌埠龙子湖畔古民居博览园

序二

缕缕清风扑面来

——散文集《四季恋歌》印象

王树宾

相对于小说而言，散文的亲和力似乎有天生的优势。一件小事，一段经历，一点感慨，皆可成文。因此，无论对于作者还是读者，都愿意与散文牵手。尤其是在当今社会，人们的生活节奏加快，难得有时间阅读大部头作品，但总有人舍不得与文学绝缘。于是，散文便有了登堂入室的机会。

然而，传统散文走到今天，越来越显出它的颓势，一些所谓创新的散文，也只是自娱自乐，缺乏读者的呼应。我觉得，目前主要有以下几种现象，影响了散文的品质：

一是华而不实，虚张声势。有些作者热衷堆砌华丽辞藻，动辄引用名言警句、唐诗宋词，以卖弄学问，吸引读者眼球。殊不知，那种云山雾罩不着边际的叙述如同油头粉面扭捏作态的做派让人生厌。

二是标新立异，故弄玄虚。有些人常置语法修辞于不顾，硬是发明一些"新词汇"和莫名其妙的句式，让人读着拗口看着费劲，似乎不如此便不足以体现创新和高度。

三是无病呻吟，自我陶醉。常囿于一己悲喜，喋喋不休。失恋了，感冒了，小狗丢了，猫下崽了……絮叨着，倾诉着，把所有读者都当成了自己的"闺蜜"。

四是自命不凡，借机炫耀。出一次国、见一回名人、出席一个会议，甚至买一件衣服或吃一顿大餐，皆可感慨一番。且不惜笔墨，面面俱到，生怕漏过任何一个细节。

……

凡此种种，不一而足。归根结底，是虚情假意，缺少真诚。那些文字看似华丽，其实是硬生生挤出来的，而非从心灵深处流淌出的甘泉。

令人欣喜的是，我们时常能读到一些令人耳目一新的散文作品，它们一扫陈腐之陋习，没有繁缛矫饰、搔首弄姿，而是在继承的基础上大胆创新，不断超越，使作品充盈着强盛的生命活力。

微信文学公众号"冬歌文苑"推出的散文集《四季恋歌》就是这样一部具有超越和创新意义的作品，读着其中的一篇篇作品，仿佛缕缕清风扑面，令人心旷神怡，喜不自禁。

"冬歌文苑"是军旅作家黄玉东发起的，集合了一群作家、学者和文学爱好者，推出了一批作品，培养了一批作者，平台的影响日益扩大。这次推出的散文集《四季恋歌》精选了平台发表的部分优秀作品，也可以说是对平台散文作品的一次检阅。该书的作者来自天南海北，分布于多个行业，其中有现役军人和退役军人，有科技工作者、教师、医生、工人、农民和个体从业者。年龄跨度则从40后到90后。有些作者已经是具有一定知名度和影响力的作家，更多的则属于文学新秀。

也许正是这样一种多元组合，形成了这支作者队伍与众不同的特质，同时，由于丰富的生活阅历和独特的生命体验，他们的作品避免了无病呻吟、苍白无力的通病。

《四季恋歌》涉及的内容很广泛，乡思乡愁、童年趣事、军中岁月、爱情亲情、江河山川、花卉草木……可谓丰富多彩，蔚为大观。

也许是作者中穿着军装和穿过军装的人较多，这本散文集反映军旅生活的作品占了较大的比例。

刘玉庆的《在帕米尔守边防》，写的是作者和战友们在冰峰接天、雪域茫茫的帕米尔高原抵边巡逻执勤的亲身经历。

作者笔下是这样描写那段艰苦岁月的：

> 那时，边境巡逻的主要交通工具是军马，巡逻占用的时间长，近的点位需要一两天，稍微远的点位一般需要三四天，特别远的来回需要七八天才能到达。
>
> 特别是快到巡逻点位时，要徒步爬大坂，由于地势不断上升，氧气越来越少，走一步三喘气，越往上爬越困难，两腿酸软无力，仿佛连拿张纸都会感到有重量。迈步吃力，挪脚困难，上身像穿了紧身衣似的憋得胸口喘不过气来，两只眼睛往外鼓，太阳穴钻心地痛，走几步就不得不张着嘴巴四仰八叉躺下休息一会儿，躺下了嘴巴也不能合拢，还像拉风箱一样呼哧呼哧喘粗气，这时你会听到自己的心脏像擂鼓一样嗵嗵地跳动，感觉到随时就要爆炸。

这样的场景，这样的体验，若非亲身经历是无法描述的。

然而，在这样的恶劣环境下。边防军人们忠实地履行着自己的职责，面对神圣的界碑，他们体验到的是光荣、神圣和自豪。

何雁的《走进文殊沟》里，用战士们的一句话概括了文殊沟恶劣的气候环境："沟里一年就刮两场风，上半年一场下半年一场，一场刮半年。"然而，越是艰苦，越能磨炼人的意志。作者在结尾有这样一段文字：

> 一朝进文殊，一生军旅情。在文殊沟生活这两年，不时听到各种各样的捷报、喜报传来，有的提升晋职，有的金榜题名，有的比武夺魁……长江后浪推前浪，旧人离开新人来，不论走再远、飞再高，一茬茬文殊人心中总有一个笃定的信念：谁不说咱文殊好，男儿建功来文殊。

其实，许多军人都经历过艰苦环境的考验和磨炼，正是这种考验和磨炼，成了军人成长的催化剂和营养剂，使他们能够勇敢面对各种困难和挑战。

《军中玫瑰最芬芳》出自一位女军官之手，作者徐伟是一位出生于苏北小城的姑娘，出于对军人的崇拜和对军营的向往，大学毕业后跨入军营成为一名军人。作品记录了她自强不息、勇于接受种种挑战和考验、成为一名合格军人的成长经历。

类似的作品还有陈国俊的《军中长成"一棵树"》、周银平的《军旅情深》、何孟遥的《无悔的军旅》等。

与上述作品不同的是杨亚堃的《军人危险，但嫁给他最安全》，作者是一名研究生，也是一名军嫂，在这位高学历的军嫂眼里，丈夫既是一名为国尽忠的铁血军人，又是一位爱家爱妻的细心暖男。

作品中的一个细节令人感动：

> 那个冬日的傍晚，他下班后，我们一起去喝羊肉汤，我的粉色围巾容易脏，于是我拿了下来顺手放在了旁边的座位上，等我喝完羊肉汤再去座位上找，围巾已没了踪影，我问他："我的围巾哪里去啦？"他一脸茫然："不知道啊，丢了吧！"

我瞪着他："你说啥？"他静静地喝了一口汤，拍拍胸脯回答："逗你呢！在我怀里呀！帮你暖着呢！"那一刻，我的心被猛地震动了，心想：天呐，他对我的围巾竟然都这么好！他用谦和、恭谨、豁达点燃我心中之火。那一刻，我理解了他的不易，也坚定了自己的选择——爱他所爱，不离不弃。

就是这一个为妻子暖围巾的举动，胜过万语千言，也从另一个侧面展示了新时代军人的立体形象。无情未必真豪杰，怜子如何不丈夫？其实，军人的奉献岂止在战场？家庭角色的缺位是他们藏在心底的痛。他们立志做一名为国奉献的合格军人，也希望以自己的努力弥补对家庭的亏欠，做一名好儿子、好父亲、好丈夫。

亲情、爱情、乡情，是文学作品尤其是散文永恒的主题，《四季恋歌》也不例外。

倪宝元的《泪中忆母》、周芸的《老家的奶奶》、吴秋敏的《给母亲洗脚》、田志坤的《我慈祥的母亲》、蔡镇勇的《父亲如山》、江锐的《岳父》、颜学伟的《一双有补丁的袜子》等作品从不同侧面描写了自己的至爱亲人。或回忆长辈的关爱，或讴歌亲人的人格品德，或怀念与亲人相处的幸福时光，每一篇作品，都饱含深情。许多细节，让人无法不为之动容。

倪宝元在《泪中忆母》中写到他当兵离家前父母依依不舍的场面：

> 那天夜里，我一觉醒来，发现父母还没有睡觉，母亲哽咽着在与父亲商量着什么。离开家的那天，母亲忙前忙后，恨不得把所有的好东西都让我带上。至今我一直忘不了这样一个镜头：我已经走远了，母亲还是站在那儿向我离开的方向望着，任凭秋风吹乱她的头发，瘦小单薄的身影在秋风中

渐渐远去……

　　每一个当过兵或曾经离家远行的人对这一依依惜别的场景都不会觉得陌生，无论你走多远，永远是母亲心中的牵挂。

　　涉及爱情的作品有张玉成的《"傻兵"的爱情》、夏海银的《五去襄阳，三顾茅庐》等。前者是有情人终成眷属，后者是劳燕分飞各奔东西。这两篇作品所叙述的都是本人的情感故事，不管结局如何，都能牵引读者的思绪，引发人们对爱情的向往和思考。

　　关于乡情的作品有黄玉东的《韩家荡听荷》《抹不去的乡愁》、余培梅的《那一抹淡淡的乡愁》、邵建的《故乡的炊烟》、芙儿的《乡愁，在频频回首的路上》、蔡泗明的《家乡有片红树林》《白石赞》、李品刚的《老屋前的香樟树》等。

　　黄玉东的《韩家荡听荷》，是一篇极有味道的美文。

　　　接天莲叶无穷碧，映日荷花别样红。今日的韩家荡，姹紫嫣红，满塘荷花宛如待嫁的新娘，浓妆艳抹，盛装迎接来自远方的宾客。沿着曲折的木板小路，步入荷塘深处，阵阵荷香，潜入心肺，那些被冠以云霞、玉兔、日出、秋叶、风中笑、婴儿红、白海莲、白千叶、紫金荷、泽畔芙蓉的莲花们，有微笑绽放的，有羞涩含苞的，还有躲在荷叶下面窃窃私语的，对诗人们的到来，仿佛在评头论足。

　　通观全文，类似的拟人化描写比比皆是，在他的笔下，每一枝花茎，每一片荷叶，都是可以与人对话的精灵。

　　　如果荷花是一种抒情，那么莲藕便是深处的思想；若是诗为它们的全部，诗也应该从泥土中生长出来的……

读到此处，禁不住为此妙句击掌赞叹。

蔡泗明的《家乡有片红树林》《白石赞》两篇作品，饱蘸浓墨，把红树林之美和白石村之奇形象地介绍给读者，作品从结构、形式到手法，都有自己的特色。

上述作品，无论是亲情、爱情还是乡情，不管是追忆、感怀还是赞美，都是真情流露，亲切自然，毫无为赋新词强说愁之感。

《四季恋歌》中可圈可点的作品很多，周庆荣的作品空灵飘逸；张守权、范景来的作品朴实无华；宓月、顾琬丽的作品细腻委婉；毛新萍、王玉晶的作品如诗如画；王沁的作品活泼俏皮；徐莲华、曹翠梅的作品给我们送来春天的气息……

限于篇幅，在此无法一一列举。

《四季恋歌》的作品不敢说都是成熟的作品，有些作品在挖掘、提炼、升华上还有较大提升空间。但这是他们的用心之作，是充满活力的作品。作者提供给我们的是真材实料真感受，读者能从作品中感受到他们的呼吸，听得见他们的心跳。这些作品不同于心灵鸡汤，也没有居高临下的说教。给人的感觉是，他们的作品不是挤出来的，而是喷出来的。

期待"冬歌文苑"推出更多的精品力作。

2018 年 5 月 13 日于海口

目录 Contents

四季恋歌
SIJI
LIANGE

第一季
春风晨曲

我的童年地理

——

周庆荣

记住：童年地理永远拒绝修辞。

立秋之夜的北方，我仰头望月。

好月亮，梯田状的白云没有干扰月亮的皎洁。

今晚，月亮的地理似乎充分客观，秋天的夜空就应该这样。而秋天到来时，有人称呼我为爷爷。爷爷站在远离故土的北方，他开始回忆童年。

一节节藕手臂纯洁，虽然被污泥纠缠，它们不放弃去握地面上的世界。

韩家荡的藕是近年的存在，它们代替了我记忆中的麦子和地瓜。玉米在村东，玉米在村西，我走出一片高粱地的时候，已经从夹冲走到了韩家荡。

母亲在家里最忙，我是替她看望故乡最多的人。

韩家荡因此也是我童年的村子，东边是一条人工河，它的名字叫大寨河。我和表哥表弟以及年轻的小舅舅们在河里扎猛子，有时比赛谁在水里憋气时间更长。

我把芦苇打通，在水下衔着它，潜艇般地沉住气。

河的上游是另外一个村子，我的一个美丽的远房小姑姑在那里。谁说乡下的孩子性情愚钝？我的性别意识好像是从大圩开始。多年以后，小姑姑离开了大圩，嫁到了镇上，大圩从此暗淡。

韩家荡和夹冲之间是一条小河和河畔的坟场。

我在这片区域识别了乌鸦和喜鹊，勇敢的孩子必须走一段夜路，夜路包括黑暗中的坟场。

两个村子的人一旦死去，现实在继续，而他们抱着梦想在地下长眠。

梦想永远无法实现的人，会在地下叹息？

风吹过坟场。我是一个从未在坟场迷路的孩子。

当过兵的爷爷，长长的烟锅如同戒尺，不怕鬼！长眠的人曾经是我的乡亲。我敬爱的爷爷，多年后也躺到了这里。如果有鬼火，那应该是老人在乡村闷热的夏夜，一边纳凉一边吧嗒着旱烟。

我要坦承的是：没想到自己会从村子里走出，从一个城市到了另一个城市。我握过许多陌生的手，仿佛他们都是我的乡亲。

恍惚的时候，鸦群飞过城市的上空，人心再不测，我已经成为不怕鬼的人。

夹冲的西边也是一条河。

过了河，正西是月港。

几滴雨落在荒凉的小街，事物就可以热闹。

　　我对城乡差别的最初认识应该从这里开始，人生的第一次斗殴印刷在小街的黄昏，农民的力量在月港得到证明。

　　月港之南，我乡村的首府——张集适合农民赶集。

　　土特产和城市的味道，和北边的小尖相比，我的童年最远的地理似乎就是对小尖的敬畏。我童年的模样只属于一张泛黄的照片，那个照相馆成为我记忆深刻的高科技。

　　我还是说说我童年亲切的村庄。

　　夹冲的南边叫姜塘，夹冲的西南叫圩角，曾经熟悉的男同学女同学，几十年过后，岁月变成了皱纹。

　　风云是什么？

　　厮守或者远离，近处是爱，远处也拒绝仇恨。

　　祖国的版图，童年啊，只是几个村落。

　　左右的两条河流，内涵丰富成长江和黄河。

　　母亲河，母亲在哪里，它就应该在哪里。我一直忐忑，祖国辽阔，在我的童年，祖国委屈成几个村庄的世界。

　　是庞大地理的一个标点呢，夹冲给予我生命。童年的江湖无非就是从一个村子闯向另一个村子，向日葵成熟时，我们几个小伙伴揪下它们的头颅，它们是我们童年的营养，直到生命装进更多的内容，我才思考向日葵和信仰的关系。

　　我朴素的村庄，你木讷寻常，缺少层峦叠嶂的风光，但我永远不会改变自己的籍贯。

　　母亲的故乡现在是万亩荷花。

　　任何地理都会有它独特的美丽，微风吹来，故乡荷叶婆娑，音符里重复着母亲的叮咛：孩子，走到天边，你也只是韩家荡的骨血，双脚沾满了童真时的泥土。

康庄大道是土，坎坷是泥，千山万水不过是泥土的丰富，我是故乡土地上一株老庄稼，秋收如果到来，我投进故乡地理的粮仓。太阳照耀在故乡的白天，月皎洁村子的夜。我是故乡整个岁月里的种子，举不起高粱做火炬，我就做藕，心宽装下世界的山河；坚持，生命中即使遭遇再多的崎岖，我全部的地理就是苏北平原，在一马平川的意境里，让梦纵横四海。

守一蓬大海的诺言
——军旅作家黄玉东印象

刘慧娟

　　心面向哪里，哪里的风景就最美。于是，那个心底最美的地方，便是灵魂日思夜想的家园。

　　军旅作家黄玉东魂牵梦绕的情感牵挂，依然是一望无垠的大海。他醒时或梦中，都在用生命守望和歌吟。

　　2013 年，他的文集《向往大海》再版，当月便进入畅销书排行榜，销量一时传为佳话。这在纸质书备受冷落的今天，是件了不起的事情。这本文集，有随笔，有散文，有杂文，还有散文诗。题材广阔，可谓疏影横斜，四面出枝。不管哪类题材，哪种物象，在他的笔下，都饱含真诚和真情，都属于短小隽永，轻起轻放的那一类，让人读得轻松愉快，却又意味深长。

　　黄玉东身为军人，生命的绿树果实累累。生活中的他却是宁静致远，从容淡定。他处处低调不事张扬，纵使事业上一路繁花，他却从不动容。本质因素，决定他必然的刚健质朴。

　　他是从苏北农村走出来的一株高粱，青春而茁壮，内心和外表都一样亮亮堂堂。父辈纯粹的农民美德，妥妥地被他继承了下来，回望来路，别人能吃的苦他能吃，别人不能吃的苦，他也能吃。太多的酸楚，他都能够含笑咽下，太多的委屈，他当作一种力量，舒展心胸。他认为，生活本来面目就是苦乐参半，他是为承担该承担的责任而来的，而不是为了抱怨。他用一颗宽容感恩的心，珍惜所遇的境况和所遇的人，并把所有的遇见当作天降的甘霖，倍加珍惜！

　　他对生活充满了感激，对军营和社会充满了感恩。一路走来，他不停地付出，也不停地收获，他人生的足迹，在一些人眼里，认为已经达到雁过留痕了，而黄玉东却认为自己的成就羞于谈论，始终把自己放在需要学习，需要汲取知识营养的位置。人在高处行走，心却在低处深深扎了根。

　　面对自己的岗位，他奉献自己应该付出的那份情，奉献那份不加雕饰的本真。也就是说，做人他做得实在，做事做得扎实。他忠诚于家庭，忠诚于事业，更加忠诚于自己的军人职责。

　　那片海域在黄玉东心中时刻发出神圣的光芒，照耀他向前，像有一部神秘的经典在他内心徐徐打开，正如《向往大海》封面的诗句：

　　　　海是神秘的，无人能读懂，如同不能彻底了解一个人；
　　　　海是无私的，从不要求给予，却奉献出无数宝藏；
　　　　海是博大的，容天下悲怆之事，潮起潮落依然笑对明天。

诱惑不可抗拒，来看看大海吧！

她能带给你人生感悟，哪怕你面对大海沉默不语。

　　工作之余，他灯下抒情，用心血蘸就笃诚，写下一篇篇寄情大海的情书，写下对亲人的牵挂和思念，写下和战友的友谊深情。用他去掉铅华，一尘不染的情怀歌颂祖国山山水水，书写对大海的向往和爱。直抒胸臆，或者含蓄点缀，都是他青春热血的抒发。

　　一片蓝色的大海，是他心中的底色，他将天地万物包容在向往中，内心深处成熟到宇宙在手，万化于心，而表现出的往往是平和宁静，没有喧嚣，没有虚荣，没有一丝忸怩做作。

　　心灵是最好的著作，读人如读书，种子很重要。

　　一个人的心性品德，不是装出来的，也不是靠穿戴打扮出来的，是自内而外的气场发散，是形体语言、表情语言的综合发散。不会因荣辱而动其心，也不会因成败而扰其性。凡事顺其自然，来的时候欢迎，走的时候欢送，《道德经》云"为而不恃"，只是惯看闲云，用灵魂主宰身体及欲望，而不是让心灵完全被躯体和各种欲望所绑架。黄玉东在很大程度上，自律自控，因此赢得军地广泛的认可和赞誉。

　　他写诗歌，写散文等，几乎不事雕琢，语言自然流淌，像来自心底的一泓清泉。对待如何写作，他有自己的看法。他认为，写作是内心情感的自然流露，如果想写好，先要自我修炼，从有我到无我。其次，要有悲悯之心，世间万物皆有灵魂，哪怕一树一花一草，都是活的，都是有感情的，都要善待。他认为，写作就是和自己的灵魂对话。

所以，他的文字犹如开在草丛中的山花，烂漫鲜艳，带着泥土的清新，淳朴热烈，在文学殿堂里，散发扑面的芬芳，美得让人愣神。

……因为想你，这个雪夜变得格外美丽。我想为你点亮一支流泪的红烛，盼望你能如约而至；我想为你献上一束洁白的雪莲，兑现曾经许下的诺言；我想用你熟悉的双手，抚平你眼中的忧伤；我想用我宽阔的胸膛，温暖你疲惫的身心，然后与你相依相偎守候到黎明……（《想你，雪夜无眠》）

他雪夜思念远方的亲人，或者是妻子，或者是自己头发斑白的父母，抑或是曾经并肩战斗过的战友。不论对象是谁，在安静的雪夜，这种来自心灵深处的呼唤都是美丽动人的。都体现出一个海军战士的情感张力。作为军人，他的血是热的，情是柔的，心是博大的。

他的作品中，有一大部分是写亲情的，如：《你是我今生的骄傲》是写妻子的，《您是个好人》是写自己岳父的，《写给女儿的生日》和《"小升初"的苦与痛》是写孩子的。一个重视亲情和孝道的人，不管是农民或者军人，还是任何人，都是值得敬重的人。这一点，作家黄玉东责无旁贷地做到了。

《军校往事》《握住彼此的手》《红色童年》等篇章是写同学情战友情的。他的感情触角细腻而又放达，篇篇感人至深。《党啊！我拿什么奉献给您》《仰望西柏坡》《聆听历史的回响》《不朽的丰碑》等是系列红色作品，充分体现他党史知识的厚实。

　　作为一个军旅作家，黄玉东为人和作文都是非常出色的，几十年的军旅生涯，不仅锤炼了他的意志，也练就了挫折中奋起的高贵品性。文字是心灵真情的流露，通过他的个人文集内容以及他的文风，可以真切地感受到，他独立思考的成熟度和立言立行的军人作风。

　　作为一名作家，他的观点、立场是非常明确的，他鞭挞假丑恶，张扬真善美。

　　他的字里行间，无不体现一个军人的高尚道德情操，同时也让读者能够通过他的文字触摸到一位军人心灵的成长史，感受他在不平坦的人生旅途中，以青春搏击命运，以真诚换取收获，以执着追求信仰，以坚毅担当责任的人格修养。

　　直到现在，黄玉东仍以当代军旅作家的情怀与视野，用自己的肩膀扛起责任，用笔抒写所有的热爱。作为一名海军战士，他用心灵深处最坚强的意志，在走向深蓝中，守一蓬大海的诺言！

竹林下的童年

宓 月

　　小时候，老家周围有一大片毛竹林。那时，我还未读苏东坡的"宁可食无肉，不可居无竹"，也不知道竹在文人墨客心目中的独特地位。我只知道竹笋一旦经过妈妈的手，便成了美味。父亲用竹子编的竹椅、竹篮、蝈蝈笼，精巧秀美，让人爱不释手。直到现在，我仍然觉得，用竹片编制的篱笆墙、搭建的瓜架，是乡村最具诗意的景致。

　　竹子在我童年的生活中无处不在。以至于很多时候我甚至没意识到它们是竹子，倒像是熟悉得不能再熟悉的伙伴。睡在凉幽幽的竹席上。狼吞虎咽妈妈做的笋干菜。提着竹笆篓跟爸爸捉鱼……

　　乡下的孩子没有什么特别的玩具，但置身于大自然的孩子永远不会感到寂寞无趣。屋旁的那片竹林，便是我经常冒险探索的去处。那一竿竿毛竹，像一个个瘦高的巨人，在十多米高的天空忽然散开枝叶，彼此手挽手，连成了一片翠绿的华盖。在竹林里游走，会有一种莫名的安全感，好像被竹子们温暖地呵护着。天空偶然下点毛毛雨，在竹林里是感觉不到的，要下大雨才会有缕缕水柱往下淌。烈日也只能透过密密的竹叶，漏下一个个不规则的光斑。

竹林里最神奇的是春天。每年三四月份，第一声春雷过后，竹笋就像听到召唤的勇士，一个个突然从泥土里冒出来，有些甚至是从岩石缝里硬生生地撑起来的。它们好像拥有某种神力，什么都阻挡不了它们往上长，又快又高，与香樟树交织在一起，直触蓝天。刚开始，我还想与竹笋比高矮，没过几天，我就得对它们仰望才行。它们一边上长，一边脱下笋壳，露出青绿青绿的竹节。我记得我经常在竹林里做记号，搞小破坏，在刚刚脱了笋壳的竹节上乱刻乱画，每天去看它们长高了多少。现在想来真是罪过。

等到春笋们都长成了新竹，竹林里的小动物、小花小草也逐渐多起来。奇异的野花，凭空冒出来似的，一簇簇绽放。远远看去，细碎而亲密的小花，仿佛散落在地的花手帕，让人忍不住想去捡拾。大而鲜丽的花朵，东一朵西一朵孤零零地立在草丛上，分外妖艳。

当然，竹林里并不全是美好，有时也隐伏着危险。不知道有什么东西潜伏在草丛深处，待你毫无防备地靠近时，会陡然箭一般射出来，甚至都来不及看清那是什么。相比较那些蚱蜢、鸟儿、兔子，我最怕的是突然窜出一条蛇来。有一次，一条翠绿的蛇猛地从我眼前掠过，倏忽又消失在草丛里，我像被定住了一样吓得很久不敢动弹。奶奶说，那叫竹叶青蛇，一般不咬人，也没有毒，但我仍然怕得要命。

我从不敢一个人往竹林深处去，虽然我很想知道这片竹林的边界在什么地方，何处是它们的尽头。唯独一次，我追着一只七星瓢虫越走越远，耳边只剩下竹枝与竹枝互相抚弄的窸窣声，风在竹林间游走的呜呜声，以及不知什么东西掉落或惊起的簌簌声。听不到大人们的说话声，天空越来越幽暗。在偌大的竹林里，我感觉到处都有看不见的生命在脉动，而我是如此弱小，如此微不足道。特别是突然一阵狂风吹来，整个竹林回荡着山呼海啸般的狂涛，似有千军万马在奔腾咆哮，倏来忽去……那是我第一次感受到大自然让人惊诧令人害怕的力量。

那时，我多么希望自己能有腾云驾雾的本领，到竹梢上去看看。身体虽然飞不起来，想象却可以穿越天际。晴好的天气，仰面躺在一块大青石上，纷繁的思绪便像片片翠绿的竹叶，满天闪烁……后来看电影《卧虎藏龙》，一看到剑客在竹林里飘来荡去、舞刀弄剑的情景，不觉哑然失笑，我小时候想象的故事可比这精彩有趣得多。

在竹林里，只要静下心来，就会听到各种神奇的声音，仿佛有无数生命在蹑手蹑脚地忙碌。我一般只敢在离家最近的竹林边上玩，而且叫上大黄狗陪在身边。竹林是我童年的足迹最早踏入的陌生领地，但我始终小心翼翼，不敢深入，只是把无数的想象装满竹林。我至今痴迷于文字营造的世界，是不是缘于这片童年的竹林，我不知道。但我知道，有一棵笋子总是跨过隔开竹林的那条小路，固执地走到菜园子里来，想走进我们的生活。

白石赞

——

蔡泗明

　　古井山麓，佛峰庙下，半月圆楼岳立，巍巍乎台阁生风，凛凛乎如王危坐。视其后，百年秋枫如幄，肃然布列；听其侧，数湾清泉腾跃，鸣于涧中。登楼望远，旷其盈视，青山葱茏，蜿蜒委曲；俯而近观，梯田百亩，稻橘荷菰，层叠依依。此白石村田墅尤美之奇观也。癸巳二月，仲春之初，少时同窗相约，慕名而往白石。是日，雨收天朗，霁色倍奇。山石明净，草木翠滴。驱车徐行，樱花夹道，枇杷作揖。鹧鸪飞鸣，紫燕翔起。　半月圆楼主人阿贵从焉。已而问之曰："白石村广大乎？村庄儿女几许？"答曰："闽地云霄，火田白石，方圆四里，村庄聚而散之，错落六处，一曰店仔，二曰胶东坛，三曰白石，四曰横山，五曰庵缸，六曰厘仔坪，概白石村也。村庄儿女一千又三百有余。"徐徐而行，忽闻酒香阵阵。循香而往，少顷，于山坳中"白石老酒"赫然而见。问曰："尝闻白石老酒清冽而甘醇，茂山香茗韵美而悠长，二者商标皆驰名遐迩，果有其实乎？"答曰："物华天宝，古井、大茂甘泉淙淙，水质优也，酝酿白石老酒醇厚醉人，灌溉千年茶园古韵悠香。而今酒、茶二厂年售均逾三千万，且美誉年愈多之！"余不禁唱曰："饮酒可成仙，品茶可成道。仙道岂为实？心中独向往！向往仙道心自高，饮酒品茶韵不同。吾欲成仙饮酒来，吾欲成道品茶去！"已而夕阳在山，阿贵便催还家。少焉，适有粿熟锅揭，热气腾腾者，苎麻草香弥漫！津津有味，吾皆赞之。未几，置白石酒，杀山鸡，设宴。芥姜萝卜蒜，葱笋蕌头蒿，枇杷蕉柑，山肴野蔌，杂然前陈。席间，谈天说地，海阔天空。酒至微醺，吾兴正浓，藤椅斜靠，霞辉夕照。侧耳聆听，阳明飞瀑，直泻千尺，咆哮之声，疑是山中虎啸；举目遥望，茂山古茶，绵延百顷，品茗回甘，犹有唐之韵远！叹曰：千年白石，山美，水美，楼美，粿美，酒美，茶美，情美，景美，一片风光留了人，勾引游人醉赏！

三月春早

梁玉静

当三月的风吹过原野，吹向京郊大地，冰冻的河流开始慢慢融化，小溪沿着往日的旧痕哗哗地流淌，抬头间，看见了春。春在枝芽间，春在溪水边，春在泥土里，春在丝丝细雨中。

小草探出脑袋，好奇地打量这个世界，柳丝抽出鹅黄轻轻地随风飘舞，林间的黄鹂雀跃着，从枝的这头跳到枝的那头，叽叽喳喳唱起春天的歌谣。北飞的归燕忙于衔枝筑巢，含苞的花蕾露出羞涩的玫红，池塘的小荷蠢蠢欲动，水底生长出一丛丛稚嫩的荷叶。

等了很久的雨，终于姗姗而来。春雨潇潇，柔情绵绵，一场雨，一个故事，一段风雨人生。

所有与三月与春天相关的故事，在这个充满诗意的季节优雅地演绎。

你看,爱美的姑娘穿上了长裙,像春天大地上绽放的朵朵鲜花,又或是去赴一场春天的约会。

蓝天下,彩色的风筝在暖风中高高地飞着,优美的弧线划过春的诗行,"京剧脸谱""飞鸟蝴蝶"将蓝天装扮得五彩斑斓,似一幅幅漂亮的图画挂在天上。

草地上,一群追风筝的孩童,牵着线自由地奔跑,去追逐春天的梦想。那欢快的笑声最是纯真,最是灿烂,最是动听,如天籁之音在春天里久久回荡。

三月的风里透着甜,轻风抚过脸颊,就有了面如桃花;三月的雨里透着甜,飘落在身上,就有了肤若凝脂。潜藏了一冬的心事,于诗里孕育萌发,叠加的心语心愿,在一叶新绿中悄然写意,在点点花蕊中绽放出一曲春的旋律,静听,最美的春暖花开。

春天,你好。

三月,你好。

走在三月的春风里,沐浴在"沾衣欲湿杏花雨,吹面不寒杨柳风"的漫天花雨中,看细雨飘洒在刚开的杏花上,花儿更加灿烂,柳条格外轻飏。捕捉"几处早莺争暖树,谁家新燕啄春泥"的春趣景致,乐此不疲。而"天街小雨润如酥,草色遥看近却无。最是一年春好处,绝胜烟柳满皇都"的诗句,又让这个早春成为一年中最美丽的季节。

此时,玉渊潭的樱花初上枝头,外滩的白玉兰含苞欲放,西子湖畔桃红柳绿,而岭南大地早已是姹紫嫣红,花开似海了。神州大地万物复苏,春意盎然!赏花踏青的人们闻着花香结伴而行,脸上洋溢着幸福的笑。

　　这个季节好想去江南，去看那黄到极致的油菜花遍布在房前屋后，山前溪边。一望无际的田野绿意葱葱，麦浪滚滚，春色中透出丰收的气息。

　　这个季节来北方吧，去看长城内外漫山遍野的桃花杏花将山川染红。去看广阔无垠的大草原天苍苍野茫茫的绝好风光。

　　不知道是不是所有人都和我一样喜欢春天，不知道所有的花，所有的草，所有的树木是否和我一样期盼春天。看着地上的草慢慢变绿，看着迎春花迎着太阳开放，看着风筝在蓝天上飞翔时，我终于明白，我一直追寻的原来是隐藏在春天里的一种最纯粹、最本真的美好，是对自由的渴望，对未来的憧憬和希望。

　　春天来了，在三月，我遇见了你，幸福地牵你的手，在暖风醉人的时光里携十里花丛开到荼靡，开满四季，在季节变换中迎来一个又一个春天。

　　三月，春早。春天从这里开始，未来在此刻启航，愿春天的阳光铺满前方的路，而你，在这明媚的春天里尽情放飞！

早春散记

徐莲华

月上柳梢头，人约黄昏后。这是正月十五元宵节，留下的怦然心动的印记。岁月悠悠，千帆望尽。众里寻他，繁华落。吾心，亦在灯火阑珊处。年，在元宵的热闹中渐远。

阳历三月初，早春之节，正是乍暖还寒时。今年，小城的季节感分外明朗，应为吉兆。春雨先行雨水至，春雷响起惊蛰随。春风劲吹，春雨恰时。大地万物，应时而动。对于急性子的人，慌忙甩掉冬衣，不为奇怪。然，春寒也料峭。老话说得好，春要捂秋要冻。对身虚体弱之人来说，单衣出行尚略嫌早，适当的春捂还是有必要的。

在这样一个早春时节，我能为春天做些什么呢？透过玻璃，望着窗外。树儿随风摇摆，一如我此刻的心绪。脑子里，不时冒出奇奇怪怪的念头。童年的我，常常奔跑于乡间的小路。不时，用手拂过路边的庄稼。篮子里，总是被那些青草野菜塞满，当然，还有那些野菜上漂亮的小花。对着天空、小河、田野，唱着不是歌的歌。乡村的四季，在播种收获中，线条流畅清晰。

　　莫道春来早，更有早行人。春天的脚步，叩响在诗人的笔尖。冰雪遁形，春花渐放。朱自清先生的《春》，犹在耳畔响起。板结了一冬的泥土，在隆隆春雷中苏醒，变得温润松软，期待着与种子会晤。羊儿虽在枯草间觅食，却已嗅出青汁的味道。鸟儿，在树枝间忽上忽下地飞着，叫声越发清脆。叽叽喳喳的，穿透冬的寂寞，在那里呼朋引伴。

　　白昼，愈发长了起来。这个季节，似乎应该种些什么。种什么好呢？给过足冬眠瘾的树木和麦子种些肥料，或栽种一些不怕倒春寒的花花草草。一直留恋有土地可耕种的时光，亦幻想着将来不用上班的日子，能拥有一块属于自己的田地。在那块让自己看得见摸得着的泥土上，栽花植草种上休闲的心情。

　　这一阵子，再次品读刘亮程老师的散文集《一个人的村庄》。为老师的文字击掌叫绝，为那一个人的村庄痴迷流连。村庄于农民，农民于土地，我们于老屋、河流、一片草、一棵树、一茬又一茬的庄稼或人，那些熟悉得不能再熟悉的阿驴阿狗阿鸡和满怀渴望的蚁群。置于它们之间，感觉自己还鲜活着。

　　我不知道，能住在钢筋水泥的楼房，是幸还是不幸。究竟还有什么不妥呢？干净利索，透过琉璃也能晒到太阳看见风景。可那个光着脚丫，在田野上自由奔跑的小女孩，却成了最爱的风景。常有一种空虚偷袭，漫过时空。那又是什么呢？大概是无法触摸到土地的空虚吧。在我的呼吸里，蒲公英的味道，随时会尾随春风起舞。

"一些草籽落到羊身上，一些落在鸟的羽毛上，落在人的鞋坑和衣帽上，被带到很远，有水的地方。在春天，羊摇摇屁股、鸟扇扇翅、人抖抖衣服，都会有草籽落地。你无意中将一颗草籽从秋带到春。无意的一个动作，又将它播撒在所经之地。"这是刘亮程老师笔下的村庄，这样"无意"的春天，你知道吗？这样无意的春天，你喜欢吗？

离开村庄久了，对季节的习性难免生疏。在这样的早春时节，该种些什么，实在是茫然的。拨通老家的电话，他们直言相告，真正的农活忙碌还没拉开，家前屋后的菜园子，可以舒展一下筋骨。我笑了，挂断通话。

春来了，一切在渐次苏醒。双目微闭，那片桃花仿佛已越过山林，伴着一曲《桃花魂》，在廖昌永深情演绎中飘然而至，"都说你妩媚一笑山水中／轻施粉黛也从容／都说你不成花魁也香销魂／邀得红颜闹春风／青山隐烟雨蒙／百花丛里何处寻仙踪／来也匆匆去也匆匆／地老天荒情亦浓……"在这样一个早春时节，趁春雨如酥醉意微醺，我不妨偷偷将春种植于心田吧！在那儿播下情爱，播下希望，播下自己默许的人生。一任春意烂漫，桃花灼灼。

春天来了

曹翠梅

春天来了，从母亲焦躁不安的脸上，从她呆呆地看着窗外的目光中，我知道，她开始想家了。想那个晨起炊烟袅袅，傍晚彩霞满天、小河日夜欢畅，耳边鸟语花香、晴天晒太阳、雨天看水帘的美好时光了。母亲年过古稀，魂里梦里都是故乡的声音、故乡的味道、故乡的情谊。我答应她：天气暖和了就回老家。

父亲去世整三年了，我们姐妹成了母亲的依靠。每到冬天就接她到城里过冬。患病二十多年的母亲越来越糊涂了，她常常用含糊不清的语言，自言自语地说着，我们尽最大努力去猜测、揣摩她的意思。她会为自己的表达不清而深深自责。我想她心里一定是极明白的，只是语言不受大脑的控制，说不好自己想要表达的意思。年前我们去海南玩，母亲心里一定非常想去，满眼的渴望让人不忍相看。但她明白那是自己遥不可及的梦想！只有满怀的幽怨（对自己）夹杂着深深的祈祷和祝愿（对我们）。这也让我更加明白：人的幸福标准不在于财富，不在于外貌，而在于拥有一个健康的身体。对母亲，我们只有默默地陪伴，静静地倾听，就是对她最好的孝敬吧。因此，我也期待春天，期待着带着母亲回到家乡的小院，让春天的气息滋润母亲寂寞的心房，让熟悉的环境、熟悉的味道温暖母亲孤单的日子。

今年开春气温变化无常，感觉还是很冷。我想着抽时间先把老家的小炕过过烟，把院子、屋子打扫干净了，再把母亲接回去住。毕竟一个冬天的闲置，少了一些人气，就会少了几多温暖的味道。

天气渐渐暖和了，母亲满眼的期待，让我不能再拖着了，今天早晨，整理好一些随手的东西，先行一步，回到了老家。当车子驶进熟悉的村庄，远远的春色已经依稀可见。小河的冰早已融化，河水欢快地流淌着；岸上的柳条已经抽出鹅黄的嫩芽，散发着撩人的气息，微风吹过，翩翩起舞；村口的几棵大杨树上挂满了毛茸茸的杨树掉儿，很是惹人怜爱；路边的小草远远看去已经是一片朦朦胧胧的嫩绿了。春天的绿，不像夏天绿得那么饱满。春天的绿，给人以幽幽的、淡淡的、可爱的感觉，就是这一点点的绿，让我们的内心悄悄地涌动着莫名的快乐和喜悦。

来不及细看，我就赶紧往家走，打开门上那把生锈的大锁，来到熟悉的小院。眼前为之一亮！阳光铺满小院，金灿灿的，一股暖流席卷全身。年前，葱苗和春菠菜还懒洋洋地蜷缩在地表，被风雪摧残过的叶子，毫无生机与色彩，可是今天，我明显地感觉到菜园的土松软了、膨胀了、葱苗挺拔了、菠菜返青了！我激动地俯下身，用鼻子深深闻着那散发着春天气息的生命味道，久久不愿离开！家，永远是老人不舍的根！这满院的阳光、满院的馨香；这延绵的群山、悠悠的白云；这一草一木、一砖一瓦、一山一水都蕴藏着说不尽的爱、道不尽的情！别说母亲了，就是我沐浴在家乡的小院，也是千般眷恋、万般难舍。

啥也不说了，我赶紧换下床单、被罩、枕巾、沙发套；还有毛巾、电器罩等日用品，按照顺序一一投进洗衣机，边洗边清理冰箱，整理满是灰尘的旮旮旯旯，当然也不忘往灶膛里添把柴火，让那熊熊的火苗驱走一冬的寒气，让那明亮的火焰，点亮心中的渴望！

我干得正起劲，邻居二奶奶拄着拐杖，颤悠悠地过来了："你妈咋还没回来？我都想她了。"我赶紧搬来椅子，让老人家坐下："我妈很快就回来，我先归置干净了，就接她回来和您老聊天。"老人家高兴得脸上堆起了更深的皱纹，连声说着："好，好。"二奶奶今年八十四岁了，和我们是住了一辈子的邻居。尽管已到耄耋之年，可是依然红光满面、精神矍铄。如今村里这样的高龄老人还真不少呢。现在国家的政策好，农村老人每月按时领取无保障老人补助款，再有新农合做医疗保障，老人们手里有钱，腰杆也硬了，看病花钱也不愁了，心里没有后顾之忧了，没事的时候一群老姐妹们凑在一块聊聊天，个个笑颜如花！那种美，是一种人到暮年沉淀出来的沧桑、深厚、淡定和满足的美！二奶奶聊会儿天就走了，看着她摇摇晃晃的背影，我的心也溢满了快乐。

时间好快，太阳快下山了，我摸了摸烧了半天的炕头，自豪地笑了，赶紧收起半干的床单被罩，放在屋里挂着，只把沙发垫、毛巾之类留在了衣绳上，等明天再收。看着整洁的屋子，闻着飘满院子的淡淡的皂液香，尽管满身疲倦，想着母亲一进门就看到宽敞明亮的家园，就像刚刚离开家时一样干净、整洁的样子，心里肯定不会失落，我就格外高兴起来。

来到村口，遥望远远近近的群山，遥望暮色中群山环抱的整齐的小村庄，我感受到了春天的信息、感受到母亲的幸福、感受到新形势下农民生活的安定和富裕！我更加期待着这个春天的到来！

故乡的炊烟

邵 建

　　夏天说到就到了，带来一片炎热和金黄！这使我想起家乡——苏北平原的某个小村庄，想起家家飘起的袅袅炊烟。

　　当透过中巴玻璃，终于望见故乡那缥缈着的缕缕炊烟时，我竟感到有些激动，泪水不知何时已溢出眼眶。这就是我久违的，时常魂牵梦绕的故乡的炊烟啊！离开故乡已经整整十三年了，故乡的许多事物都随时间的流逝而模糊，唯独小屋每天清晨或傍晚如期升起的袅袅炊烟，始终难忘，它像一首轻盈的小诗，时常在我心头吟唱！是它，让我时刻想到那种源于生活的温暖与质朴；是它，让我遇到困难时又重新燃起希望的篝火。感谢故乡，感谢故乡的炊烟！让我回味那种原始的生活清香，让我在充斥"灯红酒绿"和诱惑的都市，不忘我永远是农民的儿子，以至于依然保持着那庄稼般的质朴和泥土般的厚道与诚实。

村子周围是一条环绕的小河，整个村子是成片成片的树木，林荫深处，散落着一座或新或旧、高低不等的小屋。每到早晨和傍晚，伴随着鸡鸣狗叫，便有袅袅炊烟从小屋升起，细细的，纤纤的，轻灵地向上蠕动，那姿态，多像光着脚的仙女在跳舞！等到各家各户都燃起了烟火，整个村庄便形成一层层薄薄的、淡青色的烟幕，这便是我家乡的村庄真实的田园风景！当秋风身着水纹裙纱挎着果篮微步而来时，故乡的田野里，高粱笑红了脸，谷子笑弯了腰，大豆则低头和养育着自己的土地窃窃私语，青纱帐里，丰腴的玉米棒子则高举红缨，随风而舞……

一缕炊烟，一缕剪不断的乡恋……

"傻兵"的爱情

——

张玉成

我生在苏北农村，家境不好。为了糊口，从上小学开始，我是一边上着学，一边帮着家里放羊。

那时候，家乡的滩涂多，荒地很多。我常常一个人赶着一群羊，在漫无边际的旷野里奔跑着。跑累了，就独自躺在田埂上对着天发呆；孤独了，就朝着远方大声吼叫；寂寞了，就和羊说话，一只一只挨着个地说。天长日久，村子里的人都说我像个"傻子"。

中学毕业后，我当兵来到了部队。农村兵，大多有一个共同特点，"只知道埋头干活，不懂得抬头望路"，就会"傻干"，因而人生中自然要错失许多美好的东西。这兴许是与人的生长和生活环境有关。农民的孩子耳濡目染，打小就明白一个道理：春天的土地播了种，秋天的田野有收成。

记得我在基层当战士时，由于不怕吃苦，积极努力，年年都被评为先进受到奖励，而且还立了功。那年，在毫不知情的情况下，我被遴选为优秀士兵提干对象。但命运之神却同我开了一次不大不小的玩笑，我无缘无故，又很无奈地失去了人生转折的一次重要机会。事后，周围的同志都说我傻乎乎的，是个只会干活的"傻兵"……

如果那次提了干，我正好年满十九岁。这个年龄能当上排长、挂上少尉的人，在当时是屈指可数的，未来的前途也是不可估量的。然而，这只是个如果而已。对此，我"傻傻"地付之一笑，人生中没有得到的，说明它根本就不属于你。

人们常说："傻人有傻福。"我想，这句俗话用在我身上，一点都不过分。

面对人生中所谓的"挫折"，傻傻的我并未受到什么影响。相反，工作中我却更加积极了。此外，在业余时间里，别的战士外出活动，我一个人傻傻地关起门来独自补习文化。是年，我参加了全军组织的军队院校统一招生考试，以优异的成绩被军校录取。

毕业之际，别的同学为自己的毕业去向，都在托关系、找门路，唯独我在傻傻地等待着组织分配。常言道，有心栽花花不开，无心插柳柳成荫。结果，那些削尖脑袋找关系的人，并未人人如己所愿，而未找任何人的我，却被分进了北京城内的一个部队当了一名后勤助理员。后来，还参加了"大阅兵"等多项重大军事活动，荣立了二等功。如今，也是肩扛三颗星的上校军官了。

这"傻福"啊，不仅仅于此呢！

新世纪元年，部队与地方一所大学举办联谊会。所谓的"联谊会"说白了就是为单身军人找对象。那年月，兴这个，几乎每个部队都在搞。那一次，部队里通知的时候，因我还不是大龄军官，不在急需解决的范围之内，就没告诉我。恰巧，晚上有个文件需前往联谊会场送给领导阅示。负责传阅文件的同志，属于"大龄青年"，随同领导参加联谊会了。值班的领导指派我去送文件。

临时受命，我才知道有此活动。当时，我也单身，遇上这等好事，岂能错过，当然主要是想顺便凑凑热闹，长长见识。

我穿好军装，准备出发时，忽然想起白天在印名片的老乡那儿，闹着玩时印的三张名片。其中，有两张已被别人撕毁，只剩下一张放在宿舍。于是，随手就装进了口袋里。

我到达现场时，活动已接近尾声。任务完成后，我便找了个角落坐了下来，好奇地向场内扫视了一遍。只见一姑娘，身材修长，眉清目秀，长发飘逸，气质不凡，霓虹之下，翩翩起舞，光芒四射，艳压群芳。待她落座后，我抱着试试看的心态，大胆地走上前去，递上了只有姓名和传呼机号码的所谓名片，同时要了姑娘的传呼机号，便匆忙离开了会场。但并不知道姑娘到底是干啥的。

返程途中，我兴奋地哼着军歌，沉浸在美好的向往中。开车的司机是个比我兵龄长的老兵，看着我如此得意的样子，从头到脚给我狠狠地泼了盆凉水。说道，你这是癞蛤蟆想吃天鹅肉——想得美！你也不撒泡尿照照自己的影子，傻不拉叽样，要个头没个头，要长相没长相，哪一点能配上那么漂亮的姑娘？老兵的一席话，说得我心口拔凉拔凉的。也是的，论身高，她至少高出我五厘米；说长相，人家长得像明星似的，而我好看不到哪去。其他方面，目前尚不清楚，就不用说了，没准还是高干或富人家庭。如此一想，心里就有了自作多情做白日梦的感觉……

就此姑娘而言，尽管有点高不可攀的直觉，可心里头却有不甘心的冲动。第二天，我忐忑地给她在传呼台留了言。大概意思是，若无意中人，相处又何妨。呼出去整整三天，未见回音。这回，全身从上到下，从里到外，都凉得透透的！

就在我要放弃之时，我的呼机响了。传呼台留言中说，这几天出差忘了带传呼机，返京后才回信息，望谅！我一听，心中大喜，觉得后续有戏。于是，我回了个传呼，索要她的通信地址。不一会儿，就有了回音。

晚上，我绞尽脑汁、搜肠刮肚，将自己多年来积累的名人名言、爱情诗词，能用的全都用上了。一封厚厚的"情书"连夜塞进了邮筒，寄往城的那一边。之后，我们便有了第一次约会、第一次牵手……

时间大约过去一个多月。有一天，她说她妈妈带着奶奶从云南专程来北京，想见一见勾去女儿心的大帅哥。其中，还有一个重要原因，就是我当时给她的那张"名片"。她父亲是个转业军人，知道部队是不允许军人印制名片的。老人家坚决认为我是个假军人，便让家人亲自核实，避免女儿上当。当然，这个原因是后来才知道的。

闻讯后，我做了充分准备。提前在部队招待所预订了最好的房间；向部队领导作了专门汇报；安排了车接站……

二位老人来队后的当日中午，部队领导在附近条件较好的饭店为他们接风。从老人家的表情看，似乎对热情周到的安排尚感满意，但对我的印象如何，不得而知。那天，很少喝酒的母亲，在部队领导的一再劝说下，喝了不少红酒。领导见时机成熟，便开口说我如何如何优秀。二位老人，一会儿点点头，一会儿又看看我。见此情形，领导干脆地说，事儿就这么定了，下午我准你假陪女朋友去买个订婚戒指。老人家未置可否。

那时候，我的月工资不过千把块，也没有银行卡。那天，我身上只装了刚发的一个月工资。就这样，陪着她去了市里的复兴商业城。到了柜台前一看，傻了眼！钻戒、宝石的就不用说了，能拿得出手的黄金戒指至少也要两三千。我尴尬地摸了摸装钱的口袋……

先买个小的应付一下，等以后再补上。她倒是理解我，也替我解了围。我顿时松了口气。

……

有情人终成眷属，相爱的人牵手一生。如今，我们已结婚十七年了，儿子已上中学，夫妻恩爱，家庭幸福。爱人已成为大学里的资深英语教师，我依然是那个穿着军装的"傻兵"。

海月岩的山茶花

——写给我的女儿

陈国俊

寒冷的岁末里，百花未醒，你嫣然地向我们走来。

阳台上这株五色茶花，昨晚一夜未眠，今早绽放了笑脸，欲与绚丽的晓霞争妍斗艳。花朵上心形的花瓣层层叠叠，开得芬芳馥郁，开得欢快舒畅。她们有的缀在枝头荡"秋千"，微风一来，犹如舞蹈的少女；有的挂在枝腰，张着小嘴，想用甜美的嗓音歌唱春天；有的嵌在枝杈间，仿佛在积蓄力量，准备迎接生命的挑战；有的犹抱琵琶半遮面，娇羞地躲在绿叶的身后……

说到茶花，还得从老家的海月岩寺说起。三十多年前，要上这海月岩寺唯有一石径小道，石阶有上千级，道路两旁绿树成荫，山路蜿蜒曲折，那时年纪尚小，想登岩得有决心和耐力，再冷的天，登岩时也会大汗淋漓。

寺庙在半山腰，是块风水宝地，进寺前须经"不二门"。"青莲布地开三景，巨藕通天只一门。"寺门的石柱上有副"海月"藏头楹联，"海气凝云云气结成罗汉相，月光映水水光返照菩提心"。

庙里肃穆幽静。"海月岩好光景，石步庆厝顶"（闽南语，意为一块巨石盖住屋顶），寺前有块大石，巍然兀立，上刻有"落伽境"三个大字，雕有观音浮像。有诗曰："峰外长江不尽流，巍巍片石几春秋；自从题刻观音石，万古清风应祈求。"相传，屋顶的岩石上有个仙人的脚印。为此，我爬上去看过，那是一个水坑，水长年不涸，清澈清冽。寺庙的右下方有个深不见底的山洞，据说蜿蜒几十公里，曾经有十七个戏子进入山洞后找不到出来的路，幻化成仙女。现此洞已封，这也给寺庙增添一分神秘的色彩。

五色茶花长在寺内阳台的一个大石水缸旁，已有百年以上花龄，枝叶繁茂。那年去寺内，正遇茶花怒放，印象深刻。许是环境造化：月照茶花，花有禅意，意境开花，花映山香。敬慕之心，油然而生。

那么，这茶花为什么会到我家的阳台呢？

前两年的春节，到同窗好友林进国家串门，见天井有几株盛开的五色茶花，看来这花甚有灵气，会随人缘，开在慈善人家，开出富贵，开出红、粉红、洁白、淡黄、紫蓝……多姿多彩。

我眼睛一亮，感觉似曾相识。便问同学的母亲从何得来？老妈妈告诉我，这茶花是从海月岩寺嫁接、敬请而来的。我知情后，又惊又喜。惊的是，这茶花可以嫁接，身在海月岩，却能在这里看到！喜的是，我也可照办法嫁接，自己培栽，让自家也有雅物！于是，便向主人说明意愿。主人却说：这茶花是不易嫁栽的，它需有特定的土壤，剪裁也要有技巧，时间要在立春前的某一天的某一时刻，要有当年适应的气候，栽培下土要经过七七四十九天，还要用鲜米洗出来的水浇灌才会生根……额，我的天！原来是如此的不易呀！

但我还是不死心。没过几天，便专程从厦门驾车到老家，来回二百多公里，打算去剪嫁一株请到厦门来。临行前，给老同学打了电话，恳请做一下老妈妈的思想工作，让她答应给我剪裁两三株。进国历来与我情厚，却给我卖了关子说："你自己去找我妈，看她给不给你？"此言让我心情忐忑，觉得把握不大。

到了目的地，直奔茶花。老妈妈知我来意后，出人意料地乐呵呵地说："你看中哪株，就挖走哪株！"老妈妈意外爽快，让我喜出望外。君子不夺人所爱，内心犹豫再三，最后我还是拿了两株最小的。呵呵，我到底还是夺了别人所爱，且都是成活的，花枝分杈上已有六七片叶，翠绿翠绿的。我如获珍宝，内心一阵狂喜。

为了保险起见，也怕水土不服，就把其中一株留在老家让战友帮我培育，他是专业做花圃的，另一株就跟着我来到了厦门。

到家后，连夜去花市买了一个大陶缸，又到住家的后山去取了净土，当晚忙活一番，终于让茶花栽种在自家的阳台上。

这株茶花来我家近两年。从第一天起，我就没少操心呢！你可以说是我假惺惺的，也可以说我是自作多情。茶花喜光照，又不能照射太久，久了可能会死亡；温度得适中，控制在十八到二十五摄氏度之间，低了会冻伤，高了会热死；浇水要得当，两三天一次，还要浇到叶片上，否则也会造成不良后果；施肥须恰当，多了不行，少了不可，要施适合它的肥料。比如，要让花朵靓丽，要多点磷肥。花枝要常修剪，让它疯长就没了形状，别人就会不喜欢。还要翻盆，常换新土，反之，不可能嫩绿娇艳。防虫害、pH 值为五到六点五之间、土壤搭配、空气流通……家无保姆，一个大男人养如此娇贵的茶花，笑话不止一箩筐。

人有心，花有情。这花倒也争气，经历两个酷暑寒冬，斗过台风，在我家只顾疯长。有天晚上，在外应酬多喝了几杯，回到家中，独处阳台，见月上枝头，面对茶花，一时兴起，点上半截蜡烛，斟了一杯红酒，想做一回文人墨客，作诗填词，感慨自己生活如何不容易……怎奈才疏学浅，装腔作势、干咳一番，最终只说出两个字"醉了"。之后，就把整杯红酒浇灌在花盆里，想让花儿与我同醉，然后扶墙上床酣睡。那真是：醉醺醺把酒给了花，昏沉沉将身投了梦。

这花儿一天天地长，我用心一日日地服侍。冬天怕你寒冷，夏天怕你炎热。晨起浇水问早安，晚归相看不生厌。可这花儿何时盛开？花期有多长？花开谁来赏？花落谁米爱？我今儿个痴心照顾你，来日是否会有人比我侍候得更好？会不会有人趁我不注意连花缸一起端走，却不留痕迹？我心寄明月，明月照沟渠？！我坚信，你一定比我活得长久，比我活得更精彩，比我活得有质量……茶花儿，你可知晓？我对你是千般怜惜，万般挚爱！

茶花晨开，背山面海。左侧是海沧大桥，车水马龙，入夜更是像一串串明亮的珠儿，五颜六色；右岸是绵延十几里的一湾碧水，潮涨潮落，呼吸自然；远处就是鼓浪屿，名扬四海，游人如织……我想，当你在我家阳台经历日出日落，春夏秋冬，看山看海看世界时, 你可知道, 我也同样在静静地守护着、默默地盼望着、暖暖地关爱着你呢?

岁月年华, 如驹过隙。滚滚红尘, 似梦如烟。花开花谢, 草枯草荣。五色茶花的各色花仙, 我希望你们永远只是那半开的花, 成为人生中永恒的最美的微笑。用那灿烂的容颜和阳光的心, 去体味人世间的温暖与美好!

军中玫瑰最芬芳

——

徐 伟

　　下午，趁小歇之时，顺即打来一杯开水，赶紧拉开了封闭一上午的窗户。柔暖温和的太阳射线便急不可耐地涌进屋子。徜徉在初春的暖阳里，抬眼向窗外望去，大气层虽包裹着少许雾霾，但我依然感觉胸腔里盈盈鼓鼓地漾着清新可口的太阳光的芳香。

　　在这样的晴空暖阳下，整个身心缓缓地安静了下来，俨然而随性。不知怎么的，记忆的闸门瞬间打开，往事如滔滔江水般涌来，心脏的跳动几乎要迸发出胸膛。

　　于是，新建文档，打开 word，我决心为往事码码字。

　　我是该文的主人公，一个苏北小城的姑娘，提到我的家乡沭阳县，素以改革创新精神闻名全国。从曾经的一穷二白到现在的全国百强县，身为与贫苦沭阳一起走向复兴的故乡人，我深以家乡为荣，更沉淀了一份对家乡沁入骨髓的爱恋。那段高唱沭阳精神之歌，团结一心、务实苦干的激情岁月永远燃烧在我的心中，家乡人民为建设发展培育的吃苦精神也深深地影响了我。

小学毕业不满十一岁，我就离开家门在外求学，高考过后顺利上大学，踏上正常女孩子的人生轨道，大学毕业找工作，等待嫁人。然而上天却猝不及防给了我一份惊喜，2010年，全国面向社会招收大学生士兵，我赶着国家的好政策来到了心驰神往的军营，穿上了大部分女孩子再多钱都买不到的军装。

到了军营后，我就决心要扎根下来。经历了三个月新兵连，我被分到了卫生员岗位，在干好本职工作的前提下，便抓紧一切时间考学。记得那段时间营区改造，要在高楼的地基上铺设草坪，加上部队位于燕山脚下，到处都是散落的石块，不好铲的碎石只能动手捡。

一般下午起床后，随着一声集合号，我们一队人扛着大扫把，抬着簸箕出发了，一下午有固定的工作量，为了不甘于落后，一些小碎块我就直接动手抠，遇上锋利的碎石块，手经常被扎得鲜血直流。

这样也不能闲着，脑子里一直想着考军校，每天给自己制订学习计划，无论再忙也要完成，有段时间病号多，加上劳动量大，往往只能等到每晚看完《新闻联播》后再看书。部队制度很严格，到点就要熄灯，我就申请买了台不联网的电脑，下了电子版在电脑上看，常常看书到深夜一两点。功夫不负有心人，那年，我以北京军区空军总分第一顺利考上南京政治学院新闻学专业，回到了家乡省会读书。

在"军中北大"，那是一段求知若渴的如歌岁月。来自全军各大兵种九十一名战士学员齐聚新闻系九队，在军校生涯的淬火历练中，不断刷新着学院各项纪录，创造着战士学员的风采。我本身体质偏弱，体能训练在队里一直处在中下游。队里制定一项体能训练标准，每天下午体能活动时间，男生五公里，女生三公里，三公里达到十四分五十秒算优秀，达到优秀后就可以免跑一次，为了免跑一次，大家都使出了浑身解数，喝葡萄糖，吃士力架，做热身训练。

当然我也不甘示弱，为了赶上大家的训练水平，通常会在晚自习后去操场加练，大冬天三公里测试，我通常只穿迷彩服和一身秋衣秋裤，披着荒漠迷彩大衣，为了能在跑步时减轻负重，每一次跑步，我都会选择一个目标，紧紧追着她的脚步不放，那一次三公里，测试成绩十四分四十七秒。"好样的，小伟！"好闺蜜拍着我的肩膀说，这句话我想我会记住一辈子的。

军校毕业后，同学们陆续奔往祖国的四面八方，高山海岛、西北边陲、青藏高原处处散落着希望的火种。带着一纸调令，我义无反顾来到了离家一千多公里的基层一线。

起初，当我走上宣传干事岗位时，因为不熟悉环境一度坐了两个月的"冷板凳"，稿件投了十几篇，每篇都石沉大海。这时身边的同事看我每天愁眉苦脸，忍不住好心相劝：宣传口都是靠白加黑、五加二熬出来的，你一个女干部肯定受不了这份苦，不如跟领导汇报一下换个岗位。当晚我躺在床上，一贯挨床就着的我失眠了，心中有两个声音在反复地较量，一个声音在说："你的体质本来就不好，熬夜加班肯定受不了，不如换个轻松点的岗位。"另一个声音猛地又跳出来："想干好工作从来不存在所谓的轻松，越是艰难困苦，越能磨炼一个人的意志。"

仿佛是福至心灵，又仿佛是冥冥中有东西在指引，第二天清晨，当我见到第一缕阳光穿透窗帘缝隙透射进来，当目光落在窗台上根根针叶昂扬向上的仙人掌时，头脑中有一种坚定而执着的声音仿佛呼之欲出：人生的关键时刻要懂得吃苦，敢于拼搏。这样才能闯出一番新的天地。以前遇到的困难，经过努力，不都一一战胜了吗？

从那以后，我如同打了鸡血一般，每天坚持下连队采访拍照，并抽出休息时间充电写作，有时候思路迸发，在办公室加班到十一二点，同事开玩笑说："我们办公室只有汉子，没有女生。"三个星期后，我撰写的第一篇稿件《两栖明星》在《空军报》刊发，看着战友们相互传看着自己的文字，我的鼻子竟然一酸。是的，通过努力，我又一次实现了人生的超越。从七年前的考学到如今的"铅字之战"，变化的是任务，不变的是敢于吃苦的精神。

我想无论以后去哪里，接受多大的艰苦磨砺，我都会欣然接受。作为革命军人，我会坚决听党指挥，用一颗红心点亮漫天赤城，为党交出一张满意的答卷！因为我相信只有敢于吃苦才能创造别样的人生精彩。

一双有补丁的袜子

——

颜学伟

我是一个粗心大意，但善于逻辑推理的人。

2017 年秋，我完成了一个历时近一年的重大任务，心中的喜悦难以言表，任务结束后，我换了新环境，由偏僻穷困的山区转到了繁华的都市。

一个休息日，我沐漱完毕，换了身干净的衣服，准备出去逛一逛。由于兴奋过度，出门后我才发现脚上不对劲儿，低头一看，原来我还光脚穿着拖鞋！哭笑不得间，我折回寝室在行李箱中找了双袜子，穿好，在拔鞋子的后跟时，我突然发现了袜子似乎有些异常——上面竟有针线缝补过的痕迹！打眼一看不像是被刮伤的，仔细看看，才发现是一个补丁。不禁想，这是谁缝的呢？

回头想想，最近只和妈妈、爱人待在一起过——她们经我多次邀请，才来到我身边与我共同见证一场精彩的国际性军事赛事。

　　我的袜子是在组织国际性赛事定向越野比赛科目的演练时在山林里被树桩刮破的，因为当时觉得没被刮伤，也不是很疼，就没在意。晚上开会，一同事低头捡笔时悄悄告诉我："你袜子上有个洞！"谢过他善意的提醒，我心想：晚上回去就换，扔了它！

　　恰好晚上会议结束得早，十一点多就可以回家去，我心中不由窃喜。回去后，我把袜子脱下来准备丢掉，环视一周，发现附近没有垃圾桶。正准备起身去找，一同事打电话来说首长有事找我，来不及细想，我顺手把破袜子丢到凳子下面，穿上鞋就向办公室飞奔而去。

　　到了第二天中午回去时，才发现我搁在凳子下面的袜子没了，桌上多了一个针线包，我满心想的都是袜子，也忘了问家人针线包的来历。在房间环视一圈，无果，心想：自己昨天忙了一天，脚又穿着袜子，出了不少汗，肯定有臭味，而且还破了那么大的洞，她们应该拿去扔了吧。这样想着，也就没有再询问此事。

　　转眼间，比赛结束，妈妈和爱人就要走了。临行前，我们一起收拾东西。东西是只多不少，锅、碗、瓢、盆样样俱全，还有烧水壶和治疗蚊虫叮咬的药。看到那个精致的针线包，妈妈拿起它，特意嘱咐我："你们经常训练，你带着它用得着。"我应声收下，也没有多想，分别在即，我的心中唯有不舍。

　　回想到这里，我心中对袜子补丁的问题似乎有了些模模糊糊的答案。依着我打破砂锅问到底的执着继续推敲——补丁究竟会是谁缝的呢？

　　突然，我想起一件事，这件事虽然小，但让我彻底明白了袜子补丁的真相。那是2016年春节，我陪家人去寺庙上香，那天恰好是祭祀日，人山人海，出山后，爱人才发现她衣服的左衣边上，不知什么时候被别人的香烧出了一个梅花印，影响了衣服的美观。

爱人回娘家后，妈妈用她高超的缝纫技术缝补一番，不仅达到了消除痕迹的目的，且带来了锦上添花的美感。

想到这儿，袜子补丁的答案就不言而喻了。其实不管袜子是谁缝的，都使我感激涕零。因为这个接近天衣无缝的小补丁，却饱含着爱人和妈妈深深的大爱。

家和万事兴！

军人危险，但嫁给他最安全

杨亚堃

作为一名军嫂，时常有同学或朋友让我介绍兵哥哥做男朋友，每当这时，我总先问她们："你是非军人不嫁的那种吗？"有的同学会担忧地问："军人危险吗？"我一时不知该怎么回答。脑海中数星星般，浮现出我与颜八一之间的点滴……

2016 年 3 月，那时的我打算"八一"建军节跟他结婚，每次说这事，他总闪躲，次数一多，我便生气地质问他："你是不是不打算跟我结婚呀？"被我这么一问，他情急之下才道出真相："如果表现得好，8 月份我就在异国他乡了。"那个时候我才意识到，之前的玩笑话已然成真——他真的去参加国际军事比赛的选拔了，怕我担心，一直瞒着我。一瞬间，我紧张得呼吸困难，怕他听出我害怕，于是尽量平稳语调说道："你安心训练吧，谁也不许打扰我男人打仗！"

　　颜八一的比赛任务历时五个月，在这五个月里，家与国、大我与小我的对立统一关系一直是我不得不面对的命题。最心心念念的不过是平安。比赛期间，虽然我每天提着一颗心刷着军事频道浩如烟海的报道，寻找那个手臂上贴着长方形的五星红旗，说着半生不熟的外语，在异国他乡拼命努力为国争光的颜长身影，但身在其中时，却未有一刻细读过关于比赛的新闻，一为不忍，二为不敢。八月，梦想成真的他回到祖国。当一切都已尘埃落定成为过往，我才有心情真的把比赛的报道一一收集起来，逐字逐句认真地读一读。我爱有他身影的图片，爱有关他近况的文字，更爱他亲历的那些深藏在理性报道背后的故事，这些故事让我对"拼命"二字有了全新的、意义域更为宽广的定义。每当说起这些故事，他总是神采飞扬地回应我："亲爱的你知道吗？回国总结的草稿我一口气写了十多页还感觉没有写完，连我自己都有点惊讶，难道是我文采变好了吗？亲爱的你知道吗？半年的时间，我的体重从七十四点八公斤减到六十八点五公斤，走过、跑过的路，叠加起来可以纵横整个中国，我也不知道自己流的汗能装多少桶。亲爱的你知道吗？我身边精彩的故事，就算是写十本书都写不完，十页总结又是何其少！亲爱的你知道吗？很多时候都觉得很难坚持，但一想到有你在终点等我，就觉得有了继续前进的动力！"

　　从充满硝烟的赛场归来，颜八一化身暖男，心如细发，温和洁净。让我这个喜欢军人的小仙女心甘情愿收起昔日的羽衣，换上人间的粗布，不忍再飞回云端的，是与他那顿平凡晚餐中的一个不凡的细节。

　　那个冬日的傍晚，他下班后，我们一起去喝羊肉汤，我的粉色围巾容易脏，于是我拿了下来顺手放在了旁边的座位上，等我喝完羊肉汤再去座位上找，围巾已没了踪影，我问他："我的围巾哪里去啦？"他一脸茫然："不知道啊，丢了吧！"我瞪着他："你说啥？"他静静地喝了一口汤，拍拍胸脯回答："逗你呢！在我怀里呀！帮你暖着呢！"那一刻，我的心被猛地震动了，心想：天呐，他对我的围巾竟然都这么好！他用谦和、恭谨、豁达点燃我心中之火。那一刻，我理解了他的不易，也坚定了自己的选择——爱他所爱，不离不弃。

如是我闻，陪伴不应是军人最长情的告白，守护才是。我想现在，如果有拥军妹子再问我："军人危险吗？"我能想到最好的答案莫过于："军人确实危险，但嫁给军人最安全。"

老家的奶奶

周 芸

奶奶身材娇小、皮肤白皙，一双小脚，堪称"三寸金莲"，年轻时应该是那个年代的美女了。爷爷却正好相反，他身材高大、浓眉大眼，皮肤黝黑。他们生活在响水县六套乡，一起生育了五个子女。奶奶和爷爷都不识字，靠种田和做豆腐把五个子女抚养大，两个儿子即大伯和爸爸都毕业于名牌大学，这是奶奶一生都引以为傲的事情。爸爸排行最小，他大学毕业时，爷爷、奶奶年纪都大了，也做不动豆腐了。大伯家的平哥和我出生后，奶奶便把我们接过来，承担起照顾我们的任务，一手把我们带大，直到上小学才离开她老人家。

奶奶勤劳、节俭而善良。童年模糊的记忆中，常常是早上我醒来时，奶奶已经从地里干活回来了。晚上，微弱的煤油灯下，她总有纳不完的鞋底，做不完的鞋，而她自己却常穿一双旧鞋。

我曾问过奶奶，做那么多鞋干什么？奶奶说，哪有那么多？不过就是你们兄弟姐妹几个穿的，只是，年纪大了，眼睛不好了，做得慢。现在想起来，一个近七十岁的老人，要呵护这么多双脚，是多么不容易呀！那时，六套街上有吃早茶的习俗，每天早上，爷爷总是带着我去吃早茶。我的早茶通常是一碗豆浆和一根油条或两块水糕，两块水糕中间夹少许白糖，用纱布盖上，手一压，热乎乎，味道可好了，可奶奶从来舍不得吃。就是午饭，她也吃的和我们不一样，我和爷爷吃的是小米饭，她吃的小米饭里掺了玉米渣、大麦渣。而当有亲戚来借粮时，奶奶从没有让他们空过手。

像所有老人一样，奶奶用自己特殊的方式疼爱、教育我和我的堂兄。那时候，每当我和大我一岁的平哥争执时，奶奶总是要他让着我，而吃点心时，我总是要比平哥多些，她似乎与农村里重男轻女的习俗背着来。记得五六岁时的一个黄昏，我和平哥因为都要看一本小人书又争执起来。这一次，平哥以奶奶偏心，要回大伯家要挟，坚决不让。奶奶于是和我商量，我哪里会同意，就哭闹起来，奶奶又回过头，劝平哥让我，没有想到，平哥竟举起拳头狠狠打了我几下，我便哭得更凶。哭着哭着，发现奶奶没有像往常一样哄我，我就停了下来去找她，那天，奶奶没有理我，她躺在床上，背对着我，连晚饭都没有吃。从那以后，我和平哥再也不敢吵架了。

回到城里，在父母身边上学后很长一段时间，我都不习惯父母絮絮叨叨的说教，每逢假期，我都迫不及待地要回到老家奶奶的身边。在我心目中，城市是不配称之为故乡的，只有乡村，才是温暖美丽的故乡。而我也总将奶奶生活的乡下，当成了老家，那里是快乐老家，那里生长着我们的生命之根。

那时最盼望的是假期，因为，可以将老家归还给我了。记得小学三年级时的那个暑假，因为没有搭上当天的车，理应等第二天的车，但我等不及了，竟一个人独自步行，扑向乡下的老家。那是个炎热的夏日，一上路，就感觉到热浪扑面。我也是胆子奇大，就没有担心会走岔道。我记得一开始上路时，太阳是迎面照的，走到下午，太阳从背面照过来，到敲响老家的门时，月亮从西边露出脸，将我瘦小的影子，投映到奶奶的脚下。奶奶搂着我心疼得不住掉眼泪。

那一夜，我的脚疼得直哼哼，从来没有走过远路的脚，都感觉不是自己的了。但是，就是这双倔强的脚，将我送到了奶奶的身边。这也是让奶奶在那些日子自豪不已的事。

结婚后，和爱人谈起这件事情时，他怎么也不相信，因为那段路有二十多公里，一个不到十岁的女孩，哪有那样的力气和胆气？我现在想起这件事时，也有些暗暗吃惊。但那时，对老家的向往，对奶奶的思念，激起一个懵懂女孩不顾一切的斗志，发挥出神奇的潜能。而这种潜能，也只有老家的奶奶能唤醒和激发。

每次去老家，奶奶总是问这问那，问得最多的是：有没有受委屈和被父母打骂？我呢，当然是要顺势告状的。记得有一次，妈妈来接我回城，奶奶居然不让她带走我，理由是，她带大的孩子，不是任人打骂的！对此，妈妈非常反感："我的女儿，我还不能管教了？奶奶这样宠孙女，还能不宠坏！"为此，两人差点吵起来。长大后，妈妈曾告诉我，奶奶一直对妈妈打骂过我而耿耿于怀。在奶奶看来，我不是妈妈带大的，所以妈妈不知道心疼。而她在那么艰苦的环境下，都能培养出两个名牌大学生，怎么可能将她的宝贝孙女带坏？

奶奶去世的前一年暑期，在师范读书的我和考上名牌大学的平哥一起去看奶奶。那时，爷爷已经去世几年了，奶奶也因为"脉管炎"被截断一条腿后生活在二姑家。看到我们，躺在床上的奶奶高兴地坐了起来，拉着我们的手，左看看，右瞧瞧，说得最多的是一句话：好啊！好啊！都有出息了。

望着满脸皱纹，头发花白，瘦小、柔弱的奶奶，我一阵心酸，好想对她老人家说：操劳一生的奶奶，再过两年我就工作了，到那时，我一定要将您带在身边，好好孝敬您！可是，我终究没有说出来，因为，少女时期的我不是个善于表达感情的人，更羞于说出还没有做成的事情。对奶奶来说，她老人家一手带大的、最疼爱的孙女，在她有生之年，竟连一句感恩的话都没有对她说过。现在想来，多么遗憾，多么痛心啊！

老家的坟山黄了又绿，绿了又黄，三十多年了，那里一直是我魂牵梦绕的圣地。每每想到奶奶，我总是对这个世界充满感恩，心里总是涌上无尽的爱意。

父亲如山

蔡镇勇

　　父亲的身材并不伟岸,甚至还略显瘦弱;父亲也不是达官显贵,而是地道的农民。但在我心里,父亲就是一座巍峨的大山,仰之弥高。这不仅缘于父子情深,更缘于父亲平凡而伟大的人格魅力。

　　记得小时候,有一次台风大作,风雨交加,前方道路塌陷,家门前省道上的车堵了好几公里。很多行人旅客被困路上几天几夜,饥寒交迫。当一些人趁机哄抬物价,大捞一把的时候,父亲却发动全家大量煮饭熬粥,帮助这些陌生的过客共渡难关。当很多朋友觉得父亲很傻,不懂得把握赚钱的时机时,父亲却说:"谁都有碰到困难的时候,将心比心,此时怎能不伸出援手,还忍心落井下石?"一句再普通不过的话语,却永远镌刻在孩子的心灵深处。

　　父亲在村里当了三十多年的老会计和老支委。他工作认真,处事公允,对财务更是一丝不苟。帮村里起草过一百多份承包合同,负责过一大批的村级基础设施建设。而且,在涉及村民利益的重大问题上,父亲非常敢于坚持己见。二十多年前的一件事,如今想起还让人记忆犹新。当时村里要新建小学,领导选址在离村子两公里远的山脚下。那里不但荒无人烟,而且旁边还有一条小河。父亲觉得,如果把学校建在那里,不但小孩上学不方便,还存在很大的安全隐患。为此,不管领导如何坚持,父亲依然在村两委会上坚决反对,并建议把小学建在村部后面的高地上,甚至不惜用辞职来表明自己的立场。用父亲自己的话讲:"我要表态支持很容易,但却不能违背自己的良心,去做对不起全村百姓的事。"父亲的执着,最终赢得了领导的理解和绝大多数村民的认可支持。

父亲对于子女的付出,更是毫无怨言。为了供我们四个孩子读书,家里最多的时候种了二十多亩地,养了四十多头猪。很长一段时间,父亲带着母亲每天早上五点多钟起床,一直忙到晚上十二点钟才能休息。即使在生活最艰辛的时候,自己节衣缩食,也从没动过让孩子们休学的念头,硬是用孱弱的肩膀,默默为子女撑起了一片晴朗的天空。如今,我们四个兄弟姐妹都已走上工作岗位,成为国家工作人员。每每回想起父亲的无私付出,内心深处不禁总让人回荡着深深的感激。

父亲对子女的要求,朴素而又严格。父亲不会要求我们一定要有多大的成就,但要求我们一定要堂堂正正,无愧于心。记得多年前,大姐夫升任中学校长,当大家举杯同庆时,父亲的第一句话是:"职位不是意味着权力,而是意味着责任。任这个职,就要勤勤恳恳干好这个事。"一个地道农民的简单话语,却是如此铿锵有力。

　　父亲的认真、无私、公正和坚持，以及在看待问题上的远见卓识，汇聚成强大的人格魅力。正因如此，即使父亲没有强大的宗族力量，也不是村里主要领导，更没有雄厚的经济实力，但在村里却有很高的威望。许多年前，父亲负责整治疏通村中河道，在没有任何经济补偿的情况下，沿岸两侧村民不仅自己动手拆掉占用河道修建的房子，还自愿拿出茶水糕点慰问清理河道的工人。至今回想起来，不禁对父亲能在这种涉及村民切身利益的事情上，化压力于无形的影响力，更加感到由衷的佩服。

　　现在，我们都已长大成人，父亲也已渐渐老去。看着父亲越发斑白的双鬓，我在想，也许不是每个人都能成为伟人，但每个人都可以让自己的人格变得伟大。

　　作为子女，此时我只想深情地对您说："父亲，不管物换星移，岁月沧桑，您在儿女们心里，永远是一座山。小时候，您是一座在生活中可以为我们遮风挡雨的巍峨大山；如今，您是我们心目中一座壁立千仞的精神伟岳！"

泪中忆母

——

倪宝元

　　昨天，儿子在家人微信群里说梦见奶奶了。他对奶奶说：您走的时候我还很小，肯定不认识我了。奶奶对他只是笑了笑就离开了，他哭醒了……

　　一转眼，母亲离开我们已经整整十年了，每年清明节前，我都会在梦里见到母亲。她总是那样慈祥、安静地看着我，任凭我怎样呼唤都不理我，然后我就会醒来，默默流泪……

　　又是清明节了，这些年一直没写过自己的母亲。今夜，在这样一个宁静的时刻，用文字来表达对母亲的思念和爱，以祭奠她老人家的在天之灵。

　　我老家在江苏海门的一个小村庄，母亲是一个普普通通的农村妇女，尽管她大字不识一个，却拥有中国所有农村妇女共同的美德——勤俭、朴实和善良。当初，母亲嫁给父亲的时候，父亲家里特别困难。因为爷爷奶奶去世早，家里三个姑姑和我父亲都是二十岁不到的孩子，受尽了别人的白眼和欺负。家徒四壁，我母亲却没有嫌弃，毅然走进了这个极度穷困的家庭，把这个摇摇欲坠的家撑了起来。

我们兄妹五个，是靠父亲打鱼和母亲种地慢慢长大的。从我记事起，母亲每天都是早早起床，把饭烧好，喊我们起来吃饭，她自己却在旁边把所有人的衣服洗完，等我们吃好了，再吃我们剩下的东西。那是20世纪六七十年代，因为孩子多粮食少，她宁愿自己饿着，也想尽办法让我们几个吃饱。我因为是家里最小的，所以母亲特别疼爱我。长大后，村里有人告诉我：你小时候吃你妈的奶时间最长，会走路了还要吃奶呢。现在想来真惭愧，当初母亲是那么的瘦弱，而我还那么不懂事地去索取，母亲是在用血把我养大啊！每每想到，泪如泉涌……

渐渐地，我长大上学了。从小我特别爱学习，特别好强，什么都想争第一，从小学到初中，成绩一直都很好。我是班上第一个戴红领巾、第一个入团的学生。母亲见我进步，打心底里头高兴，嘱咐我不能骄傲。记得最清楚的一件事，也是我人生中遇到的第一个挫折。小学三年级，班主任换了，重新选班长，因为一、二年级班长一直是我，我想这回肯定也没问题。可是没想到因为班主任的小孩也在我班里，成绩也不错，同学们拍马屁都选她。我看着黑板上的结果，当时就哭了起来，后来班主任就让我当了学习委员。

回家后，我把这件事告诉了母亲，母亲只是说当上当不上都没关系，成绩比她好就行，人生中碰到不如意的事还会有很多，不能太在意这些东西。我记住了母亲的话，在后来的日子里，我刻苦学习，顺利地考上了当地比较好的中学。

高中毕业后，没能考上大学，参加了高复班，准备复读一年再考。但每次回家看到母亲忙碌瘦小的身影，觉得已经长大的自己，不应再拖累父母了，遂决定去当兵。我把想法告诉母亲时，母亲说路是你自己选择的，将来不要后悔就行，我和你爸支持你。

那天夜里，我一觉醒来，发现父母还没有睡觉，母亲哽咽着在与父亲商量着什么。离开家的那天，母亲忙前忙后，恨不得把所有的好东西都让我带上。至今我一直忘不了这样一个镜头：我已经走远了，母亲还是站在那儿向我离开的方向望着，任凭秋风吹乱她的头发，瘦小单薄的身影在秋风中渐渐远去……

在军营的岁月里，每当我在前行的路上想放松偷懒的时候，这个画面总是会浮现在我眼前，母亲那长长的思念和牵挂激励着我不断前行，永不放弃！

我在岁月中长大，母亲在日子里变老。由于长年的劳累，母亲的身体开始出现一些状况，每年从部队回家探亲，总感觉母亲的身体一年不如一年。每次子女们要带她去检查，她总说没事，吃点药就好了；每次想把她接来住一段时间，她总是找理由推托，其实我心里明白，她是怕增加我们的负担。她常说，你们在大城市生活不容易，儿子又小，能省就省一点吧。

对于儿女，母亲总是不计回报，默默付出。那年，我的岳父出了车祸，儿子尚小，我爱人是岳父唯一的孩子，必须要回去照顾。在左右为难的情况下，母亲伸出了援助的手，来到城里帮我们带儿子，一待就是一个来月。每次回家看到母亲忙碌的身影，心里那份歉疚无法言表。总想着等自己大了，找到工作了，就可以回报母亲了。然而，到头来还是在向母亲索取。小时候离不开母亲，长大了仍然离不开母亲。

母亲病情加重的那年，我和爱人将她接到上海来治疗。妻子带着她东奔西走，看西医不行就看中医，总希望能有奇迹出现。每次看到母亲无助而期待的眼神，我心痛极了，只恨自己不能替母亲承担痛苦，只能祈祷上苍保佑母亲多活几年，好让子女回报她老人家的恩情。然而，病魔还是无情的，母亲的身体越来越虚弱，看着自己的母亲一步步走向死亡，心里那份痛苦真的无法言表。

2007年元旦，大哥来电话说，母亲快不行了，让我马上回家。我们带上儿子立即赶往老家。一进家门，看到奄奄一息的母亲用眼光在搜索着什么，我读懂了她眼里的那份长长的牵挂，赶忙扑到跟前，她深深地看我一眼便闭上了眼睛，无论怎么呼唤却再也不能回应我们了。这一年也是我事业上最不顺的一年，我感叹这个世界对我怎么这样不公平，既让我失去了母亲，又让我的仕途充满坎坷，自己心力交瘁。处理完母亲后事回到上海不久，我就发了高烧大病一场……

"树欲静而风不止，子欲养而亲不待。"如今，儿子长大成人了，生活好了，经济也宽裕了，更加深刻地体会到了古人的那份无奈。人们常说"母亲在，家就在"。记得母亲在世时，我回家的第一句话总是问"妈呢？"即使爸爸在，还是到处找母亲的身影，直到她出现，心里才安顿下来。现在母亲不在了，每次回家看望老父亲，总想着母亲还会像从前一样放下手中的活，走出来笑吟吟地叫我的小名。可是耳畔声音犹在，人却再也不见了。

"十年生死两茫茫，不思量，自难忘。"尽管母亲离开我们已经整整十年了，但我还是一直觉得她没离开，她总在天堂的某个地方，静静地看着她的子女，保佑着他们健康快乐地生活。我想，为人儿女，为人父母，过好自己的日子的同时，将健在的长辈们照顾好，把自己的子女教育好，便是对母亲最好的回报。

今天是清明节，谨以此文献给天堂里的母亲，愿母亲从此没有烦恼、没有病痛、没有辛劳！

小区的夜

蔡泗明

我爱我生活的小区，我更爱弥漫着亲情的小区的夜。

自从我同父母亲一起搬进了县城区西边的怡景阳光小区，我的心变得安宁了许多！

七年前，在农村生活了大半辈子的父母亲就随我进了城，当时因条件有限，我们还没能住在一起。虽然，我们住所之间的距离也不算太远，但我依然是放心不下！我总担心，随着父母亲年龄的增长，子女不在身边，他们以后的生活会逐渐出现诸多的不便，精神上也会越来越觉得孤单。在这份不安中，岁月如梭，时光飞逝，一眨眼，父母亲都已年逾古稀了！

搬进怡景阳光小区，我和父母亲住在同一楼层，一梯两户，是对门住着的。这"一碗汤的距离"，让我们同时拥有了近在咫尺的亲情陪伴。从此，我的世界变得美妙起来！在我的精神世界里，照射在小区里的阳光是温暖和煦的，吹进小区里的风是绵柔清爽的，下到小区里的雨是细滑润泽的，小区的夜永远是那么的宁静而又温馨！

这份难得的幸福和安稳，让我在欣喜之余，也格外的珍惜！

小区紧紧毗邻着将军山公园和郊野绿道。每有闲暇，我都会陪着父母亲一起出来散散心，到公园的龙湖边上，或是郊野的沿渠（向东渠）绿道，赏赏风景，吹吹风，聊聊天。那场景，犹如小时候父母亲牵着我的手，领着我到处玩耍。如今，是我陪着他们共度晚年时光。一切都是那么的舒心！那么的甜蜜！然而，最让我陶醉的，还是在小区里细细体会那种父母亲和孩子就在身边的夜的感觉了！

每当夜幕降临，小区内的灯火开始通明起来，忙碌了一天的邻居们都回家了，就像白天忙于觅食的鸟儿，收起了飞翔的翅膀归巢了。这时，我常喜欢漫步于小区绿地间的鹅卵石小径上，偶尔也坐到凉亭里，感受着小区的夜——或欣赏着皎洁月光下的绿树红花，或仰望着半明半昧的星空，或聆听着淅淅沥沥的细雨，慢慢回忆着小时候与父母亲在一起辛勤农耕、养猪种菜的日子，回忆那段有苦有乐的往日时光！每每这个时候，过去的一些生活片断，都会在我的脑海里重新鲜活起来，叫我沉醉其中……

小区的夜，会透出一缕缕的灯光，照亮我眼前的世界，温暖着我的心房！

小区的夜，会流出父母亲厅堂里的灯光。看到灯光，我就仿佛能看见他们紧挨着坐在一起，冲泡着他们平时最爱喝的武夷岩茶，观看着他们为之痴迷的潮州戏曲，不时还争论起剧中的角色和情节呢！有时，仿佛又能听到他们谈论起上次回浯田老家时的一些所见所闻；谈论着我们四个兄弟姐妹建立家庭之后的咸淡与得失失……

小区的夜，还会散出女儿书房里的灯光。那灯光，犹如古时候的"黄卷青灯"，是无数莘莘学子潜心苦读的象征！看到灯光，我仿佛又能看见正上高中的女儿用功学习的情景，无论是抄写作业，还是朗诵阅读，都是那么的凝神专注，那么的心无旁骛！我知道，她不仅会遨游于她所喜好学科的知识海洋里，享受着读书之乐，她还会为了心中的理想大学，去攻克那些根本谈不上兴趣的学科难题。"十年寒窗苦读，一朝金榜题名"和"宝剑锋从磨砺出，梅花香自苦寒来"的励志格言尽皆在书房里的灯光中演绎！此时的我，又会有何等复杂的情感交织呢？有爱怜，若柠檬般酸酸楚楚；有欣喜，如巧克力之暖人心窝！

小区的灯光，就是家的方向！

小区的夜，永远是那么的宁静而又温馨！它已渐渐融入了我的生命，注入了我的灵魂！

田间小路

张守权

　　当年熟悉的田间小路，从小就在那上面走，那是由一条条垄沟垄台排列而成的。刚开始人小腿短，从这个垄台迈到另一个上面去，中间的垄沟好似一道道鸿沟，走累了也就顾不上什么沟，什么台了。有一天，感觉垄与垄之间的距离变短了，两只脚很轻松地迈了过去；又有一天，行走于两垄之间总是赶不上步，便隔着一个跳过去，而后又隔着两个跳过去……就在这不知不觉中，在这风霜雨雪中，在这季节交替中，在这垄与垄的丈量中，我变成了半大小伙子。

　　准确地说，这并不是真正的路，而是人们为了取近道，在田间里愣是把它给踩出来的。正如鲁迅先生所说："地上本没有路，走的人多了，也便成了路。"每次播种、铲草时，都要用犁把垄趟上一遍，可犁过后，原来已踩实的"路"面又会敷上一层浮土和土块，踩到上面会把土直接灌进鞋里，等放学回到家，别说鞋里，就是那脚丫子，也会洗下二两泥土来。下雨天就更不用提了，又黏又滑又起伏不平的路面，若是穿着鞋，走不了多远就会黏成泥坨子，别说行走，就是把脚抬起来都十分吃力，稍不注意抬起来的不是鞋，而是脚，鞋被留在原地，已陷在泥水里。无奈之下，只好索性拎着鞋光脚走。光脚走脚下又滑，不小心滑倒，又会弄得浑身上下全是泥，那情景就甭提有多滑稽了。诚然，这样的境遇对于当时的我们来说，并没有多苦，倒是从所谓的"苦"中能随时找出很多乐趣来。比如：看谁跳得远，不需量尺画界，只需数一下谁跳过几根垄便是；我个子小，弹跳力也差，无论比双腿跳或是单腿蹦，成绩最差的那位肯定是我；一路玩数走过多少垄的比赛，看谁数得又快又准，尽管使出浑身解数，落在后面的还是我。论跑，我是甘拜下风，但要是比走，我可不服气。别看腿短，走起来那可是脚下生风，两条腿倒动的频率极快，让那些个子高、年龄大的人也不敢小觑。

　　到了高粱抽穗季节，有些未受粉的穗子成了乌米（真菌孢子），我们就在放学的路上钻进高粱地找乌米吃。不过寻找乌米可是技术活，需要具备一双慧眼识别真假，因为没抽穗的高粱和乌米外形只有毫厘之差，稍不留意就错把高粱给揪下来，要是那样可就犯"罪"了。乌米若是嫩的，表皮呈粉白色，里面是酱粉色，吃起来口感极好，像胶皮糖似的，甜甜滑滑还不黏牙；要是老了就成为黑色，吃到嘴里像变质的干粮，不仅味道差，若是不注意，还会弄到嘴边和脸上。调皮的趁人不注意，把小黑手故意往别人脸上抹；被抹过的不甘心吃亏，便又追着去抹他，相互追逐着，打闹着。过后，小伙伴们互相看着对方的脸，你指着他笑，他指着你笑，笑出黑黑的牙，笑出黑黑的舌头，笑得个个弯着腰，捂着肚子，那情景活像一群花脸猫在一起嬉戏。

播种前后正值地气上升，暖气来袭之时，冷暖空气对流产生龙卷风。龙卷风的威力我们都知道，20世纪60年代福建省出现过的旋风，就把几吨重的油罐卷到半空又抛出五百多米远。那时候，没有其他信息来源，只是听大人们讲，说旋风是鬼怪，专门把小孩卷走吃掉或者把血喝干。每当看见直插云霄般的黑柱子，挟裹着地面上它能够掀动的物体在空中飘舞、旋转；那扭动的躯干看上去就是活脱脱的妖魔，顶端若隐若现露出狰狞恐怖的脸，正用黑洞般阴森森的眼睛窥视着你；飞舞的杂物像一只只噬人的魔爪，伸出长长的触手在寻找猎物。每当看到这一幕，心脏就会不自觉地收缩，浑身立马泛起鸡皮疙瘩。所以，只要旋风向我们逼近，就会吓得赶紧趴到垄沟里，脸和身体紧贴地面，不敢有丝毫动作，生怕被鬼怪拐去丢掉卿卿小命。等到旋风过去，收紧的心脏稍稍缓解，才发现不听话的上下牙齿还在咯咯咯地嗑打着，很容易让人联想起"黄河在咆哮"的曲调。只不过是相反的两种情景，一个慷慨激昂，热血沸腾；另一个怕得要死，浑身筛糠。

20世纪末期，国家实施的"村村通"工程，让原来的土路都变成了混凝土路面，靠两条腿或自行车走路的模式已被摩托车、汽车取代。当年行走的乡间小路，也随着时间推移销声匿迹。但不管岁月如何流逝，时代如何变迁，儿时记忆却深嵌在脑海的褶皱里，驻足在心灵的最底处，寄托在希望的梦境中。那条狭窄弯曲、凸凹不平的路仍在延伸、铺展，汇聚成一行行、一次次、一条条坦荡的通途，并化作虹桥连接昨天、今天和明天。

川府之行

——

王玉晶

　　赵雷一首吉他弹唱《成都》："和我在成都的街头走一走……走到玉林路的尽头，坐在小酒馆的门口……"自然平缓略带伤感的旋律，无意间激起了不少文艺青年的向往之心。

　　2017 年岁末，西成高铁正式通车，又燃起了众多美食爱好者的激情。而我对成都的情结则源于　个在成都求学的，帅气十足，才华出众的小伙子，我的侄儿。正如我上大学时当年四五岁的他会天天晚上欢快地跟着爷爷关注大同这个城市的天气，如今的我也会有意无意关注成都，或者新闻，或者天气，始于亲情，敬于才华，久于欣赏，因为这个人，所以关注了这座城！

　　春节假期，相约一行人进入天府之国。

　　巴蜀文化，源远流长，名人文豪竞相辈出。

　　第一站，我们去孩子们最感兴趣的武侯祠，进入园区，古树参天，绿林幽径。走过"千古明良"的牌匾，进入供奉诸葛武侯的祠堂，周围苍松环抱，翠竹林立，"三顾频烦天下计，两朝开济老臣心。出师未捷身先死，长使英雄泪满襟"。除了超凡的才智，羽扇纶巾的形象，我们印象中最令人动容的就是武侯赤胆衷心，满满深情的《出师表》。在这祠堂里，随人群慢慢前行，探寻这千年来流传后世的颂扬！祠堂两侧廊道分别列有庞统赵云为首的文臣武将的塑像，日夜陪伴蜀汉的这千古明相神侯，似乎是一种历史的再现，一班同僚的团圆！再往里走便是三义庙，供奉桃园三结义的刘关张兄弟，浓浓的都是结拜情谊，感天动地！如织游人中，我看到孩子们互问互答那段战乱、图强、忠肝义胆的蜀汉历史，兴致盎然！穿过一段曲折的红墙长廊，我们看到一个高高的圆形的土山丘，这便是汉昭烈帝刘备的陵寝，与甘夫人、吴夫人合葬墓地，出口处守卫主公的石人石马，经历了风霜的打磨，脸上显露岁月的沧桑！……

下午我们去拜访了杜甫草堂！一进景区大门，重重树阴，花溪幽径，散布各处的梅树，早春时节竞相初绽，袭来缕缕清香，随着人流，一片片、一簇一丛的翠竹笔直林立，那般儒雅，玉树临风！行进中，远处两三间泥墙茅草屋映入眼帘，忽忆中学时背诵"八月秋高风怒号，卷我屋上三重茅。茅飞渡江洒江郊，高者挂罥长林梢，下者飘转沉塘坳。""安得广厦千万间，大庇天下寒士俱欢颜！"顿时感叹，身为"诗圣"的杜甫生活清贫如此，却不忘忧国忧民，"国破山河在，城春草木深。感时花溅泪，恨别鸟惊心。烽火连三月，家书抵万金。白头搔更短，浑欲不胜簪"。望着陋室草房里陈列的简陋书桌床铺，依稀间仿佛有诗人丝丝忧愁散落，点点气息留存……

第二天，我们选择了有着一小时车程的世界文化遗产——5A景区都江堰。相传在古代，岷江一旦洪水泛滥，成都平原就是一片汪洋；一遇旱灾，又是赤地千里，颗粒无收。岷江水患长期祸及西川，秦昭襄王五十一年（前256年），李冰为蜀郡守。李冰父子在前人治水的基础上，建造了福泽后世的都江堰，这是一项伟大的水利工程，巧妙地在岷江上游地区设置了四六分水的"鱼嘴"，溢洪的"飞沙堰"和分流灌溉的"宝瓶口"，从而防洪减灾，同时还保证了万顷农田灌溉，成为天府川地富饶的千年之基！两千年前的古老先贤的创举，许多前辈先人的延续修缮维护，时至今日令世世代代后人无限感叹，敬其大智慧，念其久恩德，受其永福泽……

川府之行，浅浅数日，相比之下美食之啖略显逊色，历史人文更令我印象深刻！既然高速铁路穿山越岭攻克了自古以来蜀道难行之难题，带来了如此便利，有时间当再次入川，感受气候温润，自然风光之大美！

陪 伴

—

向 阳

　　董卿在《朗读者》第二季中用了顾城的一句话，"草，在结它的种子，风，在摇它的叶子，我们俩站着不说话"。她说在顾城的诗里，陪伴就是这样简单而美好。

　　看着影子拉得老长的父女，在夕阳余晖之下，大手牵着小手，俨然就是前世的一对情侣！突然那份慵懒的心境有种莫名的悸动——相守陪伴，那不就是我前世今生最幸福的温情吗？

　　我总在回忆中思虑前行的脚步。一切如初，那贴心的小棉袄怎就突然长大了？"妈妈，谢谢你！"就在那日清明的小长假我对老公说回老家看看公婆，女儿无由地搂着我亲了我一下说。一时间我愣住了，没想到孩子说："妈妈，别人家在假日里都是出去玩，可你要回老家看爷爷奶奶，他们岂不高兴死了！"孩子和爷爷奶奶最亲，哪怕现在，只要是回老家或公婆偶尔来我们家小住，孩子都要和他们睡一铺，真不知道那张小床是怎样睡下祖孙三人的。看着他们祖孙高兴的样子，每次我只好都由着她，甚至有些嫉妒这隔代的亲。从孩子出生到幼儿园毕业，都是公婆帮我们带的，那时一家五口挤在这不足八十平方米的出租屋里，我和老公努力地打拼，孩子不用记挂，下班回家有热饭吃，那种温情就是我和老公的依托，是全家努力向上的原动力。反倒是现在，我们买大房子了，女儿也大了，可公婆怕麻烦我们，吵着回乡下去了。走的那天孩子上学去了，婆婆拉着我与老公的手，没及开口已是泪流成行。

　　渐渐地，我们似乎都已习惯了亲人暂别的日子。只是每次在饭桌上孩子偶尔会说起奶奶知道我不吃香菜的，爷爷告诉我女孩子吃饭就应当慢一点。一时间我和老公方才发觉好久都没打电话回家了。

　　是的，这所有的一切都在习惯中平静下来。我想正是因为陪伴很温暖，它意味着在这个世界上有人愿意把最美好的东西给你，日复一日，年复一年，到最后陪伴就成为一种习惯，就像夫妻之间的陪伴，风雨中不离不弃；父母对孩子的陪伴，无怨无悔地付出；女儿对爷爷奶奶那何尝不是一种陪伴？你陪我渐渐长大，我陪你慢慢变老。在我们的生命里一切因缘而相遇之后，才有长情的陪伴。"蒹葭苍苍，白露为霜，所谓伊人，在水一方"是撩动心弦的遇见；"弱水三千，我只取一瓢饮"是情定三生的选择；"地老天荒，此情不泯"是海枯石烂的陪伴。

　　就像董卿说的一样，世间一切，都是遇见。就像冷遇见暖，就有了雨；春遇见冬，有了岁月；天遇见地，有了永恒；人遇见人，有了生命！这一切的一切，就犹如当年雨巷中戴望舒遇见的丁香姑娘，而当我遇见了你们，便有了这一世相濡以沫的陪伴！

母 亲

魏树林

　　——无论生命中的爱有多少种，最博大、最无私、最真挚、最不需要回报的都是母爱！

——题记

　　我的母亲是一个地地道道的农村妇女，不识字，不会豪言壮语，但她那慈爱、善良、坚强、自信、不怕困难、不畏劳苦、不惧贫穷的纯朴品质一直感染着我，影响着我。我心目中母亲的形象永远是伟大的，她是我一生中最真挚的爱。

　　姥爷在世时讲，母亲的命是苦的，但母亲的心是最善良的。母亲在她未到记事年龄时姥姥就去世了，姥爷为了照顾母亲和两个舅舅也一直未娶，一个人拼死拼活地劳作支撑着当时那个残缺的家。为了让两个舅舅有读书的机会，母亲虽然也很喜欢读书，

但她却从来没提过读书的事。在她刚懂事的时候便用稚嫩的肩膀
支撑着姥爷家的全部家务，洗衣、做饭、纺织全落在她一个人身上。

　　母亲九岁就开始纺纱织布，年幼的时候因个子矮够不着擀面
条和刷锅的灶台时就在脚下垫个凳子。虽然姥姥过早地去世了，
但令全村人想不到的是，年幼的母亲竟然把那个家收拾得井井有
条。母亲的勤劳能干在全村是出了名的，再苦再累的活从不说苦
叫累，从小做每件事情都是执着、认真的，是全村公认的最勤快
最懂事的姑娘。

　　母亲吃苦耐劳，嫁给我父亲后，更是吃尽了苦头。父亲在城
里工作，家里家外的所有农活家务又全部压在了母亲的肩上。从
我记事时起，母亲吃苦受累的情景像心底的烙印，永远不能抹去。
在那个靠工分分粮的年代里，母亲一人挣工分要养活我们姐弟六
个是何等不容易呀！为多挣工分，母亲常常天不亮就起床，先做
好饭然后出工干活，在生产队干些与男劳力同样的活，那些挖河、
修路、推土等重体力活，致使母亲积劳成疾，造成右肋骨变形，至
今还走路倾斜。虽然母亲整日忙碌累死累活地干，但我家依旧是村
里的缺粮户，每每看到别人家因劳力多工分高分的粮食又多又都是
细粮，而我家因工分少是缺粮户仅分到一些少量的粗粮时，母亲总
是微笑着对我们说：放心吧，孩子，有娘在，绝对饿不着你们！当
看到别人家孩子拿着雪白的馒头时我们就眼馋，为安慰我们姐弟和
调动我们吃杂粮的兴趣，手巧的母亲就会在每次蒸馍时变戏法似的
用粗面杂粮给我们捏出小鸟、小狗等动物造型的馒头来，这样蒸出
来的馒头虽然又黑又黏，但我们姐弟却争抢着吃得津津有味。

　　那时虽然家里很穷，我们姐弟穿戴却都很干净整齐，还常常

让邻里羡慕，其实他们哪里知道这其中母亲付出的辛苦呢。母亲是个很爱干净的人，最不喜欢我们姐弟衣冠不整，她总是等我们晚上都睡后，才拖着劳累了一天的身子，把姐姐穿过的衣服改给我穿，把我穿过的改给弟弟穿。然后再用那台老式的织布机织布，给姐姐们做新衣服。用粗布制作的衣服虽然在小朋友眼中很粗拙、寒酸，但我们姐弟从来没感到过低人一等，因为我们知道身上的每一丝布都浸透着母亲的辛苦和心血。

从我们姐弟陆续上学后，家里的日子更加举步维艰，靠父亲一人在县城挣的那点微薄工资远远满足不了我们上学的开支，可母亲再苦再难也不耽误我们任何一个人的学业。在那个年代里想搞点家庭副业是非常不易的，唯一能在家庭养殖的也就是几只鸡鸭，除了我们姐弟几个过生日时能享受到一个鸡蛋的"特殊待遇"外，其余的鸡蛋鸭蛋全部积攒下来托人捎到集上去换些学费。实在凑不够了，母亲就常常暗地里拆东墙补西墙，借东家还西家，节衣缩食地供应我们，往往是在每年还没有开学之前，我们的学费便被母亲"攒"够了。后来听别人讲养蜜蜂的收入比较好，母亲就让父亲从城里找来一窝蜜蜂，在出工之余学起了养蜜蜂。因养蜜蜂的技术标准要求高，母亲开始掌握不了蜜蜂的习性，经常被蜜蜂蜇得鼻青脸肿，一连几天都消不下去。为了掌握养蜂技术，母亲又让父亲在城里买了些养蜜蜂的技术书籍，不识字，就让我们姐弟轮流念给她听，对蜜蜂的习性、特点，一年四季常出现的病症，她都能做到熟记于心，然后再进行实践。通过母亲几年的努力，我家的蜜蜂养殖发展很快，母亲成为方圆十里八村养殖蜜蜂的"土专家"，家庭条件也逐渐改善了。

母亲的心是善良的，母亲的脾气是温和的。在我的记忆中，母亲从来没与人吵过架红过脸，总是很乐意帮助人。母亲常教导我们姐弟：人要多做好事，别做缺德事，免得让别人戳脊梁骨。对于左邻右舍的请求，她只要能帮上的，总会尽力去帮忙的。由于母亲心灵手巧，针线活做得漂亮，村里谁家结婚或生小孩，总让母亲给他们帮忙，剪"喜"字或给新生婴儿绣"虎头鞋"等，母亲再忙也都有求必应，总会挤时间赶在别人定下的日子前送去，从不让人家失望。为此，母亲的口碑在村里也是出了名的好。记得在我家养蜜蜂期间，每年总有一些乡邻需要用蜂蜜做药引治病，去我家买蜂蜜，可每次都是等来人走后，母亲便打发我们姐弟几个把他们买蜂蜜硬放下的几个皱巴巴的纸币给人家送回去。母亲常说：谁家没有遇到困难的时候呀！

让我最难忘的是有一年冬天，有一讨饭的老汉颤巍巍地来我家要饭，因天气寒冷，母亲给他拿一个馍后，又返回屋给他盛了一碗热汤。我当时就问母亲，对他那么客气干吗？母亲给我讲的那句话至今我还牢记在心。母亲说：饱汉子一斗，饿汉子一口。母亲虽然没进过学堂，但母亲朴实旷达，心怀平和，总是用她的一言一行教导我们崇德向善。

母亲的爱是无私的，不仅仅是对我们姐弟几个，对我们姐弟几个的子女更是关怀备至。我们姐弟几个相继参加工作在城里安了家后，母亲也随着搬进了城里生活。母亲进城并非像村里人所议论的那样，去享福了，而是为了帮助我们姐弟几个照顾小孩，以减轻我们生活上的压力，让我们有更多的精力投入工作中去。进城后，母亲总是起得最早睡得最晚，跑这家帮小孩穿穿衣，到那家把小孩送幼儿园，整天忙得不亦乐乎。对各家小孩的脾气、性格、习惯，爱吃的食物，她都了如指掌，俨然像一个幼儿园园长。为使孩子们吃好，母亲总是变着花样给他们做各种不同的饭菜，有时一顿饭要做好几锅，母亲从来不嫌麻烦，还乐呵呵地在孩子们中间喂来喂去，直到所有人都吃完了她才吃点东西。后来随着孩子们慢慢长大，去幼儿园接送便成了难题，母亲不会骑自行车，小孩多，一次又送不完。母亲就嚷嚷着让我们给她买辆三轮车，姐弟们都不赞同。母亲从来没骑过车，六十多岁的人了还要学骑三轮车不是为难她吗？后来实在拗不过母亲，只好同意了她的要求。三轮车买回来后，一连几天母亲都在院里练习骑车，直到完全熟练掌握了骑车技巧，就高高兴兴地带着孩子们往返幼儿园与各家之间。我们姐弟很受感动，常常劝母亲歇歇，母亲却说：你们不知道隔辈亲，每天跟他们在一起我也很高兴呀，等他们都能自己上学了，我和你父亲就回乡下去住。母亲是说到做到的，等我们几个姐弟的孩子全都上学了，她就和父亲搬回老家住了，任凭我们姐弟怎样挽留都无济于事。她说，你们的孩子都大了，我和你爸在这也帮不上什么忙了，只会增添麻烦，我们还是回老家住吧。

最让我难忘的是母亲对我们的牵挂。我有三个姐姐，两个弟弟，姐弟六人的生日时辰她都记得一清二楚。每到放学时谁回来晚了，母亲就派我们出去看看，或她自己亲自去村口等候。在我刚刚记事时，三个姐姐都去上学，母亲不放心我一人在家，跟生产队长请示后，才允许下地干活时带着我。在农村跟大人在田地里也很好玩，他们在中间歇工时逗我，给我逮蟋蟀、蝈蝈。但有时大人们干活一忙就把我给忘了，经常是我玩困了就不知不觉地在地头睡着了。与母亲一起干活的人就给母亲出主意说，把我放在村里和其他小朋友一起玩吧，免得整天风吹日晒的。可母亲却总不放心，老担心小伙伴们领我去坑边玩水有危险，用她的话说，看着我在她身边心里踏实。母亲的这句话到现在我还铭记在心，总是在任何时候任何地方，受到困难和挫折时就去找母亲诉说，有母亲在我身边心里就感到格外踏实。后来我参军的四年也是母亲最牵肠挂肚的四年，当送兵的汽车徐徐开动时，我不敢看母亲的眼睛，母亲边流泪，边跟着汽车隔着车窗向我反复嘱咐，直到汽车加速把她撇得远远的……后来姐姐给我写信说，母亲在我当兵走后的几个月里，只要听到别人提起我的名字，她就会掉眼泪。一次在部队出差顺便回家看看，母亲见到我那个高兴劲就甭提了，亲自给我做我最爱吃的面条，吃过饭后坐在我床头上问这问那，仿佛儿子从另一个星球回来似的，直到我睡熟了，母亲才悄然离去……

弟弟是个驾驶员，每次出远差，母亲都要他每天往家打电话报平安，一天接不到弟弟的电话，母亲就难以入睡。后来母亲回乡下住了，我们姐弟几个就又像母亲手中牵着的风筝，怎么也飞不出她的牵挂。今天打电话问问这家的情况，明天又打听打听那家的消息。母亲的牵挂就像那烈日炎炎中的阵阵清风，经常给我带来丝丝的凉爽。记得有一个星期天我抽空驾车回去看望父母，太阳还没落山，母亲就唠叨着催我赶快返回，说，赶早不赶晚，明天还要上班。最后一再叮嘱我安全到家后给她回个电话，谁知回城后巧遇几个好友小酌几杯，把母亲的叮嘱早忘到九霄云外去了。一会儿，手机响了，一接是母亲的声音：林，你们到家了吗？

我顿时无言相对，想想这么多年母亲对我们的牵挂和操心，想想母亲因劳累而孱弱的身体，想想历经的沧桑和无情的岁月在母亲慈祥的脸上刻下的皱纹，我真的哭了，但这泪因母亲的牵挂却又变得甜甜的。从那次开始，每次回乡下老家返城后，第一件事就是给母亲打电话报声平安。

如今母亲在乡村生活得很安逸，与父亲一起在院子里种满了果树和蔬菜，经常给村里的孤寡老人送送菜，帮留守家庭看管看管孩子，被村民们誉为乐于助人、慈祥善心的老太太。

我感谢上苍让我遇到这样一位好母亲；我感谢母亲让我出生在这样一个温馨的家；我感谢母亲教给了我良好的品行，激励着我在人生的道路上老老实实地做人，踏踏实实地工作！

现实生活中友情可能会因缺少交往而褪色，誓言也许会因时光流逝而淡忘，但母爱却永存人间。

愿我的母亲健康长寿，好人一生平安！

鱼之鲜蒸

————

陈 麒

　　微信时代，季节的转换其实最先是呈现在朋友圈里的。才入三月，就已经有不少朋友开始用美景、美食和美句，晾晒、描绘这春色之美了。这个季节，正是各种鲜鱼扎堆上市的季节。以前在一起工作的一位扬州籍哥们儿，一到这个季节，就会滔滔不绝地说起他家乡的美味——刀鱼、河豚……

　　有一次，这哥们居然半开玩笑半嘲讽地说，你一个东北人会吃鱼吗？当时我很是愕然，四十多岁的人，自以为还是会吃能做的，面对哥们的提问，虽心下不服，但又无话可说！不过细想想，姑且不说我这个北方人，真要认真起来，无论从南到北，敢拍胸脯说"会吃鱼"三个字的，天下能有几人？

　　俗话说，人的口味都是从小培养出来的，舌尖上的味道多是记忆中的味道，但我的口味应属后知后觉。十八岁上大学离开东北，小的时候，鱼虽不能每餐食之，但鱼比肉还是便宜得多，隔三差五总能吃上一回。离开东北前，大体上我是不大喜欢吃鱼的，除了油炸的之外，都觉得比较腥。那时吃的较多的海鱼主要是明太鱼和带鱼，淡水的多是四大家鱼，这几种鱼的做法无外乎红烧或清炖；再有就是河里的小杂鱼，用大酱炖或者腌了油炸。随着经济的发展，在今天的东北，鲜活的海鱼、江鱼、水库鱼已是常见之物，冬捕的查干湖大鱼、鸭绿江的开江鲤鱼、黑龙江的"三花五罗"，虽稀罕，但只要有钱，终究还是能吃到的。

大学毕业后，我被分配去了青岛。在这个海滨城市，我开了眼界，才知道原来鱼特别是海鱼有这么多品种、这么新鲜。由此，也就开始了喜鱼之旅，而其中最喜欢的吃法，首推清蒸，只要鱼新鲜，只要有姜、料酒，十几分钟即可享用。青岛有一种鱼叫白鳞鱼，学名鳓鱼，状似砍刀，产卵前后尤其鲜美，就连身上的鱼鳞都可以食用。识货的当地人，蒸的时候一般不去鳞，鱼身上盖几片肥肉片、姜片、葱丝，有条件的还加点火腿片，淋点料酒，大火蒸十分钟左右，出锅淋入蒸鱼豉油上桌。特别的是，蒸后肥肉片几乎不见，鱼鳞呈透明半融状态，晶莹闪烁、柔软可食。海边的人，这肥肉片用得巧妙，加上鱼鳞也含有一定量的脂肪，在细嫩的基础上增加了些脂香，但又因其刺多，只能小口抿，吃起来自然不会觉得腻。

岳父是龙口人，喜欢吃海鲈鱼，当地叫"寨花"。海鲈鱼较凶猛，随随便便就可以长到一米多长、十多斤重，曾有渔民告诉我，这鱼要用活虾钓，咬钩特别狠。海鲈鱼没有小刺，是个"肉棍子"，中等尺寸的才适合蒸，再大的就要烧或炖了。老人家做此鱼，一般是以料酒、姜片、盐略腌，装深盘，蒸十几分钟后取出。另取炒锅，葱姜炝锅，将盘内汤汁倒入，加生抽、糖、盐，勾薄芡，淋入香醋、香油，撒入蒜粒，然后将汁浇在蒸好的鱼身上。此种做法，不知是老人家自创还是家乡传统，相比大饭店的做法，个人觉得味道更丰富，因海鲈鱼的肉有些紧，再加上口味复合的回锅原汁，既增加了嫩滑的口感，也突出了香浓的本味，大块的鱼肉弹而不柴，适合朵颐。

说起海鱼，很多人要说舟山的海鲜了。京城有家馆子，叫钱塘花园，地道宁波味，我去得较多。他家的鱼品种丰富、食材非常新鲜，很多都是蒸来卖的。带鱼，北方的人大多喜欢红烧，颜色深、糖醋味，下饭得很。老北京还有一种烧饼卷带鱼，带鱼是入味油炸再高压的，用刚出锅的薄饼卷来吃，虽然吃着过瘾，但已失了本味。而这家馆子的清蒸带鱼，做法上就透着一种自信，因为鱼不新鲜的话，是断然不敢如此料理的。带鱼当然是正宗的舟山带鱼，没有南海或外洋带鱼那么大，眼睛是黑色的，身窄但肉厚，鱼鳞银白。酒店一般都是用蒸箱来蒸鱼的，上气猛、鱼熟得快，入口是直接的带鱼的清香味，软嫩而含汁水，一点腥味都没有。

他们家还有一道雪菜梅子鱼。梅子鱼，学名梅童鱼，长不大，一般也就十厘米左右。据讲，以前当地人都不屑食之，多用来喂鸡喂鸭，这几年因环境和捕捞过度反而成了稀罕物，而且还有人用来冒充小黄花鱼。梅子鱼店里好像不常有，碰上了我们就点一份，小小的蒜瓣肉加杂雪菜的脆、咸和略酸，鱼小每次只能用筷子夹一点，吃得虽不过瘾，但味道独特，食后齿颊留香。

还有一道鸡汤大黄鱼也不错，在家里我也仿制过，很受欢迎。这道鱼的原材料是大黄鱼，超市里和肉上有卖的，叫透鲜大黄鱼，真空包装需要冷藏的那种比较好。朋友们知道我是吃货，有时家里不知道怎么料理的就会送给我，只要不是保护动物，我一般来者不拒，这种大黄鱼我就收到过好几条。大黄鱼与黄花鱼是两种鱼，现在都可以养殖了，但黄花鱼要更贵些，野生的黄花鱼更是天价，也不会用来腌咸鱼。家里做也很简单，可先用清水泡了，防止过咸，因不像酒店可以常备鸡汤，我是用鸡汤浓汤宝温水加料酒化开代替。锅上汽后，将泡过水的鱼用厨房纸巾擦干水，放进稍深些的盘，淋上调好的汤汁，因是咸鱼，自不用放盐，十几分钟出锅，上桌前撒上些碎香葱。此种做法，即保留了鲜鱼的鲜味，又突出了咸鱼的咸香，鱼肉绵软而有弹性，飘着淡淡葱香，入口弹牙，实是下酒就饭的好物。

淡水鱼，其实品种也很丰富。湖北有一种鱼，当地叫刁子鱼，南方的大江大湖中均盛产。此鱼学名翘嘴鲌，三五斤常见，二三十斤的也有，是吃鱼的鱼，少见活的，一般出水即亡。京深市场里有一家专门卖千岛湖鱼头和刁子鱼的，非常新鲜，我常光顾。新鲜的鱼，蒸出来是软嫩的，不新鲜的口感发面、难以入口，也失了鱼的香味。数年前，我去鄂州梁子湖，在湖心岛的一家酒店鱼缸里居然见到一条活的刁子鱼，我们当即叫老板杀了蒸，味道极鲜美，数年后想起来，竟还会流口水。相比海鱼，淡水鱼的香味更浓，像这种大河大湖里野生的，几乎没有土腥味。有年春节，因南水北调环境治理，丹江口水库养殖清理，我响应支持渔民的号召专门从网上购了几条，蒸出的汤汁第二天竟结成鱼冻，可见鱼的新鲜。

梁子湖还是武昌鱼的原产地，当地吃武昌鱼非常讲究，说是只有十三根刺的才是正宗樊口武昌鱼。有一次，在外游学的堂弟路过北京，在我家里小留一日，我给他做了一回，蒸鱼时特别加了温水泡过的豆豉。他一个人几乎吃了一整条，不知是他在外吃不到祖国的美味呢，还是我做得太好吃了。

蒸鱼也不都是清淡口味的，京西翠微路上有一简陋的小馆子叫翠清，他们家的酱椒鱼头，味道鲜美，好评如潮。曾经有一个部门十几个人，加班饭竟然每人叫了一份鱼头、两钵米饭，呼呼啦啦、满头大汗吃完后撤退，留下十几个硕大的空盘，惊得一班食客和店员目瞪口呆。这样蒸鱼，家里做其实也不复杂，现杀的或冰鲜的鱼头，不要太大，加姜片、料酒、酱椒大火蒸十几分钟，出锅前，烧热锅，下入猪油和调和油至冒烟，迅速浇到出锅的鱼头上，再淋些蒸鱼豉油，撒些香葱，齐活！人家店里工序虽大致如此，但在调料和程序上定有不能告诉你的窍门，否则哪会有这么多的回头客。此店后来发达了，又开了多家分店，有的装潢华丽，有的厅堂宽敞，有的价格不菲，但究其味道，还是那家小馆子正宗。

扬州的哥们，我们原来在一个单位，五六个人中午一起在北海公园快走，边走边聊，聊得最多的是美食。《舌尖上的中国》播出后，几个人对长江刀鱼发生了浓厚的兴趣。扬州的哥们说，清明前刀鱼的刺是软的，鱼清蒸出来，鱼肉放到嘴边一吸就脱了骨，怎一个"嫩、鲜、香"了得，那种味道没品尝过的根本无法想象，但清明一过，再捕的鱼刺就硬了，鱼也就没了鲜味。每次听他聊，都听得我们口水直流，但清明前动辄几百上千一斤的价格，着实令人望而却步，吃刀鱼的愿望就这样说了一年又一年。有一次我请一位老领导在安定门外的江苏大厦吃饭，憋不住点了一份刀鱼，因不是季节而且是冷冻的，没品出他说的那些滋味来。

如今，一起走路的几个人，有的当了领导，有的离开了北海公园的驻地，扬州的哥们也跑到西边上班。这两天，微信群里，我发了一张新鲜刀鱼的照片，可那扬州的哥们竟没有反应。唉！

一年容易又春风，萦绕在脑海里刀鱼的"鲜"味，和那一起走路的旧时光，在愈发明媚的春光里逐渐模糊，慢慢飘散……

军中长成"一棵树"

陈国俊

  1985 年初，我从部队退役回到地方。1990 年 7 月 1 日在厦门市创办了自己的公司。选这个日子，因为我是党员。另一家连锁店选在 8 月 1 日开业，这也是因为我是一名军人。公司是福建省百家诚信企业之一，在全国百城万店无假货活动中是福建省唯一获奖者，年年获得厦门市"守合同、重信用单位"荣誉称号。我的公司在消费者心中有良好的信誉和口碑，并取得良好效益，且已具规模。我也热心公益，把自己创造的财富回馈社会，在自己曾经读过书的农村小学创立基金会，使一所原本要被县教部门取消办学资格的学校重新焕发青春，让留守儿童有书可读，造福乡亲。村里兴建老人活动中心、村道、水利设施我必捐款，还在村小学操场捐建了一个篮球场。

  我从事过电器维修，自己设计过音箱、电视天线，卖过电子

零配件，做过扩音器半成品、设计过成品。从卖国产音响到进口
器材、做工程，从无到有，一步一个脚印。公司创办初期，一没资金，
二没经验。当初在厦门市杏林区小商品市场租了一间十三点七平
方米的店面，而且是在二楼——好店铺租不起。我老家在漳州，
来厦门时人生地不熟，是外乡人、打工者，店铺只好兼作仓库、
厨房、浴室。睡觉一般都是打地铺。

当年交通不发达，没物流，也没座机电话，更别提手机了。
去广东进货，都把潮州作为中转站。早餐在潮州三利街吃两根油
条、一碗豆浆，就拉着一架两轮的行李折叠车，从三利街出发，
坐公共汽车到揭阳进线材，再到普宁进电子原配件，赶到峡山进
CD、LD唱片，晚上十一点多急急忙忙到汕头进CD机和功放器。
过程中别说进货需要挑选货品，单是赶车就成问题，折叠车上有
一百多斤的货，去一个地方也不可能把需要的货源搞定，东奔西跑，
满头大汗满脸灰，也顾不上吃一口饭，整天饿着肚子是常态。最
后赶到潮州已是凌晨三四点，也只有这样才能赶上潮州开往厦门
的大巴车。一个月至少三至四趟。那场景跟现在街头常见到收废品、
拾破烂的大叔没啥区别。

比较固定的货可以用电话联系，可每次接货都是亲自去车站
等，到货无法确知时间，接一次货常常从上半夜等到天亮，为了
省钱，卸几十件货都由自己一个人完成也是常有的事。白天做买
卖，晚上卸货，又困又累，眼睛一睁，忙到熄灯。十几年如一日，
艰难困苦可想而知。

因为生意做得好，有一次，惹怒了当地一同行。他叫了一个
流氓地痞到店来，天天过来试音响，要我接这套那套给他听，不

许真正要购买音响的顾客试听，影响了生意。我被迫无奈，不让他试听，他一把揪住我的衣襟，破口大骂："你是瞧不起我购买你的音响是不是？"他揪住我衣服不放，我平静地一边敬烟一边说："生活不容易，你也是受人所托，没必要断我生路。"后来此人因赌博、打架斗殴被劳改七年，临进监狱时我还买了两条红塔山香烟送他，叮嘱他要改邪归正。出狱后，他开了一间花店，经营花鸟，每次经过他的花店，总是想送我盆景、鸟儿。这并非是编出来的故事，可当时若是忍不住就成了事故。说心里话，凭着我的体力，打他一个没问题。但打了昨天，就没今天。

我并不是天生有能耐、会吃苦，这完全归功于当过兵，受到部队纪律熏陶、磨炼了意志。当兵期间，学会了无线电专业知识，更重要的是学会了如何采写新闻报道，成了部队的小秀才。想要写好新闻报道，就得多看书，书看多了，不可能一下就用上，但它会存在于你的脑海里，日后会表现在你的言谈、行为中。知识丰富了，人也智慧了许多。人见多了，阅历就广，内心自然强大，你的气质里，藏着你曾经读过的书。

我于 1978 年 11 月应征入伍，成为一名保卫祖国海疆的海军战士。在部队学习无线电、报务专业。刚入伍时，我文化程度低，什么都不懂。到部队后才知道衣服要自己洗，每月六块钱的津贴用来寄信、买牙膏、香皂等日用品，到月底已空空如也。每天早操、新兵队列训练、走浪桥、单双杠，政治学习，还要唱完歌才能吃饭……

通过三个月的新兵队列训练和部队领导的教育，我明白许多事理，政治思想觉悟和军事素质明显得到提高。训练团一年的专业训练学习结业时，我各科成绩全优，特别是无线电技术常识的提高，为日后从事音视频行业打下坚实基础，得益于学习无线电这门技术，如今才能在这个行业立足。

1979年底我被安排去当报务兵。上艇后除了干好本职工作外，常被叫去出黑板报。因为办报认真，版面设计得漂亮、字又写得好，内容都是集训、巡逻、值班、防风斗浪等真实写照，画的也大多是码头、海鸥、大海，所以每次大队黑板报比赛，都能获奖，大都是获一、二等奖。同时，我还学会教唱歌曲，我们大队当年在各艇挑选会唱歌的人让我先教会他们，而后让他们分别到各艇再教。其实我原先也不懂，全凭自学。现在的歌曲，只要有简谱，我一定能哼出口。我教的第一首歌就是苏小明的《军港之夜》，还有《我是一个兵》《人民海军向前进》《泉水叮咚响》《我爱这蓝色的海洋》等歌曲。有一年大队在海口集训，水警区组织歌咏比赛，由我指挥演唱的大队荣获一等奖。中队政委看我写一手好字，便把我调到中队部当文书。在当文书期间，我学会了理发，现在我还能自己给自己理发，还学会了修手表、修收音机，雕刻印章。做包子、炸油条、包饺子也都是在部队学的。薄艺随身，赢过良田万顷，我深知这句话的含义。我当时还有个理想：退役后开个快餐店，技能方面应该绰绰有余。这理想被我一个同年入伍的老乡实现了，现在他在福建省东山岛已有自己的农庄和酒店。

1983年6月，我被海口水警区推荐到南海舰队新闻采写培训班进行短期培训。到了舰队后发现：常在《解放军报》《人民海军报》《解放军画报》等权威报刊发表文章的新闻骨干都在。那时真庆幸能有机会面对面跟他们沟通。我十分珍惜这次学习机会。

学习班结束后，我被安排去水警区宣传科实习。当时，我对新闻写作一窍不通，如同赶鸭子上架。第一次被海南人民广播电台采用文稿是在 1983 年 8 月 1 日的建军节。"八一"节前夕，海口水警区在秀英港外举行隆重的阅兵仪式，阅兵完舰艇靠了岸，李干事让我把这事写成一篇文稿，记得他还特地在水警区大院里给我安排了一个小房间。可当我坐到桌前开始要动笔时，脑袋是空白的，就算在舰队新闻培训班学了新闻五要素，但如何组成一则新闻，我是一筹莫展。搜肠刮肚了一下午，用尽方法想挤几行文字，却只在额头上挤出汗。李干事倒也耐心，手把手教：湛蓝的海、旗舰、旭日东升、海军将士、昂扬斗志、优良作风、敢于消灭一切来犯之敌、响彻云端的口号、整齐划一的编队、锃亮的皮鞋、飘扬的飘带、飘带上的军锚……通过一个个意象，总算憋出一段新闻。当晚就把文稿用吉普车送到海南人民广播电台。当时通信技术落后，每当有新闻总是赶、赶、赶。

第二天早上，在水警区食堂刚要用早餐时，海南人民广播电台的早间新闻：据通讯员陈国俊报道，海军某部在"八一"建军节前夕举行隆重的海上阅兵仪式……开始以为自己听错了，但内容的确是我昨天写的。准确说，是李干事写的，我还成了通讯员，当时激动得早餐一口都没吃。

尽管我新闻报道的写作水平不高，但有了这些基础，让我在公司经营中受益匪浅，特别是刚起步阶段。记得当初我在漳州市一个电器维修店打工时，维修店租用的是漳州市体育场的一个楼梯口，每当市里举行大型体育活动楼梯口都要腾出来，店面太小，既没形象，更谈不上知名度。有一次《闽南日报》有位记者来店里维修一台三洋收录三用机，我得知他是一名记者后，写了一篇通讯《我自军营来——军地两用人才在地方开花结果》。这篇文章后来被刊登在漳州市《闽南日报》上，报社摄影记者还拍了一张照片同时刊登，图文并茂。这篇文章相当于广告软文，一下提高了维修店的知名度，加上我们服务周到，维修技术精湛，一时顾客盈门，生意特别好。

到厦门成立公司后，我也常在《厦门日报》发表一些音响电器类的文章，后来《厦门日报》的电器版还常来约稿。因为专业，也常到厦广音乐台做节目嘉宾，为听众普及有关音乐和音响设备的知识，使公司的知名度得到显著提高。

记得我第一次采访是在军港的家属区，很失败。采访对象是一位支持丈夫在部队安心服役的来部队探亲的军嫂。军嫂来自山东，文盲，见人害羞，但在老家却是顶梁柱，一个人上顾老下顾小。去采访时也没考虑人家的感受，一进屋子就开门见山说要采访，军嫂以为来了什么大记者，一下子紧张起来，我也跟着紧张，场面很尴尬，最终什么都没采访到。有了这教训，第二次去时就学乖了，我装作路过打招呼，进屋喝水，落座后先问她今天到市场买了多少菜、一斤多少钱，到她丈夫一月多少工资，她在家里如何种地、勤俭持家、孝敬公婆……闲话家常间，新闻素材全有了。

而我第一次独立完成的见报文章是《轻些，再轻些……》，写的是我们艇巡逻的事。那天风大浪高，晚十一点多才靠码头，大家辛苦了一天，非常疲惫，站岗执勤的事正好轮到我。中队政委到艇上查岗，他为了不打扰大家休息，上艇时就脱下皮鞋，悄无声息……我将这件事写成稿件后刊登在《人民海军报》。见报的当天晚上，我躲在被窝里，打开手电筒偷偷看，看到手电筒都没电了，心情十分激动。这种兴奋和喜悦并不是说我能出名，能拿到稿费，而是给自己增加了自信心，让自己明白，我不是什么都不会，通过努力我也能行。尽管此前已投了好多稿件都如泥牛入海，但我没灰心。这种自信、这些经验在我日后营销方面起了很大作用。在推销产品过程中善于跟客人沟通，了解客人需求，特别是大型项目，方案自己就可以写，做到图文并茂，数据准确，有条有理，最终做成生意。

每年艇上的年终总结，指导员总是叫我帮他写，当时我总是想，你一个指导员，经验比我丰富，又是领导，为啥要我帮你写总结？但现在看来，指导员为什么不叫别人写，这是因为指导员信任你，知道你有这个能力。你去做了，得到了锻炼，增加的经验和知识都在你脑子里，谁也抢不走。这些年我最应感谢我的指导员。

我学会理发也是很偶然的事，我们大队没有专门的理发师傅，到住地发廊理发一般不可能，费时间还费钱。都是我们战友相互给对方理发，特别是轮值海岛的前一天，大家都要理发，而且都是理光头。因为岛上用水困难，用岛上的水洗头发都是黏黏的，根本无法洗干净，就算是喜欢讲究发型的人也只好理光头。有一次我们中队有一个"不怕死"的人叫老马，头发的确太长，一时找不到人帮他理，他拿着推剪到中队部叫我帮他理发。明知我从来没干过这事，但在他再三要求下我只好拿起推剪，一番折腾后就是不好看，结果只好把他理成光头。从此以后，找我理发的人一发不可收拾。我也来者不拒，到后来连大队政委都要我给他剃头。你说这是我被人利用，还是我利用别人学了手艺？人就是这样，同样的事，你的心态好，是积极的，事情总是往好的方面发展；

心态是消极的，再好的事给你，都会成麻烦。我想要是哪天公司倒闭了，我就去当个发型设计师，日子应该也会过得悠然自得。

"当兵后悔一阵子，不当兵后悔一辈子。"在服兵役时虽有许多委屈，但我还是努力干好本职工作。当年在我们大队，也只有我一个人会写新闻报道，偶尔也有"豆腐块"上军报。我还积极参加大队的文宣工作、文体活动，也挺出色。

"男儿立志出乡关，学不成名誓不还。"退伍的时刻来临了，当我背着行囊，走出军港大门时一脸茫然。可若干年后，我重走军港，站在码头，放眼望向那片曾经生活、工作过的海湾，不禁感慨万千，我庆幸自己曾经是一名海军战士。我把我的小女儿送进武警学院，进了军校，成为一名小军官，有点遗憾的是没能当上海军。当兵是苦，可我文化低，又来自落后的农村，要是没有去当兵，哪可能有今天？

如果你爱他，就送他去军营，因为那里会有终生的战友，军营里能教会你如何做人、如何爱，会成就你的人生；如果你恨他，你也送他进军营，让他历尽千辛万苦，让他刚毅、果断、勇敢，让他从可恨开始，经过军营的磨炼最终成为可爱的人。

人生应当有梦想，有了理想才会有奋斗的人生历程。就像一棵树，种在有阳光雨水、土壤肥沃的位置，然后经受严寒酷暑，才能长成参天大树，成为栋梁之材！没有一株树苗一种下就能立刻长成大树，它一定是经历岁月刻画着年轮，一圈圈地向外生长；没有一棵大树是长向黑暗，躲避光明的。阳光，是树木生长的希望，大树知道必须为自己争取更多的阳光，才有希望长得更高。

那段军旅生涯，是我人生中最精彩，也是最珍贵的时光！

青春，那些抹不去的记忆

黄 明

　　青春，这段谁也绕不过去的岁月，都会随着时间的流逝，烙印在记忆的长河里，在内心的深处生根发芽，有时荡漾起心底的涟漪。

　　青春，对于一个过来人说，那是一段泛黄的文字，记录在日子里；那是一首不老的歌，沉淀在生命里；那是一幅动人的画，雕刻在内心里，每当屹立在回忆的渡口时，总能闻到青春飘逸的香醇，看到醉倒的红颜，听到岁月的放歌，品到昔日的故事。

　　青春离不开激情，因为那是个热血沸腾的岁月，没有什么畏惧，也没有什么后怕，更多的是轻狂和自我，跌跌撞撞前行，磕磕碰碰奔波，青春不散场，自信的是跌倒了重头再来，倒下了爬起来，多么的任性，多么的奢华，多么的高调。

　　青春离不开爱情，虽然那是带刺的瑰玫，美而动人，艳而走心，但总会开在那个路旁，绽放在心头。那时，恋爱的人都是"诗人"，谁都能道上几句感动天感动地，感动彼此的话来，什么海誓山盟，什么花前月下，都让岁月温暖，让心灵奔放。

谁都有青春，谁都有抹不去的记忆，或刻骨铭心，或沉醉于心，或封存屏蔽，或写在字里……

我的青春遇上的是迷彩色，呈现的是军旅情，绽放的是激情花。岁月里，汗水锃亮了钢枪，摸爬滚打中成长，瞄准射击，我就是上膛的子弹，兵之初，兵之情，兵之苦，兵之梦汇聚多彩青春。

不忘初心，方得始终。

不忘使命，砥砺前行。

花鸟虫鱼，自然恩典都是缘

栗梅

佛说："一花一世界，一叶一菩提。"佛在灵山，众人问法，佛不说话，只随手拿起一朵金婆罗花，示之。众弟子不解，唯迦叶尊者破颜微笑，只有他悟出道来了。世界在哪里？就在那一叶一花间。

我不懂得佛法要义，不知其中包含如何的内容，但我喜欢养花草虫鱼，并用画笔画它们的风采，我觉得，世界在花草虫鱼间。

爱花草虫鱼，每次看它们都带着深情、带着温度去欣赏，它们大概也深深懂得这份爱，在我这里，它们都活得比平常更好。

家有个很大的观赏鱼缸，都是我定期打理，水一直清澈见底、鱼满缸，还有养了十几年的乌龟、藕地里挖上来的黑鱼也都被我喂养得活蹦乱跳。

各种花草多肉，来我家后就开始光鲜起来。我不喜欢小盆栽，喜欢大盆里栽几棵拥挤热闹的气氛，每次有客人来我家都对最抢眼的大盆多肉赞不绝口，说它们美观大方晶莹透亮如水晶。

多肉是我所喜欢的，但我更偏爱那些生命力极强的花草，当万木凋零、阳台渐冷，我会把娇气的几盆花草移入房间，其他的都留在阳台上。

沉醉于这些来自大自然的花草虫鱼间时，我被触动了情感写了段随笔：

自然恩典

春天来了
花草虫鱼逐渐苏醒
而我的阳台
一直如沐春风

鱼儿翻滚跳跃
龟儿卧石旁窥行
撒一把大豆生出大虫
培一盆土长满野草伴随寒冬

这里哪有什么春夏秋冬
一年四季都活力四射
那些凡花野草淹没了高大上的多肉
那鱼缸里的观赏鱼也没黑鱼更抢风景

惊叹那些高大上的巧夺天工
也佩服雕刻者的手艺湛精
虽羡慕惊叹不已
却不曾想拥有

恰是这些没有雕饰的花草
这份与世无争的坦然
这份单纯的恬静
走入我心底无法抹去那份期盼

无论社会如何发展进步
无论大气如何污染
揭下口罩
你会发现
人们内心都喜欢纯的东西
对自然恩典的那份渴望从来没有停

这些年，与花草虫鱼打交道，让我悟出许多道理，世间万物都有灵性和生命力，每一份遇见都是缘分，爱每一片绿叶，认真对待每一片花瓣，珍视每一个生命，我们的世界会因为我们的付出越来越美丽，因为有爱才有期待，因为有爱才会让一切皆有可能。

遇到的所有人与物，都非偶然。感恩帮助我们的人，让我们懂得善良；感恩伤害我们的人，让我们学会坚强；感恩遇见每一颗种子，每一个生命，每一缕轻风，每一朵白云。

缘尽缘散都要接受现实，你记得，我来过，你离开，我还在，花草虫鱼一世界、自然恩典一瞬间，一切皆是缘。

那一年

蔡小平

那年，高中毕业的我正在复习，想再参加一次高考。一个周末，在县城工作的大伯回老家探望奶奶。饭桌上大伯说起一件事，他说有个叫海安集的乡镇，因为偏僻，缺教师，正在招聘代课教师，他托人给我开具了介绍信，想让我放弃复习去代课。听大伯说，那个乡镇距我家有百里之遥，奶奶和母亲都不同意我去代课，为了不拂大伯的心意，她们婉转地和大伯说，代课的事要等我父亲回来再做决定。当时，我的父亲也在县城工作，那个周末，他没有回家。大伯临走时，把我叫到一边，从包里掏出一个信封递给我，说这是介绍信，你先收着，再好好考虑考虑，代课的机会也不是随时都会有的。大伯走后，我打开信封，赫然入目的"介绍信"红字下，是海安集乡教育办公室的印章。捧着大伯背着奶奶和母亲给我的介绍信，我感到纠结。一方面我想再参加一次高考；另一方面，又舍不得丢掉这眼下就能够带我走出家门的印件。当时，作为农村孩子，想离开祖辈劳作的田野，基本上只有两条路可走，一是参军，二是升学。参军对我来说，是从来都不敢想象的事。升学，我也不知道自己能有几成把握。在两条尚不确定的路旁，突然出现的第三条通向远方的小路，让我惊喜又犹豫。我想找人商量，可找谁呢，父亲远在单位也没回来，奶奶和母亲都不同意我去代课。奶奶说那地方离家太远，家里也没有亲戚在那里可以照顾到我，怕我去吃苦。母亲觉得那地方偏僻还不通车，担心我来去的安全。思来想去，想到相距不远住在邻村的两位同学，当时她俩和我一样都在家复习，准备再参加一次高考。骑上自行车，十几分钟的路程，就到一个同学家了。说了来意，同学说是好事，说如果她有这机会，她也愿意去代课。我仍纠结，和同学一起去找另一个同学商量，居然得到了一样的答复。

两位同学见我难以抉择，就提议一起回母校，找我们原来的班主任问问。在母校，找到杨老师——高中三年，杨老师一直是我们的班主任兼语文老师。他帮我分析了当时的现状，说我尽管有语文、历史两门强项，但也有数学和英语两科拖着后腿，综合考虑，估计上大学的难度较大。老师支持我先去代课，他说不管将来怎样，眼下的你可以离开农村，不用再天天在田间风吹日晒了。老师还让我边代课边学习，参加自学考试。他说只要你目标坚定，勤奋努力，一科一科地考，不用太长时间，最多三年五年，我相信你也能取得自考文凭。到那时你文凭也有了，又积累了一些工作经验，想想看，不是挺好吗？

告别老师回到家，思考了两宿，我决定放弃复习去代课。软磨硬泡，奶奶被我说动了。得到奶奶同意之后，母亲的思想工作就好做多了。我一而再，再而三地向母亲保证，去百里之外的路上，乘车转船，一定会注意安全的，到了单位后，我也会好好工作，照顾好自己的。

第一次离开家门，去走长长的路，去一个完全陌生的环境，去向未知的远方，是在那个初春的早上。背上小小的行囊，怀揣着忐忑的心情，我离开从小长大的家，离开熟悉的村庄。奶奶颠着小脚和母亲一起，送我到离家不远的车站，我上车了，她们还拍着车窗不住地嘱咐和叮咛……车开走了，回望站在路边的两位至亲，那怅然若失的样子，过去了许多年，仍然镌刻于我的心上。那天，春风轻吹，暖阳高照，我走上了代课老师的岗位，开始我生平的第一份工作，当时，我刚刚过了十八岁生日。

心是一壶水

——

孔秋莉

心是一壶水，时而清凉清亮，时而浑浊苦涩。

心会随着人生的经历时而保持着常温，时而热烈，时而微凉，时而冰冷。心像一壶水，随着人生的四季，不停地变换着温度。

我想要我的生活保持着常温，让幸福如涓涓细流，哼着轻快的曲调让我一步一步走向曼妙的人生黄昏。可是生活不可能这样温顺，它总要固执地给我增添各种阻碍，时而冰冻我的心，时而炙烤我的心。曾经有过多少次，我害怕了，畏惧了，不敢面对了。但这些害怕畏惧有什么用呢？我依旧得吃饭，干活，生命的脚步不能停息。只要我心中还有要感恩的人，还有要完成的梦想，我就会对生命还有眷恋，我就得顽强地生活下去，带着我喜欢或不喜欢的心情。

人生中的很多事情就像一场梦。梦里的一切都美好无比，梦醒了，消失了，再回味，再想要，也回不去。没有谁能够做两个完全相似的梦，即使做到了，也不是在同一个时间段，不是同一片心境。人不可能随时随地都能保持冷静。如果和自己挚爱的人发生了冲突，而彼此都不愿主动，旁人也都只是看客，那么这份难堪会持续，能否化解，在于当事人。

心这壶水，太烫了不行，太冷了也不行。太烫了别人不敢靠近你，太冷了别人无法和你相互取暖。心这壶水，也许得适当地变化温度。对于自己想靠近的人，示以常温，对于自己厌恶的人，示以烈火或寒冰，这该多好。

现实中，我们总喜欢对爱自己的人发出烈火，然后再给予冰冻。而对一些无关紧要的人，总是温和相待。患难之时，真情便见了分晓，眼里布满热泪。

这样好不好，这样幸不幸福，只有自己知道。

心是一壶水，我们便如水里的一条鱼，冷暖自知。

捉迷藏

——

李　燕

　　身为人母之后，我特别喜欢和孩子们玩耍，尤其是与我女儿年龄相仿的男孩、女孩们。和他们在一起玩的时候总能找到自己那段失忆的童年碎片（我觉得自己在四五岁时的记忆几乎是零）。我的女儿现在五岁多了，她的欢声笑语萦绕在我的耳边如风铃一般。

　　某个下午，同事的女儿放学了，被妈妈接回来之后，便习惯性地走到妈妈的办公桌旁边，坐上自己的板凳，拿出自己的练习本开始写字、画画，一副乖顺认真的样子，我心生羡慕，我的女儿要是这样文静就好了。我走过去好奇地问："菲菲，累不累呀，谁给你布置的作业呀？"菲菲没有抬头却认真地回答了我："俺妈妈。"

　　"你画的什么呀？"

　　"画的小猴，它是我的好朋友。"我给菲菲竖起了大拇指说：

"画得真好。"写写画画之后，可能是等待妈妈下课的时间太漫长了，一不留神，这小家伙竟趴在桌子上睡了起来。正值冬季，这样睡容易着凉，我就把孩子喊了起来。

在菲菲的建议下，我们到教室门前的花坛边玩起了捉迷藏。我的女儿也喜欢玩这个游戏。我小时候也很迷恋捉迷藏，但那时我们似乎是长大了的孩子，玩的是有点技术含量的捉迷藏。瞧，四五岁的孩子玩的捉迷藏，多么天真、可爱呀！尽管笑得我肚子疼，但我还是坚持把自己当作四五岁的孩子和她们"幼稚"到底。

我郑重地宣告："游戏开始了，菲菲你先藏。"

一声令下，菲菲没躲也没藏，两只小手往眼睛上一捂，就大功告成地说："藏好了，你找我吧。"我忍不住窃喜："太可爱了，捂住了自己的眼睛就像捂住了整个世界，别人都看不见她！"我的女儿也是如此可爱呀。她在家里和我玩捉迷藏的时候，总是急急呼呼地找个有藏身之地的角落，把头部往里一塞，屁股还露在外面，就大声呼喊"藏——好——了，快——来——找——我。"天哪，这哪是捉迷藏呀，这明明就在告诉我：我在这里，快来找吧。

她们自得其乐呢，我怎忍心打断这清脆稚嫩的笑声。

我也稚嫩地找到底！

我故作看不见也听不见，就像菲菲的小手捂住了我的双眼，两手在空中摸索，口里说着："菲菲在哪里呢，咋就找不着呢？"我围着花坛慢吞吞地走了数圈，正在菲菲趁着我找不着，扩大指缝偷窥我的时候，我来个突然袭击，一把抓住她，提高嗓门："终于找到你了！"孩子乐得浑身都动起来了。我的女儿也是如此。家里的藏身之地多，各个房间、桌子底下、门后面、窗帘后面、

衣橱里面等，只要能把自己的头部藏起来的地方，都是她的藏身之所。我也配合孩子的童真，东屋里翻，西屋里找，扑扑隆隆一阵子，走到孩子的屁股后面，来上一句："茗茗呢，茗茗在哪里呀？"茗茗忍不住得意地笑出声来，同时努力地使劲蜷缩自己的身体，好像要把自己的身体缩成一个球。我噗嗤一笑："出来吧，我看见你的头了！"孩子就这样嘻嘻哈哈地从角落里蹿出来，奔向下一处藏身处，乐此不疲！

我也彻底被孩子的童真逗乐了。她们不用思考怎么藏好，也不用总结被捉住的原因。游戏就是游戏，没有输赢的概念，她们是输了也笑，赢了也笑。

我想我四五岁的时候也是这样快乐地玩捉迷藏吧。稍纵即逝的童真童趣呀！趁着我们还年轻，孩子还小，忙里偷闲时和孩子一起聆听童年的风铃吧。

晚开的花儿别样美

林荣彬

几年前，我在一个年级当班主任。

不久，一位反应迟缓，性格较为内向，名叫李开颜（化名）的孩子很快就进入我的视线。他小错误不断，和周围的同学格格不入，曾在体育课上上演"大战群英"的一幕。好多学生都说他不可理喻，几个同事也说他是块"烫手的山芋"。然而，我却想：既然这块"山芋"抛到跟前，自己就得义不容辞地接住他，想方设法把他烤得香喷喷，让人不再望而生叹。

有一次，李开颜在课堂上写着一张小纸条，我悄悄走近一看，发现上面歪歪扭扭地写着：揍！揍死所有的坏人。这八个字竟然全是错别字。我意识到这一定另有其因，所以没有当面批评他。下课后，我先找来几个同学，了解到他上二年级时看到自己喜欢的东西，总是爱不释手，总会情不自禁地想要拿来玩赏。他曾悄悄悄地拿走了同学的一支笔，本想玩几天再还给人家。由于他不善言辞，解释不清楚，同学们认为他是小偷而歧视他。一些调皮的孩子，从言语上侮辱他，甚至捉弄他，给他难堪。所以，他对周围的许多同学产生很强的敌对情绪。

弄清了这个原因，我把李开颜请到学校操场的凤凰树下。"在我们这个班级里没有一个坏人，大家都是老师的好学生，也包括你。虽然你以前犯过错误，但你改正了错误，你也是一位好学生，老师最喜欢像你这样知错能改的学生。其他同学也一样，他们不懂事犯了错，能及时改正也是好学生。老师去教育他们，他们都会成为好学生的。"听我这么一说，他憨憨地又很不好意思地笑着。看他这样子，我奖给他一个图案精美的橡皮擦——这是我平时用于奖励上课表现积极的同学的小奖品。临走时，我告诉他："以后看到有什么喜欢的东西想好好看看，可以向同学借，经过别人允许才能拿走；也可告诉老师，老师可以买一个送给你。有什么困难，老师都愿意帮你。"

随后，我又找了那几位同学谈心，让他们认识到对有生理缺陷或学习成绩差、毛病多的同学，不应该歧视、挖苦、嘲笑，甚至是孤立，而应该怀着一颗真诚的心去关心、帮助，李开颜同学是一位需要大家关心和帮助的同学。同时，我还吩咐几位班干部平时要多关照他。接下来的几天，轮到李开颜他们组打扫卫生时，没有人因他手脚不麻利、打扫得慢而责备他；作业不能按时完成或一有其他困难时，就有人愿意主动去帮助他。

到了星期六，我就上门去家访。李开颜得知我的到来，显得十分高兴。他的父母告诉我："孩子总是说我们的林老师对我最好，最疼我。"认真表扬了李开颜后，我以写作业为由，让他的父母支走他，开始和孩子的父母沟通。委婉地说出李开颜和同学格格不入的问题以及学习上的困难，他很需要父母、老师的引导、鼓励和关爱。他的母亲眼角似乎噙着泪花，告诉我：其实也知道孩子身上存在的一些问题，只是有些时候显得缺乏耐心，操之过急，经常因为他的学习成绩差或所犯下的小错误而责备他，甚至动手打他。我理解这对父母心中的苦，知道了父母在教育子女方面所存在的问题，我告诉他们：越是这样，越应该以一颗平常心和积极的态度去面对，多给孩子鼓励和关爱，尽力寻找机会表扬孩子，才能培养起孩子开口说话的信心，才能让孩子学会表达，提高学习成绩也才不会成为一句空话。同时，在他的父母面前，我故意放大李开颜在班里偶有闪现的亮点，说他善良、勤劳，有些事尽管做得不好，但他每一次都想认真地把事情做好。只要我们大人耐心些，下些苦功夫，他一定会有所进步的。经我这么一说，这对父母的心里似乎多了一丝宽慰，脸上似乎表现出一种从未有过的希望。

周一的早读课，我还未跨入教室，李开颜就兴冲冲地迎了上来，双手紧紧搂住我。我也顺势搂住他，一切都显得那么自然。他咧开嘴憨憨地甜甜地笑了，一字一顿地告诉我："林——老——师，我——很——开心！""为什么？""因为你跟我妈说——我——很听话，做事——很认真。"就是我对他妈妈说的简简单单的一句话，竟赢得了这个孩子一脸的喜悦和信任，这让我领略了爱与赏识的无穷魅力。

后来的写字课上，我经常到他的身边鼓励他，提醒他看准了才写，并及时帮他纠正错误。课堂上，我总会创造机会让他回答一些简单的问题，在黑板上写一些简单的生字，一有进步就在同学们面前夸他，还让同学给他送去掌声。渐渐地，他对学习变得越来越有信心，上课时都表现得非常认真。半个学期过去了，原本一次作业能书写正确的字不超过五个的他，已经能把一篇课文的生字全都一笔一画地写工整了，后来有两三个单元测试竟能突破及格线。由于他的进步，再加上他不再给同学带去无端的麻烦，同学们也不再歧视他，他和周围同学的关系也变得融洽了。看着他的进步，我原本关爱之余略带怜悯的内心开始感到欣慰，因为那朵晚开的花儿别样美！

　　"当我们在生活中学会欣赏，我们会惊喜地发现：那些蛰伏的不起眼的种子，原本可以轻易地发芽、开花、结果。"关爱，如同拂面春风，温暖着一颗受潮的心；赏识，如同大漠中的一抹绿色，唤醒无限的希冀。倘若我们愿意给予孩子们一缕春风，孩子们迟早会回报我们一个草翠花开、姹紫嫣红的春天。

走进文殊沟

何 雁

　　文殊沟，一个坐落在广袤无垠河西走廊内的小乡村，地处甘肃酒泉、嘉峪关、张掖三个城市的"金三角"地带，是祁连山风景旅游区中的璀璨明珠。2014 年夏天，军校毕业的我一路向西到达西域重镇——酒泉，从此与文殊沟结下了一段不解情缘。

　　刚到机关报到得知单位是"一旅两院"格局：一个营区位于市中心；另一个则在偏远的文殊沟，属于三类艰苦边远地区。论工作环境和个人发展，谁人不说城里好，而旅里的官兵们却是人人都说文殊好，几个师兄私下告诉我："当兵一定要去文殊沟！"

　　由于学的是装甲步兵指挥专业，我幸运地被分到文殊沟。幸福来得太突然，失落也伴随左右。第一次坐上开往文殊沟的大巴，城市的高楼渐行渐远，大雪山、荒戈壁、山沟沟……这里的荒凉让人黯然神伤，我在心里偷偷打起了退堂鼓。

"文殊沟里哈达飘，民俗文化堪一流，牛壮羊肥安居乐，军中英才出不穷。"一路上，负责带队的干部科长扮起了导游角色，不断地讲解着文殊沟驻地的风土人情和它蕴含的独特魅力。他说得很传神，但是我心里的嘀咕却未消散，"把我们从城里拉到穷乡僻壤，还说能观赏名胜古迹，无非是'忽悠'我们好好工作罢了"。

焦躁的内心持续了半小时，我们乘坐的大巴车开始减速行驶，南北两侧间隔一公里左右的绵延山体挡住了远处的雪山，干涸的河床、蜿蜒的水泥公路顺着山势延伸，公路边绿意葱茏的小树林，错落有致、具有藏族风味的村舍正在向我们走近。

"同志们快看，文殊沟已经到了！"干部科长说道，"现在公路两侧的山称为文殊山，北侧一面称之为文殊北山，南侧是文殊南山，文殊沟因夹在两座文殊山之间而得名。不仅如此，这里自魏晋南北朝以来广为流传着浓浓的宗教文化，据说这片土地应承了文殊菩萨保佑，有祁连山雪水滋养，年年物阜民丰、少有灾害发生，因此当地老百姓凿山修庙供奉文殊菩萨，形成了历史悠久的文殊山石窟群。"

一边听解说，一边用心体验，不经意间，我沉重的心情如释重负，从军行仿如一次体验藏区文化、领略边塞风情的旅行。顺着公路向前，驾驶员班长将车内的音乐切换成了欢快悠扬的藏族民歌，用汉藏双语刻在通透大门顶上熠熠生辉的"文殊寺景区"几个大字映入眼帘，我第一次看到五彩缤纷的经幡，微风中招展的风马旗，一排排具有藏族特色的藏式小院……入沟当天巧遇到藏传佛教节日，道路两旁停满了车辆，前来朝觐的人络绎不绝。山上、山下寺庙里的佛音缭绕，禅烟渺渺，几个喇嘛专注地诵经祷告，山沟里人来人往却无嘈杂之音，真不愧是一方人间净土、边关"桃源"！

进了沟，离营区越来越近了。接近文殊沟后半段，挺立在路中间的"铁甲雄狮震祁连"红字标语赫然醒目，公路面像水洗过般干净，路边的标明"双拥林"的白杨齐整又繁茂，嘹亮的军歌声、呼号声隐约传来，毋庸置疑前方不远就是神秘的营地。

"听吧，新征程号角吹响，强军目标召唤在前方……"即将进入营区，干部科长指挥和我一同入营的三十名新排长齐唱《强军赞歌》，每个人都像刚入伍的新兵，迷茫的情愫中不失激情、不缺锐气、不丧士气，歌声从狭小空间喷涌而出，穿越山脉，飞奔戈壁，响彻在山沟里的角角落落。

大巴开进院子，大巴停在入口主干道。营区大门外宽内窄，呈"八"字形分开状，两边侧墙分别用红漆刷出了"提高警惕、保卫祖国"八个大字，门墙上的牌子写着"1993 年 6 月"。星河浩瀚，军队腾飞，这扇大门始终保持着庄严古朴的风格，恰能说明这支部队听从党指挥的军魂本色和大门一样忠贞，还将随着强军征程变得历久弥新闪耀光芒。

"装步三连排长何雁。"还在回味老班长的话语，突然听到一个陌生声音呼唤着我的名字。

该不会是他乡遇故知吧？我应声答："到。"只见一个面带笑容的上等兵向我走来。

"排长好！我是三连文书戴文锋，奉命前来接您。"一看就是个活泼的战士，经过短暂交谈，得知小戴是广东肇庆入伍的大学生士兵，特长是计算机操作，是新兵下连时就被选为文书岗位的"种子选手"。

扛背囊、提行李、安顿宿舍……干活麻利的小戴让我刚入沟即体验了一把"一条龙"式服务。贫瘠的大西北，热情的文殊兵。我和小戴边走边谈，小戴告诉我说，连队上过战场、立过战功，被誉为"鱼积山英雄连"，长期担负迎检任务，是整个狭长营区靠西走的第一个连。

"练兵难，征战易。"曾经兵家练兵打仗的要诀，把它用在文殊沟再合适不过了。文殊沟气候更替快，寒季较长，出沟通戈壁，日夜望雪山，一年四季枪炮声震天响，喊杀声不停歇。搞训练，战士们从来不当庭院里的千里马，一声号令，背着枪、扛着炮、驾战车向茫茫大戈壁滩跑去，在夕阳下，成为一道无比亮丽的风景。三级军士长丁广磊，在沟里足足坚守了十七年，无论比武竞赛，还是实战演习，他从没怯过场、打过败仗。十七年军旅生涯过去了，老班长依然神采奕奕、血性飞扬，他说文殊沟里的兵不分兵龄长短，人人都有笑傲祁连千秋雪，豪饮戈壁大漠风的傲气、豪气和大气。

一朝进文殊，一生军旅情。在文殊沟生活这两年，不时听到各种各样的捷报、喜报传来，有的提升晋职，有的金榜题名，有的比武夺魁……长江后浪推前浪，旧人离开新人来，不论走再远、飞再高，一茬茬文殊人心中总有一个笃定的信念：谁不说咱文殊好，男儿建功来文殊。

别不计较那粒沙子

曾和好

现实生活中，我们往往能在大的方面把握自己，保持清醒，但对一些看似微不足道的事情容易轻视和疏忽。

比如，有的人把兴趣爱好看成是个人的事，组织上不必小题大做；有的人感到工作累，压力大，"八小时之外"随便一点，放松一下无关紧要；还有的人认为只要把工作干好，让业绩飙高，自己作风稀拉一些，算不上什么事。

这种思想其实很危险，小雨下久会成灾，小节不拘铸大错，小病不医致重疾。正如人们常说的那样，翻船不在江河上，往往翻在了阴沟里。

在非洲大草原上，有一种动物叫吸血蝙蝠，它身体虽小，却是野马的天敌。这种蝙蝠时常趴在马腿上，用锋利的牙齿，迅速咬破野马的腿，然后再用尖尖的嘴吸血。无论野马怎么蹦跳和奔跑，也无论是用蹄子还是用身子撞，都无法驱逐这种蝙蝠，因为它们实在太小了，野马只有在暴怒和流血中无可奈何地死去。

这个故事，告诉我们一个深刻的道理，当一种东西小到不是对手时，我们更应该格外小心，有时将我们击垮的并不是那些巨大的"天敌"，而是看似不起眼的"小对手"。

量变不觉悟，质变挡不住！剖析一些人走上违法犯罪道路的原因，很大一部分人并非一迈腿就坠入深渊，也不是最初就为所欲为，而是一步步走向地狱，最终身败名裂。

沉痛的教训说明，若等山洪来了再筑坝，船到江心才补漏，那就为时太晚了。特别是现在，一些同志参加社会活动多，与各类人员打交道多，个人支配的时间多，更要重视小节，谨小慎微，时时检点自己，事事躬身反省。

沙粒虽小伤人脚。伏尔泰说过，使人疲惫的不是远方的高山，而是鞋里的一粒沙子。在人生的路途上，我们很有必要学会随时倒出鞋子里的那颗小小的沙粒。

守望着岁月的老屋

李品刚

　　戊戌年暮春，我和老伴回到故乡桐城。

　　到乡下一个亲戚家做客的那天，我陪老伴特地去她的老家看了看，已经多年没有回去过，亲切和唏嘘之感夹杂而生。

　　老伴的老家在新渡镇柏年村张濠。起这样一个地名，是因为这个十几户人家的小村庄，东、西、北边被宽约十米左右的小濠环绕，南边是一口大塘，住的都是张姓人家。进出村庄有东南角和西北角两个隔断濠水的土埂，东南角的土埂要比西北角的宽阔坚硬。

　　老伴老家的房子在水塘的北侧。最老的两间正屋和两披，还是她父母亲辛勤建造的，土基为墙，小瓦盖顶，正屋有个简易小楼，存放一些不常用的物品。内弟成家后，在老屋前建了两间混凝土结构平顶房。老屋和新房之间是一个二十多平方米的小院子，水泥地面，靠西边围墙处栽种了几棵果树和花卉盆景。

这一天，我们习惯性地由西北角这个土埂走进村庄。村庄里静悄悄，人们大多到镇上或县城购置了房子。我们站在老屋后门仔细观察一番后，穿过村庄中心和两条里弄，从东南角土埂走到原来的生产队稻场，欣喜地看到了翠云姐姐和胜祥弟媳，几个人像开了闸门的水，滔滔不绝地聊了好一会儿。还得要去老屋前面看看，我们从濠埂往回走。举目一望，猛然愣了神，停下了脚步。原来村庄这么美！蓝天白云下，绿树掩映中，房屋隐隐约约，空间静静谧谧。是离开太久而生情？不！不完全是，是村庄确实变美了。濠水虽然不再清澈如故，水塘里已经萍草连片，但是，几户人家新盖的房屋散发着新农村气息，鲜活的绿色更是让古老的村庄显得娇美和年轻。

来到老屋正门前，只见为我们照看房屋的海哥给大门口砌上了半人多高的砖墙，因海哥当天外出我们也拿不到钥匙进去看一看。大门安在内弟新盖的混构房东侧，看老瓦房是一眼平视过去，看混构房可得仰起脑袋。房前的树木郁郁葱葱，挺拔茂盛，为老屋遮挡着风雨雷暴，相伴着春夏秋冬。

转悠着，查看着，交谈着，一件件往事在我的脑海里浮现，一个个回忆让我如饮佳酿甘醇。

忘不了，这里曾经是我喜结良缘的幸福家园。

那是四十二年前的初春，在父母的张罗下，我从部队休假回到老家，与现在的老伴见面后开始谈恋爱。那一天，我由父亲带领上门提亲，第一次来到张濠，来到恋人的家。准岳父岳母热情接待我们，村里人一拨拨挤进门窥视我这个"当兵的"和"未来新姑爷"，把个小村庄搞得热腾腾喜盈盈。

最隆重而又让我紧张的时刻是恋人的舅舅往主位一坐，与我对视和闲聊起来。我听说过老家有这个传统习俗，但凡紧要大事，舅爹爹发话就是板上钉钉。现在轮到自己，好似怀里揣着十五只兔子，一颗心七上八下。因为前几天我在老家镇上第一次见到准老丈人，犹如冰雪流到肚皮上——凉了半截，担心身材高挑的老人家看不上只勉强够得着他肩膀的准女婿。让我惊喜的是，他老人家其实从一打照面就打心眼里喜欢上了我。今天的"三堂会审"将是决定我姻缘大事的最后一关。感谢舅舅对我这个准外甥女婿的认可。连续两顿丰宴酒醋，晚上我留宿在张濠，一觉睡到旭日东升。

忘不了，这里曾经是童趣欢欢、书声琅琅的儿童乐园。

我的第一个孩子在这里度过欢乐的幼年，整天与村里的娃娃们嬉戏打闹，弄得灰头土脸蛮开心。出门就要外婆背，胡言"外婆背我就不死，不背马上就要死"。饭菜总是别人家的香，逼得外婆装好饭菜偷偷溜出后门，转一圈回来说是谁谁家的，她立马吃得小嘴油亮亮。第二个孩子出生在这里，树根下埋着他的胞衣罐。他们在这里，夏天由大人牵着手，赤脚蹚到濠沟里，任凭小鱼碰触小脚，痒痒得又叫又闹；冬日喜降瑞雪，他们钻出火桶丢下火团，冲出家门和小朋友一起，堆雪人打雪仗玩得汗涔涔。

内弟夫妇俩都是师范学院毕业的教师。盖好两间水泥平房后，在亲友和村民的要求下，他们把一间建成"校外课堂"，置办了课桌，购买了打印机，自己编写和打印辅导资料，认真辅导孩子学习。琅琅的读书声，从老屋传出，在空中回荡，为这个较为封闭沉静的小村庄平添了几分生机。

忘不了，这里曾经是亲情浓于水，远亲、近邻的欢乐天地。

我的岳父向来豪爽、好客，人们用"菩萨心肠"赞美他的善良和温情。受苦受累的是我岳母，无奈之下只得唠叨，岳父的那几个工资钱都是"烧"光了、"喝"光了（意即抽烟、喝酒喝茶花光了）。只要岳父一回家，家里就是"高朋满座"，村里的人这个前脚走那个后脚进，喝茶聊天，抽烟拉呱，碰到酒席还要被岳父拽上桌喝几杯。可以午席喝到夕阳西下，可以把酒言欢到鸡鸣。有一次正吃饭时，一个乞丐靠上门框，岳父硬是把他拉着一起坐在灶台边喝酒，感动得乞丐热泪盈眶连声谢恩。

我岳母有一个兄弟五个姐妹，到我爱人这一辈儿聚起来就是几大桌。大家常来常往，热热闹闹。我岳母总是倾其所有，热情招待。家住南京的二表哥最喜欢来三姨妈家，一是无拘无束，二是过足"钓鱼瘾"。我曾因探亲回老家碰到过几次，相陪甚欢，收获颇丰。

我每次探亲休假或出差路过老家，只要碰上内弟闲暇时间，他都会叫来同事或朋友，小桌子往院子里一摆，欢聚一番。夏季的晚上，一家人在小院子里纳凉聊天，欢声笑语，其乐融融。

岁月匆匆，思绪纷纷。亲戚催回的电话惊醒了我，我再次注目凝望着老房子，心中不由得感叹：两代人的奋斗，两代人的成果，如此相依相偎，如此和谐一体。虽然它们已成为空巢，但它们珍藏着故事，传承着历史，守望着岁月，激励着后人。

张濠，我们永远忘不了对你的思念！

老屋，你永远留存在我们的记忆中！

第二季
夏雨荷乐

韩家荡听荷

———

黄玉东

　　卑人行伍出身，不擅诗词歌赋，关于风花雪月、赏花吟诗等雅事，总以为与己无关，也便很少去关注了。

　　去年秋天，女儿回家说，舞蹈比赛上她将表演独舞《爱莲说》，让我准备表演服装，还要我在舞蹈的意境上提提建议。女儿自幼习舞，曾上过中央电视台的《春节联欢晚会》，在京城也算是见过世面的孩子。我虽不懂舞蹈，但对文学之韵美，尚有几分自信。于是，便点头应允。

　　"水陆草木之花，可爱者甚蕃。晋陶渊明独爱菊。自李唐来，世人甚爱牡丹。予独爱莲之出淤泥而不染，濯清涟而不妖，中通外直，不蔓不枝，香远益清，亭亭净植，可远观而不可亵玩焉。"这篇《爱莲说》是北宋理学家周敦颐的名作。此文描写了莲的形象和品质，歌颂了莲的坚贞，也表明了作者出淤泥而不染的高洁心性。懂得莲之脱俗，悟得莲之高洁，并爱莲如周，大概也能称得上是心中有莲了。于是，将自己的爱莲之情表露给女儿，女儿似乎有所领悟，舞蹈比赛取得了全校第二名的好成绩。对此殊荣，妻子笑着说了句"小荷才露尖尖角"。我笑而不语，唯愿女儿能始终如莲，出淤泥而不染，濯清涟而不妖。

我身临其境，零距离靠近莲花，聆听荷语，已是上个月的事情了。

那天，家乡县委宣传部邀请我作为嘉宾，参加"中国·响水韩家荡首届旅游诗会"，感觉些许为难，然盛情难却。平时写点短文，可我既不是诗人，亦不会朗诵，我这个"外行"去了岂不会成为别人的笑料？再三推辞未果。于是，自诩以"打酱油"身份到场。

阳历七月二十八日，天公作美，持续多日的高温高热，骤然散去，天气变得凉爽起来，似在专门迎接这场诗会的到来。微风中，我随李南、三色堇、爱斐儿、金铃子、夏花、张映姝、语伞、布木布泰、苏笑嫣、娜仁琪琪格、周所同、周庆荣、箫风、李犁、灵焚、亚楠、刘川、刘秀娟、姜桦等诗人们，驱车前往韩家荡天荷源……

我的家乡响水，素有"浅水藕之乡"的美誉。近年来，在县委县政府的引领下，成立了韩家荡旅游开发公司及莲藕深加工企业，产业规模不断扩大，增添了数千个就业岗位，增加了农民收入，且由莲藕制成的纯绿色食品饮料远销海外多个国家赢得了赞誉。而韩家荡的万亩荷塘，是这个产业的龙头，也是全县生态旅游的一个缩影。

接天莲叶无穷碧，映日荷花别样红。今日的韩家荡，姹紫嫣红，满塘荷花宛如待嫁的新娘，浓妆艳抹，盛装迎接来自远方的宾客。沿着曲折的木板小路，步入荷塘深处，阵阵荷香，潜入心肺，那些被冠以云霞、玉兔、日出、秋叶、风中笑、婴儿红、白海莲、白千叶、紫金荷、泽畔芙蓉的莲花们，有微笑绽放的，有羞涩含苞的，还有躲在荷叶下面窃窃私语的，对诗人们的到来，仿佛在评头论足。

一阵轻风，那些高高低低的碗莲便不再矜持了，渐渐地开始在荷叶上摇曳，与堤岸上的垂柳、向日葵，组成了一幅五彩的夏日风景。碧绿的荷叶，似夏日的少女，在风中不时地撩起那荡人魂魄的裙裾，青翠中透出剔透的朦胧之美。

人们说，有荷之处一定有花，有花之地必有爱情，有爱情的地方不缺浪漫。一路陪同的天荷源主人——单体球总经理，说："韩家荡人种莲爱莲护莲是出了名的，以莲为名的女孩比比皆是，发生在莲花丛中的爱情故事真不少呢！于是，便有了'不到韩家荡不知荷花香，不闻荷花香不懂荷花情'之说。"到了韩家荡的天荷源，再冰冷的心也会温暖，再无情的人也将温柔。如此柔媚的胜地，能不让你流连忘返吗？

徜徉在绿波花海之中，静静聆听着来自荷塘深处的荷风花语。一枝早熟的莲蓬，执拗地伸出荷叶之上，像一位防空卫士，面朝东海上空，二十三个饱满的莲子犹如二十三颗上了膛的子弹，蓄势待发。望着这无言的景象，我依稀听到了厮杀与呐喊声。这枚莲蓬，它一定有家仇国恨，不然，它怎会在烂漫的花季里卸妆早熟？

韩家荡，是诗人周庆荣的故乡。熟悉了解的人都知道，周庆荣的诗歌意韵绵长匠心独运，周庆荣的文字满含士气侠骨柔情，因而在他的家乡有这样的莲蓬，也就不觉奇怪了！

以周庆荣笔名命名的"老风书屋",坐落在韩家荡的荷塘深处。这栋近代仿古建筑,保持着苏北农舍特有的风貌,青砖黛瓦,简朴大方,古色古香。周敦颐将荷喻为"花之君子者也",那么,周庆荣则将书屋搬进了荷塘深处,与"君子"为伴,可谓用心良苦,其寓意不言自明。晴日闻荷香,静夜听蛙鸣。身在其中,还有谁会领悟不到朱自清《荷塘月色》的意境呢?

如果说,一个诗人在荷塘会有灵感,那么,众多的诗人呢?那必然会带来灵动。果然,在那天下午的"韩家荡诗会"现场,诗人们诗兴大发,会场诗意盎然。

那天的诗会,原定于下午五点开始,可热情的父老乡亲们,携家带口,早早地便来到了现场静候着。若是算上荷塘内的游人,毫不夸张地说,足有万人。这在当地,是难得一见的。

"我知道,如果我不来,有一朵荷花一定不会开。荷花的女子,她在等我,我要向荷花鞠躬,向种荷的人民鞠躬……"这是在朗诵金铃子的诗《如果我不来,有一朵荷花一定不会开》。随后,三色堇的《七月,荷香》、姜桦的《祖国》、亚楠的《在峡谷里》、李犁的《有一个梦想》等名人诗篇,连绵不断地回荡在韩家荡上空。

如果荷花是一种抒情,那么莲藕便是深处的思想;若是诗为它们的全部,诗也应该从泥土中生长出来的……诗会现场,望着脚下这片土地,我静静地凝思着。

让人沉醉的时光总是溜得特别快,暮色不知不觉便笼罩了荷塘。然而,韩家荡万亩荷塘边的诗会,仍在继续……

诗人们离开时,沸腾的韩家荡,已一片宁静,弯月之下,蛙声四起……

喜欢杭州

——

毛新萍

其实到过杭州多次了，但每一次都是那样地开心。

喜欢她，并不因"上有天堂下有苏杭"的名气，而是与杭州有一种由来已久的稔熟，一见如故的默契。沿途的风景、远山近水曲线温柔不消说了，她更是一个充满人文情感的城市，一个神韵灵动的城市，这样的地方无疑是让人留恋的。

说到杭州，西湖是必说的，她是杭州的眼睛——双眼皮的西湖，秋波频送，不由得你不停步在她的身边。你看，苏、白二堤仿佛是两条永远走不完的诗行，南来北往的人到了这里便会多了些才情，多了些婉约，多了些似水年华的追忆。漫步湖边，桃之夭夭、灼灼其华、杨柳依依、烟波致爽，对对水鸟拍水掠起，天空便多了翅膀的痕迹，或许你寂寞的心犹如这湖水，虽静静无语却盈盈而在，一如那盛开的莲花，为你传递着某种禅语，似懂非懂、欲语还休，一切只因了这城、这湖，因了多年前的一个怀想，或者说是一个梦吧。

许仙不在，白娘子不在，可是断桥在，断桥不断，而雷峰塔已倒；梁山伯不在，祝英台不在，十八里相送仍在；林隐士不在，梅在、鹤在，依然是疏影横斜水清浅，暗香浮动月黄昏。而西湖之畔，长亭之中，吴山青、越山翠，两岸青山相迎送，谁知离别情？到了这里，淡淡的忧伤、长长的相思，便都有了完美的归宿。

与王安石在金陵玄武湖的所做极为不同，当同一朝代的王安石在围垦玄武湖的时候，苏东坡却在修筑苏堤，最终玄武湖成了南京永远的遗憾，使得玄武湖不再能与西湖相提并论，只能掩在历史的记忆里暗自神伤。不同的结果，苏东坡和白居易却使杭州这个城市即便在百年、千年后仍是人们情感的寄托地，因了这汪湖水、因了孤山，所谓智者乐水，仁者乐山，动静皆宜，但凡追求人生此至高境界者，有谁不爱山爱水呢，而这里得天独厚。有词叫源远流长，此时你便会深深懂得了。

在西湖边，你可以尽可能地展开想象的空间，其实人和城市总会喜欢依水而居，不单单是因为生活的便利，更多的是因为有了风景和诗意，人总是会诗意地栖居，杭州人是有福的。

或许阳光翻动着荷叶上的水珠，或许莲探出纯纯的花瓣，不染污泥的莲穿尘走月，而西湖依然且清且涟漪，青青子衿、悠悠我心，给杭州这个城市平添了美丽和妩媚。

有人曾说，杭州是一座爱情的城市，到了这里，你不免就想谈一场恋爱，或许是不无道理的。以至于到了西湖，男子们会幻想苏小小或是白素贞打着花伞翩翩而来，一回首，一凝眸，湖水生情，温情弥漫。是啊，在人们的眼中，杭州本身的文化符号和它流淌着的情感已经超越了它的名字，更多的时候我们愿意用它那化蝶般的神奇来寄托自己内心的情愫，在中国的城市里曾经有过那么多脍炙人口、流传不息的故事，而杭州就占了最重要的几个，可见杭州是个多情地。

喜欢一个地方，可能是因为内心隐隐的一种怀旧，在今天这样日新月异的环境下，我只企盼杭州那种古典气质不要丢失，就好像我们需要一个感情的寄居地，能够让美丽和伤感、古老和神话久久地保存着，偶尔地，到杭州，寻找着自己，寻找着历史，触摸着那些脉动，远远地，静静地，感受着内心世界的安宁。

在说与不说之间

宓 月

    走出校门前，我是一个不喜欢抛头露面，有些胆怯和羞涩的人。参加工作后，因为经常组织活动，与各色人等打交道，竟渐渐练出了一副"伶牙俐齿"，无论大庭广众之下，还是朋友聚会，常常滔滔不绝，像个话痨。

    其实，我并不是一个善于表达自己思想和观点的人，平常说话更没有一点儿煽动性。只不过，有时怕朋友聚会冷场，找些话来活跃一下气氛。在谈到了某些人和事时，我觉得应该诚实地表达立场和观点。当然，对自己热爱的朋友，难免掺杂个人情感，多一些溢美之词；对自己不喜欢的人，也同样无法掩饰自己的好恶。即便如此，先生仍然认为我的话"太多"。他经常告诫我，沉默是金，话多无益。

    我对先生的话很不以为然，我坦坦荡荡，说话也能惹祸？

但很快我就尝到了"口无遮拦"的后果。我在某个场合说过的话，辗转回到我耳朵里时，已经完全变了样，好像我成了一个搬弄是非之人。工作中的一些事，也让我突然醒悟，竟然自己给自己挖了一个陷阱，哑巴吃黄连有苦说不出。先生趁机对我又是好一番循循善诱："说话是一门技巧，要分场合，看对象。所谓言多必失、祸从口出，这是古人给我们总结的金玉良言。在外，一定要谨言慎行。"为了让我牢记在外少说话，他还给我取了不少绰号，诸如"话痨""闷墩儿""赞花儿"之类，只要能够套到我身上、能够刺激我"闭嘴"的，他都尽其所能变着花样儿叫我，让我哭笑不得。

静下来反省，先生的话也不无道理。我自以为一片真心好意说的那些话，有时起到的反作用是我自己压根儿没法预料的。我决心听从先生的"教诲"，少说话，多倾听。可实施起来，却发现，这比当初我为了让自己变得"能说会道"要难得多。很多时候，我几乎要"脱口而出"，想起先生的"教诲"，又活生生地咽了回去。这种感受，就像被圈在笼子里，野性和自由被一点点磨掉。

从小到大，我都依仗着父母、哥哥们的疼爱，想怎么做就怎么做，自由散漫惯了。按先生的说法，我活得"很自我"，很少从别人的角度去深思熟虑。在家里，不会成为麻烦。在朋友圈里，也不会惹出什么祸事。但进入一个复杂的社会系统，这就成了问题。

我知道，先生要我少说话，是出于爱护我。但当我克制自己少说话时，却发现少说或不说，确实有诸多好处。闭紧了嘴，耳朵和眼睛就更敏锐了。你会更专注地去听每一个人讲话，去认真观察每一个人的表情，于是，过去未曾注意到的细节就会进入视野，分析和思考就会更深入，对人性的复杂就会理解得更透彻。在聚会中，如果不说话，很容易被人撂在一边。虽然有种边缘人的感觉，但却可以像局外人一样去倾听、观察和思考。这是一件有趣的事，就像阅读一本书，你不知道下一步会出现什么样的惊喜。

过去，我读小说总是专注于故事情节的发展，关心人物的命运，很少去细究人性。很小时，我就开始读《红楼梦》，但几乎没有读完过。有一天，我又重新读《红楼梦》，发现过去竟然忽略掉了太多不该忽略的细节。譬如，第四回"薄命女偏逢薄命郎 葫芦僧乱判葫芦案"，贾雨村到应天府上任，审理第一件案子，原葫芦庙的沙弥、现在的门子给他提了醒、出了主意，使贾雨村没"犯大错"。按我的常识，贾雨村遇到这样贴心贴意的"故知"，应该提携才合情合理，但贾雨村"又恐他对人说出当日贫贱时的事来，因此心中大不乐意，后来到底寻了个不是，远远的（地）充发了他才罢"。几十个字，看得我惊心动魄。而书中这样的细节数不胜数，让人一遍遍寻味，慨叹人性的复杂。这些，都是我"话痨"时期从来看不懂也读不透的。

从强制自己闭嘴，到自觉少言寡语，我发觉眼前世界不是狭小了，而是更开阔、更丰富了。我本来就不是擅长口头表达的人，相较而言，用文字来表达，我更能将一些事物表述得准确、有趣。我甚至在四川大学读书时就写过一部长篇小说。多年来，我一直没有勇气再次涉猎。写散文、散文诗，我可以"信手拈来"，而对写长篇小说，始终没有底气。先生说我过的是一种"悬浮"的生活，每天与文字打交道，社会交往十分有限，许多知识、经验，都是来自书本。直到我开始参悟"沉默是金"四字要义后，才算真正打开了一道探察复杂人性的大门。虽然与好朋友在一起时，我仍然会"口无遮拦"，但我知道，我已不是"话痨"时期那个我了。

学会了闭嘴，憋下的话太多，或许，写个长篇小说是个不错的选择。

梦里水乡

——

张 瑜

　　上海金山渔村是一座别具风情的江南小镇，它无意张扬，没太被打扰，这里的居民仍延续着最原生态、最自然的小镇生活，半朵悠莲无疑是那颗镶嵌在王冠上的明珠，游客只有走近才能感受到它的温醇、独特。

　　六月的时节，已是初夏，天气炎热中带着些许清凉，让人感觉不到那灼灼烈日的炙烤，也无乌云压顶般的燥闷。水乃生命之源，流淌的河流是金山渔村的血脉，滋养着小镇，也赋予这一方水土灵动之美，烟云、雨雪、霞光、气象变换中的水乡小镇都各有一番韵致。

　　柳枝摇摆，微风习习，清晨漫步在那河岸边，踩在脚下略有凹凸质感的青石板上，屋檐下面，红色的灯笼、廊棚前黄色的店旗，一切都是那么古色古香，不用忙着匆匆赶路，可以用轻盈的脚步感受小镇静美的脉动，心灵不觉寂静了下来。伫立于金山的灵土，仰望苍穹，风烟俱净，澄澈得如一汪清水。漫漫岁月中流淌着江南水乡的清秀，江南小镇的恬静，江南雨巷的幽深，江南文杰的的灵韵……

小桥，流水，人家，流溢在水墨江南里，看不明虚实，分不清究竟，总能让你体会梦境般的温柔美丽。金山渔村的美，是朦胧而古朴的，是树下悠然落棋，是花间醉然品酒。是庭中淡然品茶。绿水萦绕着白墙，红花洒落于青瓦，蜿蜒曲回的小河在清晨和夕阳中浅吟低唱。乘一叶扁舟撑一支篙，穿行在青山绿水中，两岸是历经风浪的斑驳和亘古柔情的飘零，一泓清水所承载的，是似水流年的痕迹和沧桑。

金山渔村的美还在于午后那段时光，无论现代气息如何逼迫，小镇依然坚守着一份自在，慢节奏在这里尽数显现。老地方，是不在乎游客打扰的，光阴从门口悠悠穿过，游客置身其中，仿佛自己也是常住在这里的一分子。坐在廊棚下细细品味水乡人家的生活实在是一件惬意的事。整座水乡小镇如诗如画，人处其间，恍然桃源仙境。仅仅是一瞬间，我似乎是爱上了这个恬静、秀美的小镇。我看到花影浮动暗香吹拂左右，人也似乎随着晌午的光霭花气变幻着心情。

都说世相迷离，我们常常在如烟世海中丢了自己。有些人与之邂逅，转身相忘于江湖；有些人与之擦肩，必然回首。幸福在不同的人身上拥有着不同的定义，或许是生活的安逸富足，或许是精神上的安慰与喜悦，或许是一丝细微的温暖，或许是一种自由奔放的洒脱。在我看来，幸福是一种静静的聆听，一阵拂过心灵的清风。拥有思想的瞬间，是幸福的；拥有感受的快意是幸福的；拥有激动的时刻是幸福的。只因我们能真实地享用生命的馈赠，从而品尝生命的真实。记住幸福，留下快乐。

　　在金山渔村最逍遥莫过于在半朵悠莲古朴典雅的茶社中以茶会友。君子之交，无关名利，就像是杯中茶，看着清澈纯净，闻着淡雅幽香，抿着苦尽甘来，真是一种难以言表的精神上的享受。清茶在手，友情在心，茶淡情浓，悠长久远，我也就慢慢理解了茶道中"品茶如品人，人品如茶品"的深刻内涵。说古论今，叙旧谈新，在消磨时光的同时，也把一段淳厚朴实的友情磨得锃亮，谈笑中充溢着袅袅的茶香，真乃人生一大乐事。或许，内心早已厌倦了城市的喧嚣，所以才如此青睐于每一个置身于半朵悠莲午后的时光。那份安然，那份静谧，让曾经粗糙而坚硬的灵魂，变得日益清澈温软，曾经的忧愁与悲伤，也在温润如玉的时光中，化作片片碎玉，随风而逝。心灵，在那一刻，变得简单而纯净，惬意而温馨。人生，忙忙碌碌，永无止境，或许，过程中的美妙比终点的追求更有意义。休闲的时光，让我们更明白了，生命中什么才是重要的，灵魂与精神的追求，永远在路上。

　　若说金山渔村最有情致的事情，当属烟雨蒙蒙的时候在半朵悠莲的小院中临窗听雨，捧一本好书，倾听江南烟雨声，那清丽空明的细雨沙沙声仍会不时在耳边回响。江南水乡的小桥流水，造就了江南恬静可人的气氛，连带着江南的雨也变得那样的文雅，那样的柔和。它们密密地斜织着，宛如一道道水帘，明明看起来细细密密，打在身上却连影子也找不到，落在地上发出细小的敲击石板的清清脆声，再加上那一声声别具江南特色的蛙鸣，不禁又陶醉了。"天街小雨润如酥"，怕也就是这样的感觉了。夜与雨编织一帘幽梦，点两盏如月莲灯挂梅梢，拾几瓣似玉冰花藏心底，静看晓雾迷迷，轻拂墨染时光，希望在去往天荒地老的路上。

我对金山渔村的迷恋，还在于它浓郁的文化氛围。青石路、土墙、碾盘、青砖、瓦房、栅栏、竹林、古藤……这是一个20世纪七八十年代的金山渔村再寻常不过的样貌。经过时光的不断淘洗，留存下来的旧村落、旧民居载着岁月的记忆，借力美丽乡村建设，金山渔村褪去陈旧、破败的外衣，焕发出新的容光，如今已经涅槃成艺术家们心目中诗意的净土。著名书法家唐建平老师在此创办了自己的书法工作室，吸引了一大批著名书画家来此交流创作。渔民画达人——杨火根的渔民画工作室也坐落在此，整个工作室以"海渔"文化为主题，古朴雅致，游客不仅可以一睹渔民达人渔民画的风采，还能欣赏到以渔民画为原型的动画特效长卷……金山渔村还入驻了一大批颇具"小资"情怀的店铺，超现代的酒吧、咖啡厅、书吧……在纷扰的现世中，我们想要寻找古典的婉约，可是又想守住现代的浪漫，当我用心感知金山渔村的那一刻，时间静止，凝固的心事已化为现实，可触可感。古典与现代结合，婉约与浪漫相遇，让一切期待变为可能……在这似曾相识的时空里、在这独特的文化氛围中，它总会让你的心灵找到归宿，让你在疲惫、不快之时找到停留、思索、喘息、净化的慰藉，这或许就是金山渔村的特有魅力。而这一切，都是在这浓郁的文化氛围中给你带来生命的新体验、新思考、新探索。

一个客栈、一个人、一条街、一座小镇、一段时光，构成了一种生活方式。那里的一山一水、一人一事甚至每一股空气都让我舒心到骨子里。那是金山渔村特有的情致氛围，一种休闲的情境，一种生活方式的回归与冲动……这才是我梦里的水乡！

树儿在"对话"

蔡泗明

　　我是一位林业工作者，长期穿梭行走于山头和树林中。因为工作时间长了，醉心于林业工作，偶尔，就会在自己的心灵深处听到树儿在"说话"！不信，您听——

　　有几棵小树正仰望着一棵参天大树，不禁羡慕起来："能像您这样真好，根深叶茂，枝干粗壮，一树成林！不知道什么时候我们也能长成像您这样？"大树俯下头来，微笑着说："我的枝干高大，可以站得高、看得远，但你们可曾知道，当风雨来临，我所承受的摧残就特别厉害，我要为你们遮风挡雨；我有庞大的树冠，下面树荫成片，可供人们乘凉，然而，你们可曾想过，上面是炙热的阳光，蒸发量可是大得很，我不得不把下面的根系伸展得更深、更广，有时也觉得自己很累啊！你们现在无忧无虑，正茁壮成长着，你们才是未来的希望！"

　　旁边，又有一株树儿摇着头埋怨起来："我身有疾病，根茎上长满了瘿瘤，不堪重用！"并指着不远处那些枝干笔直通畅的树儿，投以嫉妒的目光。很快，它们顺着风儿听见了，立即回话："您可别身在福中不知福啊！每天有多少行人路过，总要为您而驻足，围着您上下打量，左右观瞧。您身上之瘿瘤，犹如人之个性鲜明，虽说都是毛病所在，而恰恰都是最值得欣赏的地方啊！"

这时，路边那片果园的果树们正在沾沾自喜："我们每年为人类奉献了大量果珍，也享受着来自人类的百般呵护，又是打药治病，又是培土施肥。不像远处的那片天然林，无人理睬，无人问津！"天然林听见了，当然不甘示弱："你们也别太骄傲！分工不同而已，各司其职罢了。其实，一片片的天然林至今能够安然无恙，恰恰是人类富有智慧而应得的回报。人类能有节制地使用木材，不竭泽而渔，肆意破坏，便是对我们最大的保护！只有我们留存，才会有今天更加翠绿的青山，更加澄澈的河水，以及更加清新的空气！难道不正是这样的吗？"

今天，城里的绿化树还嘲笑起山上的用材林："嘿！每隔几年，你们便要被截去身躯，甚至粉身碎骨，为人类所取用。再看看我们，不仅荣幸地被迎进了城里，视若珍宝，而且还常会有城市美容师来为我们梳妆打扮！"这时，用材林确实听不下去了，终于按捺不住，回以不屑的眼神："你们懂得什么叫牺牲精神吗？牺牲，就是宁愿舍去自己的生命，只为别人活得更好！"城里的绿化树听了，为它们刚才的不敬而羞愧地低下了自己的头。

……

我静静地坐在不远处的一块高大的石头上，纹丝不动，出神地聆听着树儿的"对话"，似有所悟！

又经浔阳

徐莲华

这是一个身处江南的夜晚。

我于夜幕深掩中，循江而至。站立浔阳楼前，心，百转千回。与历经千年的浔阳楼，默默对视，模糊又清晰。无数次的摩挲，无数次的吟唱，在江州司马的泪眼中，濡湿而温润。

九江的夜晚，在四月的春色里，更为温柔恬静。我慢慢地靠近，靠近与浔阳楼相隔不远的琵琶亭。眼前的琵琶亭，娴静优雅地端坐江畔。我想象着犹抱琵琶半遮面的女子，想象着大珠小珠落玉盘的况味，还有那泪湿青衫的司马。陪伴我们前往的是老乡向导从伍兄长，他热情地介绍着他熟悉的琵琶亭：江水涨起，亭宛于水中；江水低回，亭在岸畔。我说，这就是我心中琵琶亭的样子，我所喜欢的样子。兄长说，九江，依江傍湖，形体与家乡响水依灌河而居非常相像。他在这里三十三年，先前作为军人驻守，后于2012年转业地方。言谈间，无不流露着他对第二故乡的熟悉与热爱，同时也听到了他对老家的牵挂与发展的期待。

这位曾先后服役于海军与陆军，一位听党话跟党走服从命令听指挥的中校，颇受"浔江历史文化"的熏陶，让我另眼相看。他娓娓道来的介绍，将我的思绪带进了"周瑜点将"的历史场景。遥想公瑾，羽扇纶巾，雄姿英发。我们交流有关军人的话题，聊着战争与硝烟，聊着和平年代军人的担当与奉献。车子挨着江堤路缓慢行驶，我近距离聆听关于"九八抗洪"的片段，亦于心中默默地向人民子弟兵致敬！

这之前，谁能想到会在这样一个春日的夜晚，与家乡相隔千里之外的游子一道，仍然说着毫无隔膜的浓浓乡音，于浔阳江畔谈古论今。伴随江水东流的浪涛，和着轻拢慢挑的琵琶弦音，这样一个春江夜晚，必将在我的记忆中，定格成一幅最柔美的水墨。

想到第一次来九江，已时隔二十七年。那是1991年夏天暑假，从南京出发，沿长江轮渡而行去庐山。一路上，我兴奋地长时间滞留在客轮的甲板上，恨不能揽长江于怀。深印记忆的画面，宽阔的江，前行的船，翻卷的浪。今晚，来到昔日的九江港码头，说着已渐成历史的轮渡，谈论铁路等交通发展的飞速。感叹时光流逝，数风流，各领风骚！

再次，置身这座有着"七省通衢""天下眉目之称"的江南文化名城，感受"三水四山二分田，一分道路和庄园"的独特。咀嚼莲花池畔的周敦颐和亭亭生姿的《爱莲说》，还有那最最令我魂牵梦绕的彭泽陶渊明与他的世外桃源。齿颊生津，如玉温润。

短暂停留，脚步匆匆。江水流，心有栖。这座千年古城，我已相恋太久。

挂 坡

刘 恺

　　挂坡，是西安人的叫法，长安人可叫拉梢子，就是用一根一头拴着铁钩子的细麻绳，挂在架子车的辕上，助力而拉。是最简单，摊本最少的一种谋生方式。20世纪60年代中期，在普通劳动者中盛行，假期时，在中小学男生中也盛行。

　　1965年8月，我从西安市第二保育小学毕业，以较好的成绩考上了让很多同学都羡慕的西安交通大学附属中学。那年我十三岁，身高一米四九，又处在青春发育时期，正是长身体的时候，显得比较瘦，但人很精神，留的是当时在男生中最流行的庄则栋式运动头。

　　有一天，天阴，闷热。和我在一个院子住的同学国涛来找我，他对我说："咱俩一块挂坡去。"我说："咋挂呢？"他说："别管，听我的！"然后把他的经验和注意事项给我讲了一番。因为，在这之前国涛已去过好几回了。国涛说："别穿钉了掌的布鞋，底子厚，帮子薄，不结实，脚一蹬，不扯才怪。快换上双球胶鞋。"我说："考上中学了，俺妈就说给我买一双球鞋，结果到商店一打听，打篮球的回力牌球鞋贵得很，要九元，双钱牌蓝网球鞋也得六元，飞跃牌球鞋三元，力士牌鞋近四元。我娘俩一商量，买了一双蓝色力士鞋，莫舍得穿。"想了一会儿，要去出力嘛，干脆，赶紧换上，当时能穿上流行的时尚品牌，已经是奢望了。于是，咕嘟咕嘟喝了一大碗凉水，拿了一块苞谷面发糕边走边吃，跟着国涛出了门。

出了建国路往东，这一带的街面并不热闹，只有零星的几家店铺穿插在沿街而居的民宅中。过牛羊肉铺子和日杂商店，走到东门口这里有几家专卖铜箩筛网的铺面连在一起，听我妈说过，经营的这几家人是从河北省安平县来的，跟她是老乡。再往前走，过了卖粉汤羊血的铺子。出了东门，往北不远就到了西安供电局门口。我们选择在这儿的坡底下等。这坡长约一千多米，坡度为二十五度，长慢坡，坡的右边是护城河，马路是石子路。在这等的人不少。帮上坡送货的架子车，拉上坡或送到目的地。拉上坡，好的，给五分钱，光等送上坡的轮不上咱，人家在那霸着呢。拉长一些，给一角、二角，还有三角的，出力嘛，也看运气。国涛说："放假了，等活的人多，咱小心些，不要跟人家发生冲突，经常有为抢活而打架的。"等着，转着；转着，等着。一会儿有位中年师傅，个子不高，敦实黑黑，年有四十。喊我说："挂坡的！来！拉到钟楼，平安市场。"我一听，三步并作两步跑，到了跟前，忙问："多少钱？"他说："问啥么？快些，走些。没拉过？钩搭呢？一根绳？

还是细麻，家什不行么？"我心里想："凶个啥，下回不就知道咧。"
说话间，只见他麻利地帮我捆结实，双股斜套，把绳绑在车辕上，
比架子车车把长出五十厘米。他架上辕，我套上绳，拉着就走，
这一走不要紧，竟然开创了我人生第一次挣钱的经历！

从坡下，鼓劲地拉。光知道拉，不敢抬头，害怕碰到同学、
熟人。拉着拉着，汗从额头往下滴，不停地流，大汗淋漓，头一偏，
胳膊一抬，手一抹，抹了又流，流了又抹。还生怕师傅说我偷懒，
使劲拉。他问我："放假了，来挂坡的娃多得很，挣个学费，弄
个零花。看你像没见过啥？"我答："头一回来，还有些不好意思！"
他说："有啥不好意思的，绳拉展，走人！"

挂坡之路，并不轻松。从供电局，右拐，进小东门，走东新街，
左拐到解放路，过民乐园、寄卖所、珍珠泉、解放电影院，穿西一路，
进炭市街。挂坡看着简单，也不好拉。绳一会儿套到右肩，一会
儿套到左肩，一路上换了好几回。细麻绳勒得双肩红红的，肿肿的，
真痛！仿佛勒进肉里头，加上汗水的刺激，灼热难忍，钻心得痛。
左右肩各渗出一道深深的红印子。难怪常挂者都有垫肩。看来国
涛之前提醒得没错，穿长袖是对的，出力气吆，别看天阴是阴，
还是热。唉！反正是套了夹的牛，走。

师傅看出我的苦衷，撕了些包装纸，一卷，垫上，说："头一
回，莫关系。别小看这细麻，时间长了，跟刀一样，残豁！"麻
力与拉力在着力结合下，加上脚蹬的给力，厉害！何况没有防护，
直接贴着肉上摩擦。拐过少年宫，到了案板街，又是个长上坡。
右弯进平安市场，到钟楼电影院。途中按一下绳，看紧不？

可到了，该歇歇了。师傅说："先别着急歇，先卸了货再说。"

我一听这话，心里很是不高兴，累得跟啥似的，也不叫人喘口气，唉！没法！卸就卸！我按他说的，卸！已精疲力竭了，小小的我，啥时候吃过这苦，苦也得干。擦把汗，吸口气，咬咬牙，鼓鼓劲，耗尽最后一点力气往下搬，沉得很，原来是成捆的书，难怪这么沉。热、累、饥、渴交织在一起，累塌了，好不容易卸完，就等着发钱，拉了十几里，走了这么远，才给一毛五。"娃，走些，对咧！"我拿上钱，这时才觉得又饥又渴，赶紧花了一分钱买了一碗茶水，一饮而尽。浑身都湿透了，坐在地上，双手撑着地，两腿伸得展展的，仰面朝上，挪不动，半晌，起不来，歇美才走。

沿东大街往回走，五一饭店外卖的大肉包子，香气四溢，迎面扑来。走青年宫，过西北电影院，就是五一剧院。隔壁有个西瓜摊，老远能听见一位上了年纪的卖瓜人带着唱腔高声吆喝："好沙瓤！赛冰糖的西瓜！切开咧！一分一牙！不甜不要钱！"声音洪亮，几声吆喝声，喊得不少行人都停住脚步，我也被深深地吸引了。站在那儿犹豫了半天，经不住一声接一声高亢的节奏，实在忍不住了，又掏了一分钱，买了一牙子。右手拿着一牙西瓜，左手接着西瓜子，蹲着那儿吃了起来，手握着七八个瓜子边走边嗑。来到百货大楼，马路一过就是百年老店老孙家羊肉泡馍馆。不远，是有名的中华甜食店元宵大全，什锦、桂花、山楂、玫瑰、芝麻品种繁多的元宵，装在木盘里，放在柜台上，摞得高高的。蜂蜜凉粽子一看都流口水。挨着，久负盛名的西安饭庄，桂花稠酒配葫芦鸡最有名。再往过是大同医院、碑林牙科门诊。益华楼泡油糕要八分钱一个，我真想买一个，硬是忍着莫买，把钱攒着。从此，有了挣钱不容易的认识。

往前走，是白玫瑰理发店、布匹店、东一百货商店。到一文斋文具店门口，不由得停下脚步，往里张望了一眼，这个地方太熟悉了——我老在这儿买铅笔，就是那种带橡皮擦的中华牌铅笔。饮食店的风味小吃有面皮、饸饹、肉夹馍。还有章子铺、照相馆。到大差市。过了马路是锦华甜食店，那儿的黄桂柿子饼、枣沫糊、鸡蛋醪糟不错。十八食堂的豆浆油条、蜜枣甑糕、水盆大肉也很美味。走东家铺，串西家店。我美滋滋地走着，乐哈哈地想着，傻乎乎地看着，走在回家的路上。挣了一毛五，饿得光想吃。五个小时了，把人弄得乏得不成。

这段难忘的经历，给我留下不可磨灭的记忆。特别在物质极度匮乏的年代，又是青春发育期，正是长身体的时候，对食物的欲望特别强烈，尤其是见了好吃的，更是垂涎三尺。因此对那个年代的小吃特别想念，对美味的印象是深刻的，对这段经历是永远不能忘怀的。离开西安五十年了，依然深深地迷恋这方热土。

老家的馄饨

————

刘岩磊

胶县比较常见的早餐，无非三样：羊汤、油条、馄饨。但是我幼时嘴挑，嫌油条太油，羊汤太膻。吃的最多者，便是馄饨了。

从我记事开始，我就懂得馄饨汤里加多少醋和辣子好吃。所以要说吃了多少年，吃了多少碗，我自己也说不准。

吃馄饨的食客，大概很少有人去研究馄饨之出处，就像很少有人考察一个路边民工的出身一样。我闲来翻书时偶然得知，宋代学者程大昌于其著作《演繁露》中写道："世言馄饨，是虏中浑沌氏为之。"此处大概是说馄饨的产生和匈奴人有关。然其他说法亦有之，众说纷纭，无从考证。唯一可以得知的是，馄饨这种食物历史悠久，不会晚于汉代产生。

关于馄饨的制作，各地有各地的方法。梁实秋在《煎馄饨》中描述的北平馄饨，佐料甚多，"葱花、芫荽、虾皮、冬菜、酱油、醋、麻油，最后洒上竹节筒里装着的黑胡椒粉"，这是老北平的做法。我们家乡的馄饨，则没有那么多讲究。所用佐料，唯芫荽、虾皮、紫菜、芝麻油以及一小撮榨菜粒而已。也可以按照个人口味，加入醋、辣子和胡椒。佐馄饨的辣子不能太油，醋须是米醋而不能用陈醋，胡椒须用白胡椒而不能用黑胡椒。辣油、陈醋、黑胡椒的香味过于浓烈，容易遮掩骨汤的正味，而一碗馄饨的精华，具在骨汤之中。梁实秋说馄饨"一锅汤是骨头煮的，煮得久，所以是浑浑的、浓浓的"。此言不虚，但是描述未免太过简单。熬制骨汤的骨头，除猪骨外，还须用鸡骨。若单用猪骨，汤味就会过于浑厚，故还须有鸡骨提鲜，使骨汤之味多一分灵动之气。但若纯用鸡骨，则汤寡而无味，亦非上品。所以猪骨和鸡骨，二者缺一不可。至于二者之比例，则讲究更甚，需要多年的经验方能把握。炖汤时火不能急，骨头的香味只有用文火催出来，口味才柔和而绵长。若是硬用猛火逼出其香味，则汤味急躁，有失精华。调和之道，具在其中。这样炖出来的汤，色泽微白，呈半透明状。醇厚而不沉闷，实在是美极了。一锅好汤，无疑是馄饨的灵魂。但是现在有些人为了图方便，直接用白开水兑鸡精以为汤，岂不是贻笑大方？

　　在我的老家，吃馄饨不叫"吃馄饨"，而是叫"喝馄饨"。每每思之，此处的"喝"字所用甚妙。起初我也不理解，但是一次偶然的机会，我于一友人处学做馄饨，和好了猪肉大葱馅，团成一团，不到一掌心大。我很惊奇："这么点馅儿你喂鸟啊？"

　　"这还嫌少？这些够做两碗！"他同样惊奇。嘿嘿，外行就是外行。馄饨的一大特点，就是皮薄馅少，里面只有一点点肉。

将一丁点馅用筷子捻到馄饨皮上，手一握，筷子一拧，一抽，几秒工夫，一个馄饨便包好了。个头很小，在沸水里翻腾，好似夏日的芙蕖。一碗完整的馄饨，连汤带水，少了谁都不行。一碗馄饨至少七成都是汤，可不是喝馄饨嘛！至于一些吝啬的食客，每次喝馄饨都暗中数着馄饨的个数，下次少了一个便大呼小叫，好像吃了多大亏似的，这只能说是占小便宜的心理在作祟了。

我曾与同窗讲述馄饨骨汤之妙，正讲到忘情处，却空得一白眼："老说汤干嘛，你吃馄饨难道不是为了吃馅的吗？"

嘿嘿，我只能告诉他，他从来没喝过馄饨，他吃的是水饺——和馄饨是两样东西。

唉！不懂馄饨的人，太多了。

有些随意的食客，不会喝馄饨。虽然馄饨本身可俗可雅，但喝起来也是有讲究的。有些食客喝完了馄饨，馄饨没了，只留下一碗骨汤，惹人心痛。吃馄饨不喝汤，岂不是舍本逐末？何异于买椟还珠？既然是喝馄饨，自然是要连汤带水和在一起喝下去。会喝馄饨的老手，最后一个馄饨下肚，也正好喝完最后一口骨汤，"吱溜吱溜"，一滴也不会剩下。

馄饨的最佳搭配，自然是茶叶蛋。凡是卖馄饨的早点铺子，没有不兼卖茶叶蛋的。所谓茶叶蛋，就是将鸡蛋煮熟，过一遍凉水，将外壳敲出裂缝，再放到由老抽、花椒、八角、桂皮等香料熬制的卤汤中，加入一小茶叶包儿，文火煨几个小时，俟其入味即可。煮透的茶叶蛋很好剥皮。卤汁由裂缝渗入，像极宋代之冰裂纹瓷器。其口感较白煮蛋爽脆，虽然和卤蛋一样口味偏咸，却有别于寻常卤蛋。茶叶蛋放到汤中，将半个蛋黄化进汤里，则又多一重蛋香，更添一份风味。茶叶蛋可真是个怪东西，吃不出一点茶叶味，却叫作茶叶蛋。煮它的明明是一锅酱油和香料，茶叶甚少，为什么不叫酱油蛋？余忖度之，大概是因为没有茶叶，就没有茶叶蛋那一种区别于寻常卤蛋的芳香吧。由此可见，一件事物对于整体的作用，有时是看它的关键程度，而不是其所占的数量。

儿时，因小学上课太早，家人来不及准备早点，遂给我三元钱让我买馄饨喝。当然，这是十年前的价钱，现在三块钱已经不可能买到一碗馄饨了。

如今，我身居旧日齐都，面朝淄川，背倚夅山，也算是一处人杰地灵的宝地。历史悠久的城市，美食自然不少，据说鲁菜正宗就是淄博的博山菜，心向往之，然至今未得一品，以为憾事。深夜腹中饥馁，忽忆老家的馄饨，顿时百感交集。淄博有若干优点，数之而不尽，但偏偏有一个致命的缺点——此地没有我的过去，此地不是我的家乡。

离家日久，常忆家乡风物，却未敢忆家乡之人。忆食使人生津，忆人使人泪垂。而我平日素来多愁善感，于是更加不敢回忆过往，唯恐潸然泪下，惹人嘲笑。可能唯有将满腔苦水化涎而去，才可以使它们不化作泪水吧。

那一抹淡淡的乡愁

——

余培梅

也许是离家久了，每到夜深人静的时候，一抹淡淡的乡愁便在心头肆无忌惮地漫延开来，好似一阵秋风掠过荒原，萧瑟中颇让人觉得有些伤感。记得刚离家时，也许是少年不知愁滋味，急于挣脱家的羁绊，固执地向往着外面的精彩，家却成了逢年过节返乡暂住的旅馆。后来也不知道是经历的事情多了，还是关心的东西不一样了，原本淡淡的乡愁却变得越发浓烈。

岁月的长河悄悄流过，几年的风雨飘摇，人生的悲欢离合，在醉人的桂花香里作一滴思乡的泪。无数个夜晚，静看月上柳梢头，一种情思，两处闲愁，整个人都被潮水般的思念包围。我想，这份落寞也许只有离家的游子才能体会到吧。心累的时候，那温柔的乡愁便会霎时涌起，犹如潮水冲洗着孤寂的心海，轻轻地舐舐着伤痕累累的心痕，抚慰疲倦的心灵。这时的乡愁仿佛是避风的港湾，煞是温馨。

乡愁虽长情更长。四处漂泊的日子里，家，是支撑我们度过凄风苦雨的力量。也许你也曾像我一样，总是在节假日找到不回家的理由，曾经总是以为有太多的以后，一次次让望眼欲穿的家人在失望中等候。也许你也曾像我一样，在漂泊的异乡，忽闻乡音，顿时感到亲切万分。年轻的时候，以为乡愁只存在于作家的文章里，可是等到我也变成漂泊在外的游子，才明白乡愁是一种魂牵梦绕的牵挂，是一种刻骨铭心的情感。想家的时候，我会想起童年时一起在美丽的田野里疯跑过的伙伴，忆起我们一起爬过的山，一起蹚过的河，忆起炊烟袅袅，呼灯篱落。我的梦里啊，寄托着那一抹淡淡的乡愁。

乡愁，是一种独特的情感。它或深或浅，或浓或淡，似有似无，却早已悄无声息地融入游子的骨子里了。乡情是乡愁里最美丽的风景，是乡愁里最难忘的记忆。乡愁是敏感而柔软的，即使轻轻触摸也会令人心中隐隐作痛。那一抹淡淡的乡愁，像一艘小小的船，载着游子对家乡无尽的思念，穿过风雨流年。其实漂泊在外的人都明白，无论我们的脚步走向何方，心之所系，一定是家所在的地方。

儿时的夏天

徐连生

　　每年夏天都热，这年夏天更是特别热。大暑天，江浙沪多地持续高温，杭州、湖州等地突破四十摄氏度，7月24日杭州气象史上第二高温四十一点三摄氏度，且有高温不退之势。在你我的耳边听到最多的就是"热死啦！热死啦！！热死啦！！！"

　　坐在空调房的人们不知有多享受，试想在高温下作业、劳作的人们，稍有不慎，就有可能中暑。

　　夏天，本是浪漫的季节，荷之香，蝉之鸣，花之艳，让人如此留恋和陶醉，但热浪滚滚却让人直喊受不了。这个夏天真是热死人，湖州已有近二十天滴雨未下，升腾的地火仿佛要把人烤熟。

　　人有时就是这样怪，寒冬腊月里盼夏天，夏天真来了，又喜欢冬天，最好每年只有春天和秋天两季，无奈好日子太短，冬夏却总是那么漫长。

　　在火烤般的日子里，倒是怀念起儿时的夏天，虽然那时没有空调和电扇，但对夏天却满是企盼，因为夏天可以下河野泳、抓鱼摸虾，还可以在田间地头钓长鱼，偶尔打个游击，摸点自家地头的瓜果蔬菜，小伙伴们在窑厂灶台美餐一顿，那鲜美的味道至今难忘。当自家的菜地少了瓜果蔬菜，大人们也会开骂几声，玩伴们却会偷偷傻笑，生怕泄露天机。

那时的夏天消暑也很简单，每家都会在住房和厨房之间几尺巷口搭个凉棚，吃饭纳凉吹着穿堂风，倒没觉得有多热。早上，父母会煮一锅红豆或绿豆粥，用盆子装好凉开，就着盐炒黄豆、蚕豆，和菜地里刚摘的菜瓜凉拌，摊上一锅干面饼，早餐喝碗凉透的红豆粥，那叫个舒服。剩下的粥装在锅内用凉水浸着，中午还可以吃。

那时候消夏最多的水果就是西瓜和梨了，一个大西瓜用水果刀切个三角形小口，挖上一块西瓜瓤，看着都诱人，全家人共同分吃一个西瓜，顿时觉得凉爽了许多。如果再能吃上五分钱一支的雪糕，那就更爽了。

儿时的饮料品种很少，果汁露和汽水是消夏的最好饮品，甜甜的，酸酸的，喝上一口有时还会打一阵饱气呢！

大伏天里，门前静静流淌的小河成了孩子们的最爱，大人们千叮咛万嘱咐，不准自家孩子独自到河里游泳，但没几个管得住的。听大人吓唬小孩子讲的最多的就是河里有水鬼（水猴子），心里还是有点怕的。几乎每年夏天总有个把孩子因游泳而溺水，大人们捞起溺水的孩子，用水牛担着把水倒出来，也有在鬼门关拉回头的，但幸运的总是少数。那亲人们伤心欲绝的场面，让我们对游野泳多了一份敬畏。

血的教训小孩子是记不住的。每当看到小伙伴结伴下河游泳时，父母的话早已忘到了耳根之外，偷偷地跳到河里与小伙伴一起玩开了。儿时特羡慕敢于在两米高的石板桥上玩跳水扎猛子的小伙伴，有时一个猛子扎下去几米，偶尔还能抓到鱼呢！简直就是神勇无比的大英雄。

门前的小河成了儿时消暑最好的水上乐园，一个夏天下来几乎每天泡在河里，整个人晒得乌漆墨黑的，到了秋天再穿衣服捂白。

农村的夏夜显得格外漫长，上半夜家中是没法睡的，屋内太热，加之蚊子嗡嗡叫，热得小孩子满身痱子，这些痱子一不小心会长成疙瘩，甚至化脓开刀。小时候谁家孩子没长过疙瘩？一般都是大人帮孩子用手挤掉，小孩子哭得喊爹叫娘，那个痛啊，直到脓头挤出才会好。

盛夏的夜晚，静听蝉鸣蛙唱，在门口开阔地铺一张凉席，拿一床夹被和一把蒲扇，抬头数着满天星星，听大人们讲一些关于鬼怪的故事，有时吓得睡觉都蒙着头。睡到后半夜，大人们会把孩子们抱到屋里睡觉，一大早醒来，也不知道是何时回到家里的。

小时候的夏天也热，那时没有空调，连电扇都是稀罕物，夏天也很少热死人。如今，夏天似乎越来越热、越来越长，无数的空调外机喷薄出的热浪形成的热岛效应，让夏天显得格外闷热。空调给人们带来凉爽的同时，对温室效应起到了推波助澜的作用，人和自然该如何和谐发展，值得深思。

夏天炎热也好，凉爽也罢，都是我们生活的一部分，人生也有四季，每个季节都值得拥有和珍惜，酸甜苦辣才是人生原味，只要我们坦然接受从容应对，人生四季才会更加绚丽多彩。

女兵的夏日情怀

左跃侠

炎炎夏日，总想寻觅一处温凉，却在无数次的汗流浃背之后放弃了寻找，心里不免在想，曾经无处安放的青春就像此刻的焦躁一样，找不到可以停留的"避暑港"。

灼灼烈日，总想伸手遮住它的光芒，为奔跑的孩子撑起一片荫凉，看着大树超负荷的呼吸，有些心疼，有些感伤。

微微凉意，是大地赐予孩子们美梦的屏障，褪去白日的伪装，让黑的夜、凉的风送去八月的问候。

异乡的夏日比故乡要热得多，或许因为自己只是个过客，对于那些土生土长的当地人来说，早已习惯了这种温度。母亲打电话说她每天都关注我所在城市的天气预报，嘴里说着心疼宝贝女儿受苦，却还是一遍遍跟我聊起空调的话题。有次体能训练完毕，衣服被汗水浸湿，连头发都在痛苦地垂着泪，母亲打来电话说爸爸送给她一台柜式空调，她感觉客厅像是冰窖一样，我无奈地说早已忘记空调长什么样子了，母亲继续打趣我，我的倔脾气就来了，冲着电话说："你们在温情的八月过十二月的生活，不感觉是一种遗憾吗？人应该经历四季的变换，不然连夏日的情怀都没有。"母亲一时语塞，电话里只剩父亲的嘲笑声。

几天后父亲的文章在某公众号发表，因为规定我们不允许带智能手机，在我的软磨硬泡下，父亲把原文以短信的形式发给我，那夜，我抱着工作手机在黑夜中一遍遍品味，那篇文章的名字叫《八月记忆》，记录了他的童年、我的童年关于八月的记忆。父亲在文章中说：儿时的他似乎很爱夏日，白天跟着爷爷下地干活，热了就跳到河里洗个澡，饿了就去果园摘个桃子充饥，夜幕降临后，他便跟在爷爷后面扯着他的衣角一路小跑着回家。晚饭后便抱着奶奶特意为他编制的竹席去大院空地上乘凉，大院的地势又高又平坦，很多孩子都喜欢在那里睡觉，他们会一起数星星一起聊着小梦想，等长辈们终于结束了一天的忙碌，才提着煤油灯来院里看望孩子睡得是否安好。父亲的文字很朴实，但就是这么朴实的话语却让我每每读起来潸然泪下，读得出他的怀念，也品得出他的情怀。

父亲的时代或许离我们有些遥远，我们已经无法想象没有灯、没有风扇的夏天，文章最惹人疼惜的是属于我的那些片段。父亲说我的出生给了他奋斗的勇气，看着我白嫩的皮肤被蚊虫叮咬得体无完肤，甚是心疼。记忆中的父亲总是很忙碌，早上出门开始送货，归来时间有早有晚，有时晚饭前有时深夜后，很是辛苦。老家的夏日有些闷热，晚饭后我便抱着凉席去平房乘凉，房子周围有很多树,自然就引来了很多蚊虫,我喜欢把自己裹在毯子里,宁愿满头大汗也不愿被蚊虫亲吻,有次迷迷糊糊中感觉到有凉风惬意袭来,正准备趁着舒适的风美美睡一觉,就听到了父亲与母亲的对话,父亲说:"我小的时候最羡慕那些有姐姐的孩子,他们睡觉时,姐姐会在旁边扇扇子,而我只能一个人望着夜色发呆,那时候我就在想,等以后我有了孩子,绝对不会让她经历我经历的这些,我要给她最好的生活,可惜怪我无能啊!"说话间把我身上的毯子拿掉,擦掉我额头的汗珠,用自制的扇子为我扇着风。不谙世事的我便在扇子的摇摆中睡得安详!

父亲的记忆是温暖的,没有抱怨却有满满的亏欠,百里之外的我在他的文字里沦陷,找不到可以释怀的点。其实我一点都不怪,不怪他没有给我更好的生活,也不怪他在我最好的年华送我入伍,尽管在这里无数次中暑和虚脱。

夏日的记忆是永恒的,隔了这么多年父亲自然能把记忆保鲜,如果能有机会重回那个时代,一定要熟睡的是他,摇扇子的是我,在他的鼾声中送去温凉。

军营的夏日是特别的,顶着大太阳训练,睡在帐篷里备战,若有幸经历雨季,便开心得像个孩子不眠。我想,不管经历多少人生风雨,也不管此后的多少年,关于军营的这五个夏季,我都会将其好好保鲜,化成文字,化成纪念,化成情怀。

山乡清溪惹人醉

——

马泽伟

走进夏日，在绿荫里，在习习的清风里，在家乡那条清澈的溪水边，聆听哗啦流淌的水流发出的天籁之音，伴着美妙的乐声，观赏田野美景。寻觅一份自然的清凉，享受一份生命的清心的"清平乐"，实在是一件洒脱至极的怡情、醉心之乐事。

仰卧在溪流中的沙石上，以石为枕。手抚沙土，溪水从身上轻轻淌过，恰如浣纱西子手中绸纱拂体，身轻体盈，心舒意畅。散落的野花随流水浮沉从身边缓缓而过，溪水弹奏着贵妃醉酒曲，那碧波粼粼的溪水，倒映着岸景，水天一色，如彩虹般艳丽。鱼儿在水中时而随流嬉戏，时而穿过水面腾空而起，像是鲤鱼跃龙门；时而俯卧在那里，做着俯卧撑。鱼儿行所当行，止所当止。随心所欲，悠然自得。炎热的夏季，葱郁苍茫的乡野清溪，绘声绘色流露出一幅美不胜收的"小石潭记"水彩图，在此时纳凉赏景，醉眼观溪水，睡眼视田野，如腾云驾雾，淋浴天河，心醉身美。

徘徊在野花似锦的田间垄头，留恋在绿草如茵的溪水河边，坐在溪边树荫下，乘着微凉的夏风，观望白桃披雪，梨花挂霜。微风拂柳，棉絮飘扬，空舞蜡象。溪水闪银光，繁华大地，飞彩烘银装。意想人间百态，人情练达，世事洞明。观望溪流千姿，落花溅水，情真意切。

岸上条条翠柳，随风拂动，婀娜多姿，如醉眼西子披肩青丝，倒泻如流，与溪流交相辉映。更有山花烂漫，水音潺潺，花香缭绕，水光相映，光彩夺目，增添无限色彩。抚石依溪，把酒神邀欧阳公同赏"野芳发而幽香，佳木秀而繁阴"，想来怡情的溪水野景，必会让"醉能同其乐，醒能述之以文者"，另有醉人醒目之力作。

涓涓细流汇成江海，山乡的清溪，潺潺流淌，吟不尽的陌上诗，咏不完的花间词。一路东去。途中，虽遭遇沟坎，也绝不停歇，平心静气，不遗余力，把沟填满，把坎漫过。沟，成了湾。坎，成了景。水面叠织着岸色，波纹劲绘着阳光七彩，一笔一画，一丝不苟。不与污泥合污，不与浊水同流。尽心尽力又尽情，净一方水土，育一方田野。清溪淌过，遍地皆红花，处处尽芳草。

抛一片绿叶，浮在溪水之上，化作行驶溪中的小舟，轻摇曼荡，日夜感受潺潺心曲。心与溪相依，同水相伴。只为怡心清溪醉人的乐曲。

我的好兄弟

王海峰

　　我和韩波认识的时候，他的公司刚刚走完了破产程序。为了还债，他老婆一直经营着的一辆长途客运大巴也不得不便宜处理给别人了。他被我也认识的一位哥们带出来散心，碰巧和我在青岛的海滨浴场遇上了。

　　我和他俩一起喝了点啤酒，桌上也开了些玩笑，彼此也就有些熟稔了。我觉得他并没有显露出多少沮丧和失意，心里便暗暗有些佩服。韩波不能喝酒，虽然他的长相让人一看就觉得最少能喝两斤白酒，但真喝起来，一瓶啤酒就到顶了。我酒量也不行，喝了三四瓶的样子就有些上脸，身上红得厉害。一样脸红的韩波看我这样倒还能笑得很爽朗。我说，你心情不好，我陪你去游泳吧。韩波欣然应允，说，好吧，那我就舍命陪君子，你游到哪我就游到哪。

那时候大概刚过完五一，天有些凉，还有些风浪，在海边嬉水的人很多，真正换上泳衣下水的没有几个。我们两个换上短裤，借着酒劲，一路小跑冲进大海。我从小就在河边长大，水性很好，如果不是现在身宽体胖缺乏锻炼，我在海里随便游上几个小时不成问题。可偏偏韩波的老家就在威海，也是海边长大的人，跳进水里就一副舍我其谁的样子。

那天我俩较上了劲，冲着小青岛就一路劈波斩浪游了过去。不过游到一半的时候，风力好像增大了许多，大浪头一个接一个，让人有些吃不消。我俩隔着有三五米，在海里忽上忽下的。韩波冲我扮了个鬼脸大声说：真让我舍命啊？其实这时的我也已经有些体力不支，看了看海边的人都在往岸上走，也就萌生了退意。我问他：要不，撤？韩波爽快地答应：撤！

自打那回以后，我和韩波便成了朋友，凑在一块玩儿的次数就多了起来。韩波言行举止极为夸张搞笑，经常不分场合地模仿明星在小品中的动作和台词，而赵本山和宋丹丹的小品，他更是一个人分饰两角全能演下来。我好几次对他说：你这材料不去演艺界混太可惜了，要不我保举你去跟郭德纲学说相声吧。韩波于是又冲着我说起郭德纲的经典搞笑台词。我的情绪经常被他感染，时不时会与他合作一出闹剧，肢体动作语言极尽夸张。那一刻我才体会到什么叫作情不自禁，什么叫作忘情欢笑。

后来我和他一块搞了个项目，他联系买家，我和几个朋友出资金，我们商量好了，就权当在他落难的时候帮他一把。那段时间我们经常开着我的车出远门。

韩波是个老司机，老到三十三岁的年纪已经有十六年的驾龄。

而我的车刚刚买了三个月，驾龄也就是三个月，开车极不熟练，对车的维修保养之类更是一窍不通。于是一路上便经常有他教我开车的声音。

而我偏偏正处于对车极感兴趣的阶段，凡事必问，凡问必答，而韩波恰恰好为人师，经常围绕一个简单的问题给我边做动作边讲解，折腾上半天，这样的情景绝对不下几十次。有时开着车遇到一个小情况，我处理得不好，他会在一边立即给我指出应该如何刹车，如何换挡，如何使用灯光；有时我在难走的路段出现一点儿失误，他又会不厌其烦地给我讲解怎样保持半联动，怎样踩离合，油门怎样省油；偶尔我在密集的人群中轻巧穿过，他也会毫不吝惜他的赞美之词夸奖我一番。

当然，路远了，他也会手上痒痒，非要接过去自己开着，风驰电掣上一阵。完了，韩波会郑重其事地警告我说：千万不要开快车！一般只有新手才爱开得那么快，但缺乏处理紧急情况的经验，最容易出事故。等你真的成了老司机了，你就会自然把速度降下来。那时的我不能理解其中的意思，老是认为驾驶越熟练肯定会开车越威猛。但是现在开过二十万公里以上的我，确实把车速降下来了。他曾评论说：你开车是悟性高的！

韩波的驾照是 A 照，几乎能开所有的车，而他十几年的时间里也的确开过形形色色的各种大小车辆。他对于汽车的维修保养也有相当的造诣，所以开车时有他在身边指导，实在是我这个新手的万幸。不过韩波绝对不是万能的，偶有判断失误或是有小故障解决不了，此时我便会加重语气充满鄙视和质疑地恶狠狠地来一句：老——司——机！后来说得次数多了，再出现这种情况时还没等我开口，他就会先给自己来一句：老——司——机！再后来他曾无意提到我俩在一起时心情相当愉快，唯一害怕的就是答不出我的问题，听我那句拖着长音的"老——司——机"！

不知道是不是因为财务危机的因素，韩波在花钱上有些小气。他经常给我们讲他以前跟着谁谁混的时候是多么威风，后来又领着谁谁去拼天下的时候是多么仗义。朋友们多是听听笑过就算了，可我却往往当了真，对他的为人向来不加揣测和怀疑。我当时手头上正好宽松一些，于是我俩在一起的时候几乎所有的花销都是我包揽。

韩波不是不识大体的人，他经常会说一些客套话，但是一到需要付钱的时候总是没有了行动。不过这并不影响我与他的交情，我总觉得钱不可能构成朋友间的任何障碍。我非常愿意相信韩波所讲的以前的大方和仗义，我也相信他现在的"小气"就是因为经济危机。过段时间他的经济状况好转了，说不定他一下子就会变成另外一个人了。

我们俩还有一个共同爱好——唱歌。韩波的嗓音并不高亢清亮，平时说话也不够干脆，但是他唱起歌来极投入，极有感染力，身子往往随着节奏或蜷缩或伸长，很有点杨坤的味道。而且韩波的高音能上得去，每次我都以为他的嗓子受不了了，不可能唱得再高，但他愣是另辟蹊径来个曲径通幽。

我的嗓音不好，但我爱唱歌。当年在县城摆了两年卡拉OK，我学会了很多流行歌曲，更重要的是从此能放得开，能唱得出。我对有些歌曲的节奏把握得极准，每一个细节的演绎，我都能捕捉得到并且能唱出来，就是一到高音就上不去了。每到此时，我会直接把话筒往他嘴上一放，他则不管正在干着什么立即就接唱下去。最好玩的就是我们开车的时候，讲开车讲保养讲累了，我们就在车里大声吼起来，有时一唱一和，有时一男声一女声，有时二部轮唱，反正怎么好玩怎么来，车里其他人往往被我们逗得大笑，笑完了继续听我们唱。

呵呵，那是多么难忘的一段时光啊！快乐、轻松、幽默、舒畅！整整一年，我们每个月都要有十来天的时间在一起。而那时候与其说是在一起合伙做生意，倒不如说是在一起制造快乐，在一起享受别样的人生！

后来那个项目结束了，还算皆大欢喜吧。虽然后期也出过一些问题，但最后都还是挣了些小钱。再后来我想和他再合作一把，不为赚钱，只为快乐。不过他的公司重新与别人合作开张了，他也就再没有精力出来陪我们玩了。

时光过得飞快，转眼和韩波分开已经十年有余。开始还有几次电话问候，但没有了在一起的嬉笑怒骂，没有了在一起的狂放不羁，心里还是觉得有些空落落的。后来就不太联系了，又因为各自更换手机，现在基本联系不上了，我也一直被各种工作事务缠身，没有机会到威海去找他，所以他在我的生活中几近消失了。但我心底深处总是在记挂着他，记挂着那些个被我们一起用快乐堆砌的日子。

我想我们一定还有机会一起制造快乐的。

因为我忘不了那段快活的日子，更忘不了你，我的好兄弟！

五月槐花香

赵晓芳

　　写下这个标题时，忽然想到英文 May，它是罗马神话中的女神玛雅，专门司管春天和生命，为了纪念这位女神，罗马人便用她的名字命名五月。一个美丽的传说，一段美丽的故事，配上一片片扑鼻芳香的槐花，行走在这繁花似锦的五月，仿佛自己就是这其中的花一朵。

　　夜色降临，喜欢去公园散步，褪去一天的疲惫和烦恼。戴上耳机，听着优美的音乐，走在曲折的小径，扑面的和风，令人心旷神怡。灯光下的槐花是素洁的、淡雅的、谦卑的，虽然低垂着头，但没有丝毫的卑微。

　　槐花是公园中最普通的花，并不像牡丹、玫瑰那样鲜艳，更没有妖艳的容貌和华丽的服装，但它依然这样微笑地盛开着。不挺拔，不争艳，也不高傲，只是默默地为春天增添一份芬芳。

槐花的花期并不长，只有十到十五天的时间。这期间，它经历了含苞待放，绽放了靓丽多姿，走过了白天黑夜，也可能还领略了狂风暴雨，最终慢慢枯萎凋零，化作了护花的泥土……

兴许，它也有过跃跃欲试的冲动，有过阳光自信的喜悦，或许还有过依依不舍的无奈。忙忙碌碌的我们，又何尝不像公园中的串串槐花？

生活中，充满着太多的不可预知。我们都在忙着工作、生活的时候，往往少了片刻的回味和感悟。烦恼、忧伤和疲惫，总是充斥了身心，找不到一丝轻松的感觉，而无法释然。

人生苦短，世事更迭，这世间又有多少东西可以永恒？做人当如槐花，该盛开时尽情绽放，在自己的天空里香溢满园；该落幕时轻松放下，坦然面对曾经的一切。

童年密码

焦红玲

生活教我谨言慎行，诗歌使我天马行空。一夜间，业余爱好现代诗创作的我，作品如雨后春笋般，在一些微信公众号上接连发表。平时我是一个不显山不露水的人，宁静低调得如同夜晚池塘里的一朵睡莲。这骤然的黑马般的光亮，使得周围很多人感到诧异和百思不得其解。只有我自己清楚，人到中年依然激情满怀，心中有爱，眼里有光，笔下生花，这和我童年的经历息息相关。换言之，我觉得在童年时光的内核里，藏有一个叫作"密码"的东西。

——题记

火车，在童年时代的我眼里，风一样神奇，风一样具有超能力。那时我固执地爱着这每天呼啸而过的火车，像爱着一枚能孵化出鸡雏的蛋。爱得小心翼翼，爱得心生欢喜。多年之后我常常怀想，儿时望向火车的眼神，该是怎样的热辣滚烫、含情脉脉。盼望着它随时随地像一阵风把我轻轻掳走，走得越远越好。在遥远的20世纪80年代，火车在一个乡村少年心里，是被心焐热了的远方和自由的代名词。

远方是什么？无疑是一个神奇而美好的世界。像一个虔诚的教徒，对于远方，我早早地献出了自己纯洁而炽热的赤子之心。

溯本追源，也许是禁锢得太久的缘故。曾有一段尘封的记忆，和密闭的房间、铁锁紧密相连。小时候，我家低矮的房子外面，一墙之隔，不远处就是村里的小河。对于成天在外操劳，无暇顾及年幼孩子的大人们看来，院墙外的河水不亚于猛兽。只能把我们兄妹几个关在"笼子"里，关不了"猛兽"，就关"小羊"。只是他们不知道，被"圈养"的"小羊"一旦放出来，会可劲儿地撒欢儿，会满世界疯跑。我痴痴的大眼睛，是如此向往着外面的世界，和儿时的这段经历悠悠相关。正如后来我在诗中所写的："我会不由自主爱上一切有窗的房子，归根结底，是出于对风的热爱，对新鲜而洁净空气的向往。"

后来，发生了我淘气的二哥从顶门窗外逃的事件，可能是大人们因担心而衍生的另一种恐惧心理（害怕我们有可能会摔断腿）占了上风，锁被打开了，我们得以来到院子里。我发现后院墙其实很高，是阻止"猛兽"入侵和"小羊"外逃的天然屏障。春末夏初，院墙外几棵大树枝繁叶茂。榆钱诱人，槐花飘香，桑树结果，好一片绿色的"海"，游弋着美味的"鱼"！为了尽享这大自然馈赠的佳肴，我们几个毛孩子想尽了办法。没有梯子，我们把院墙一隅的废砖一块块地搬来，像鸟儿衔枝筑巢般，垒起了一道蜿蜒起伏、蔚为壮观的"万里长城"，一直延伸到和院墙完美相接。

拾级而上，站在"巨龙"顶峰，挥舞着哥哥做的带钩子的"鱼竿"，我们成功地钓到了第一桶"鱼"！更让我倍感喜悦的是，我望见了院墙外面的世界，有小河，有田野，有菜地，是如此的广阔而神奇！

上学了。而我最享受的是放学路上的时光。我就像一阵风，飘荡在村子的田间地头、大街小巷。我觉得什么都新鲜，什么都有意思。玩是世界上最美的事情，拍洋画儿、放风筝、逮蚂蚱，想想都美。小学三四年级时，小小的我就学会了在生产队的场院里，用掏大梁而上、倚着柴草垛而下的方式，征服了老爸的红旗牌二八加重自行车。作为疯玩的纪念，我左手的掌心，至今残留着疤痕，那是冬天在小河上滑冰，被坚硬冰碴留下的印记，长约一寸。

然而村庄太小了。每隔一段时间，村西火车站就会响起火车嘹亮的汽笛声，这声音仿佛有种神奇的魔力，使我每每侧耳倾听。长长的巨龙一样的绿皮火车，就这样轻易地勾走了我的魂。每当我考了好的成绩，提的要求都简单至极：坐一次火车而已。几年时间，小小的硬座火车票攒了一大堆。大半个北京城都留下了一个单薄的乡村少年迷恋的眼神，以及或匆匆或缓缓的步履。开阔的视野，加上爱思考、爱表达，使得我上小学时作文经常被当成范文，在课堂上朗读。上初三时，我的一篇作文《集市见闻》仿佛一个传奇般，竟然层层过关，最终在三北地区（华北、东北、西北）中学生作文大赛中获得奖项，引起全校性的轰动，一时间在我们这个有一千多名学生的乡村中学传为佳话。

多年之后，对于火车，我依然有很深的感情。火车开往的方向，就是带走了我万千思绪的远方。依托于它，我比同龄小伙伴们更多更早地接触了乡村外面的世界，接触了天南海北、形形色色的人们。考上师范以后，我更是保持着每隔一段时间就坐火车进回城的习惯。有时只是单纯地逛，单纯地感受北京这古老而年轻的城市，她独具的魅力，她厚重的历史人文底蕴，她蓬勃时尚的青春气息。正值"汪国真热"风靡校园的时代，这股热潮很快点燃了我，开始尝试着把自己的经历和感悟，写成所谓的诗。记得我还和狂热的同学一起，把诗油印出来，散发出去，是校园里不折不扣的文艺青年。

后来，伴随着参加工作、结婚生子，生活节奏陡然变快，似乎只剩下眼前的苟且。生活被上班、进修、孩子、家务填充得满满当当。好在我为自己保留了一扇窗，一扇可以望见外面精彩世界的小窗户——我依然保持着周末去图书馆借书的习惯。图书馆借来的书籍，陪伴我度过了十六年的夜读时光：从2000年买房搬到房山城关，到2016年再度搬到城关新城。每每夜深，当我打开一本书，恍惚间觉得自己刹那间年轻；沉重的生活，也似乎变得瞬间轻盈。阅读是如此美好，我像飞进百花园的小蜜蜂一样，贪婪地采集着甜美的百花蜜。

这种深夜阅读却从未提笔的生活，一直持续到两年前。没有人帮忙，家事始终都是亲力亲为的状态，终于结束了。儿子从幼儿园、小学、初中、市重点高中到重点大学，家里由第一套房到第二套房，再到装修入住，我总算是松了一口气。像草原上的藏羚羊一样疲于奔跑的模式，总算是被我切换掉了。就这样，我重新爱上了缓慢和思考。业余时间，宅在家，像学生时代那样享受着打开一本书，沉浸于脉脉书香；走出去，享受着慢生活，那些指缝间滑落的、碎银一样的时光，被我一一捡拾。我惊喜地发现，里面掺杂着月光一样倾泻的、未知的美好。我仿佛又回到了遥远的童年，重新变回了那个对什么都感到好奇的小姑娘。甚至还有过一些疯狂的体验：在不打烊的三联韬奋书店熬过一个通宵；在美术馆、博物馆、图书馆、音乐厅一泡就是大半天；在古老的街巷，在现代化的场馆，久久地驻足流连。甚至还有过为满足写作需要，在某饭馆门前连续拍照，而被一个老板模样的人盘问半天的奇葩经历。我想，这就是所谓的激情吧，它在我的心头，鸟儿一样飞翔着，浪涛一样翻涌着，还为我赢得了"写作疯子"的绰号。

而我，甘于做这样的"写作疯子"。我延续着每晚写作的习惯，像小时候迷恋火车那样，向往着诗和远方。在一首诗里，我动情地写道：

    五月，是夏天了
    去看看海，或者想想海
    他是我在远方唯一的
    挚爱
    在遥远的天边
    他唱着不知疲倦的歌
    我惦念着
    他的歌声，快乐还是忧伤
    我思念着
    他的容颜，鲜活还是沧桑

五月，是夏天了
我的愿望如潮汐般高涨
心头有成群结队的海鸟
在暗夜里，低低地，久久地
滞留，盘旋

五月，快快收拾行囊——
无非就是——
把碎了一地的心情
捡起，串成明媚的项链
戴好
无非就是——
放飞嘹亮的歌声
与小鹿般奔跑的
心跳

走啊，让我们看海去
让蔚蓝色的壮阔再一次
激荡干涸的心房
让思念化为一滴泪水
融入他一望无际的
温暖怀抱

　　是的，大海，是我在远方唯一的挚爱。在我心里，大海已成为诗和远方最鲜活最饱满的意象。王小波说过："一个人只拥有此生此世是不够的，他还应该拥有诗意的世界。"而我，在已经拥有了诗意的世界之后，还想用自己的方式告诉全世界：我，来过，爱过，写过。而我写出的每一首诗歌，都是儿时梦想开出的花朵。

冥冥之中，我知道，自己找到了那串打开心灵宝库的密码。它来自于遥远的童年，那串神秘的数字，连同那些发黄的硬座火车票，在我心底某个幽暗的角落里，闪烁着迷人的光彩。

环游青海湖

王玉晶

2013 年夏天，未曾想会到西部旅游，也未曾想青海湖如梦幻般美丽，远观碧蓝清透、偌大神奇，在那海拔三千多米的高地上竟有如此大面积的一片水域，令人惊叹！近看湖水瀛瀛淙淙、清莹透彻，群群簇簇的小黄鱼清晰可见，相比之下，之前所见北戴河、江南水乡一时都逊色许多。坐游轮到湖面中央，放眼望去，碧波浩渺，海天一线，四下都无法看到湖的边界。低头凝望着湖面，鳞光闪闪，碧纹盈盈，美妙无比。盛夏季节湖面上不时掠来凉风阵阵，游人顿感神清气爽，惬意非常，不禁心生疑问，如此的人间仙境，莫非会有仙子的出现？

沿这条青车赛走过的公路，可以见到许多旺季的旅游车，开车带领我们的是一位熟悉当地地形的先生，环绕青海湖四面六百余公里的海西海北，沿途都是青青的山、绿色的牧草地、湛蓝的天，白色如棉如絮的云朵及远处碧蓝与天一线的湖面，真是风景如画，无法不令人陶醉痴迷，心旷神怡！更美的当然还有这个季节才会有的黄灿灿的油菜花，映衬着蓝天，成片地点缀在草地上，鲜艳夺目，织就一幅浑然天成的水彩画。停车下来呼吸一下清凉新鲜的空气，看着自在悠闲的羊群、牦牛，还有个别的马匹，与之相应的坐落四处的帐篷、蒙古包，藏族人，蒙古族人，以及蒙古包上特异的花纹和文字，无不彰显着浓郁的民族风情。

进入青海湖景区之前，我们先驱车前往日月山及海拔三千六百米的日月亭，那里坐落着文成公主的雕像，淑雅文静；两边的山坡遍是草地和散养的牛羊，那供游人合影留念的、身躯粗壮、毛色洁净漂亮的白牦牛最是令人喜爱，旁边还有绵软可爱的小羊羔，随处可见有游人与它们拍照留念，开心得笑容满面。回首一望，在那里，公主静静伫立着，凝望着远方，几千年风雨沧桑，一个女子的命运就这样被定格在那个时代这个地方；如今汉人在这片土地上已经不计其数，藏民也富裕地开着轿车过着现代化的生活，公主依然凝望，目光悠远安详！

上天赋予一个人的美，即使闭月羞花，倾国倾城，最多也不足百年，而给予一片土地上的自然风光之美，虽千载犹存！波光碧影的青海湖，让人流连忘返，生活在这片土地上的生灵，粗壮敦实的牦牛，悠然自得的小黄鱼，还有姿态各异、闲适快乐的鸟岛上的鸟儿们，能生活在这纯洁至美的山水、广袤土地上，算得上很幸运了！

到这里，掩卷沉思，拍照片、视频用光了两个手机和一个相

机的全部电量依然没能尽兴，这就是青海湖山水、草原、牧场的
魅力所在！此情此景，念及几个学龄的孩子们，愿都茁壮成长，
待数十载之后，当他们游历此地时，也会有此心此感，热爱祖国
大好河山，珍惜世间绝美佳景！

我是"漳郎"

————

王海洲

时光荏苒，离开出生成长的故乡荆州二十二年，不知不觉已步入中年。随着年岁增长，似乎更爱回忆往事。这其中有人生角色转换、工作生活变化等原因，但也有人说这是人生迈入中年的象征。不论何故，其实每个游子心中都有那份属于天性的牵挂。

1999 年我大学毕业之后，离乡背井，投笔从戎。2005 年在部队驻地漳州相亲成家，跟其他在驻地结婚的战友一样被美誉为"漳郎"。虽说谐音蟑螂令人搞怪，但这个特殊的称谓路人皆知。"漳郎"们视驻地为故乡，扎根漳州工作生活，久而久之第二故乡取代了第一故乡。于是，回乡探望父母只能利用公休时间，有时甚至成为一种奢望。在老家农村生活了一辈子的父母无法适应城里生活，不愿来漳州住，其中的情愫用文字无以解释。

不知从何时起，远在两千里之外的父母把等我的电话变成了一种习惯。哪怕只有三两分钟，甚至三言两语，但老人每个周末必等电话已经成为一个约定。在电话里，尽管父母大多问的都是工作情况、孩子成长、身体健康等老生常谈的话题，但那种"可怜天下父母心"的爱始终流淌在只字片语之间。至今让我感到羞愧的是，有时候打电话会把主观不良情绪转嫁到父母身上，妻子在一旁提醒也无济于事，但老人却一如既往不愠不火地嘘寒问暖。这让我久久不能原谅自己。

记得有一次父亲过生日，除了远在福建部队服役的我，兄弟姐妹们都携家带口给老人家祝寿。中午时分，饭菜上桌、全家落座之后，父亲却心事重重，高兴不起来，迟迟不动筷子。了解父亲心思的大哥当即给我打电话，批评我说今天是父亲的生日，叫我赶紧跟他通话。后来，听大哥讲，我打完电话之后，父亲布满皱纹的脸上露出了笑容。虽然父亲生日那天，部队在举行实弹战术演习，他三言两语之后说工作才是大事，但我的内心却像弹丸脱壳之后的炮管一样不能平静。在部队工作的十五年里，几年回家探望父母一次，记不清有多少次忘记给亲人生日问候、多少次缺席宗亲各种红白喜事等。从情感角度看，充满缺憾与愧疚；从军人属性看，奉献是天职所系。那些年，正是淳朴的父母带头默默支持和鼓励着我安心工作、砥砺前行。

今年暑假，带妻儿回老家一周，孩子们跟爷爷奶奶的陌生感、几年一次"回娘家"般的待客礼遇……这些从空间到心灵的距离令人酸楚不堪。在即将离开家乡的前一天晚上，一家人在聊天时，老母亲鼓起勇气说："生你就像生了一个姑娘一样，把你嫁在福建。"回想这些年，自己远在他乡，亏欠父母的太多。母亲的这句话戳中的不只是我的泪点，何尝又不是所有背井离乡的游子的心窝？

"树欲静而风不止，子欲养而亲不待。"父母的牵挂始终是最真最纯最永恒的爱。其实，孝敬父母并不难，精神慰藉远比物质给予管用。只要拥有一颗敬老爱老的心，定期一通电话、抽空探望陪伴，哪怕是一句问候、一起吃一顿饭等，都是对老人最好的孝顺。

家乡有片红树林

蔡泗明

在我的家乡云霄，一个位于福建东南隅的沿海小镇，生长着一片奇特的海底森林——红树林。这里，是鱼鸟虾蟹的天堂，更是一个神奇的"国度"。

在这里，您可能会第一次亲眼见到胎生植物；也可能会见到植物的叶子表面时常附着一层薄薄的"白沙"——那不是露，也不是霜，当您用手轻轻一蹭，再放进嘴里，味道是咸的，没错，那是盐。如果您有机会走进这片森林，您就会发现，还有更多更奇特的景象在等待着您……

有时候，我常发呆，常常感叹于月亮的神奇！它不仅可以在夜晚给予人们适度的光亮；可以在交通和通讯十分不发达的古代，让身处异乡的苏氏兄弟互寄"千里共婵娟"的遥思！同样，是因有月亮，才会有潮汐，才会有我家乡的这片海底森林。家乡的这片海底森林就是潮汐的"宠儿"。它们生长于漳江入海口的潮间带，在潮涨潮落间，时而"犹抱琵琶半遮面"，时而尽显"庐山真面目"。涨潮时，其中的小树会被海水全部淹没，只有两三米以上的大树，才会有长短不一的树梢浮现于海水之上。由于长得浓密，远远看去，好似一个又一个的小山包，近观则犹如碧波荡漾中的一座座"绿岛"，在海水中漂浮摇摆！而当退潮时，不仅大树小树尽皆显露，还能看到它们纵横交错的支柱根和板状根，以及它们所特有的呼吸根，如指状，一根一根错落有致。这时，最让孩子们兴奋不已的是，树林底下还会多出一些活蹦乱跳的弹涂鱼和探头探脑的招潮蟹，以及总会在滩涂之上留下一弯弯爬行轨迹的海螺……

　　这种海底森林叫红树林，我是到很久之后才知道的。我们这里的农村人，我父母一辈早些时候也大致不知道这个称呼，管它们叫"海胶埕"（闽南语），人们下海抓螃蟹时，也都喜欢摘取一些"海胶埕"的枝叶放在鱼篓里，说是能预防螃蟹之间互相攻击的。

　　一直到参加工作以后，才听保护区管理局的一位高级工程师介绍，在地球的热带、亚热带地区，一些生长在陆地的有花植物，进入海洋边缘后，经过极其漫长的演化过程，形成了在潮间带生长的红树林。这种受海水周期性浸淹的木本植物群落因其富含"单宁酸"，被砍破外皮后会自然氧化变成红色，故称"红树"。由于红树是生长于海岸线边缘的潮间带植物，因此当台风来袭，成片的红树林还具有消浪固岸的功能。有红树林的地方，就像为当地的老百姓筑起了一道天然的安全屏障！

　　红树，是生长于湿地的特色植物，全球共有六十一个品种，而我们这里就有七个品种，分别是：红树科的秋茄和木榄，紫金牛科的桐花树，马鞭草科的白骨壤，大戟科的海漆，爵床科的老鼠簕，以及伴生植物三叶鱼藤。家乡的这片红树林，是目前福建省面积最大（保护面积达两千三百六十公顷）、种类最多的红树林天然群落，也是中国天然分布最北的、生长最好的红树林群落，具有很高的保护研究价值。它是湿地生物多样性的宝库，也是一座活的自然博物馆。

然而，在早些时候，家乡红树林的这种"资源丰富性"只体现为附近的村民可以在红树林底下捕捉一些鱼、虾和蛏、蚶、螺、蟹，拾取一些海鸭海鸟蛋，或随意挖走一些据说有一定药用价值的植物根茎。后来，人们逐渐发现这种无序的状态对红树林的生态系统正在不断产生着破坏。更有甚者，一些急切追求利益者为扩大海产品的人工养殖面积，开始出现人为毁坏红树林，人与红树林争滩涂的可怕现象！一直到 1992 年元月，漳江口红树林保护区正式成立，1997 年 7 月经福建省人民政府批准成为省级自然保护区，2003 年 6 月经国务院批准升格为国家级自然保护区，并设立了福建漳江口红树林国家级自然保护区管理局。从此，家乡的这片红树林才一步一步走向管理更加有序的可喜状态。2008 年 2 月，漳江口红树林保护区正式被列入《国际重要湿地名录》。

在漳江口红树林保护区内，不仅有红树林和芦苇，而且还有卡开芦沼泽、短叶茳芏盐沼、滩涂、河滩、鱼塘、水田等多种天然或人工湿地，滩涂底质有泥滩、泥沙滩、沙滩等各种类型，河网密布，湿地环境多样。保护区内拥有丰富的浮游动植物和微生物，有包括绿海龟、棱皮龟等在内的"三有"（受国家保护的有益、有重要经济价值、有科学研究价值）动物一百六十二种。其中列入国家重点保护的野生动物二十一种。2007 年以来，一些摄影爱好者还在保护区内陆续抓拍到一些比如中华白海豚、朱鹮、黑脸琵鹭等世界濒危野生动物到漳江口红树林栖息的珍贵照片。在保护区内，还有许许多多重要的水产资源，诸如斑鰶、黄鳍鲷、泥蚶、多纹巴非蛤、长竹蛏、缢蛏、黑斑口虾蛄和方格星虫等，它们都一直在这里繁衍生息。隆冬时节，东亚水鸟迁徙途经家乡的这片红树林，它们大都会停留下来觅食，补充体力，这里就成了湿地水鸟迁徙的重要补给站和加油站。这时，这里便是鸟类的天堂！

现在，这片宝贵的红树林不仅是进行生态、林业等科学研究的天然实验室，是向青少年普及科学知识和宣传自然生态保护的重要场所，也是开展生态旅游的理想场所。

作为本乡本土的林业干部，我常常会带着来自四方的朋友们光顾家乡的这片红树林，或走入林间栈道，细细观瞧悬挂于树冠上的红树胎生胚轴；或蹑手蹑脚走下滩涂，去尝试捕捉那仿佛就近在眼前却行如闪电的招潮蟹；或举步登上观鸟屋，架起好几个大倍数望远镜，专注地辨认着羽毛颜色各异的鸟类，这时，大家的嘴里还会默默地念叨：是鹭鸟？是雁、鸭？是鸥、鹬？还是鹰、隼、鸳、鸯？……每一趟红树林之旅，我们总是在无数新鲜与好奇的分享中拾欢归来！

走近家乡的这片红树林，最享受的还莫过于邀三五好友，在"落霞与孤鹜齐飞"的黄昏，或漫步于红树林边的海岸线上，欣赏着筑巢分栖于树梢的一个个水鸟家庭其乐融融的景象；又或驾一叶扁舟，藏身流连于水上森林之间，偶尔"惊起一滩鸥鹭"！这时，我真仿佛进入了南宋女词人李清照笔下《如梦令·常记溪亭日暮》的意境中了！

故乡中的童年

———

田志坤

　　屈指算来，从考入水利学校离开家乡已有三十五个年头。趁着端午节小长假，回故乡榆树市保寿镇探望已年近九旬老父亲的机会，踏寻儿时经常玩耍的山山水水，搜寻我童年快乐时光的影子。

　　我的家住在贯穿榆树市南北的卡岔河左岸坡岗上，往北五公里就是榆树市唯一的山——团山子，往南不足两公里就是卡岔河，远处隐约还能看见传说中岳飞晾晒衣甲的亮甲山，说起来算是"依山傍水"，风水极好的地方。

　　春天来了，万物开始复苏。团山子长满了黑松，当绿油油的树木又开始长出新叶时，它变得更加绿了；山下团山子水库由于桃花水的注入，更加清澈透明，蓄水量也变得多了起来；卡岔河河谷处的东北甸子上，野草、野花、香蒲也开始疯长。在草丛里行走，不时飞出几只野鸭，不小心还吓你一跳。这时候也是我们这些小伙伴们最不安分的日子，难得的周日就成群结队去挖野菜、拣野鸭蛋。野菜的品种可多了：婆婆丁、水芹菜、鸭子巴掌、小头蒜等，每次出去篮子里都装得满满的。在那一春天也吃不上青菜的困难时代里，能吃上顿野菜馅包子，也算是一顿美餐了。

记得有一年春天，我同二哥带着扒鱼网和鱼篓去小河沟捞鱼，由于刚刚解冻，在河里没捞到鱼，沮丧着往回走，突然发现蒲草底下有成堆的山胖头（老头鱼）在睡觉（冬眠），我和二哥就开始抓了起来，鱼篓装满了，扒网兜里也装满了，我们两人脱了裤子，然后把裤腿扎牢，又装了满满四个裤腿，足足有百十多斤。回到家天已黑了，老妈看见非但不高兴，还挨了一顿骂，说要吃掉这么多鱼得费多少豆油啊！没办法，第二天，我和二哥去集市上把鱼都卖了，卖得十六元钱，二哥花四块两毛给我买了个帆布新书包，要知道这是我上了三年学，第一次背上的新书包啊！当时甭提有多高兴了……

夏天来了，我和小伙伴们瞒着大人去南泡子、老邬泡子游泳，没有教练教，自学成才学会了打狗刨。泡子里水不深，但是冬天生产队组织刨水塘底，把淤泥运到岗上"十八坰""北长垄子"改良土壤，所以泡子底留下了一个个的冷坑，一不小心掉进坑里，实实在在地喝了几口"老汤"呢……

放暑假的日子正是捉蝈蝈的时节，用麦秆自己编个蝈蝈笼子，放进几只蝈蝈听着它嗞啦嗞啦地叫，那才叫惬意呢。有时我们结队去十里外的团山子捉"铁蝈蝈"，铁蝈蝈是黑红颜色，叫声又响又脆。草蝈蝈是绿颜色，叫声远不如铁蝈蝈响亮，拥有一只铁蝈蝈在同伴中那才叫自豪呢……

秋天来了，大人们忙着去收获，小伙伴们也忙得不可开交，把猪赶到收获过的土豆地去拱，我们也拿着扒锄去刨，每当刨到大一点的土豆就乐得跳起来。去大豆地里拣豆枝，拢起火来烧毛豆，然后扒开来吃，那才叫香呢。去小河沟用"须笼"去蹚鱼，"须笼"有个倒茬，鱼进到"须笼"里就跑不出来了，过几个小时去起鱼，真正是"坐收渔利"呢。更有意思的是将坡沟里小溪用泥筑坝，用大葱籽下面的葱杆埋在坝上做泄洪洞。说起来我还真与水利行业有缘，几岁时就开始自己设计自己施工筑坝蓄水泄洪，那么算起来我就是应该有四十多年工龄的老水利人啦。

冬天来了，尽管天寒地冻，我和小伙伴们用木板做成爬犁，钉上两根八号铁线做滑道，在南泡子或老邬泡子进行滑冰比赛，小伙伴们你追我赶，谁也不甘心示弱。在山坡上打滑出溜，滑下来耳边生风，跟现在滑雪场的感觉一样，上下来回折腾，尽管那时天气比现在要冷，脸蛋和小手冻得通红，但一点也不觉得冷，每每回到家里，没穿衬衣的空心棉袄都是湿漉漉的。

而今的我，早已过了知天命之年，回到阔别已久的故乡，童年的快乐时光只存在于记忆之中，家乡美丽的山水，也只能在梦中出现。

家乡的山——团山子，那是我儿时见过的最高的山，绿油油的松树，现已不见了踪影——山炸平了，石头取没了，山近乎平地。据说因为它是榆树市唯一的有石头的山，炸出来的石头都用来修筑了榆树市大大小小的公路、乡路、巷路，为老百姓出行带来了方便。

家乡的水——南泡子、老邬泡子，那是我儿时游泳、捞鱼的嬉戏场所，现也没了踪影，早已失去了蓄洪滞洪的功能，淤积后种上了成片的水稻。

家乡的湿地、绿地——东北甸子，是我儿时抓鱼、挖野菜、拣野鸭蛋的一片圣地，在那片广袤的绿地上，留下了我儿时多少的欢声笑语，现也已都不复存在了，原生态的草地、灌木、水洼地早已被开垦，取而代之的是一片片方方正正的水稻田，农民在稻田里忙着插秧，期待着有个好的收成。

每当看到家乡荣获全国粮食生产标兵县，我都会为之感到振奋，感到自豪，但那绿绿的山、青青的草、蓝蓝的泡子和池塘却再也看不到了。家乡那美好的山山水水一直在我脑海中重现，一种失落感禁不住油然而生……

我更喜欢我童年时代的故乡。

军旅情深

周银平

大山深处，悠悠岁月，火红的年代给了我们火一样的青春。

四十年前，我们风华正茂、血气方刚，为了实现人生的理想，告别亲人离开家乡，走进了大山深处的绿色军营。从此，我们的青春与高山做伴，把青春写在了高山之巅；从此，我们的青春与艰苦相连，少了享受多了奉献！军营里，我们懂得了这样的道理：服从命令是军人的天职，奉献牺牲是军人的名片。

艰苦的生活把我们的意志磨炼，三大条例把我们的言行举止规范，传统教育让我们把红色基因传承。在这里我们学到了一种精神，感受到一种力量，收获着一种感动。在这里，风霜见证了我们奋斗的历程，雨雪留下了我们成长的足迹。新兵训练补足了我们一生所需要的钙，军旅生涯积累了我们一生所需的财富，这些足足让我们享用终生。

当兵的历史，丰富了我们的人生，我们用行动写下了对祖国、对人民的爱，用青春和热血写下了对党的忠诚。当兵的历史，是我们的成长史，虽然有许多酸甜苦辣，更有我们收获的坚强意志和铁骨铮铮。我们把对父母的孝化作对祖国的忠，把对家乡、亲人的思念转变成刻苦训练的动力，用我们坚强的臂膀护卫着祖国的每一寸土地。

四十年，我们从人生的春走到夏，又从夏走到秋；四十年，我们经历了人生的雨雪风霜，尝尽了人间的酸甜苦辣；四十年，我们有过失败的懊恼，更有许多成功的喜悦。一路走来，我们收获颇丰，因为我们是"解放军大学"的合格毕业生。

四十年的历史值得缅怀，最难忘的是军旅情怀；四十年的历史值得自豪，部队生活是我们人生的浓墨重彩。亲爱的战友，岁月的沧桑在我们脸上留下了深深的印记，军营里的有些记忆已模糊不清，但训练、执勤、站岗、紧急集合、野营拉练、班务会等这些几十年前的生活细节像发生在昨天似的让我们记忆犹新。军营给我们留下了永恒的回忆和无尽的怀念，无论何时何地、干何工作，都会永远记住我们的军旅生涯，记住我们成长的摇篮。

咱家出了三个兵

范景来

　　一人当兵，全家光荣。我没有当过兵，但我的家里有过三个当兵的人，因此，我也间接感受到了当兵的光荣。

　　第一个当兵的是我大哥。时间是 20 世纪 70 年代，我当时十来岁。记得当时的军装是绿色的，带红五星的军帽。看到哥哥穿军装的样子，感到十分帅气，从心里为哥哥感到自豪，那时一个农村的孩子，能够参军也是件很不容易的事情。全村二百多户人家，适合参军报名的不少，可是能够选上的不多。因为数量有限制，要求也很高，所以能够当兵也是很幸运的事。哥哥参军那年，全村只有两个名额，经过体检，政审，哥哥荣幸地被选上了，如愿穿上了军装。哥哥当兵走的时候，全村人都手捧鲜花欢送，街道的墙壁上贴满了欢送的标语，场面非常热烈。哥哥当兵，给全家带来了莫大的光荣。哥哥当的是炮兵，起初在保定，后来到了内蒙古。记得那时两年才能回家探亲一次。哥哥当兵时，父亲和母亲先后去过部队两次，算是探亲。父亲和母亲从部队回来的时候，都会原原本本地把部队里的事情讲给我们听，那种激动、喜悦以及自豪，会持续很长时间。大哥当兵的时候，也正是家里困难的时候，家里孩子多，又都小，能够干活的就属大哥了。但父母没有阻拦，毅然支持哥哥参军。哥哥当的是义务兵，年底，村里给一些慰问品，军队的津贴也只是每月六元，只够自己零用。家里因为大哥的当兵，缺少劳力，困难了很长一阵子。但是，大哥当兵给我们的家里带来的荣耀远远大于困难，父母高兴，我们弟兄脸上也有光。过了几年，因为家里劳力少，生活确实困难，大哥便退伍回了乡。

　　第二个当兵的是我姐夫。姐姐和姐夫搞对象的时候，姐夫已经是在部队了，当时姐姐还曾经问过我，当兵的怎么样，我不假思索地说，当兵挺好的。不知是不是这句话起了作用，姐姐最终还是和姐夫走到了一起。姐夫的家离我们家不是很远，也是地道农村人家，家里经济状况还不如我们家里。姐夫当兵在昆明，离家很远。记得姐姐探亲时，光坐火车就需要两三天时间。可以想象，当兵无论是自己还是家人都是件不容易的事情。姐夫家里虽然不富裕，但家里还是依旧支持姐夫在部队服役。姐夫工作也是努力，后来转为志愿兵。转了志愿兵，就意味着要在部队再干十多年，但姐姐和姐夫还是选择了坚持。姐夫当兵时，父母为了更好地照顾姐姐生活，就让姐姐一直住在娘家。虽然因为姐夫当兵，家里需要承担很多困难，但家里人还是因为姐夫的当兵感到了自豪和幸福。后来姐夫转到了离家近一点的部队，又服役了几年才转业。

　　第三个当兵的是我侄子。他大学是学医的，毕业后分到了县城医院当了医生。其实工作已经很稳定了，完全可以在地方工作一辈子，过安逸的生活，不用走参军的路，但当兵的机遇还是找到了他。他参加工作的第一年，部队要从地方招军医，大哥在县武装部战友那里得到了信息。大哥对军队还是有感情，很愿意孩子去当兵，孩子可能对于当兵也不排斥，或者说本身也愿意当兵，这样，经过报名、选拔，最终也参了军，做了一名军医。孩子当兵后，和家里人联系就少了，据说部队打电话有限制，也经常有任务，不能随意和外界联系。我也只是电话和他联系过两次，没有见过面。母亲去世的时候，侄子没能回来看他奶奶最后一眼。母亲生前一直牵挂着当兵的孙子，侄子是一个孝顺的孩子，对他奶奶也非常挂念。可惜的是，因为当兵，老人留下了终身遗憾，相信侄子的内心也承受了很大的痛苦。

　　当兵意味着什么？意味着奉献，"忠孝难两全"一点也不夸张，聚少离多，有时会失去很多亲情，因为你要安心地在部队服役，就不可能有更多时间顾及家里，家里人也会因此有更多的付出。而每一个当兵的人，他的家庭付出都是默默的，无私的，实实在在的。

　　我很庆幸我们的家庭有三位当兵的人，因为我们的家庭为军队、为国家做出了贡献。也许将来我们的后代还会有当兵的，那时，我也一定会支持，并且告诉他们：当兵很光荣，全家支持你们！

写给儿子的一封信

——

齐丽红

亲爱的宝贝儿，刚和你视频后，突然感到莫名的心痛，电话的那一端，是你无尽的想念，电话的这一端，是我无声的泪流。

现在算算，妈妈离开你已经有二十多天了，在这段时间里，你可真的想妈妈？妈妈很是想宝贝儿。马上就是六一儿童节了，可是妈妈今年又不能陪你过节了，愿风儿像妈妈的手一样抚摸着你，阳光般地暖人心；愿风儿捎去我满满的希望，满满的祝福，提前祝宝贝儿六一快乐！

记得有一次陪你过儿童节，你可开心啦，逢人就说，这是我妈妈，今天我妈妈陪我过节，和我参加六一节目，我听着，鼻子酸酸的。这么多年来，我亏欠你很多很多：在你生病需要我陪伴的时候我不在你身边；在你需要我拥抱的时候我没能及时送上温暖的怀抱；在你受到委屈时我没能在你身边及时地开导你。其实还有许多，你很多的第一次我也没能参加。当你学会走路，陪伴在你身边的是你爸爸；当你第一次背着书包上学，陪伴在你身边的是你爸爸；当你参加学校一系列的活动时，陪伴在你身边的是你爸爸；当第一次开家长会，去的是你爸爸；当你第一次得到"三好学生"奖状时，分享你的喜悦的还是你爸爸……爸爸扮演的角色比我这个妈妈多多了。宝贝儿，为了这个家，爸爸更辛苦！他既当爹又当娘，其中的艰辛不言而喻。

最幸福的事，莫过于一家三口团聚，共享美好生活。记得上次放假，我们相约去江西龙宫洞玩，山林幽深，泉水如鸣佩环，瀑布如帘，玩得很尽兴。一路上就数你最开心了，一会儿摘摘旁边的花，一会儿碰碰路边的栏杆，一会儿又是摆 pose 让我们给你拍照。当然，回家后少不了要写一篇作文，写出自己的所见所闻。你坐在书房，绞尽脑汁完成了一篇作文，拿给我检查，我发现有错别字，有的语句甚至不通，我直接把你的本子扔了，并扔给你一句话，"你自己好好看看吧，我懒得看"。只见你低着头，一副委屈的模样着实让人心疼，你才不过九岁而已，而我却用成人的眼光看待你的作文。后来你的老师跟我说，你的作文写得很棒，并当作范文在班级内朗读了。当时的我，觉得自己作为一位母亲很失败，连老师都能看到你身上的闪光点，而我只是看到你的不足。现在想想，我真是太冲动了。当时妈妈真没想到那些，对你的要求过高，过严。妈妈想借这个特殊的日子，真诚地对你说一声"对不起"，纵使妈妈的内心深处始终有着一份愧疚，可是在我的愧疚与自责中，我依然跳跃着一颗爱你的心。妈妈对你的爱，一切都只能尽在不言中……

宝贝儿，自从有了你，妈妈就有了生命的寄托，精神的慰藉，生活的乐趣。你是上天派给妈妈的完美天使，赐给妈妈的最好礼物！我想对你说，在以后的日子里，妈妈会抽取更多的时间陪在你身边，陪你一起成长，尽母亲的责任，给你更多的关爱，像一棵大树一样为你遮风挡雨。

　　愿宝贝儿永远开心快乐，身体健康！

我已深深地爱上了你

焦红玲

亲爱的汉语:

每天见面,不问好也罢。在这个无比燥热的午间我战胜了困神,只因一档电视节目《见字如面》。晚上就琢磨着给谁写封信好呢,又没有所指,索性还是写给你吧。

众所周知,我是你的迷恋者。近半年来和你展开了一场来势凶猛的热恋。业余时间全用来和你在一起,给你写的情书火辣炽烈,每日一封,只多不会少。我们的关系复杂而微妙,用一句话形容——一路相爱相杀,好不快活!

你使我上瘾且暂无解药。这可害惨我了。旁的不说,智商情商双双下降,痴傻也就算了,且视力越发低了。好在我还算意志坚定,健步走计划没有因你而泡汤,总的来说身体大致无恙。

当然和你谈情说爱一场,好处也显而易见。比方说心情好了,如同大禹治水使洪灾不至泛滥一般。再比方说思维敏捷了，视角独特了，心变得柔软了。这表现在对你，我总是信手拈来，运用起来流畅自如。比复杂的人际交往容易多了，也有趣多了！就像用砖头、钢筋、水泥造房子一样自然，水到渠成。付出就有回报，看到自己亲手搭建的一众亭台楼榭，漂亮结实自不敢说，但一定是会呼吸有温度的，心生喜欢。当然我所说的回报和世俗的理解不太一样，后者约等于名和利，坦白说我也想要，但不是唯一。迄今为止，你没带给我一分钱的收入，但毫不影响我对你的好感，这种感情是无条件的，我已经深陷爱河，无法自拔。

亲爱的汉语，啰里啰嗦和你聊了这么多，其实我只是想向你表白：你是如此的性感、妩媚、生动、传神、丰富、优美，简直是世界上最最迷人，最最过瘾的语言。我爱你。余生漫长，我会和你不离不弃。

你的爱慕者

生活 思索 前行

———

丁 芳

风，四处游荡，串联起凛冽的信息，扫得花残叶谢。这个冬日，儿子过生日，央求我送他一对漂亮的鹦鹉做生日礼物，想着他这个年龄已有能力去照养了，便欣然同意了！

早上阳光和煦，如母亲般温暖的手抚摸着大地，我的父亲牵着蹦跳的儿子出了门，晨光中一老一少的身影被拉得老长，望着身高只矮过父亲半个脑袋的儿子，身影渐行渐远，恍惚中如在阳光中舞动穿行。不到半个时辰，儿子提着鸟笼回来了。我立刻喜欢上了它们，呵，那是怎样的一对鸟啊！

至今想起来都记得看它们第一眼的感觉：两只鸟眯着慵懒的眼睛，傲视一切。一只身上布满虎皮纹的花色，尾巴尖尖，如同穿上长长燕尾服在笼中踱来踱去，傲娇满地；另一只周身嫩黄色，惊艳如新抽芽的秋菊，平添了生机。

对于鸟，我一向不太懂，只知道少惊扰它们，这两只相依为伴，在笼里放些小米、水以及隔尿垫，便构成了它们整个生活的天地了！于是，儿子的空余时间都被鸟吸引去了。我大抵是不会照管这些小东西的，更不愿自己的生活节奏被打乱，可儿子只要没事就在笼边待着，看它们吃食，看它们嬉戏，偶尔打开笼子伸手去摸，免不了要被鸟狠狠啄一下，却仍满眼欢喜。每天换水，添食，换隔尿板，这些小细活不厌其烦，平时仍依赖我们的他对呵护鸟儿却这般细致。

小家伙们也在渐渐熟悉中欢腾起来，天天叽喳交流着。我虽不懂鸟语，但能感觉它们的叫声极欢快，有时也忍不住去逗弄它们一番！

一个暖暖的午后，阳光灿烂地从窗外投射进来，触碰着每个角落，让冰冷的世界升腾起特有的温度。我坐在阳台上看书，儿子又来到鸟笼旁，瞧着他的鸟儿们，审视良久。突然儿子问："妈妈，鸟儿会死吗？"

"会。"

"什么时候死？"儿子的话让我感到惊讶。

"不知道。"

"为什么会死？"儿子追问。

"这是动物的自然规律，任何动物都有生老病死的一天。"儿子的目光小心地在我脸上摸索着。我只好安慰他说："你这么有爱心，只要好好喂养它们，至于它们怎么死，什么时候死，那就不需担心了！"

"那就是说，要把它们生活中的每个细节照顾好，不管以后怎么样，对吗？"儿子似懂非懂反问我。

是啊！生活中有太多的不确定性，你永远不知道明天和意外哪个先到来！如同你无法把握下场考试结果，只能做到踏实完成当前的学习任务；不确定坐车时能有座位，只要能赶上时间；不确定下个路口转角会不会遇到碰撞，只能做到走好脚下每一步路；不确定明天班里孩子会不会有安全意外，却能做到时刻提醒他们注意；不确定和妈妈之间下一秒是否会因一些小事而伤神，却可享受此刻温情相伴；不确定在那似火的枫树下，会不会被掉下来的鸟屎砸中，但却能深度了解那一片火红。生活中有太多的不确定性，能把握的是，把现在该做的事做好。

儿子听了我的话，心里渐渐明朗起来。我望向窗外，天空依然是少见的透碧。一只灰鸽从窗外掠过，迅速飞向远方消失成小黑点。大街上满地落叶，映照出一片金黄。落叶飘飘停停，像作最后的告别，大槐树优雅挺立着，假以时日，静待花开！我合上书，掸去心间一片阴沉！

我的第二故乡——漳州

王海洲

　　第二故乡，是身处异乡或曾居他乡的游子不容回避的人生阅历谈点。它会随着岁月的流逝愈加浓烈。这是有别于故乡的一种情感寄托，像老酒一样越陈越香。

　　漳州，这座素有"海滨邹鲁"之称的国家历史文化名城，毗邻厦门、遥望台海，山清水秀、物华天宝、四季如春，用深厚的文化底蕴和丰富的自然馈赠滋养着一代又一代勤劳勇敢的漳州人民，同时也吸引了无数外乡人来此安身立命。

　　素未谋面的徐连生笔友两次在我的文末评论中提到，漳州是他曾经生活过、终生难忘的第二故乡。他的这份思念催促我提笔话漳州，聊表敬意和感念。

　　掐指一算，我来到漳州工作生活已有十八个年头。时间不短也不长，刚好是一个新生命出生到成年的时长周期，可以贴上成熟的标签了。

十八年前，我同三十六名大学生学员一道，坐着骊山大巴车从特区厦门来到漳州报到。一路过来，随着大巴车从繁华的厦门驶入漳州郊区一个叫程溪的小镇，车上所有同学的心情都像过山车一样，经历了暖春到寒冬的变化。当时，大家除了对部队所处地理位置的失望，仅剩对周边花果飘香的生态环境的好感。经过短暂的动员，同学们都被分配到了各自的岗位，开启了军旅基层工作第一站。

漳州地处闽南，早年一直传承着祖辈们"靠山吃山，靠海吃海"的生产生活方式，传统的农耕文化也曾灿烂辉煌。当时，"工业立市"的标语牌十分醒目，这是我刚到漳州对它的概略了解。那时的漳州，历史印迹比新兴元素明显，八卦楼、中山桥、香港路及台湾路、中山公园、云洞岩等具有地标意义。漳州城区高楼不多、道路一般、生活节奏慢，老街比新区繁华，摩托车比汽车多，最有名的还数外地人刚来吃不习惯的卤面、锅边糊、生烫、蚵仔煎等特色小吃。这些小吃后来也陆续收买了外乡人的味蕾，靠的是"漳州味"的魅力。

结婚成家前，我同驻防漳州部队的广大官兵一样，鲜有机会外出欣赏漳州的山山水水，那时关于漳州的记忆很多来自本地报纸、新闻等媒体，碎片式的了解并没有留下多深的烙印。直到后来成了"漳郎"，才有更多机会接触和了解漳州。

在一线部队，与军官相比，士兵外出的机会更少，义务兵外出的机会少之又少。有一次与退役士兵告别时得知，有的义务兵服役两年只请假到过市区两次，有的士官第一次探亲休假连火车站在哪都不知道，一股心酸不由得涌上心头。此所谓，身处漳州不了解漳州。

其实，这些曾经在漳州奉献了青春、挥洒过汗水的他乡游子们，绝大多数人对漳州的历史文化、经济社会和名胜古迹等知之甚少。但令人感动的是，大家都不约而同自豪地把漳州视为第二故乡，退役回了原籍的对漳州念念不忘，因为那里是他们淬炼成钢的熔炉，他们会定期邀约回漳州看看，寻找那份兵愁；在漳州成家立业的主动深度融入，因为这里不仅是他们奉献青春的驻地，更是安享余生的福地。

时光荏苒，大浪淘沙。时至今日，跟我一批分配还留在漳州的同学所剩无几，去了外地外省的很少见面，但那些火热的军营生活却历历在目。有时候常想，回忆过去并不意味着老去，而是在珍惜回味中更好地憧憬未来。在漳州这片热土播种的军旅之情有别于任何其他情感，是所有军人终生引以为豪的记忆。

千百年来，灿烂辉煌的漳州文化与时俱进，创造了弥足珍贵的精神财富。"龙江风格""谷文昌精神""女排精神""漳州110"等精神元素根植漳州大地，成为推动富美新漳州建设发展的力量源泉。毋庸置疑，人民子弟兵在漳州经济社会发展进程中担负着不可或缺的角色，北溪饮水工程、防台抗洪、精准帮扶、搜救台胞等非军事行动，都留下了军人的身影。

戈壁梦起松山湖

——

程默涵

> 从我的思想中解脱，从我的压力中，我的疲惫中。
> 没有怀疑，没有恐惧。
> 耗尽精力，来到这里，向终点跑去。
> 除了我自己的力量，什么也不依靠。
> 如果还有，那就是，
> 和队友同步，和道路同步，和这个世界同步。

松山湖，知道的人不多，去过的人更少。这个位于广东东莞市境内的湖泊，是东莞人的骄傲。八平方公里的湖面虽谈不上无比辽阔，却也烟波浩渺、碧波万顷，尤其是那环湖的十四平方公里的生态绿地，无不荡漾着清新的岭南气息。

2018 年的元旦钟声响过不久，北京寒冷依旧。但，被激情点燃的长江学子，为了追梦戈壁跑，我们 2017 级 FMBA 金融管理硕士的十二名跑友们远赴东莞，逐梦松山湖。

我们不为观光，只为梦想。

从天寒地冻的北国，来到温暖如春的岭南，面对这风光旖旎、湖光十色的松山湖，对于已蛰伏一冬的我们而言，身心瞬间被暖了起来。是啊，这山这水，真的让人心旌荡漾。但此刻，再美的风景也留不住我们对戈壁的向往和奔跑的激情，放下行囊，穿上运动装，十二个人齐刷刷聚集完毕，队长一声令下，围湖开跑。因为，我们知道，能成为戈壁跑的参选者，该是怎样的一份荣光。更重要的是，在我们心中最美的景致就是那茫茫戈壁、大漠狼烟奋勇争先的长江团队；就是那你追我赶、砥砺前行的生动场面；就是那勇夺桂冠、举杯相庆的欢乐场景。奔跑的前方，有我们的梦想，我们不能停下奔跑的脚步，只为离梦想更近。

我们不为休闲，只为磨砺。

松山湖畔有很多的度假酒店，许多人来这里是为了那份远离都市的宁静和自得其乐的惬意，一杯咖啡一本书，一张摇椅一春秋。可对我们而言，这里不是休闲地，而是练兵场。

刚开始跑的时候，大家还说说笑笑互相打趣着，可跑着跑着，笑声没了，话也没了，一个个呼哧带喘，有的脸色苍白，有的上气不接下气，痛苦的表情全部写在脸上。即便如此，也没有一个人停下奔跑的脚步。

励志女神京京带着东辉、李安一路向前，豆大的汗珠从膝盖受伤的东辉脸上滑落。当他因病痛想要停下脚步,就会传来京京"挺住!跟着我!加油"的声音。为了让京京拿到好的成绩,东辉和李安都决定让京京先跑。京京担心不已,他们却保证虽然放缓了脚步但一定会到达终点。当东辉、李安,还有后来加入同样受伤的方芳牵手冲线,我的眼泪一下就流了出来。

携手同行,荣辱与共,让我们一起到最后,就是最美的风景。呼洁呼宝当天在特殊时期,但为了履行自己坚持到最后的承诺,她一路撑着直到跨过终点线。当她疲惫地晕倒在大家怀中,我们无比心疼,又无比敬佩。同样的还有鹏哥,松山湖赛前很久,鹏哥就因膝盖受伤无法打卡训练。而在这个战场,鹏哥突破了自己,突破了伤痛,以优异的成绩在终点等待后面的兄弟姐妹。

更有励志男神女神伟哥、彦辰,从胖到瘦,从一步不愿意迈、多走一步都觉得累到一个人甘于寂寞,甘于孤独,奔跑在路上,坚持到最后。鹏飞、Jim 两位长腿男神,咬牙坚持在湖畔留下自己的笑容与汗水。还有男种子选手"九〇后的腿"马欢,女种子选手宋佳,两个平时不爱表现很少说话的人,在跑步中带着大家的期待和希望一路飞奔在前。最最了不得的,就是那个从二百斤瘦到一百四十斤,从跑四百米都呼哧带喘到这次拿到二十四千米组男子第一的熊队(陈永军),他带着光照耀每个人,他用自己的坚韧与信念感动着每个人。他自己在坚持,更在鼓励着支持着帮助着我们每个人。

这一路赛程,即便风光旖旎,但每一步的沉重,都动摇着我们。然而,我们挺住了。大家心里清楚,这里的奔跑比起穿越戈壁,是真正的"小巫见大巫",如果在这里都跑不出成绩,拿什么去参加戈壁跑？所以，唯有坚持，流比常人更多的汗，吃比常人更多的苦，才可能有机会圆梦戈壁。直到此刻，我们才发现，每份努力不一定成功，但每一份成功一定离不开努力。也许我们当中有很多人最后去不了戈壁，但我们为此努力过、付出过，我们就不会遗憾！

我们不为恬淡，只为情怀。

松山湖，东莞人休闲的绝好去处。每天都会有很多的人来到这里，或湖边散步，或林间小憩，或湖上泛舟，或花间呢喃……看着眼前的种种惬意，我们却有着不一样的精神家园：戈壁，从甘肃瓜州到新疆哈密，史称"八百里流沙"的莫贺延碛是汉唐丝绸之路古道。一千三百多年前，玄奘法师在这里经历了追杀、迷路、彷徨、生死……几乎命丧沙漠，但依然心无所惧，一往无前。

戈壁，让身体进入"地狱"的地方。戈壁，无数企业家无数成功人士的心之所向，也是我们情牵魂萦的地方。当建立起跑团的熊队说出，我们中将有人进入第一支 FMBA 向戈壁进军的队伍时，当他说出"我可以从跑不到四百米的死胖子，到现在松山湖选拔二十四千米的男子组第一，你也可以！我要带着你们这帮兄弟姐妹们一起上戈壁！干！往死里干！一个也不能少！"当FMBA 项目主任 Martin Zhu 为了大家的希望向学校做出申请时，当他拿到同意回函鼓励我们时，当他对我们充满信任无比坚定时，我们被彻底点燃了，点燃我们的不只是队长的话主任的期待，更是深植于心中的那份情怀：一起上戈壁！此时此刻，梦想与情怀交汇，信仰与动力升华。

五个月的时间，FMBA 跑团从几个人发展壮大到九十多人，从北京到深圳，再到上海、广州……戈壁情怀就是所有人的那团火焰，熊熊燃起。于希望的火中，每个人的训练都是量身定制，每个人都在努力践行自己的承诺，每个人都克服着各种困难，每个人都在坚持着，努力着……我们在奔跑的路上奔跑，我们在追梦的路上追梦！

我们斗志昂扬，我们意志坚定，我们蓄势待发。

戈壁，我们来了！

彼岸是你，温暖了我远行的岁月

——

芙 儿

　　母亲是越来越老了，这不仅仅表现为她头上的白发更多了，脸上的皱纹更深了；也不仅仅表现为和她通话时，同样的话会唠叨几次，或同一件事情会跟我说上几遍。

　　是因为话里话外，母亲对我的远行有了明显的牵挂，是每一次的通话里，母亲那份藏不住的思念和盼我回去的想法，强烈地通过越洋电话穿越过来。

　　父母在不远行。而我们做子女的，都挥挥手，就远走他乡，去追求自己的梦想，全然不顾父母凝望的双眸有多少不舍，全然不知父母站立的身影久久不愿离去。

　　犹记那年离家时，瘦削的个子背着简单的行囊，在熙熙攘攘的车站与母亲告别。临上车前，母亲一遍遍地说着叮嘱的话，而年少的我，读不懂母亲眼中的不舍和挂念。我的眼里都是新鲜的事物，脑子里都是对未来的设想。

彼时，母亲除了细细的叮嘱，更多的是支持，是鼓励，是让雏鸟放飞母亲怀抱，翱翔天空的坚定。母亲以为，孩子终归要长大，要学会独立面对风风雨雨，学会处理生活中的各种难题。放手，便是对孩子最自由的爱。

若干年后，我已习惯了外面的世界，习惯了一次次的相聚分离，习惯了一次次的远行再远行，习惯了没有母亲唠叨的日子。

却忽略了，在我的一次次习惯里，母亲渐渐老去。老去成彼岸里默默的守候，老去成儿时温暖的记忆。

在南半球炎炎的夏日里，我隔着季节的差异，拨通那个熟悉的号码。母亲的身影透过越洋电话清晰地出现在我眼前，略显粗糙的手温柔地拂过我眼前的岁月，拂过这一季的思念。关爱的话依旧在耳畔，如小溪般潺潺地流动着，洗涤着我烦躁的心，渐趋平静。

而我，除了一声珍重，除了照顾好自己，还能说些什么，做些什么？不敢面对母亲的思念，不敢对母亲承诺什么，只怕，一不小心，那愧疚的泪打湿了异乡的夜晚。

印象中，母亲一直是坚强的，也是少许严厉的，却并不影响她对我们的爱。就像全天下的母亲们一样，成长的路上，尽管离不开父亲的关爱，可母亲的爱总是流淌得更多，更细腻。

无分白天黑夜，不管距离多远。

距离是隔不断思念的。沿着时光的长河，两岸边都是母亲一次次送别的身影，那殷切的目光里总是凝结了太多太多的挂念，那频频挥动的双手总是包含了太多太多的不舍。

　　送别的站台,留着母亲太多话不尽的叮嘱。我有多少次的转身,母亲便有多少次的站立;我有多少次的远行,母亲便有多少次的凝望;我的每一次执着,留给母亲的只是一个渐行渐远的背影。

　　彼岸有多远,母亲的爱便有多深,思念便有多重。我在远行的时光里,带上母亲的爱与思念,温暖着每一个寻梦的日子。

五去襄阳，三顾茅庐

夏海银

"臣本布衣，躬耕于南阳，苟全性命于乱世，不求闻达于诸侯……"这是我前段时间第五次去襄阳城，第三次去古隆中游玩时，默默背诵的。前两次去的时候，我也同样背诵了《出师表》，只是这次背诵时的心境，与前两次完全不同。第一次是兴奋；第二次是伤感；而这次却是平和。之所以平和，是因为我知道，曾经伤感、破碎的心，在时间良药的治愈下，终于痊愈了。

初游隆中，因为爱情

与她相识相恋后，在 2013 年 10 月底第一次去襄阳，那时并不知道"刘备三顾茅庐请孔明"的典故就发生在这里，加之时间紧促，在襄阳待了两天后便回家了。次年 3 月份休假时，在快到

我。看到她消瘦、颓废的神情，我心疼、懊悔不已。她的到来，让我想起了李宗盛的《漂洋过海来看你》，只不过是把"漂洋过海"变成了"跨省穿市"。与她漫步在海边，看清风把海浪卷起的时候，我的记忆也被渐渐勾起。那一刻我才明白，她的要求其实并不高，只是需要一个温暖的怀抱来呵护她，一个坚实的肩膀来为她遮风挡雨，一个温暖的家来作为她的港湾。

然而，恋爱是两个人的事情，结婚却是两个家庭的事情，并不能一厢情愿、一腔热血和一意孤行。同年的8月到次年的3月，这半年多的时间我都在与她母亲沟通，谈了很多种方案都无济于事，直到后来她母亲用哀婉的语气对我说："孩子，你各方面都挺优秀的，但是请你放手吧！我是不会把女儿嫁那么远的，她要是愿意和你走，我不管，我不会去看她的，我就当没有这个女儿。"

最后，我妥协了。出于思念，在没有正式分手前，再次去了襄阳城。那时她上班请假不方便，我一个人故地重游，去了一趟古隆中，试图去寻找当初和她一起去的影子和气息，然而除了冰冷的空气和身心疲惫的躯壳，找不到关于她的点点滴滴。站在隆中书院"非淡泊无以明志，非宁静无以致远"的题匾前，望向远方，相处过程中的点滴过往，在脑海中闪现，一行热泪不禁潸然而下，内心的不舍和无奈的痛苦，慢慢吞噬着我……

从文理学院走出来，看见旁边是当初看樱桃花的那条路，行尸走肉地挪过去，试图去回忆那段快乐的时光，寻找昔日的甜蜜话语和笑声，可除了熙熙攘攘的人群外，一切物是人非，留下的只有我不舍的惆怅和夕阳下孤独的身影。

第二天，她送我到车站，离别后，再未相见。

三顾茅庐，已然释怀

和平分手没几天，她删除了所有关于记录我们相处过程的微博。而我却在备忘录上写道：军恋绝大多数都是异地，是一段看不见表情，听不出语气，纯粹折磨人的感情，虽然因缘相识，为爱坚守，都想要忠于"两情若是久长时，又岂在朝朝暮暮"的爱情，最后却又败给了"距离"和"空间"这个最大的"现实情敌"。

半年后，她嫁人了。至于她是嫁给了爱情，还是嫁给了现实，我不得而知，也无从查究。她结婚的第二天，我删除了她的所有联系方式，扔掉了她赠送的一切物品，烧毁了与她的全部影集。看着跳动的火焰将曾经的一切化为灰烬，我心如刀绞。

和她分开近两年的时间，我把自己封闭在狭小的空间里独自舔舐着伤口，不敢去回忆曾经的点滴，去触碰伤痕累累的心。每每听到"后来我总算学会了如何去爱，可惜你早已远去消失在人海，后来终于在眼泪中明白，有些人一旦错过就不在……"都忍不住黯然神伤，初闻不知曲中意，再听已是曲中人。

直到年初在微博上看到她晒出儿子和爱人的照片，并配上了"丑老公，帅儿子"的文字时，内心没有了曾经因爱而产生的甜蜜的惆怅和依恋的哀愁后，才发现，原来那段痛彻心扉的爱情和血肉模糊的伤口，在时间良药的治愈下，已经消逝并结痂形成了疤，任何力量和记忆的片段都追不回、撕不开了。也是在那时候明白，在生命的旅途中，爱情能让人成长的原因无非是在人最痛的软肋上狠狠地扎一刀，让人疼痛到欲哭无泪，然后让人反省，教会人如何懂得爱，如何在亲密关系中成长。

　　在今年休假之时，恰逢是与她分开整整三年之际，于是，我再次踏上了去襄阳的列车，利用一上午的时间"三顾茅庐"。踏入景区的瞬间，我情不自禁，却又内心平和地背诵了《出师表》的片段，"臣本布衣，躬耕于南阳，苟全性命于乱世，不求闻达于诸侯……"随后慢悠悠地走遍了景区内的隆中书院、三顾堂、卧龙岗等所有地方，登上了腾龙阁，站在最高处观赏了襄阳城的全貌后，又重新在襄阳的中原路、长虹北路、前进路、大庆西路、建设路、沿江大道、诸葛亮广场等之前与她共同走过的路上漫步或骑行。其间，曾经的往事慢慢串联起来，在脑海中浮现，想起曾经的过往和经历，让我面带微笑，从容又喜悦，但内心却没有了一丝涟漪。

　　当我走在沿江大道上，感受着阵阵春风拂面的惬意，走到"米公祠"门口，转身看到夕阳西下，沿江大道上车水马龙、游人如织，我突然明白了：每个人的人生都没有如果，时光更不会倒退。虽然在成长的过程中经历了波折和遗憾，但是我在用力爱过以后，经历岁月的渲染，也学会如何与自己和解，知道了如何放过自己。原来分开三年的成长道路上所经历过的沉浮、挫折教会了我，放下才会轻松，放下才会自由，能够释怀的人才能获得幸福。

　　因为一个人，爱过一座城。我说过我曾爱过襄阳的每寸土地和花虫草木，而现在我想把"曾"改成"此刻亦然"。所以，你好，襄阳；再见，襄阳。

晒谷坪

王瑶

晒谷坪，是湘中老家用来晒稻谷等庄稼的场地，晚上也可以用来放电影。

那时候个人很少有晒谷坪，生产队倒有块共用晒谷坪，就在村中靠南边，老大一块地，西边是马路，马路下面是一口水井，两亩碧波荡漾的水塘，在明媚的阳光下，山风微吹，波光粼粼，水塘边辣椒树上总是挂满红红绿绿的辣椒。以前"双抢"的时候，家家户户都想抢着晒谷，庄稼人不容易，"双抢"赶时间啊，怕下雨把谷子淋坏了。这个过程中，少不了吵个脸红耳赤的，不过吵完后又蹲一起侃大山！收割了，天不亮大人们弓着身子抬着古老的"扮桶"，孩子们拿着镰刀和水壶跟在屁股后面，田野上虽然看不清，但是可以听到镰刀割水稻时嚯嚯的声音，这时候满村都是泥巴的味道和谷子的芳香。

书上说收获的季节是喜悦的，可我真没有感觉到，只是看到大人们湿漉漉的衣服全部贴在身上，光着脚板挑着满满一担稻谷，沉重的担子把身子压得很弯，真是"锄禾日当午，汗滴禾下土。谁知盘中餐，粒粒皆辛苦"。大人挑完一担会在晒谷坪歇一歇，拿起水壶咕咚咕咚猛灌，然后甩把汗水，谈论一下谁家的收成好，又赶忙往回奔，继续挑下一担。刚从田里收回来的谷子，湿湿的，有的还糊着泥巴和毛毛草草。这时孩子们学着大人们的样子，有模有样地耙谷——用谷耙把谷堆推平，看似简单其实不容易；用晒谷耙推得谷子厚薄均匀，还得时不时给稻谷翻翻身的，这样晒出来的稻谷才干得均匀，成色好，碾米时米多糠少。

一天以后，稻谷边晒边除毛草就变成了金灿灿的一片，谷子们你挤着我，我挤着你。晒谷坪一片祥和，孩子们也是充满欢乐，乖乖地做个稻谷守护者，看到有偷吃的麻雀降落在晒谷坪是不用管的，但是鸡鸭就不同，吃得多，吃完还拉，得大声呵斥，或者用弹弓射它们；最重要的还得学会观天色，每当看到西边的天空乌云密布，就得叫大人赶紧回来收稻谷，庄稼人最怕在这时候下雨，把到嘴巴边上的粮食糟蹋了。

夕阳西下，劳作一天的人们看着晒谷坪小山丘样的谷堆忘记疲劳，开始品味丰收带来的喜悦，大人们会边收谷子边开着各种玩笑，使人想到了丰收、富庶、阳光，天高地阔、阳光灿烂、稻香千里、幸福美满的憧憬和向往。待到农历七月会将第一锅煮得香喷喷的新米饭用来祭祀先祖，大人带着小孩一起作揖，感谢神灵保佑风调雨顺、人丁兴旺。

村里有喜事还会在晒谷坪放电影。这时候就变成了全村人的节日，一块巨大的幕布悬挂在晒谷坪的正中间，早早吃罢晚饭，大人们便从家里自带凳子坐在一起等待着大戏的上演，孩子们追逐打闹。喇叭里放着我们都会唱的《在希望的田野上》，待到天黑，高音喇叭停止唱歌。当放映机把一束光射到屏幕上时，全场顿时都安静了。有次放的是《渡江侦察记》，令我印象深刻，电影放完大人们会大声讨论着剧情，老大一会儿才散去，孩子们也会津津乐道地把剧情分享给同学。

斗转星移，但那些关于晒谷坪的记忆，好像就发生在昨天。

父亲一直想要一块自己的晒谷坪，在他的亲自操劳下，小楼前面修了一块晒谷坪，光溜溜的，周围一棵遮阴的树也没有。

村里人来我家串门打招呼，一般都是说："哦哟，你家一块好大的地坪！""你家的晒谷坪好大呀，怕晒得了吨把谷！"

夏末秋初，稻谷成熟，放眼望去，一片金黄。这简直就是一幅变化奇巧、简朴秀美的水墨画。又是一个收获的季节，村里使用了几十年的晒谷坪已经完成了它的历史使命，古老的收割方式已被现代化机械代替，再也没有担着谷箩的人们了。收割机将又长又沉的稻穗儿吃进嘴巴里，吐出来就变成了一粒粒干干净净的、金黄的谷粒儿，整洁的水泥路上拖拉机把稻谷拖到晒谷坪上，人们依旧站在谷堆旁边讨论着谁家的收成好！只不过当年的"大人"已经变成如今的老头了。

故乡的河

——

孙美禄

　　是的，我知道你的学名叫作灌河，也知道在古代你叫灌江，但我依然执拗地叫你故乡沿袭的名字——潮河。因为，在我的生命里你和你的名字已经融入了我的血脉。我童年的故事，少年的成长有你无法抹去的印迹。

　　孩提时的我，望着浩渺绵延的你，以为你连接到了天的边际，纵使我走完一生，也不能到达你的尽头。长大后我才知道你的干流长度只有一百七十多公里，在交通如此发达的今天，不过短短两小时的行程，就能领略你迷人的意蕴。

　　孩提时的我，望着晚归的渔船，以为你只是庇护着我的故乡陈家港——一个丰足的渔港小镇。长大后我才了解你的流域面积达八百平方公里，为四个市的近千万人民造福，浇灌良田，慨赐物产，提供航运。

我曾听说过大力神王彦章的传说，陆地行舟，铁篙留痕，才有你千百年的历史；也曾听说过吴承恩沿着你顺流而下，渡黄海至海州，探寻花果山，写出了旷世名著《西游记》。"二郎神大战灌江口"的精彩描述为你增添了更浓的神话色彩。

我曾目睹过大鱼过河的壮观景象，数十条巨鲸排列成队，顺着潮水游向你的上游。巨大的身躯不时跃出水面，砸起数米高的水花。一路上或腾跃或潜没，悠然自得，河上行驶的渔船纷纷避让，岸边围观的人群阵阵惊呼。谁曾想到，多年以后，我会在央视的《走进科学》里再次看到这一景象，虽然有科学的分析，但我的内心依然迷恋家乡老人们的说法，大鱼一定是去朝拜龙王了，不然为什么到了龙王庙就回头了呢？

我曾经坐上渔船，看河面上灯火点点，看父辈们布网，夜里枕着你的涛声入眠。鲜美的四鳃鲈鱼那时是平常的美味，肥美的梭子蟹只卖五分钱一只。那时在你的码头边还有部队的军舰常驻，学校曾经组织我们去参观，永远忘不了登上驾驶舱转动轮舵时神气的一幕。忘不了的还有童年时关于你唯一伤感的记忆：那个夏日的黄昏，班主任蒋老师的女儿到码头边洗脚时不慎滑落河中，再也没有回来。那是一个长着一双灵动的大眼睛，如天使般美丽的女孩，一袭白裙、笑靥如花是她留给我久远而真实的印象，那一年她只有十岁。"仁厚宽广的潮河呵，愿在你的怀抱，永安她的灵魂。"

春日，我曾在船头等待你日出时的风采，那一轮殷红的朝阳，如火球般跳出水面，水天相连处，流光溢彩，天地间豁然开朗。忘不了明媚的三月里，借着河风，和小伙伴们在平坦的河滩上放飞心爱的风筝，一年又一年，给我的童年带来了多少快乐；炎夏，我跟随大孩子在你的怀里游泳，河边留下了我们掏小蟹、扳大蟹时的欢声笑语。忘不了满身泥泞的我满心欢喜地提着收获回家时，母亲的责骂，姐姐的笑容；秋天，岸边成熟的稻子连成一片金色的海洋，穗浪随风起伏，不知名的候鸟排着整齐的队伍从你的天空飞过。忘不了我们迎接丰收的渔获归来时，将当时无人问津现在视为海珍的皮皮虾和海肠分拣出来喂鸭子的情形；冬季，小镇的内河早已冰冻三尺，而你依旧奔流不息，潮涨潮落，淡定从容。忘不了在你的岸边灰白的芦花随风飘荡，翩翩若雪，大人们把它编成草窝鞋，温暖了足底，也温暖了回忆。

　　……

　　多年以后，我客居异乡，不知多少回在梦中，徜徉在你的身旁。每当听到亲切的乡音，我就知道那人一定是潮河边长大的。因生活的牵绊，回到故乡的机会越来越少，而每一次回去，总是惊叹你的变化。记忆中，张爱萍将军题字的"灌河大桥"建成时是何等的雄伟壮观，后来一座座更长更具气势的斜拉索桥陆续建成，如一道道美丽的彩虹为你增光添彩。小时候印象中无比宽阔的河面好像变窄了很多，两岸的电厂、造船厂、高楼鳞次栉比。在你入海口的岸边排列整齐的巨大的白色风电扇叶徐徐转动，宛如童话里的大风车，又使你充满了现代的气息。在你的岸边我曾时常出神地望着远处伫立在海中的开山岛，向往着有一天能登上这个神秘的地方，解开我心中的好奇。

　　千百年来，沧海桑田，你历经岁月的洗礼，看到了故乡日新月异的变化。你曾目睹故乡从前的贫穷和落后，也亲见故乡现在开放口岸的建设及工业园区的快速崛起。潮河——我的母亲河，你来自大湖，你奔向大海。你浇灌了两岸的稻麦，哺育了故乡的人们，连通了外面的世界。你见证了：曾经的荒地变成了良田，曾经的盐滩变成了工厂，曾经的泥路变成了通衢大道；潮河——我的母亲河，你是历史的承载，是故乡的标志，是在外游子生命的根系。

此刻，我站在你的身边，不是过客，是归人。在这带着水汽和草香的微风中，夕阳已经坠隐，留下薄薄的雾气笼罩在水面。淡淡的一弯月亮升起，从高远的苍穹洒下清凉的光辉。远处，有璀璨的烟火在绽放。在这迷蒙的薄雾中，我看到了往来穿梭的船只或进驻港湾，或驶向未知的远方，忙碌有序。看到大桥上灯火通明，车流如织。看到岸边的工厂隐约，高楼林立。我看到古老的你重又焕发青春和活力，正带着动人的风姿流进这火红的时代。

我坚信，每一条河流都是上苍用心的恩赐，你也不例外。潮河，我思念的河，挚爱的河，眷恋的河，你静静地流淌在我的心底。在你面前，我将浮躁的心灵浸润在你温柔的波涛里，你永恒的纯净里有我守望的精神家园。我感恩在我的人生中有你相伴，我知道时光不会轮回，我们终将老去，在时间的长河里，你的一瞬，是我一生。

第三季
秋月雅韵

秋夜独语

———

周庆荣

　　我看到一粒粒蓝色的纽扣，子夜，夜空披上纯黑的大衣，蓝纽扣在闪光。

　　人间中秋刚过，离愁是月光的苍白，多年不说，这次，我同样不说。

　　我说窗外的蟋蟀，秋事丰富。

　　我说我夜深时听到了狗吠，它们是城市的流浪者。声音里听不出幸福与否，我仰望天空的时候，不愿简单地把这些声音当作噪音。

　　生命的动静多么美好。

　　玉米被收获了，十月，高粱也将要被收获。

　　秋天的语言要赶在冬天封冻前说完，夏末未及说出的爱情，就让高粱变成酒，酒后再说。

蟋蟀集体说，流浪的狗被集中起来说。

我在中秋之后的子夜，一个人说。

说得夜空解开一粒粒纽扣，胸怀大开。

如果有人说出忧虑或者悲伤，天能够拥抱他们。

月亮与桂花树

———

宓 月

　　每当桂花飘香，无论我如何忙碌于尘世，仍忍不住想抬头望月，想那不停砍伐桂树的吴刚是不是也沉醉在阵阵桂花雨中。

　　这带着丝丝甜味的桂花，也落在了屏幕里，落在了纸上。小小的花朵，并不起眼，却让我怦然心动。

　　在我的故乡，中秋前后，满城都在桂花香阵中。风是香甜的，衣襟是带着香的，连言语也带着香甜，让人不自觉地心生喜悦。

　　我不知道，桂花在中秋盛开，是巧合还是冥冥之中的安排。

　　我也不知道，有多少桂花树在庭院巷陌默默等待，只为那轮中秋之月的到来而绽放。那轮明月到了中秋，不同以往，竟也携着甜蜜，溢着芬芳。

　　现代科技告诉我们，月亮上没有嫦娥，没有吴刚，没有玉兔，没有桂花树，有的只是无边的荒凉。月亮是离我们最近的天体，迄今有人类足迹最遥远的地方。月亮跟太阳一样，是对我们影响最大的星球。因为太阳、月亮，地球不再孤单寂寞。懂得赏月的古人，为我们留下了无数神话传说、民间故事，以及那么多脍炙人口的诗词歌赋、琴棋书画，让中华文明充满了诗意和浪漫。

无论是皓月当空、银钩高悬，还是满树桂花、一地落英，总能拨动我的心弦，唤起我的诗情，鼓起想象的风暴，拥有在时空中蹁跹的勇气。

当走入洒满银辉的旷野，我感到自己瞬间成了富人：这遍地流淌的金子，足以让我住进月宫，俯视整个人间，古往今来游走个遍。

在月亮上栽一棵永远砍不断的桂花树，在月亮上造一座美轮美奂的广寒宫，让嫦娥、玉兔、吴刚居住在那里——这是诗人、艺术家们尽心尽力做的事：在坚硬、粗粝、荒芜之上，创造出另一个世界。

抹不去的乡愁

——

黄玉东

前些日子，家乡《响水报》编辑丁春梅同志打来电话，让我在改版后的副刊上写篇短文。放下电话的那一刻，故乡的点点滴滴便涌进心头，飘入脑海，让我欲言又止，欲说还休……

光阴荏苒，岁月悠悠。弹指一挥，离开故乡已三十三个年头。

我出生在灌河南岸，在吃不饱穿不暖的贫寒中，艰难地度过了童年、少年。那个年代，岁月像一条无形的绳索捆绑着人们，让人困惑，让人悲愤，让人窒息，却又无能为力，去挣脱那冷冰冰的枷锁。偶尔，望一眼无际的天空，就会想到外面的世界，就会向往外面的世界。外面的世界好不好？在那个信息闭塞的时代，没有人会告诉自己，因为没多少人晓得，也很少有人离开过这片贫瘠的土地。然而，自己骨子里却不知不觉地生有了一粒倔强的种子，坚信着，总有一天会离开这个贫困落后的地方。为此，我常常攀上屋前那棵老槐树，静静地凝望着远方……

信念归信念，那个年代的农村孩子，除了"子承父业"当农民，哪有多少选择人生的机会呢？尽管如此，自己的心底仍抱着"跳出农门"的希望。在无尽的期盼和等待中，终于熬到中学毕业，人生终于有了一个转折的良机。那一年，我穿上了军装，走进军营。未承想，这一走就是三十多年……

或许在年轻的时候，我们对小时候的事情都比较模糊，也很少回想。随着年岁的增长，故乡的往事便会慢慢地浮现在记忆里，睡梦中，隐隐约约，扑朔迷离，像一部绵长而又深情的电视连续剧。那残存在记忆深处的美好，如故乡的云水，微凉地悬挂在心头的枝叶上。离开故乡久了，那遥远的乡愁，总爱在灵魂深处丝丝缠绕，扯不断，理还乱。

记忆中的故乡虽不美，但它毕竟是养育我的土地，是我儿时放置摇篮的地方。故乡，用她贫瘠的身躯滋养了我，让我长大成人，为我塑造了不屈的意志，教会我如何在困境中坚强。我的心中，日渐多了些对故乡的牵挂，多了些乡愁。牵挂，是一缕抹不去又挥不走的思念与哀愁，是游子静夜的心语与内心的独白。人有了牵挂，那些不愉快的日子就会悄然而逝。而那份乡愁呢，却如一杯浓浓的茶，品味之后，让人在辗转反侧中，拥有更多的质朴与纯真，会在不经意间引起久远的惆怅，抽出绵长的思绪。

故乡还是聆听童年哭声的圣地，一河一堤，一田一地，一草一叶，都深藏在儿时的那段回忆里。那里勾画了我的年轮，涂抹了黄昏时读书的影子，还有那高低不一的茅草屋。犹记得那些夜晚背诵课文的时候，我常仰着脖子望着窗外的星空，像是背诵着

乡下的夜……

儿时的记忆，缓缓走过来，又慢慢走远了……

可叹，少小离家老大回，乡音无改鬓毛衰。那深深的乡愁啊！故乡的那些人，那些景啊，沉甸甸地压在心口，有的时候真让人喘不过气来……

多少个日夜，我都会想起故乡的点点滴滴。那点点滴滴的回忆，湿了我的心，酸了我的眸，乱了我的眉。一想起故乡，就如风沙触上暗礁，撒满衣襟。

多少次在城市璀璨耀眼的灯光里，看到故乡的影子；多少次在闹市熙熙攘攘的人群中，听到故乡的声音……

因为思乡，近几年回乡的次数逐年增多，而每一次回乡，都有新的喜悦与慰藉。这块在中国的版图上不用放大镜就难以找到的地方，近年来却接连不断地创造出了骄人的成绩，人民的生活水平也在逐年提高。我的故乡响水，再也不是贫困与落后的代名词。如今，它的一河三桥、一城八景、一池千荷……令人流连忘返。亲爱的故乡，你已经发生了天翻地覆的变化，然而游子的乡音未改，乡愁还在！

这乡愁哦，已深深地融入了游子的血液，无论走多远、行多久，都将陪伴我们终生，传递给我们的子孙！

转眼又过了一年，一年的牵挂就像风筝的长线，放得越远，牵得越紧；飞得越高，越想回归。美不美，故乡水；亲不亲，故乡人。这种思乡的滋味，只有游子才懂。爆竹声里，母亲伫立村头望穿秋水，纵使山高水长，我也要回家，只因那缕缕抹不去的乡愁。

第三种光辉

——

舒　洁

　　但凡孝子，在阅读《午后的重阳》后，都会用心念及已故或健在人间的父母。无论你在哪里，你的脑际都会出现双亲仁慈的形象，这是无法割断的血脉亲情。

　　完全出于偶然，朋友通过微信将这首情感丰沛的诗歌发给我，我瞬间被感动！在看到太多内里虚无，外在苍白，不知所云的分行文字之后，读到《午后的重阳》，我的感觉就如重返故园，在泥土、青草、田禾、树木的清香中，在父母之河的岸边，看着除日月之外的第三种光辉冉冉升起——这种光辉是我们的父母，我们的照耀。

　　　　没能留住父亲
　　　　就再也没有完整的重阳

在古老的中国，重阳是登高日，是祝福日，也是怀念日。汪莹纯的诗歌从这个独特的节日进入追怀默念，像割破皮肤见到鲜血，感受生命的残缺就如大地缝隙与苍天残月；当这样的痛感通过泪光闪动的诗歌倾诉而出的时候，生与亡失的对比就呈现了。像河之两岸，彼岸隐入神秘迷茫，此岸倚着人间，清晰可见。是的，父亲走了，还有母亲。作为人子，有父母在，我们精神与亲情的天平就不会失衡。在《午后的重阳》一诗中，诗人一再表述的，是失衡性，是面对母亲突然失语，这很沉重。

> 母亲一直相信
> 人虽随风去，灵魂不远翔
> 为了父亲不迷路
> 她坚持住在老地方

这是令我们动容动情的诗句！母亲隐忍独守的形象如此真实，她念着，却极少表达。这是怎样的支撑？在故地等待，有一个亲人，永远也不会回来。她因此"独坐灯下 / 泪湿衣襟 / 难诉衷肠"！

《午后的重阳》是一个赤子面对左右或前后两个不同世界发出的内心独白，记忆如刃，如殇，如山脊分开两个方向。

我总说，如果连诗歌都丧失了诚挚，都忽视了血的心灵与信仰，那么，在面对精神世界时，我们还能够感知什么？

我不认识汪莹纯，因为他的《午后的重阳》，我记住了他的名字，我在此推介这首情感饱满的诗歌，是对一个诗人，对他诗歌的尊重。阅读《午后的重阳》，我深信，在人间大地，有一种流淌，比自然河流更遥远。

午后的重阳
—— 写给我的父亲母亲

汪莹纯

午后才想起今天是重阳
送走父亲
就送走了一半重阳
没能留住父亲
就再也没有完整的重阳

接通电话问候母亲
却不敢提重阳
生怕触动母亲的思绪
怕她想起两个人的重阳

其实我知道
母亲没有一天不想念父亲
不管是不是重阳
在母亲的心里
父亲一定还是当年模样

今天是母亲第一个
孤独的重阳
虽然有儿女的陪伴
有午后的阳光
然而纵有儿孙满堂
怎比得上两个人的重阳

母亲一定在想
父亲一生爱酒
如今去的地方
不知道有没有重阳
有没有烈酒香

母亲一直相信
人虽随风去，灵魂不远翔
为了父亲不迷路
她坚持住在老地方

我却不能不想
重阳的夜晚
母亲独坐灯下
泪湿衣襟
难诉衷肠

从宋朝的"长翘乌纱帽"说开去

蔡泗明

　　一顶"乌纱帽",就是古代封建社会官位的代名词。在不同的朝代,都会有不同的官帽样式,但相比于唐、元、明、清,不能不说宋朝的官帽设计就是一个奇葩——在帽子的两边都有一个长长的"翅膀"(学名叫展角幞头)。也正因为有这么一对"翅膀",宋朝的乌纱帽被叫作"长翘乌纱帽"。据说,这种官帽的特有造型还是大宋开国皇帝赵匡胤所创。说起这个典故,您可别笑话,这也是不得已而为之呀!

　　话说赵匡胤经过"陈桥驿兵变",取代后周,开创了宋朝。可刚刚"黄袍加身"登上皇帝宝座的赵匡胤,有一天早朝时,竟然发现有一些文臣武将常常交头接耳,嘀嘀咕咕,甚是没有规矩。可碍于情面,赵匡胤也没好当场训斥。原因是朝堂之上的文臣武将,像赵普、石守信、王审琦等,他们大都是赵皇帝在前朝时的

同僚，其中许多人还为赵皇帝"黄袍加身"夺得江山立下了汗马功劳，赵皇帝平时对他们也很客气。可是，后来发现每次上朝都还这样，愈演愈烈，赵皇帝终于忍无可忍，决定想个法子来制止这种行为。经过一番细细揣摩，他命人做出了这种造型奇异的官帽，主要特点就是在官帽两边加上长翘，长翘是用薄铁片或竹篾做成的骨架，两边长度分别在一尺以上，官员们只要戴上它，再想交头接耳，帽子两边的"翅膀"就会互相碰撞。大臣们也都知道赵匡胤是个"绵里藏针"的皇帝，虽不会轻易明着斥责哪一位，但会在暗地里给予他们提醒。再后来，朝堂上渐渐地就没有了交头接耳这回事了，"长翘乌纱帽"也自然而然地在宋朝沿用起来。

"长翘乌纱帽"的典故，可以理解为高层领导者对下属精英们的柔软妥协，也可以理解为高层领导者对下属精英们的有效纪律约束。其实，它折射出来的是一个团队建设中纪律与效率之间的辩证关系。

假如，有一位演讲者在讲台上郑重地发问："一个团队要想做到行动高效率，战斗力强，是不是得做到团队内部纪律严明？"这时，台下定会报以热烈的掌声。掌声，就表示绝大多数人同意这一观点。但是，如果私底下问您："您喜不喜欢待在一个纪律严明的团队里？"那答案可就不一定啦！为什么呢？因为人类的本性是不愿意受到太多束缚的。是纪律严明，还是有张有弛？对此二者的适度把握，任务交给了"领导科学"。能够把握得好的管理层领导，我们往往会赞许其领导艺术高超！

记得在历史上有几位开国皇帝，像刘邦和朱元璋，还有上面说到的赵匡胤，他们都有一个共同的特点：手下文臣武将如云，尤其是将领们个个能征善战，不畏艰险，面对敌人，分外眼红，冲锋陷阵厮杀起来更是个个不要命。事业能够成功，除了他们提出了适应当时历史形势的正确纲领以外，这些将领们的忠诚与勇敢就是他们取得天下的关键因素。但是，一旦歇下来之后，这些将领们又往往忽视礼仪，说话做事常常不顾尊卑，行为鲁莽。更有甚者，或骄横跋扈，或嬉皮笑脸，或贪得无厌，总让主子觉得非常恼火。怎么办呢？这时，当主子的就要制定出台一些规章制度来约束他们，但是要知道，这些制度即使完备，执行起来可还真不是一件容易的事情。原因是，这里面的君臣关系往往都已掺杂着"知遇之恩""生死兄弟""盖世奇功""嫡系姻亲"等多种因素。要想处理好这种关系，可谓一直伤透了皇帝们的脑筋，因为，他们心里都明白一个道理：他们最需要的是属下们的忠诚与勇敢，而一旦忠诚过了头，属下们就会常常表现得粗鲁无礼。这时，就要大倡礼仪，要讲尊卑，讲秩序，要求言行举止文明规范。可是，再过一个阶段，当提倡文明又过了头，属下们开始变得个个小心翼翼，剩下了一张张虚伪的面孔。虚伪了，大家都不敢说真话了，做事也不那么卖力了，如何了得？这时，就要重讲忠诚，忠诚始终都是一个团队克敌制胜的关键所在。这是一个循环往复的动态过程，想要在这种过程中取得最佳的平衡状态，自然也不可能是一劳永逸的！

当然，纪律与效率的辩证关系，同样存在于商业职场里。想要管理好一个公司、一家企业，同样需要有纪律的约束，也同样需要有一批创业精英，他们是一个商业团队里的中坚力量，他们对公司、对企业的忠诚，仍然是公司、企业赖以生存和发展的关

键因素。因此，在商业团队的管理建设中，仍然要求领导者要从忠诚——粗鲁——文明——虚伪——忠诚的动态规律中去把握最佳的平衡状态。只有这样，一个公司、一家企业才能产生最强的向心力和凝聚力，才能实现发展腾飞，也只有这样，才能成就一个成功的企业家和一个出色的创业团队！

梦回乡关

邢 军

"攀登高峰望故乡，黄沙万里长，何处传来驼铃声，声声敲心坎；盼望踏上思念路，飞纵千里山，天边归雁披残霞，乡关在何方……"

一曲《梦驼铃》，将我的思绪带回遥远的家乡。

我的家乡在陕西省岐山县益店镇永新村，是陕西关中道的一个小村庄。深秋时节，小村庄笼罩在郁郁葱葱的树林中，若隐若现。黄昏时分，炊烟袅袅，村子里便飘出农家人特有的朴素的饭香。夜幕渐渐降临，我们在村里玩耍的小伙伴们，久久不愿散去，三五成群地活跃在宽阔的麦场上，或玩跳房子，或玩丢沙包，或玩打面包，或玩跳皮筋……那时候没有电视，孩子们自娱自乐，沉浸在无限的童趣之中。当然这只是农闲时候的景象，农忙的时候，我们就和大人们一起奔波在田间地头，特别是每年夏季麦收

时节，家家户户磨镰霍霍向麦田，我们也就成了坚实的后备力量。夏季的天像娃娃的脸，一不高兴就乌云密布、雷电交加，瞬间就大雨倾盆，这个时候，我们会立即投入抢收抢运的队伍，真可谓"龙口夺食"。

记忆中小时候秋季的雨水特别多，每当下雨天，我们不能出去玩，就趴在自家的窗户上看雨。秋风秋雨喜煞我们，雨丝密密地斜织着，在天地之间构筑起无边的灰色的帐幔，屋檐瓦片上流下的雨滴落在屋檐下面的水桶里，发出"叮当、叮当"美妙的音符。多少年过去了，每当下雨天，我就会想起这种声音，仿佛置身于那个烟雨蒙蒙的意境。有人喜欢用"雨打芭蕉"形容这种让人千丝万缕的情境，而我，一直怀念小时候家里屋檐下"叮当、叮当"的声响。

那时候，父母都很强壮，他们为我们姊妹四个撑起一方晴空。我上初中的时候住校，那时候大人们整天忙着种庄稼，能抽空来学校接孩子的家长几乎没有几个，我是家里最大的孩子，得到父亲的偏爱，每个周六放学的时候，父亲总会站在校门口接我。坐在父亲的自行车后面，引来好多同学羡慕的目光。周日下午去学校的时候，父亲便提上竹篮子送我，他回去的时候顺道拔点猪草。家乡蜿蜒的小路上，洒下一路父爱。

初三毕业我不负众望，考上中专到宝鸡上学，第一次离开父母弟妹，离开生我养我的家乡。宝鸡和老家虽然相隔不过八十多公里，但是我总有一种"身在异乡为异客"的孤独感。每当寒暑假的时候，我归心似箭，远远看见我的小村庄，浓浓的乡情亲情便扑面而来，那种感觉是无以言表的舒坦和喜悦。我爱我的小村庄，那里有我儿时的记忆，那里更有我日思夜想的亲人，这种幸福陪伴我度过了我的青春时光。

后来我出嫁了，再回老家便隐隐约约有种"为客"的感觉。每当我踏进小村庄，迎接我的依然是淳朴的乡情，我的家乡依然是亲切的，依然是属于我魂牵梦系的乐园。几年后，两个妹妹也出嫁了，弟弟在外面打工，家里就剩父母两人，我们得空回去，他们十分高兴，乐得合不拢嘴。随着生活水平的提高，老家已经发生翻天覆地的变化，儿时记忆中许多古老的东西已经没有了踪影，现代化的气息充斥着小乡村的生活。我的父母和乡亲们的日子红火了，我该高兴的，可是，我怎么会有一种沉重的、若有所失的感觉？

再后来，弟弟也结婚生子，父母要离开小村庄去县城给弟弟带孩子，俗话说故土难离，父亲说什么也不愿意去，但是他们终于还是去了县城。从此以后，家里的大门锁上了，真正锁住的，是绵延不断的乡情、乡愁！从此以后，我们便很少回家，夜深人静的时候，我偶尔会想起遥远的、渐渐陌生的小村庄，有隐隐的痛楚。

2013 年的秋天，病中的父亲身体一天不如一天，他要回家，他说要在自己的家里走完最后的日子，这，就是落叶归根吧。我们姊妹四个轮流在老家同母亲一起陪伴父亲四十多天。中秋节的凌晨，父亲走了，结束了他短暂的六十六年人生历程，摆脱了无情的病魔肆意地摧残。人月团圆的日子，父亲走了，留下悲痛欲绝的亲人，母亲的白发在凄风中诉说着心痛和无奈。父亲下葬的那天，下很大的雨，莫不是天也伴我哭泣！一抔黄土满腔心酸，

小村庄的背坡地，父亲长眠在那里，家乡，成了我刺骨的痛楚……

耳边回荡着这首《梦驼铃》，我的心在故乡的原野流浪。

初冬傍晚时分，空气中弥漫着丝丝的寒意，残阳如血映照着我的悲伤。我终于明白，我一直害怕面对的是丢失了的乡情，是迷失了的归乡路。没有了父母守望的家，只剩一个毫无生机的空壳；没有了父母守望的归乡之路，洒满一路的酸楚；没有了故乡的我，仿佛寒风中瑟瑟的枯叶，不知将飘零何处？泪水中，我仿佛又看到了乡间陌上野花盛开，田间地头父亲辛勤劳作，仿佛看到了儿时无忧的童年，那成群的小伙伴，篱笆柴门、鸡犬相闻，好似世外桃源……

回不去了，今生今世我再也回不去的乡关，如同流逝的岁月，和父亲一起被埋葬于荒野！

怎么舍得那池芬芳

——

周　芸

"你说，我怎么舍得？"是婆婆生前对我说的最后一句话。

仅仅几天，她老人家就因突发脑溢血，永远地离开了这个世界、离开了她深爱的亲人。

那是 2017 年的大暑，老家县城也和苏州城一样，持续了多日晴热。那天，骄阳赤焰般炙烤大地，大地冒出如烟般的热浪，路上的花木、池塘里的荷叶无精打采地耷拉着脑袋，连树上的知了也发出让人难受的腔调，恍如痛苦的呻吟。

身体一向硬朗的婆婆竟然比十三个月前就病危的公公提早离世，这让全家人都无法接受。当我穿起为公公准备的孝服，长跪在婆婆的灵柩前，不禁泪如雨下。

泪眼中，有个画面分外清晰：头发花白的婆婆坐在藤椅上，仰着头，正和站着的我聊天，聊她在苏州工作的外甥，聊她将要

远行读研究生的孙子。说话间，她手撑着藤椅扶手，蹒跚地走向茶几，拿起报纸抖了抖，笑着对我说，她曾经工作过的黄垾镇的韩家荡村，因为种了上万亩荷花，都成风景上电视和报纸了，等天气凉快点，她也要去看看。聊到公公的病情，她低下头，幽幽地说："医生让我放弃。你说，我怎么舍得？"那一刻，我没有说话。

守着她的灵柩，看着她戴着红帽子，安详如在睡梦中的时候，我的耳旁常常飘起这句话。

婆婆对公公有许多舍不得。记得 2011 年秋天，公公因腰部疾病在苏州市立医院开刀。因为主刀医生医术高明，手术异常成功和顺利。为利于术后恢复，他还给我们推荐了最好的护工——一个皮肤白净、善良干练的中年阿姨。尽管如此，婆婆总是坚持要留在医院服侍和陪床。那时，公公患前列腺病，一夜要起夜七八次，老公和表弟陪床都觉得累。公公吃饭很慢，婆婆用小勺子一口一口喂，公公怕凉，婆婆过一会儿就用微波炉加热，刚热好时温度高，婆婆就用嘴吹以降温，一顿饭下来，要往返病房和微波炉之间三到五次，耗费一个多小时。为了让婆婆歇歇，又觉得没有必要用那么长的时间，我去的时候总会抢着喂公公，竟少用了一半的时间。我得意地对她说："您看，快一点也行吧！"婆婆憨厚地取笑道："老爹爹就肯听儿媳妇话。"后来，公公查出帕金森病，我才知道这个病吞咽有困难，很为自己自作聪明而愧疚，更体会到婆婆的贴心和不舍。

公公住院结束，护工阿姨问我："你婆婆真是个公务员？"见我疑惑，她赶紧解释，不是觉得老人家不像干部，只是没有想到老人家那样会伺候人，身体那么好。还笑着对我说："你婆婆年轻时一定很漂亮。""那当然。"我自豪地回答。

　　婆婆中等身材，大眼睛双眼皮，头发自然卷。她退休前担任县工商局副局长。我第一次见到她时，她只有五十多岁，我觉得她笑的时候像张瑞芳，但眼睛比张瑞芳大。她曾给我看过她年轻时候的照片，我又觉得她像谢芳。岁数大了以后，婆婆胖了许多，身材走了样，但依稀可以看出年轻时的风采。

　　公公出院回家后，我把护工阿姨的话讲给他们听。公公笑着霸气地说："老奶奶不应该服侍老爹爹吗？漂亮也要的。"婆婆打趣道："你是个生病的'坏人'，我是个'好人'，我是舍不得你。"最近几年，公公因患帕金森病晚期，长期卧床造成肺部感染，几次濒临生命边缘，在多次辗转于县、省人民医院，重症监护室和普通病房之间，在公公切开气管、采取鼻饲的十三个月间，婆婆都自视为身体健康的"好人"，尽心尽力伺候公公。

　　婆婆舍不得的不止公公一人。2004年春天，我生病开刀住院，因听弟媳说起，婆婆在没有征得我们同意的情况下，从老家赶来照顾我。当时，为了方便女儿读书，我们租住在靠近学校附近小区的六楼。这是个没有电梯的老小区，六十多岁的婆婆每天要爬六层楼，她因为身体胖，要手扶楼梯，一步一步上下，常常累出汗，进家门后总是直奔洗手间拿毛巾擦脸。出院后，她说我脸色差要补补，并坚持说用农村人自己榨的豆油烧乌鱼汤更有营养，让阿姨到菜场买，我说难觅这样的油，色拉油也一样时，一向好脾气的婆婆居然大声嚷起来：最多我自己回老家去买好了。阿姨私下对我说，你婆婆还挺固执的。其实，我知道，她是舍不得我，希望我早点恢复。

　　婆婆从进医院抢救到离世，只有不到一天的时间，之前，因为身体一向健康，她从没有生病住过院。

　　难道，她是舍不得让我伺候？

　　婆婆的生活中有太多的舍得。20世纪60年代，她和公公的工资加起来不到七十元，要负担三个儿子，经济并不宽裕。她还坚持每月拿出五元钱补贴给公公远在农村的外甥女，让她读书，并在她成家、生病、买新房子时给予贴补。

　　她对经济条件不如我们家的亲戚也很舍得。三年前，她妹妹家买房子，平时一向节俭的婆婆，一出手就借出八万块钱。一个好久不来往的朋友来借钱，她二话没说，拿出一万。后来知道这家因为儿子赌钱，父母在外到处欠债时，她对我们说，遇到这样的儿子，父母也可怜，不还就算了。

　　生活中，婆婆有太多的舍不得。她舍不得儿子儿媳工作辛苦，帮着带大孙子孙女；她舍不得穿过的衣服、吃剩的饭菜；甚至会因为舍不得一度电，在高温时不开空调；因为舍不得扔掉旧物件，把家里弄得凌乱不堪……

　　婆婆走了，匆匆地走了，她没有留下一句话，连天气凉快去观看荷花都没有来得及。

　　初秋八月，天高云淡，满目荷塘里，朵朵荷花次第绽放，白的似雪，红的似火，粉的似霞，正从韩家荡发出缤纷的邀约。那份深情像晶亮的露珠在碧绿的荷叶上翻滚、徜徉。微风吹过，有幽香荡漾，伴着浅吟低唱。

　　我呆呆地望着一池芙蕖。

　　婆婆，她怎么就舍得那池芬芳？

老屋前的香樟树

李品刚

　　癸巳年大雪节气刚过，我又一次回到故乡。

　　回到故乡，自然要到父母亲辛勤建造的老屋看一看。老屋记载着父母亲操劳持家的历史，老屋留给刻骨铭心的思念与向往。那天我在路边下车后，从公路北侧楼房间隙处小道踩着湿滑的泥土路往里走，三拐两弯地来到老屋。凝视老屋，老屋因为已有八年多时间无人居住而显得清凉。

　　每一次伫立老屋门前，门前那棵香樟树立即映入我的眼帘，它是那么的高大挺拔，那么的枝叶繁茂。树干有五十多厘米粗壮，我拼力伸展胳膊也无法抱拢它。广展的树冠大如巨伞，把一大片绿荫洒在场地上。香樟树四季常青，无论夏天和冬天，它总是那么蓬蓬勃勃。它给老屋四季如常的呵护，老屋因为它的存在而愈显活力和兴旺。

第一次见到这棵香樟树，是在 1984 年的夏季，我带四岁多一点的儿子回老家探望父母。那时，香樟树才只有小指头粗，高度不足一米，被一个直径十多厘米的水泥管套住，在门前空旷的场地上显得那么形单影只，弱不禁风。我清楚地记得那一天，我的父亲见他的孙子在场地上玩得挺欢，问他为什么给小树套上水泥管，孙子狐疑地摇了摇头。爷爷告诉他，各家各户喂养的猪都是散放的，它们到处拱撅泥土找食，用水泥管套住就可以防止树苗被猪拱断拱死。孙子听明白了直点头。爷爷接着又问，小树一天天长高长粗，长到要比水泥管还粗怎么办？孙子毫不迟疑地回答，那就砸破水泥管。爷爷高兴地摸了又摸孙子的小脑袋，禁不住咧嘴笑了。父亲后来还特别嘱咐我，这孩子聪明，一定要好好培养。我牢记在心，没有辜负父亲的期望。

后来，我每一次回老家，都惊喜于香樟树的茁壮成长。老家的夏天酷热难耐，门前的这棵香樟树可立下令人愉悦的功劳。每到下午，香樟树繁茂的枝叶遮住了西斜的日照。晚饭前，父亲挥动大扫把（有时我或弟弟抢先）把门前场地打扫干净，又从水塘里提水泼洒几遍。晚饭时，一家人就围坐在香樟树一侧吃，饭后搬出凉床、长板凳，洗澡后先后来到香樟树下乘凉。我的母亲总是靠近我，不停地舞动蒲扇为我驱蚊和扇风。在大家轻松而又亲情的聊天谈笑中，我禁不住斜睨着目光望向夜空，拥有李白诗意的皎洁月光，像孩童般忽闪着眼睛的满天星星，让我遐想着充满诱人的民间神话。侧转着身子耳闻乡野，秧苗的清香从四面八方袭来，让我享受着说不出的舒爽。更让我尽情呼吸并沁入肺腑的是香樟树特殊的香味，轻轻地闻一闻，好像是凝立在夏夜里的一缕芳香，久久不忍散去，它让人舒眉展怀、解困消乏。夜深人静时，我回到房间仍然无法入睡，窗外风起，在香樟树与微风婆娑的窃语中，我一次又一次感念着父亲亲手栽种和精心培育的这棵樟树，感念着香樟树倾情付出的功德之高尚。

香樟树有很强的吸烟滞尘、涵养水源、固土防沙和美化环境的能力，尤其对氯气、二氧化硫、臭氧及氟气等有害气体具有抗性，能驱蚊蝇的功能更让炎夏乘凉的人们有了一个安心惬意的场所。所以，那个时候我的老家门前，是非常热闹和温馨的。吃饭时，叔叔、婶婶们端着饭碗来了，堂兄弟和妯娌们端着饭碗来了，我们让座的让座，夹菜的夹菜；夜晚乘凉时，一圈圈一排排亲亲热热，谈笑声挥扇声声声悦耳。香樟树带给人们惬意与快乐，人们对香樟树愈加依恋与夸赞。

母亲尤为珍爱这棵香樟树。父亲去世后母亲视其为陪伴并借以寄托思念。每年秋末初冬，母亲都要请人修理香樟树，剪去触及房顶屋檐的树杪子，以免骤风劲吹时扫落瓦片；砍除挤密的枝杈条，防备寒冬厚重的积雪压断树枝。有一年，香樟树虫害较重，母亲架梯爬到树上喷洒药水灭虫，在海口时跟我爱人谈及此事，把我爱人吓得一跳——七十多岁的老人，又没人在旁边照应，摔下来怎么办？尽管时境过迁，我爱人还是把母亲狠狠地埋怨一番。大兴开发建设时，曾经有选购树种移植的人员上门，向我母亲以三千元的价格收购这棵香樟树，被我母亲一口拒绝。一生勤劳俭朴的母亲，竟然对从未一次性经手过这样巨额数字的款项毫不动心，我后来闻知此事，在肃然起敬之余对母亲感激涕零。正是母亲的珍爱和呵护，这棵由我父亲亲手栽种的香樟树，至今如同忠

诚的卫士屹立在老屋前，迎候着我们的每一次回家。

　　每一次离开老家时，我都要静静地在香樟树下肃立，都要缓步环绕香樟树亲切地抚摸它。我在心中呐喊：香樟树，你如同刻印在我脑海中的父母亲的高大身影，我无论走到哪里都难以割舍对你的思念和牵挂！

难读懂的老爸

——

张国新

　　读完一本书，需要几个小时、几天、几个月、几年，读懂一个人却要用一生的时间……

　　老爸是个文化人，高小毕业，字写得不错，在村里也算是高水平的文化人了，在他的那个时代。

　　他年轻的时候到外面学习，后来到人民公社工作，也算是年轻有为。本来应该顺风顺水继续当他的官，最终能成为一县之长也未可知。就因为爷爷的一句话，他居然把人们都羡慕的大好前程全放弃了。

　　爸爸是独子，上有一个姐姐，下有两个妹妹，听说还有过一个弟弟，不过，在十几岁的时候就夭折了。所以到现在，我都没有亲叔叔、亲大爷的这种大家族的感受。远嫁的大姑，我在初二时才见到第一面，那时，大姐都快三十了。爷爷让爸爸留在身边，

老爸没有什么太多的犹豫，妈妈又通情达理，所以爸爸就辞职回家了。多年以后我还问老爸，当时为什么回来，老爸还是那句"你爷爷让我回来啊"。

回到农村的爸爸，因为有文化，有新的思想，又有在公社工作的经验，所以就成了村里最年轻的大队书记，而这一当就是二十多年。

老爸的行为在今天一定会被人认为太草率，但是老爸却做到了。虽然很多人不理解，无论过去还是现在，但是他毅然选择了守在父亲身边。这当然就更苦了妈妈，好几个孩子，一大堆农活儿，还要伺候身体不好的公公，还要当赤脚医生，还要给临产的妇女们接生。

父辈们的坚韧，让我们知道了如何面对生活中的磨难。

老爸舍弃了商品粮的工作，毅然回到爷爷身边，想必也经历了激烈的思想斗争吧。但是独子的责任使得他不得不选择守在父亲的身边，能让老父亲在余生享受儿孙绕膝的欢乐和幸福，这不就是人们穷其一生所追求的吗？

多年以前爸妈从山里搬出来，我们几个孩子想给爸爸妈妈在一楼买房子的时候，我还故意打趣老爸："如果您当初不回来，咱们在县城早就有房了吧？我没准儿早上北大了呢！"可爸爸只是这一句"你爷爷要我回来啊……"

多少年来，只是这一句话。到今天我才真正意识到：老爸不是我眼中那个看似懦弱的、什么事都不做主的父亲，而是有着海一样胸怀的父亲……

当今的社会，多少人能为了陪伴父母而放弃自己让人羡慕的工作，当时踏出家门的那一步就注定了永远的别离。

季羡林有生之年就有个"永久的悔"。他听对面的宁大婶子告诉他，他娘经常说的一句话是"早知道送出去回不来，我怎么也不会放他走的！""简短的一句话里面含着多少辛酸、多少悲伤啊！母亲不知有多少日日夜夜，眼望远方，盼望自己的儿子回来呵！然而这个儿子却始终没有归去，一直到母亲离开这个世界。""然而没有等到我大学毕业，母亲就离开我走了，永远永远地走了。"

古人说："树欲静而风不止，子欲养而亲不待。"这话正应到了他身上。"我不忍想象母亲临终时思念爱子的情况，一想到，我就会心肝俱裂，眼泪盈眶。""当我从北平赶回济南，又从济南赶回清平奔丧的时候，看到了母亲的棺材，看到那简陋的屋子，我真想一头撞死在棺材上，随母亲于地下。"

"我后悔，我真后悔，我千不该万不该离开了母亲。世界上无论什么名誉，什么地位，什么幸福，什么尊荣，都比不上待在母亲身边。"

这位东方的语言大师，心中"永远的悔"已经伴随着他到另外一个世界了，所以我的老爸是朴素又睿智的……忽然之间，我读懂了老爸，他是个好儿子，他对自己父亲的爱绵长而又深远，他的内心应该是平和而又幸福的，作为儿子，他没有遗憾……

聪明和愚笨有没有明确的界限？我们所认为的大智慧，也许就蕴藏在看似愚笨的行为中……

湖州之恋

徐连生

我在湖州这座小城生活了二十四年，对湖州有一种特殊的感情，因为这是我从军的地方，有我的青春和梦想。湖州是一个住下就不想离开的江南小城，是一个适合工作和居住的地方。无怪乎宋末元初的诗人戴表元会发出"行遍江南清丽地，人生只合住湖州"的诗句来。

对于湖州，很多人也许不太熟悉和了解。它是杭嘉湖平原最富饶的一片土地，位于浙江省北部，与江苏宜兴、安徽广德接壤，下辖两区、三县，人口二百六十四点八四万。湖州，也是环太湖地区唯一因湖而得名的城市，是长三角城市群成员城市、国家历史文化名城，中国特色魅力城市、中国毛笔之都，现正在积极创建全国文明城市。

1994年，我由无锡调入湖州工作，不曾想一待已有二十四年，人生能有多少个二十四年？在家乡宝应也只是生活了十八年，这也许天生与湖州有缘吧！我的笔名"江浙一兵"饱含了我对家乡江苏宝应和浙江湖州这份特殊的感情。

湖州是美食家的乐园，不仅有白鱼、白虾、银鱼这"太湖三白"，而且还有诸老大粽子、丁莲芳千张包子、周生记大馄饨等名点名小吃，生活在湖州真的好有口福。

二十四年的湖州生活，让我融入了这座城市，也成了半个湖州人。我喜欢听地道的家乡话，也喜欢听吴侬软语的湖州话。尽管我湖州话讲不好，但百分之九十五能听得懂，听起来特别有韵味。记得第一次到岳父母家，岳母让我吃茶，我听成了"吃粥"，我正纳闷呢，我明明早饭已吃过，后来才知道是听错了。舒坦叫"诗意"，开心叫"开味"，出门慢走叫"百坦"。湖州人的生活不紧不慢，真是诗意、开味得很。

爱一座城市一定要有爱的理由。刚来湖州时，我并不喜欢这座城市，那时的湖州并不大，城区只有九平方公里。十七层的湖州大厦是当时湖城最高的标志性建筑，九九桥边有一个水泥厂，整日里灰蒙蒙的。近年来，湖州城市建设发生了翻天覆地的变化，滨湖大城市的框架已经形成，在当地政府和全市人民的努力下，城市美起来、亮起来了，仁皇阁、奥体中心、月亮酒店、大东吴国际广场双子座成了湖城新的城市地标。小城的环境越来越整洁了，社会变得越来越文明了，城市美得让人陶醉，住下真的不想离开。湖州是块宝地。这里山水清远，有名山、名湖、名镇，全国四大避暑胜地的莫干山就在湖州；有碧波万顷的太湖；还有江南六大古镇之一的南浔；湖州更是个名人辈出的地方——湖州不

仅出赵孟頫、吴昌硕等书法大家，而且还出孟郊、张志和等诗坛奇才，《游子吟》《渔歌子》影响了数代人。

在湖州生活越久越能品尝出她的芳香，这儿的人们心态平和、知足常乐。现在的我彻底地喜欢上了这座城市。

专门有一首歌唱湖州的歌，叫《太湖之州》，为你情深，为你向往，为你我情深意长……太湖之州，实乃平安之州、幸福之州，这里民风淳朴、人心善良，这里的人们生活富足，历史上很少有大灾大难，是真正的风水宝地。湖州，这座江南小城正散发出她身上无穷的魅力，以博大的胸怀，迎接来自全世界的每一位朋友。

愿第二故乡的明天更美好！

宁静的早晨，静美的秋

———

夏 天

白露之后的秋天更加清爽和静谧！天，蓝蓝的，云，高高的。此刻的我临窗而坐，仰望长空，似乎有无限的遐想沉浸在这辽阔无垠的天际之中。

周末的早晨比平时安静许多，小区里的人们也还在安睡之中。

窗外静寂无声，风也是静止的。房屋外藤架上的几朵白色的葫芦花，或舒展，或羞涩，或含苞待放。挂在藤架下的葫芦小得可爱，小得恰到好处，好似一个个娃娃，它们参差不齐，或隐或现于藤叶间，突然竟有想要去亲吻一下的冲动。

那梧桐树上的鸟窝是我笔尖上的朋友，曾经被雨湿透的它此刻骄傲地立在枝头。几只鸟儿轻快地跳跃于各个树枝间，仔细聆听，隐约会听到它们欢悦的歌声——也许只有沉思者才能听得见吧。

天空越发泛白发亮了，太阳光穿越云层给大地投射些许温暖

的软绵绵的光。虽没有风声，但从院墙外回廊里轻微荡漾的叶片可以感觉得到空气中起了少许的风，是爽朗的，舒服的那种。

喜欢这样的天气，喜欢晨起的怡然的静。

在这个花落的季节，在这个柔和而宁静的早晨，我的心竟升腾起一片缭绕的云雾，开出几朵相思的花。

心酥软了，眼角也润润的……

笑迎中年

王娜娜

　　刚刚翻看心理学的书，书中提到对于中年人的年龄划分是三十五至五十五周岁。心里蓦然一惊，原来我已步入中年。此时正值夜晚，万籁俱寂，唯独钟表在我耳边发出嘀嗒嘀嗒的声音。时间悄然而逝，让人浑然不觉，年龄也是一样。

　　三十岁的时候，总希望时间停驻，因为对我来说这是女人最好的年纪。三十岁的女人既有清纯的少女感，又有略微成熟的稳重感。尽管也听说四十岁的女人更有成熟的韵致，但是从皮肤和身体上一定是走下坡路的。但是当自己真的要一只脚踏进四十岁的门槛时才发现，并没有像之前想得那么悲观。此时的女人，她的眼睛由于岁月的洗涤更加清亮了，她的心智由于岁月的洗礼更加成熟了。所以不会被一切外在的现象蒙蔽，学会了用心去分辨；不会再留恋外界的喧闹，而是用更多的时间和自己待在一起；不

会再轻信一切谎言，对别人信口开河的承诺付之一笑。尽管她的鱼尾纹已经开始爬上了眼角，鬓角上长出了几根白发，这些都足以使她触目惊心。但是由于平时生活规律，保持锻炼，所以整体看上去，并没有太多岁月的痕迹，反而平添了几分知性和成熟的气质。这个年龄段的女人不会再用剧烈的方式运动，而是会选择瑜珈等柔和一些的方式，不仅当作锻炼，还可以修身养性；不再对某种高档的服装品牌趋之若鹜，而是以穿着舒服为主。这个阶段女人的美不胜在皮肤和身材，而是自然、自信、从容的状态。

这个年龄段的男人一般会身体发福，头顶上的头发有搬家到腮旁颌下的趋势。当然也不乏穿衣显瘦，脱衣有肉，头发茂盛的肌肉男。这个年龄段的男人人脉趋于稳定，在应酬时由年轻时的肆意狂欢，变成了现在的小酌怡情。在工作上他们更加趋于理性，在生活上对家庭更有责任感和担当。

如果把年轻人比喻成未经雕琢过的璞石，那么中年人就像是藏了多年的陈酿，浓而芳冽。张嘉译是我最喜欢的男演员之一，之所以他能担得起诸多男一的重头戏，只因他到中年才能真正懂得戏的内容，最能感悟人生的真谛。所谓尽人事，听天命，我理解是中年人的心态趋于平和，对自己能力范围以外的事情不再过分地苛求，境界上追求的是"岁月静好，现世安稳"。

我们所有经历过的挫折与磨难都是跌宕起伏的人生中宝贵的财富，所以无须抹去任何一段在我们看来并不光彩或晦暗的记忆。不念过往，不畏将来。我们踏出去的每一步都算数，经历过的每一段都弥足珍贵。让我深情地对不请自来的中年说一声，你好！

浪漫的秋季

———

叶宏开

　　秋天是浪漫的季节，四季的轮回，唯有对秋情有独钟。春过于艳丽，给人太多的浓妆艳抹，却失去了一种本味；夏过于热情奔放，给人太多惊险与刺激，却少了一些平和；冬又过于冷酷，给人太多无情，缺少了温情；唯有秋带给人的是一种朴实的美，一种安静平和的成熟之美。秋高气爽、天空蔚蓝，习习微风吹来，多了一份凉意且又不感觉寒冷，成熟的稻谷弯下身来，在微风的吹拂下远处的田野一片金黄，散发出淡淡的清香，这样的季节，难免有人发出"我言秋日胜春朝"的感慨。

　　郁达夫曾将秋写得那样的清、那样的静。秋又是一个伤感的季节，她带给人的是一种深沉的美。那飘零的黄叶、那枯萎的树枝、那凋谢的花朵，无不诉说一种凄凉，一种繁华后的落寞。在秋的季节里，走在小城县职教中心的那条柏油马路上，看到路旁成群

的银杏树，一片片金黄的叶子随风飘舞，散落一地，心中不免增添了几分忧伤，感叹时光的流逝，岁月无情，人生无常，难免让人徒增几分伤感。忙碌的工作、快节奏的生活常常使我们无暇思考，在树叶飘零的日子，我们该不该放慢步伐呢？让心灵停留在安静的港湾，做一次深深的呼吸，让自己的灵魂更加纯净，更加高洁。

对秋的情愫，还是古人对秋过多渲染，把个人的情感融入秋色之中，让我们感受到了不一样的秋天。"人间寒橘柚，秋色老梧桐"，呈现出一片苍寒景色，增添了人的抑郁和感伤，这是一个怀才不遇、人生失落的秋天；"碧云天，黄叶地，秋色连波，波上寒烟翠"，天空碧蓝，秋叶满地，水波上笼罩着一片苍翠，犹如一幅水墨画卷，这是一个游子对家乡思念的秋天；"自古多情伤离别，更那堪冷落清秋节"，这是一个离别痛楚，依依难舍的秋天；"落霞与孤鹜齐飞，秋水共长天一色"，水天一色，浑然一体，看到这样的景色，相信每个人心情都是舒畅的，这是一个心情舒畅、意气风发的秋天。

人生的秋天也别有一番不同的风景，犹如山谷间的激流，奔流不息，一旦流进宽阔的地带，激流慢慢地不再湍急了，而是变得舒缓和开阔了。法律人的法官犹如人生的秋天，她从妩媚动人的青葱岁月走来，历经了少年不知愁滋味，懂得了欲说还休的无奈，她从火热的日子里走来，历经了饿其体肤、壮其筋骨的长途跋涉。法律人的内心的强大，是需要知识的储备和经历的超越，是需要安静的思考和逻辑的推理。如今的他们少了一份浮躁，少了一份莽撞，多了一份平静与从容，多了一份厚度和娴熟，他们在法律的童话世界里，领略了诗一般的秋天。

故乡的大秧歌

张守权

　　故乡，对于离开她的人来说，记忆里似乎遥远，而梦境中又会经常出现。

　　如同木偶上的牵线，无论你走多久，走多远，都挣不脱她的牵连；又如骨肉之情，无论你身居荣耀，还是腰缠万贯，都抹不掉这份情缘。

　　每当看到城镇的大街上、广场上，那些随着锣鼓点舞动扇子、扭着秧歌步的大爷大妈们，就会情不自禁地想起故乡的小山村，哼唱起那首《妈妈的吻》，想起年少时，妈妈对着上学路上的张望，想起过年时，热热闹闹的大秧歌。

　　20 世纪五六十年代，农民把对生活的无限热爱化作无穷的力量，投入愉快的生产劳动中。为了迎接新春、祈福丰年，每年春节来临，各个村屯都会自发地组织起秧歌队。一来，能够活跃文

化生活；二来，可以改掉多年不良习惯，调节冬闲时人们的猫冬习惯。再说，扭秧歌是喜闻乐见的形式，并不是十分复杂的艺术，只要有一份热情，学会它并不很难。所以，人们参与热情也蛮高。

那时，尽管百姓生活水平不高，集体拿不出钱来配备规范的服装、道具等，但大家的热情还是蛮高的。人们都自发地把家里能用得上的东西拿出来，自己动手制作各种道具，有钱的出钱，有力的出力。很快，就组织起了一个像样的秧歌队。

整个秧歌队伍中，主角不外乎丑旦两种。男的一般扮成小丑，头上扎条毛巾，或把帽子毛朝外，或前脸放后面反着戴，脸上胡乱抹上一些胭粉，反正显得可笑就行，其角色如同说相声的捧哏；女的装扮可就麻烦多了，不仅脸要认真化妆，头冠上饰品也模仿京剧里的旦角，花朵、头簪、羽翎，一样都不能少，服装也得尽量挑选艳丽的，就连动作也讲究身姿挺拔，步幅轻盈，彰显女性的柔美、端庄和窈窕。队伍里，光有这些主角还不行，还有装扮成孙悟空师徒的，八仙过海神仙的，济公的，小鬼的，骑着毛驴回娘家、身边陪着一位妖里妖气、手里拿着大烟袋的媒婆的，反正是越热闹越好。过年了，人们不就是图个乐呵嘛。

振奋人心的锣鼓点和着高亢嘹亮的唢呐声一响，很快就把猫在屋里的人们吸引来。男女老少纷纷跑出家门，不肯错过一次难得的机会。秧歌队伍里，天生好动的孙悟空一会儿挠挠脑袋，一会儿搔搔耳朵；一会儿跑到队伍前面，一会儿窜到队伍中间，舞动手中金箍棒，眨着他一双火眼金睛，引逗得人们不时发出一阵阵笑声。孩子们情不自禁地跟着锣鼓点，蹭到队伍边上，仰脸看着大人们的动作，一边模仿，一边嬉笑打闹。调皮的干脆跑到队伍里，一会儿窜到这，一会儿窜到那，活脱脱为队伍填了新的小丑。最吸引孩子们眼球的，当属手拿芭蕉扇、戴着破帽子、脸上抹着锅底灰的"济公"大人，他口中一边唱着"鞋儿破，帽儿破，身上的袈裟破……"一边把又黑又脏、带豁口的破碗伸到孩子面前，做讨要的动作，孩子们也假装吓得直咧嘴，然后呼喊着跑开，没过一会儿，又纷纷聚拢过来……

秧歌队还有一个任务，就是大年初三至初五，分别到烈军属、劳模、五好家庭慰问，城镇的还要到机关、工厂、街道演出。每到一地，就会响起噼噼啪啪的鞭炮声，临走接待的个人或单位还得拿些烟、糖犒劳大家。记得当时烟卷有一盒一角五分的"大生产"、二角四分的"葡萄"、二角八分的"迎春"烟，对于物资匮乏、生活拮据的人们，能抽到一盒不花钱得来的烟，那心里就甭提多满足了。完成慰问任务，还会到其他村屯互访演出，一直到正月十五公社组织会演。会演时，几十支队伍或步行，或赶着马车、开着拖拉机，从四面八方向公社集结，其场面蔚为壮观。

这个活动我只参加过一年，那是中学毕业回到家乡时。角色嘛，你猜？当然是男扮女装喽。扮女装得需要行头哇，告诉你，这可难不住咱。头冠上的花儿，自己扎，羽翎，去大公鸡尾巴上拔，上衣是现成的，大姐的花棉袄。裙子，裙子？那个时候上哪找裙子呀。还是老妈有办法，拿出了压箱底准备给儿子结婚娶媳妇用的缎被面，用针线一缝，成了！化妆就难不住了，把姐姐的胭脂、口红往脸上、嘴上一抹，绝对以假乱真，不过，如假可不换。你别说，还真就闹出个笑话来。有一次到邻村演出，休息时内急上厕所，我从队伍里出来往男厕所走，邻村的女生一下子拉住我的衣服喊：

"走错啦，走错啦！"我头也不回应了俩字"没错"。也许她没听清，也许还是不相信，待我从厕所里出来，她愣是不依不饶，把脸贴到我的鼻子上边看边问："你到底是男还是女？"

在我老家这，基本都是"地溜子"，即使有个别踩高跷的，也只有二三十厘米高，看不出什么精彩。看到精彩绝伦的踩高跷，还是当兵后的一年春节，吉林省东丰县全国有名的高跷队到部队慰问。一米多高的高跷腿，在他们看来如履平地，闪展腾挪，空翻跳跃，劈叉收腿，动作花样繁多，惊险刺激，那场面过瘾至极，永生难忘。

如今，传统的大秧歌并没有绝迹，可这只限于人口集中的城镇。这几年，每当我步足人烟稀少的农村，即使年关临近，耳鼓中也听不到往日的喧闹，瞳孔里更是一片寂寥。当年红红火火、热闹非凡的扭秧歌场面，已被电视、手机的普及，冲击得无影无踪，留下的，只有几缕轻烟在寒风中环绕……

我慈祥的母亲

——

田志坤

1920年腊月二十四日，在榆树市保寿镇大谢村，一个女婴呱呱落地，她就是我的母亲。她是我姥姥生的第五个女孩子。姥爷一看又是个不带把的，愚昧地用他家长式的语言，命令家人把母亲扣在厨房的笸箩底下，让她变成男孩。我可怜的刚出生的母亲就这样被囚禁在不足三平方米的柳条笸箩底下。不幸的是，由于地不平给老鼠留下了可乘之机，饥饿的老鼠将我母亲的小脚后跟啃掉了一半。

几年后，姥姥又生了老姨，此后又生了老舅，在生了六个女孩后，添了唯一的男丁，姥姥姥爷视为掌上明珠，真的是"举到头上怕吓着，含在嘴里怕化了"，娇惯得不得了，好吃好喝好穿的都给了老舅，上私塾、读国高都可着他，几个姨妈和母亲都没有份儿，但是这种艰难的家庭生活环境，却培养了母亲刚强坚毅、

从容乐观、慈祥博爱、淳朴善良的性格。

　　母亲二十一岁那年，嫁给了离家八里的炮手屯（现保寿村）东岗小她六岁的父亲。当时，父亲的家境在本屯还算富裕，有房（三间草屋）、有车（一挂马车）、有地（十多公顷），但母亲仍然没有摆脱伺候公婆、缝缝补补、一日三餐，还要帮奶奶带老姑、老叔的宿命。她每天从早忙到晚，还要点着油灯纳鞋底，准备做棉鞋和夹鞋，但母亲从未抱怨过，反而嘲笑自己天生就是劳碌的命。

　　母亲通情达理，嫁过来多年特别是从我记事起的十多年间，从未和奶奶、老婶、老姑们红过脸；母亲豁达大度，方圆十里，不论谁家有困难，她都会热心帮忙；母亲从容乐观，把所有的困难承担在肩上，不管有了多大的事，她都会说一句口头禅"天塌大家死，过河有矬子"来笑着面对。

　　母亲出嫁后第二年，大姐便出生了。此后几年间，由于母亲的勤俭持家，家里的房子由三间草房，变成了一面青的五间大瓦房，马车由一挂变成了二挂，土地由十多公顷增加到六十多公顷，家里雇了长工，但母亲仍然承担着所有家务，原来的活计一样都没减，依旧日复一日、年复一年辛苦地劳作着。大姐出生后第三年，日本鬼子虽被打跑了，但我们家的生活却过得异常艰难，年仅二十五岁的母亲，上有老下有小，承担了不该属于这个年龄的女人的许多责任。

　　母亲从 1942 年到 1962 年二十年间，生了我们六个儿女，大姐整整年长我二十岁。我出生那年，恰逢大姐高考，听着在三年困难时期出生的我由于母亲奶水不足，用块破布裹着倒在土炕上嘎呀嘎呀地直叫，大姐好心烦，对母亲说："您这么大岁数生个老儿子，能借他什么光，掐死他算了。"母亲哭着说："不怕儿女晚，就怕寿命短，我要能活到八十岁，就能借上我老儿子光了。"母亲的话真没错，她活到了八十七岁。我懂事后把这句话牢牢记在了心里，参加工作挣了钱，每当回家看母亲，吃的、用的、穿的大包小裹拿回去的时候，母亲甭提有多高兴了，打趣地说："我的的确确借上我老儿子的光了。"

我七岁那年，得了一种非常奇怪的病，每个月有规律地发作一次，发病时两手紧攥、口吐白沫、不省人事，每当到发病的日子，哥哥姐姐就轮流看着，唯恐我发作时去泡池塘洗澡淹死或被车马碰着。母亲把我圈在家里不让我出屋，一旦犯病，大家一起上前用嘴叫、用手按摩四肢，等我醒过来大家才松口气。这种病我现在才弄明白，叫做癫痫，治不好后果很严重，人就彻底废了。母亲四处求医问药，恰巧本屯有个骨伤大夫，又是个老中医，手里有份祖传秘方，但其中有一味药很难取得，那就是茴香虫子。母亲听到后，为了根治我的病，跑遍了方圆几千里的村屯，双脚都磨出了血泡，才弄到七只茴香虫子。吃上这位老中医的药，奇迹真的发生了，我竟然变得像普通孩子一样健健康康了。从此，母亲紧皱的眉头舒展开了，常常一边做家务，一边哼着我现在也不清楚的小曲，老高兴了。

母亲出生在旧社会，没上过一天学，大字不识几个，但一直是我家里的财政大臣，小时候拿钱让我们去街里买洋火（火柴）、针线、洋油（煤油）、油盐酱醋等十几样东西，找回的零钱，她竟然算得一分都不差。拿去多少找回多少清清楚楚，你甭想贪污一分一毛。母亲七十多岁时，在屯子里开个小卖部，村民都好赊账，

她每次都记在本子上。有一次我回到家，她正在给老左太太结算，竟然准确地报出欠账六元三角八分。我好奇地检查了一下账本，原来账本上画个人头，少了一只眼，恍然大悟，原来老左太太是单眼；再翻一下账本，里面全是图画，老陈瘸子她就画个小人，把一条腿画短些，邬大头她就画个大脑袋，画个小脑袋加以区分。心里不由十分佩服母亲的聪明。

我是"文革"后初中毕业生，以优异成绩考取的水电学校，在全乡乃至全县也名列前茅。当时中学高校长派在学校任语文教员的表哥劝父亲母亲，说别让我上中专，以我的成绩两年后保证给我送上重点大学。母亲听了后说让我去念这个中专吧，兴许能给自己寻一条正确的路。母亲凭着她丰厚的人生阅历，凡事都有她独到的见解，在我心目中，母亲的每一句话都是经典，每一个举动都是我的指南。当她得知表哥虽然上了大学却下岗自谋职业时，母亲对我说："人生的路可能有很多条，但只要你选定一个方向，不断努力，不论遇到什么难事，你都坚持走下去，必然会有个好的结果。"这些话虽然普普通通，但是一直激励着我到如今。

上学离家时值深秋，由十前几天下了场雨，县城通往家乡的路因泥泞而无法通公共汽车，三哥帮我背上行李和木箱，送我到十里外赶往县城的汽车。母亲当时正闹痢疾倒在炕上，我明知她不能来送我，走到房后二节地头时，还是本能地回头望了一眼，却看到母亲从房山头蹒跚地向我们走来，我急忙跑回去，跑到母亲面前，我拉着她的手说："妈，你病着，怎么出来了？"母亲说："不知道你一走还要多长时间回来，家里仅有几个鸡蛋早就给你煮好了，你快带上……"然后母亲又紧紧拉着我的手，微笑着说：

"放心走吧，妈身体硬实着呢，我还等老儿子学成之后孝敬我呢，好好学，别惦记家，家里生活好着呢。"年近六旬的母亲哽咽着叮嘱着，我不舍地松开母亲满是老茧的双手。三哥催着我："快走吧，一会儿赶不上车了。"我一步三回头地往前走，看着渐渐远去的母亲，心中一阵阵酸楚，泪如泉涌……

从此以后，母亲的身影与嘱托，时刻在我脑海中萦绕，对社会对家庭的责任感让我丝毫不敢懈怠。在学校，我的学习成绩一直保持优秀。工作后，专拣重活、累活、技术含量高的工作干，从此职务不断提升，又获各种表彰和奖励，在一个又一个荣誉面前，我从不骄傲自满。我深知，一个农民家庭的孩子远比不上城里孩子，既没有骄傲的资本，也没有任何后退的余地，唯有踏踏实实地干好工作，诚诚实实地处事，干干净净地做人，加倍努力地朝着理想的方向前行。

母亲把一生的幸福留给了我们六个儿女。大姐大学时读的是化工机械，自学成才搞起建筑工程设计，退休时早已是高级工程师，是个地地道道的高级知识分子。二姐远比大姐聪明，高中时在学校成绩名列前茅，接近高考时，"文化大革命"开始了，只能回乡务农，现在儿孙满堂，过上了幸福的晚年生活。大哥虽然没有读过高中，但继承老父亲的木匠手艺，晚年生活在侄儿、侄女的关照下，生活得很幸福。二哥是全村既有文化又有头脑的人，虽然与大学无缘，但凭借他的聪明和毅力，九十年代搞起了商业装潢生意，不但自己富了，还将村里年轻的小伙子们带出来共同富裕，现在儿女又拓展了地方网站等新业务，生意做得红红火火。三哥虽然有手艺但他更愿意在家乡土地上耕耘，收入可观，又能

照顾好九旬的老父亲。母亲若能看得到我们的生活如此的好，老人家在天之灵可以心安了。

　　2007年平安前夜，出差去云南的我午夜刚刚走下飞机，就接到老父亲的电话，说母亲病重，能回就赶紧回来吧。我急忙购返程机票，回到家时已是第二天凌晨，终究还是没能见到母亲最后一面。母亲六个儿女中，关照最多、最让她引以为自豪的就是她的老儿子，至今我还怀有愧疚之情。母亲劳作一辈子，八十七岁还自己做饭、洗衣、收拾屋子，没有给我们六个儿女增加一丝负担。母亲出殡那天，树木、荒草全都披上树挂，大地一片银白，苍天似乎被这位伟大而慈祥的母亲感动了，不用刻意扎白花，却有上千、上万、上亿朵"白花"为她送行……

　　我永远敬重我慈祥的母亲。

岁月静好

司伟刚

上学时，写作文经常用到"光阴似箭，岁月如梭"，后来又经常说"白驹过隙，时光荏苒"。回头想想，时间确实过得很快，一切的一切，每时每刻也都在不断的变化……

生活中不一样的东西太多太多，有的让人欣喜若狂、乐而忘忧，有的却让人不堪回首，难以释怀……

对于已过而立之年的我来说，也算经历了一些事情，但仍有许多人生的迷惑、失落和无奈。社会在变，环境在变，人也在变，我们更在变。心态、态度，理想、梦想，亲情、爱情、友情，等等。存在吗？变了吗？还有吗？现实总会给人答案，自己也总有答案……

我们都会发现，渐渐地，自己的话比过去少了，能够静下心

来想事情、干事情了，对待一些惊喜或悲伤能够冷静对待了，有时对一些曾经的欲望变得平淡了。这十年或者这二十多年，我们都有过得到或失去，而此刻的自己当再次面对类似事情，更多的是默默一笑。然而在我们内心，仍然有那种不灭的拼搏劲头，默默地蓄积着无穷的力量，或许这就是所谓的成熟吧！

不难发现：曾经的玩伴都有了自己的事业、家庭，没日没夜地奔波劳累，有压力更有幸福；曾经年轻力壮的父辈们头发大都花白了，有的已经行动不便了，每每想起时总在感慨时间都去哪儿了！曾经慈祥的爷爷奶奶们终究逃不过无情的岁月，很多都已经入土为安了，再想见一次却是永远都不可能了！常常是看到过去的照片，总能勾起儿时的记忆，更总会想起那时他们的叮咛和教诲！

同时发现，自己接触的人越来越多，情感圈越来越大。而只要自己付出真情，总会得到回报。我们大都拥有了爱情，且爱情逐渐化为亲情，这是升华更是一种经营。我们也大都变成了上有老下有小的一代人，需要孝敬老人同时也要爱护孩童。我们常常在工作中交着朋友，也常常和朋友谈着工作。有的朋友渐渐远去却仍在默默关注，只要彼此认可的友情永远不变！

因为经常忙于生活而无暇思考，有时也因为烦琐的工作而无法静心，总是在自己匆匆一瞥时才发现世事变化无常，于是便感慨物是人非，开始怨天尤人，心也变得浮躁、不安，生怕一不小心一切便悄悄溜走。很多事情确实如此，但如果以无情的心境去面对生活，便得不到任何温暖的阳光，如果内心充满阳光，到处都是迷人的芬芳！

　　于是，我们也开始明白，多年过去后，人还是那些人，事还是那些事，地方还是那些地方。我们的心，永远不变！

岳 父

江 锐

　　岳父过世五年了，但至今仍不能忘却他的音容笑貌。犹如在眼前，又像在耳边。睡梦中，他不时嘱咐我，不要太累，要注意身体，醒来时却泪湿枕巾。

　　岳父个头不高，右手断了手掌。据说年轻时调皮，河中炸鱼时不小心炸到了自己，万幸中捡回条命。残疾又是入赘，但他生性好强，硬是起早贪黑撑起了一个家，养大了三个女儿。岳父唯一的遗憾就是没有男孩，在农村难免重男轻女，所以最小的女儿当男孩养，名字叫爱娣。

　　自从我儿子出生，他就时常抱在怀里不放手，买些小玩具逗他开心。老婆经常说，乱花钱把孩子惯坏了，岳父却反驳，男孩子野一点没关系。每次下班回家，总会看到爷孙俩在小区门口其乐融融地玩耍。

我老婆在家排行老二，嫁给我也吃了不少苦头。自从孩子出生，我压力更大，刚开始创业一无所有，房子都是租的，有时还经常搬家，感觉有点对不住她娘俩。岳父倒从不计较，时常鼓励我，吃饭时老给我夹菜，让我多吃点。老婆笑着说："别把他吃胖了变懒了。"岳父会一本正经地说："男子汉要多吃点，干点体力活消化快。"

岳父啥都好，就是烟不离手，每天抽三包烟，我们都劝他戒掉，他总是笑着说知道了。也许他的心事，只有在他袅袅的香烟中慢慢磨逝掉，一节节烟灰在叙说着他的艰辛，只是不想让人知道。岳父在抽烟时是安静的，倚靠在房门上静静地看着门外，这时只能听到烟丝哧哧的声音……

有一天，老婆突然打电话给我，哭着说岳父从老家转院过来，肺癌晚期。我匆匆赶到医院，看到岳父坐在长椅上，是那样的苍老，那么的无助，一下子老了很多。我们都没敢告诉他真相，只说是肺炎。岳父是那么的聪明，竟也相信了我们的话！像孩子一样心情一下好起来了。

开始化疗，半年下来头发都掉光了。这时候的岳父，也基本上明白了，他从不叫痛。有次下班后，我去医院看望，他不在病房。找到医院门外，老远我就看到他，穿着羽绒服背着个小黑包，戴着个帽子边走边吃着烤山芋，让人一阵酸楚。见到我，笑着说："好吃！"

癌变太快了，那天在病房里抢救，我用身体撑住他的背，让他吸氧时舒服点，但那时岳父已说不出话，我紧紧握住他的手不知所措，他的双眼直直看着门外，流露出想回家的眼神，我们知

道他想回家了。大姐抱着岳父的身体哭着说："爸！我们回家。"

那天，岳父走了，带着对亲人们的依依不舍，带着对小山村的深深眷恋……

女人四十

刘 英

女人不易，四十岁青春不再，人老珠黄，是大家公认的。大家看到的是我们的容颜、外表，我要告诉大家：作为四十岁的女人，我们有金子般的内在，只要女人身边的人用心感受，身边人会视其为珍宝。

和煦的阳光清润满屋，孩子、丈夫沐浴在阳光中看书，女人穿梭在各个房间扫尘、拖地；间歇烧上水，沏好丈夫、孩子喜欢喝的绿茶，继续收拾房间；收拾好房间，三人在明媚的阳光里享受绿茶的甘甜、阳光的温暖、家的温馨。四十岁的女人围着丈夫、孩子转，转出家的祥和。

厨房里，女人唱出锅碗瓢盆交响曲，做孩子爱吃的鱼香肉丝，丈夫爱吃的炒扁豆。鱼香肉丝的肉要切极细的丝，小心翼翼地切肉还是切掉了一块指甲，剪掉指甲继续，还好没切着手指，女人

默念。菜好了，米饭也蒸好了，诱人的香飘到孩子鼻里，看着孩子、丈夫大口吞咽的吃相，女人快乐着，满脸洋溢着笑容。四十岁的女人围着厨房转，转出的是家的诱惑。

菜市场，女人每星期必去，和男人一起，男人提菜，女人货比三家，买又好又便宜的、孩子爱吃的、男人爱吃的。女人常说细水长流，勤俭乃持家之道，更何况俭以养德。

亲人朋友，女人总会热情地招待，一视同仁，不分你我。人情往来，女人总是井井有条。亲人朋友也夸男人媳妇懂事，男人心里乐开了花。亲人朋友也对女人和女人一家坦诚相待、关怀有加。四十岁的女人围着亲人朋友转，转出的是家的和谐。

四十岁的女人，像海洋，水面上的杂质留给了肤浅之人，海底的矿产留给了身边的人；像春风，吹走了冬的寒冷，吹得大地花红柳绿，生机一片；像细雨，无声地、如丝地滋润了躁动的心田。

毁灭？还是重生？

蔡 逸

从痛恨开始，以泪水结束。多少人，带着一个发财梦来到澳门赌场妈阁；多少人，因为来到妈阁而失去最亲的人；又有多少人，因为百般折磨后狼狈不堪地走出妈阁。

当我用心地读完当代美籍华人著名女作家严歌苓的《妈阁是座城》这部长篇小说，我不禁思绪万千，潸然泪下！

金钱，可以使人们的生活变得更加富足，可以让人过上骄奢富丽的生活。正因为这样，金钱总被许许多多的人追逐。许多人就是为金钱所诱惑，然后迷失了自我。

严歌苓在《妈阁是座城》中讲述了女主人公梅晓鸥传奇的一生。梅晓鸥，她的祖父就是因嗜赌输了个精光后自杀的，因此，她和前辈的女人一样恨透了那些爱赌博的男人。后来，她竟然选择做一个"叠码仔"（从事博彩中介的工作人员）来报复他们。然而，

世间的事物总是充满着戏剧性的变化。随着从事"叠码仔"时间长了，她对这些赌徒们产生了怜悯和同情。她看着一个个风华正茂的男人走进妈阁赌场后，脸色从红润逐渐变得苍白，贪婪的欲望和不服输的倔劲使他们从小赌走向豪赌，从意气风发走向意志消沉。而在这拥挤的人群中又有几个能知道"所有赌徒的结局都是殊途同归，无论他们赢的路数怎样逶迤曲折，最终都通向输"？面对着眼前的一幕幕，梅晓鸥的思想感情发生着复杂的变化……

妈阁，还见证了女主人公与一位赌徒的忠贞爱情。他们的爱情太过凄惨，他们虽然相爱，却最终没能走到一起。但他们肯为了对方的幸福选择放弃，演绎了他们的忠诚。他们没能走到一起的原因也许只有一个——因为妈阁这个赌场。走近它就像是走进了一片深海，易于藏污纳垢，淹没进去很容易，打捞上来却万难，这片深海已经改变了太多的人！虽说他们俩在此相遇，但也注定了他们俩的爱情因妈阁而不可能完美和贞洁！

严歌苓用干净利落的文字和跌宕起伏的情节构思从小说中折射出人性的复杂，同时也蕴含着深刻的批判意识。

妈阁的外表太过耀眼！它张开着双臂去拥抱所有的人，一旦有谁接受了它的拥抱，必将会经历一番痛苦而纠结的折磨。当然，不同的人经历了同样的劫难之后，是否重新选择，决定了他们未来的命运也会不尽相同。孟子有云："故天将降大任于斯人也，必先苦其心志，劳其筋骨，饿其体肤，空乏其身，行拂乱其所为，所以动心忍性，增益其所不能也。"其实，"赌"也长期伴随着人们的生活，而关键是人们对自我的克制和把持。假如走进妈阁只是上帝给予的一场考验，那么，经受此磨难的人也有机会和权利再做判断和选择——或从此戒赌，浴火重生，再度白手起家，蜕变成一个崭新的自我；或继续执迷不悟……我想，选择前者的人很有可能再创辉煌，选择后者的人必将会人生颓废，走向更加痛苦的深渊！

　　每一个人的成长，都要经历从不成熟到逐渐成熟的过程，怎么能是一帆风顺？重要的是，我们应该明白：尝试，是一种勇气，尝试之后知错能改更需要勇气。并且，是否拥有知错能改的勇气，将决定您的人生在历经磨难之后是毁灭还是重生！

乡愁，在频频回首的路上

——
芙　儿

少小离家老大回，
乡音无改鬓毛衰。
儿童相见不相识，
笑问客从何处来。

　　每一次，搁下与母亲的电话，心中总是惆怅万千。母亲的殷殷叮嘱依旧响在耳边，即便是，如今我早已成了家，已为人母，在母亲眼里，依旧是当初那离家时不识愁滋味的小女儿。

　　回想多年前，花一般的年龄，满怀对未来的憧憬，背上简单的行囊，挥挥手，作别家乡的山水，离开父母的怀抱。仿佛一只羽翼渐丰的小鸟，拍拍稚嫩的翅膀，希望从此能够拥有自己的天空。

　　那时，年轻的心里充满了雀跃，充满了对未知世界的幻想，那份浅浅淡淡的不舍，早被对未来的憧憬所占据。

家乡的山山水水，父母的细细叮嘱，被我丢在了远行的脚步里。

自此，相聚，分别，再聚再别，人生在不停地行走和不断地告别。

每一次回乡，母亲的笑容依旧，家乡的味道依旧，左邻右舍的热情依旧，只有家乡的风貌在不断地变化，不断地更新中。

而在我心中，依然是第一次离家时的袅袅炊烟中，母亲站在村口渐渐模糊的身影。

离家千里，家乡的奇闻趣事还是会通过各种途径传到我的耳中。和每一个在外流浪的游子一样，我总是很欣喜地听到家乡的每一次改变，每一个进步。

而母亲也总是会在电话里高兴地告诉我家乡的一切变化，那时，我身体的每一个细胞似乎也跟着跳跃起来。

脚步越远，思念越重。每一次通话，便勾起乡思一缕；每一次分别，背后便多一份牵挂。

很久以前母亲曾说过：孩子们有自己的理想，不管他们去往何处，到哪里发展，我都不会阻拦他们。于是，我便由着自己的心到远方寻找我的梦想和诗去了。

多年以后，再回首，发现故乡就是我梦中的诗，而乡音是我永不忘记的音符。

在帕米尔守边防

刘玉庆

冰峰接天，雪域茫茫，帕米尔高原曾经是我与战友们守卫的地方。在那里，我度过了血气方刚的青春岁月，虽然是一个冰雪世界，但我始终没有丝毫怨悔地深爱着那片土地。虽然早已离开了高原，但灵魂时常在耀眼磅礴的冰川里游荡；思维时常在晶莹剔透、清澈见底的河、湖边徘徊；那些军民携手抗击风雪，坚守边关一线的画面，时常如电影般一幕幕闪过脑海，高原已留在了我永久的记忆之中。

一

1982年初，我从军校毕业，自愿请求走进了驻帕米尔高原的边防部队。

严守国界，保卫边疆，是党和人民赋予边防部队的主要任务。

"不丢寸土"是中华民族的古训。边防部队接过前人接力棒的每一个官兵深深懂得：谁把国土守丢了，守小了，那将是千古罪人。"宁让生命透支，不让使命欠账。"边防部队广大官兵把履行使命看得无比神圣。

帕米尔高原崇山峻岭，西北、东南走向的萨雷阔勒岭构成阿姆河流域和塔里木河流域的主要分水岭，地质结构为片岩。防区山大沟深。抵边巡逻观察是边防部队经常性执勤工作的内容之一。在高原执行这项任务难就难在缺氧上。缺氧带给人们的直接影响是头昏脑涨、思维迟缓、雄心锐减、体力下降以及办事效率低下。驻地与巡逻点位的距离都在数十公里以上。那时，边境巡逻的主要交通工具是军马，巡逻占用的时间长，近的点位需要一两天，稍微远的点位一般需要三四天，特别远的来回需要七八天才能到达。

特别是快到巡逻点位时，要徒步爬大坂，由于地势不断上升，氧气越来越少，走一步三喘气，越往上爬越困难，两腿酸软无力，仿佛连拿张纸都会感到有重量。迈步吃力，挪脚困难，上身像穿了紧身衣似的憋得胸口喘不过气来，两只眼睛往外鼓，太阳穴钻心地痛，走几步就不得不张着嘴巴四仰八叉躺下休息一会儿，躺下了嘴巴也不能合拢，还像拉风箱一样呼哧呼哧喘粗气，这时你会听到自己的心脏像擂鼓一样嗵嗵地跳动，感觉到随时就要爆炸。每当这时，我就会发誓立即离开高原，但誓言发过再多次，也总是一次次去、一次次发，又一次次去。因为当你到达巡逻观察点位，面对神圣的界（桩）碑，攀爬过程的所有的痛苦和疲劳立刻烟消云散。面对神圣的界（桩）碑，沸腾的血液周身奔涌，那种战胜

困难、展现自身价值的喜悦、幸福和荣耀，那种使命在肩，守卫在边防线上，为祖国站岗放哨的光荣感自豪感油然而生。那种感觉，除了奥运冠军登上领奖台，升国旗奏国歌时能体会到之外，也只有边防军人才能亲身体验。

　　血气男儿，骑马挎枪走天下为祖国效力，是多么荣光。

二

　　蓝天映衬着高矗的雪峰，阳光下，那融化的雪水，从冰山上飞泻而下，就像一条条闪耀的银链。银链间洒落的朵朵白云，就是祖祖辈辈居住在帕米尔高原的塔吉克族和柯尔克孜族人家的毡房。

　　当我们边防部队执勤巡逻的官兵乘车、乘马或是徒步长途跋涉、人困马乏短暂休整时，塔吉克族、柯尔克孜族牧民就会把我们邀进毡房，端上一碗碗漂着酥油花花的奶茶，雪山寒气，瞬间即过，暖透四肢百骸，河水再深，雪山再高，千难万险也能往前走。一碗奶茶，让多少边防军人有力的双腿更加矫健，传递给高原子弟兵多少温暖和力量！

　　边防部队的前辈们一直都这么说："毡房是哨所，牧民是哨兵。"这是对坚守高原的塔吉克族和柯尔克孜民族人民的真实描写。哨卡的巡逻分队在边境线上执勤时，所经过牧业片、牧民点的男女老少都会走出毡房迎送我们，男人们主动与官兵握手，一双双沧桑却粗壮有力的手，传递着温度和真诚，不管走进任何一户，他们都会像接待亲人一样，给我们掀门帘，铺坐垫，展餐布，端食物，熬奶茶，上酸奶，甚至宰牛宰羊。让出最好的毡房给我们住，拿出最好的被褥给我们用。那种热情、真诚、纯朴让我们感觉仿佛回到了自己的家。

三

在高原享受寂寞、孤独。寂寞、孤独能享受？这样的问题，用尽语言都无法表达到位。这种心灵体验，最好的方式就是亲自到高原体味。蜻蜓点水、走马观花的方式不行，只有高原生活成为一种持续状态，才能享受到那种精神生活。

在帕米尔高原部队工作的近二十年时间，我在繁忙的执勤工作之余坚守文学的梦想，用高灵敏的半导体收音机，按时收听新闻和文学作品连播。

那里的书籍数量种类有限，哨卡的藏书读遍了，托人代买，汇款邮购订阅了许多杂志，我曾手抄过书籍中大段大段的经典，抄写过不少报刊上自认为精彩的文章，读了不少马列和毛泽东著作。

与哨卡的战友一起聊人生、聊理想，如今想起，仍有一种温情涌上心头。

四

千山交汇的帕米尔高原是"喀喇昆仑精神"的发源之地。"热爱边防、艰苦奋斗、无私奉献、顽强拼搏"是这种精神最好的诠释。帕米尔高原正是有了这种精神才显得与昆仑山一样巍峨。一代代守卫高原的官兵继承和不断丰富着这种精神的内涵。

当然，凡事都要全面地看，高原不可能消除所有人的杂念。一些价值取向不同的人，上到高原心神不定，总是安不下心来，对着高耸入云的冰山喊，望着银装素裹的大地叫，睡不着觉，吃不下饭，有的犯了"高怒症"，有的得了狂躁病，多一天也不愿意待在高原……

曾有一段时间，一些地方的个别人看不起高原人淳朴、厚道。觉得高原人行为不入流，办事不会寻找"秘笈"，思维不灵活。

高原县依色克布拉克温泉疗养院塔吉克族院长艾达尔，对工作认真负责，接待客人热情周到。一天，一旅游团数十人来泡温泉，开票时，导游把院长拉到一边低声细语，话好像还没有说完，只听院长说，"游客嘛，一分钱不加！你和司机也得买票！"院长话音刚落，跟前的游客拍起了巴掌。

高原部队退伍的一位班长，他在服役期间下山培训时认识的一个人，千方百计找到了他的电话号码，用工厂缺人手的借口把他骗到南宁去搞传销。他识破后，坚决不参加那个纯属拉人头的传销活动，他费尽周折逃离后向有关部门报了案，成了打击传销的义务宣传员。

一位将军走遍了帕米尔高原千里边防线，看望了边防部队官兵，写下了"雪涌边关路 / 巡逻马不前 / 五步三平喘 / 海拔逾五千 / 归途几回首 / 一路默无言 / 试问名利客 / 几人能戍边"。并说："来一次受到一次教育，来一次心灵得到一次净化……"

2000年，我因工作调动，依依不舍地离开了高原，走向了外面的世界。但是，无论我走到哪里，总难忘记守卫高原的生活，难忘那段丰厚宝贵的经历。我怀念帕米尔高原，我的第二故乡。

选择人生便是选择生活

罗小双

生活是什么，我觉得生活的理念和生命的意义，是为了追求内心的宁静，是为了获得精神的满足。选择了什么样的人生，就意味着选择了什么的生活；选择了什么样的生活，就意味着选择了什么样的自己！

我很羡慕 20 世纪 80 年代，那是一个物质生活并不怎么富裕、精神生活却十分富足的年代。那时候，改革开放才刚刚开始，年轻人的思想是那么的火热，内心里充满了对美好事物的向往和追求，整个社会沉浸在朴实乐观、积极上进的氛围里。清华大学 1978 级学生许铁成，他毕业后被分配到航天部五院做卫星科研工作，后来中央机关派他到条件比较艰苦的延庆一中支教。许铁成讲课十分精彩，带出来的学生成绩突出，学校领导很想让他留下来，便征求他的意见，他说只要原单位领导同意他就留下。结果，

他就留在了延庆，一直工作了下去。当时的延庆，教育环境和教育水平都比较差，他不因条件艰苦而放弃初衷，为了改变学校的教育状况，他一心扑在学生的学习上，却忽略了自己的孩子，以至于儿女没有读过大学。

工程院院士林俊德，浙大毕业后到了新疆马兰基地，他和他的妻子一直坚守在荒漠戈壁搞科研，为中国的核试验事业做出了突出贡献，被授予少将军衔，但是他的孩子也没有读过大学。除了他们，还有很多鲜活的例子，还有很多不为人知的故事。这些人淡泊名利、默默奉献，过得朴实无华、清贫平淡，追求内心宁静、从容踏实。这就是生命的高度、生活的意义！

前段时间读完《明朝那些事儿》，作者前期讲述了那么多王侯将相的故事，最后却以徐霞客的故事结尾。明朝那么多叱咤风云的将相，那么多改变历史的人物，那么多力挽狂澜的英雄，都没有留在最后叙说，却以平凡的、所谓离经叛道的人物收笔，其意义不言而喻。那些残酷斗争获得的地位名利，都变成了粪土，消失在从林中，消失在尘埃里。徐霞客足迹遍布祖国大江南北、山川河流，有时候险些摔下悬崖，有时候被人劫持死里逃生，有时候饥渴困顿差点饿死，他都挺了过来，从不畏惧。

如果你想要名望、地位，那就好好修炼，努力去追求吧，不要抱怨身不由己、世道不好、时运不济，因为你选择了这样的生活；如果你为了自己理想、为了精神的愉悦，哪怕条件艰苦，哪怕直临生死，也请你努力去追求吧，因为你选择了这样的生活，你内心宁静了；如果你为了独善其身、远离尘器，那也请你去追求吧，因为你选择了自由洒脱的人生态度。这就是生活，追求自己想要的，你可以高尚，也可以低俗；你可以成功，也可以失败；你可以乐观，也可以消极。这一切，都取决于你选择了什么样的生活。

朋友们，请不要忘记了生活，忘记了梦想！生活，有时候是快乐的、美好的，有时候是苦涩的、乏味的，它们共同汇聚成生命的交响曲，不停地在人生路上演绎！

从前慢，一生只够爱一个人

——

错 落

记得早先少年时
大家诚诚恳恳
说一句　是一句

清早上火车站
长街黑暗无行人
卖豆浆的小店冒着热气

从前的日色变得慢
车，马，邮件都慢
一生只够爱一个人

从前的锁也好看

钥匙精美有样子

你锁了　人家就懂了

读到木心的这首《从前慢》，被深深吸引，一遍一遍反复读，随时想起了念几句，一时竟读不了别的文字。

这些诗句，就像这秋天的阳光，蒙一层淡淡的雾，酥软软的，撩拨着内心，忆起从前的慢时光。

小学是在邻村读的。

中午放学，沿着村道，撒欢儿往家跑。村路两旁，是现今矫情着要去找寻的风景：油菜花金灿灿的；紫云英花开了，田地像铺上了紫色的地毯；天是清透的蓝；白云晶莹剔透的。

有孩子调皮地钻进油菜地里，没过了身影，又被劳作的人们呵斥着逃将出来；也有小伙伴推搡着摔进紫云英地里，索性打起了滚，随即慌乱地连滚带爬上了田埂，如果被父辈抓着了，可不是一顿训斥那么简单……

等到路边的田地里灌满了水，泥土被翻整起来，插秧的时节来临了，空气中弥漫着泥土特有的芳香。这短短的村道，是挥不去的童年记忆，仿佛永远走不到尽头。

这样三心二意地回到了家，自然直奔厨房，母亲总是在大灶后面烧火做饭，我和妹妹跑进了屋，照例蹲在能看到母亲的大灶口。我们嘟着小嘴等，母亲歉疚地微笑着，慢条斯理地添柴火，问很多话。这大锅煮饭，可真慢……

长大一点到县城读书。

村里不通车，父母担心我走路累，每周都让姐姐来接我。姐姐只比我年长两岁，骑着笨重的二十八寸自行车，在渡口或者车站等着我。

从前没有电话手机，时间约不准。也许等上一两个小时，姐姐才接上我这个比她高半头的妹妹。

日色变得慢，太阳在前方慢慢变成了火红的没有光芒的圆球，乡间沙石的土路弯弯绕绕，路窄，姐姐个子小，骑车骑得慢。

我坐在车后座，看着四周苗青麦黄的风景变换，叽叽喳喳说着话，姐姐涨红了脸蛋，骑行半个多小时，慢悠悠地带我回到炊烟袅袅升起的家。

来来回回一季又一季，姐妹们都长大了，姐姐一直比我矮，她嗔怪着农村没吃好，长不高，而我总觉得是自己累着了她……

再长大，遇到喜欢的男孩。

他送我小小的刻着字的石头。把石头放在手心，看着简单平常的四个字，心里暖暖的。

合起手，石头被紧紧攥着了，只露出丝线编结的流苏，这流苏轻轻抚触着皮肤，皮肤痒痒的、美滋滋，仿佛得着了世界上最珍贵的东西，攥着不肯松手。

男孩要回自己的城市，我送他去市里的火车站，县城到市区才二十多公里，那时也是不常去的。在市区下了车，两个不识路的人一路问，一路走，在市区的小巷里向着火车站的方向，兜兜转转走了两三个小时。

暑假即将结束的时节，太阳晒，流着汗，可是走得一点都不累。心里只恨巷子不能再深一点，路不能再远一点。

依稀觉得那是自己最美的时刻，穿着漂亮的小裙子，没有妆容的素颜任由汗水肆意地流下。男孩递过来的手帕温温软软，擦了汗，看着留下汗渍的手帕被小心收回去，感觉这太阳的曝晒也是如人意的。

慢吞吞地走到车站，看火车慢吞吞地开过来，才想到是分离时刻。从前人，木木的，炽烈的感情并不突兀地说出来，见面不热烈，分别也平静。

十天半个月后才会收到彼此报平安的信，信里是琐碎的话，平平淡淡的字句引着人痴痴地读，读过一遍又一遍，读到的是别人读不懂的情意。

都说走过的小巷想再去走，"我会再来""我会等你再来"，这样不约而同地在各自的信里约定着。

可是却再没有见面，迂回的小巷被抹平了，修起宽阔的马路，他没有再来，我不敢独自去走。那些悠长的巷子，居然迷迷糊糊地只走了这一遭。

从前年少不更事，分别不知是分别，再见不知如何见。

"清早上火车站 / 长街黑暗无行人 / 卖豆浆的小店冒着热气……"这首诗带着我走进自己的从前，黎明暗黑的长街里，满满的温情，一生相伴。

盼个周末做美食

陈麒

因工作关系，近几年我很忙，不得亲近生活，而我又是一个很热爱生活的人，再忙，也还是喜欢周末，哪怕两天中只休息一个下午和晚上。这种周末的休息，其实也是在忙碌中度过，此忙非彼忙，身心放松、家人愉悦。

如果不是特别紧急需要通宵达旦加班，上午去办公室的路上，我会先去菜市场。京城的菜市场，规模大的如京深、京港海鲜市场，以及新发地、岳各庄等，还有文艺范的三源里，我都有涉足。当然，去的最多的，还是离我最近的新民菜市场。这个菜市场在帝都算大的，价格也还亲民，一年四季应季新鲜和反季节的菜都有，品种都还丰富。有时我买点鲜蹦的河虾、干净清爽的田螺；有时买点北方少有的冬笋、慈姑、红菜薹；有时买点糯玉米、毛豆、花生。猪大肠、牛尾、牛肚、羊羯子等，也常收入囊中。

　　上午办公室的事忙完回到家中,泡壶老白茶,打开电视和音响,放个或惊心动魄,或嘻哈肥皂,或感人至深,或萌动灵光的蓝光"大片",情节中,把该洗的洗了,该择的择了,该切的切了,大片结束,准备下厨。

　　煮、炖、煎、炸,糟个毛豆,烧个大肠,炒个田螺,蒸个黑头鱼,再来个笋片腊肉,牛肚和牛板筋用高压锅压了,带汤加点萝卜炖,连汤带肉都有了。老人孩子都高兴,吃得高兴、聊得也高兴。

　　但有时要加班,有时要应酬,不得闲,能那样放松的周末反而变得稀缺,有时一个月也难得一次。有时也沮丧,真的要等退休吗?今天周四了,本周不知何如?

我的心是被风吹过的走廊

玖 墨

公司的圣诞晚会热闹极了。一对对、一双双，纷纷滑进舞池，音乐轻柔而舒缓，让人感觉很舒适，面前高脚杯里的红酒，映着舞池里的灯光，让人眩晕。

肖白走过来，绅士地伸出手"能请你跳支舞吗？"看着他伸过来的手，我迟疑了一下，便握住了他的手，任他将我带进舞池。这是一支慢三，音乐声开得很低，偶尔可以听到擦身而过的舞友的谈话。"这样的夜晚很美。"肖白像是对我说，又像是在自己叹息。"可是这样的气氛也挺暧昧呀。"我轻轻地腹议低呼，以为他听不到，却见他嘴角上扬，低头含笑地看着我，我仿佛在他眼神中看到带着一丝道不明的宠溺，我的脸顿感火烧。

认识肖白是在两年前公司的十周年庆典上，他是公司的企划部经理，自然也是这个庆典的策划负责人，作为新来的经理助理，我理所当然就成了他的助手。整个庆典进行得严谨而顺畅，庆典结束后，作为他的助手，对他我是由衷地佩服。他是一个成熟而有魅力的男人，他的经验、能力以及谈吐都让我这个初出茅庐的小丫头结结实实地长了把见识。

我们的工作配合得很好，很有默契，每次完成一项大的方案，肖白总是开玩笑说："我感觉越来越离不开你了。"我知道接下来会发生什么，我脆弱而理性，我总是清楚地知道自己在做错事，却又不知悔改。所以，每次都是在热烈中死去，理性中重生。

我越来越多的时间待在办公室，每次抬首便能看见他凝思，每一侧身便能听见他高谈阔论，我知道，我爱上了他，而且是那刻骨铭心的单恋。我小心翼翼地爱着，痛苦而幸福。

公司组织去户外拓展了，地点是北海，一个美丽的地方。那天早上七点钟出发，到达北海的时候，已经是下午两点钟了。一下车我便奔去了向往已久的海边，我对海有种感觉，有些怕，但更多的是欣赏。就像我对他的感觉。

晚上，海边很安静，只有海浪在一层一层地对话。沙滩上有三两的人群走过，大家都不出声，像是怕惊扰了海的沉静。"一起走走吧。"肖白不知什么时候站在我身后。我无声地点头，怕一出声就惊飞了眼前的一切。肖白的脸在夜色下很模糊。我们并肩走着，谁也没有说话，一直走，过了最远处海边的那灯塔，那个灯塔的灯发出昏黄的光，照在人的脸上，显得那么不真实。"回去吧，海风吹多了会感冒的。"说这话时，他把大衣披在我身上，宾馆门口的灯光很明亮，像他的眼睛，照得人心里暖暖的。

培训结束了，又回到繁忙而有序的日子，我们之间谁也没有

提及那个昏黄的夜晚，那件带有余温的外套，那几句颇有深意的话，只是有时两人的目光短暂相遇然后又急急地闪开的瞬间，让人甜蜜而心悸。

照例，周六和几个同事去附近的公园和购物中心闲逛。购物中心像救济站一样，大家都在疯狂地排队购买。公园的林荫道上一个两三岁左右的小姑娘，追着一条白色的小狗在玩闹。我们停在草地上休息，那小狗和小女孩便朝我们来了，"丫丫，别跑太远，爸爸会找不到你"。好熟悉的声音，只见肖白急急地走过来，那小狗和小女孩跑向了他，"爸爸，这边来玩，这边有好几个姐姐可以和我玩"。肖白看到我们，眼神明显闪过惊讶，他也笑着走向我们。

在那之后，休整了一个礼拜，在家里不用梳妆，不用顾盼生辉，不用光彩照人，也不用八面玲珑，只是懒懒地睡、慢慢地心痛、静静地绝望。

我将辞职信夹着一张纸签放在他的办公桌上，"我以为我看到了爱情，结果只是我的幻想，告诉我，那样的夜晚，是我们做了一个同样的梦罢了"。

一年后，我电子信箱里收到他的邮件，"小安，这封信写了很久，一直没有勇气点击发送，老天就是这样，让我总是在错的时间，遇见对的人，三年前，我们离婚了，丫丫跟我。对不起，请原谅我的自私和情不自禁"。

我笑了，真的是《倾城之恋》的范柳原，只是我不是那白流苏，就当他是阵风吧，一阵穿过我心灵走廊的风。

老 乡

施泽茂

　　20 世纪 90 年代，外出打工的浪潮一浪高过一浪，为了使家人能过上更好的生活，我也被卷入到了外出打工的大潮。

　　因为是第一次出远门，母亲还是少不了唠叨一番："在家处处好，出门事事难。""亲不亲，故乡人。"

　　那一次，我跟叔伯弟弟去了上海，一个叫大厂的地方浇混凝土。工地大门富丽堂皇，标牌醒目规范，是有资质的建筑公司。我们干活的小包工头，据说工程到他手里已是四五包了。做工时间特别长，用工人们的口头禅来形容，上班"鸡叫"，下班"鬼叫"，不分昼夜。活重，伙食差，工人抽烟，喝酒平时零花钱一律不给支付。弟弟年纪不大，打工是个老"江湖"，跑遍小半个中国。他私下与我闲聊，去年，他跟城西徐老板到天津做活，一直感觉还好，由于是收尾工程，今年就没有去，本来是有他的传呼号码，

一着急，就找不到了，徐老板没有回家过年，估计此时是有新工地了。他与我暗暗商量，一起去天津找徐老板。最头疼的事是支不到钱做路费，好在我未出门时，母亲为我多留了个心眼，要了个在上海做水电工的亲戚地址，叫我有困难时，找他们。

晚上，我和弟弟坐公交车到杨浦区控江路附近一处工地，找那个亲戚（一对小夫妻）。

当我一眼望到他俩时，就像见到了阔别多年的亲人，有满腹的酸楚要向他们诉说，话到嘴边，哽咽得怎么也说不出来，眼泪如断了线的珍珠啪啪往下滴。他俩语重心长地安慰我："你乍出门，以后习惯了就好了。"我们能在千里之外相见，他俩也很高兴，非常热情地款待了我们。得知我们要去天津没有盘缠，就爽快地把平时节余下来的零散钱，全部拿给我们。这正所谓："久旱逢甘霖，他乡遇故知。"

连夜，我和弟弟赶到上海火车站，乘上去天津的火车。

次日下午三点钟左右，我们就到了天津河东区徐老板所在工地。在门卫处，保安告诉我们，徐老板前几天出差到北京了。这下子我们全蒙了，不知所措，弟弟沉思片刻，说工地里有一个我们那边的老乡，不知今年在不在，可以找他们帮帮忙。正在这时，一个在外边买菜回来的二十多岁模样的姑娘，笑盈盈地向我弟弟打招呼："你怎么来了？"弟弟喜出望外，就像看到了救命稻草似的，整个人一下子精神抖擞，就把事情的经过向她一五一十地道出。

姑娘不停地一口一个老乡，叫得很亲热，她毫不犹豫地把我们领到工棚吃饭，安慰我们别着急，等大家下班回来一起想办法。

原来，这姑娘是我们邻县桐城吕亭人，她的家人和亲戚，在这里做铝合金门窗。去年弟弟在这里做活，偶尔听对方说话声音，才知道都是南方老乡，具体姓甚名谁，府上哪里，由于忙，彼此都没搞清楚。

晚上收工，大家拖着疲惫的身子回来，抬眼看到我弟和我，就仿佛看见久别重逢的老朋友，一个个争先恐后与我们握手寒暄，递烟沏茶。小老板特意到外边买啤酒、饮料，在熟食摊上买烤鸭、花生米。老乡们的盛情，犹如三九天一缕阳光，温暖着我们冰凉的心，我和弟弟忘却了白天遇到的烦恼和郁闷，像是回到家里那样温馨。

第二天，小老板介绍我们到滨海那边一个新工地做活。临走时，那姑娘给了我们十块钱，搭公交车，弟弟接过钱，感动得眼睛都湿润了，深深地给她鞠了一躬。那情景记忆犹新，每每想起，我都会在心里祝福那位姑娘好人一生平安！

经过好几路公交车换乘，好不容易找到了新工地。弟弟让我在工地外马路边看行李，他到大门口电话亭传呼新工地老板。等了很长时间，弟弟才愁眉苦脸地回来。他说连呼十几次，都没有回电，看来是停机了。我们兜里只剩五毛钱了，今晚歇脚的地方都没有，弟弟神情显得十分沮丧。事情既然至此，我丝毫没有埋怨他，相反还宽慰了一句："天无绝人之路。"等会儿我们到工地上转转，给人家做几天工，挣个路费钱，就回家。

我们又饥饿，又劳神，躺在路旁的行李上昏头昏脑，望着天上黄黄的太阳，眼睛直冒金花。忽然，一辆白色轿车停在我们面前，车上下来三四个人，西装革履，看样子是老板级的人物。果不其然，他们是解放军某学院搞基建的。工地开工，正好赶上北方农

忙，找不到农民工干活。在询问中，得知我们是南方人，如获至宝，立马帮我们提行李上车。在车上被称呼李总的人，说是江苏仪征人，他听得懂我们讲的话。也许出于套近乎，也称我们是老乡。

很快我们就到了学院工地，安顿下来之后，李总要我们立即打电话回家，找几十个壮工来做活，让我们兄弟俩做包工头。找人的事情在电话里忙了一晚上基本搞定。就这样我们兄弟俩"因祸得福"顺利当上了小老板。

外面的世界很精彩，外面的世界很无奈。不吃葡萄，不知道葡萄酸。打工人的辛酸，只有打工人自己才能体会到。在家靠父母，出门在外打工，少不了老乡帮助。老乡见老乡，两眼泪汪汪。那一次打工经历至今难忘。

秋风沉醉的夜晚

沈 静

是如何的一种感觉？在小巷独步，偶然抬头，秋夜的天空蓝得令人惊艳，那是久违的故乡的蓝色。在九月的呼伦贝尔，生长着钻蓝色的山川和花朵。故乡在那里，草原在那里。

秋夜的风很凉爽，我的心却沉醉在这夜的蓝色之中。浩瀚无垠的夜空，有星星在眨着眼睛，不远处有人在唱着一首民谣，时断时续，若有若无。但那清音却真真地入了耳，久久挥之不去。这世间许多事也是如此，看似无意却又有意。这夜晚，这蓝色，我们都是有缘。

这蓝色的秋夜，听风在耳畔吹过。我想起小时候，那时就莫名地喜欢蓝色，那时还不知道这是属于天空与大海的颜色。此刻，往事就也像这秋夜的蓝色，幻化成一条蓝色的河，在我心中流淌。第一次去看大海，是 2009 年冬天在青岛。那天也很巧，我和天骄

都穿着蓝色的羽绒服。101号军舰，我和天骄站在甲板上，海风吹起，海鸥飞翔。那一刻天骄的眼神我至今仍然清晰地记得，有好奇，有惊讶，有茫然。那时候天骄七岁。

七岁，多么美好的童年！我想我应该更多地感恩命运，感恩它赐予天骄不一样的童年。尽管那些年在北京，是在漂泊，但天骄幼小的心灵种下了更多的花的种子。这几天，我陪他看那部拍给他的在法国FIPA电影节和北京"半夏的纪念"电影节获奖的纪录片——《沉重的翅膀》。片子从秋天开始拍起，天骄也是穿着蓝色的T恤，愉快地骑着小童车在幼儿园里。爵士鼓课上，打鼓姐姐奖励了他一块巧克力，姐姐让天骄看着她的眼睛说谢谢，可天骄只是斜斜地瞟了姐姐一眼。那时，天骄还不会与人真正对视。春节回扎兰屯，晚上放烟花，天骄看着满天飞落的烟花，居然悄悄说："下雨啦，下雨啦！"八年过去了，那个看烟花雨的孩子已是春风少年。

秋夜的雨来得真快，刚刚还是晴朗的夜空，转瞬下起雨来。雨不是很大，落在脸上，很缠绵。我想起那个雨夜的梦，是那样离奇而美好，就像那个地方，明明是在梦里，我却真的去了。那个秋日从未有过的斑斓，那轮明月永远在我心中高悬。秋天来了，离故乡更近了。谁说故乡的歌是一支清远的笛，总在有月亮的晚上响起。这个秋日的雨夜，故乡在我眼前。钴蓝色的山川，钴蓝色的河流，钴蓝色的花朵，此刻若隐若现。

雨渐渐大起来，风也愈来愈急。疾驰的汽车溅起一朵朵水花，在霓虹灯的映照下，白的花染成了红色，仿佛那日满都海碧波中的睡莲，清浅地开着，无声地昭示着一种力量，花瓣却又是那般柔软，只看一眼就心生安然。世间万物无常亦有常，柔软的心最恒常。秋夜，秋雨，秋花。且让我们在这清宁的人间，开出那朵最美的柔软清净的智慧之莲吧！

站在德国看风景

——

潘屹楠

当身边的黄皮肤人流逐渐远去，当陌生的文字出现在街头店面的招牌，当满地的 TAXI 居然都顶着奔驰的标志……我渐渐地从梦境中清醒过来：真的，我现在真的在德国了！

德国是一个以顶尖的工业科技和严谨的工作态度而闻名的国家，我很早便心向往之。本以为德国作为一个工业大国，一定是高楼林立，机器轰鸣，能看到各式各样的新型科技产品遍布于大街小巷，令人不住地拍案叫奇。然而我看到的德国，外表平淡无奇：没有太多的高楼，没有繁杂的机械，有的只是人与自然的和谐。虽然没能看到众多的高科技产品不免让我有些小失望，但在这十八天的历程中，我同样有了不小的发现。

在生活习惯方面，因为德国的纬度较高，冬天较冷，室内普遍都备有暖气设施。所以在冬天，凡是要到室内空间去，德国人便会将自己的大衣脱下，而没有这种习惯的我们时常令老外们惊讶不已。每个家庭，每个商店，每个博物馆，都有一个很大的空间专门来存放人们的大衣和外套。试想，当你有一天走进商场，发现一排排的储物柜上整整齐齐地挂上了几千件大衣，红的绿的耐克的阿迪的，那该有多么壮观！

德国的有些城市还保留着有轨电车交通系统，我本以为这是极为不方便的交通方式，然而几天下来，发现许多短途的路程居然都得靠它，不禁让我对它关注起来。众所周知，德国的人口不多，即使是柏林这样第一大城市，也仅三百万人口。所以街道不必很宽，车辆也不会很多，因而交通状况良好。这便降低了有轨电车在路上因不能灵活改变方向而与其他车辆发生事故的概率。此外，我还惊奇地发现，有部分电车车站设置在马路的中央，人们乘车下车，都必须横穿马路，这不禁让我担心起了路人的安危。但当我自己也走到马路中央，看到一辆辆德国车在离我几米远的地方齐刷刷地停下来等我走过时，习惯了国内"人让车"的我被这突如其来的"车让人"感动得近乎泪流满面。

德国的乘车验票机制，也是极具特色的。无论是公交车、地铁还是电车上，我都没有发现有刷卡机或是检票员的存在，难道在德国坐车，不用付钱的吗？把疑问抛给老师解答后，我不禁对德国人遵纪守法的程度感到震惊：在德国，很多的公共车辆都不用检票即可上车。但这不代表不需要买票，你需要在专门的站点买票带在身上，倘若有工作人员来检查时，只要将其出示一下即可。如此放心大胆地让公民不检票上车，足以体现德国政府对公民遵纪守法的信心之大。当然，防范逃票人员的惩罚措施也是有的：一旦查到三次无票上车，其将永远不能再坐此类车。然而，在这

十八天中，我们仅遇到了一次车票抽查，车上二三十人，皆无人逃票。我想，如果把这项措施搬到国内来，多半会因为贪小便宜、抱侥幸心理的人多，而不得不加大检票力度，设置各式各样的检票机和关卡……

对于历史，德国人十分重视。也许是因为有特殊的历史经历，德国的纪念馆多得惊人。除了柏林墙纪念馆、犹太人大屠杀纪念馆这些重要历史事件的纪念馆外，还有许多。比如城市纪念馆——每个城市都有各自的纪念馆，讲述着各自的历史。

每个德国人在讲述自己的历史时都带着一种异常庄重的神情。在城市内，时常可以见到留存下来的历史遗迹，有的是中世纪教堂，有的是二战时被摧毁的建筑残骸，还有近几年发生恐怖袭击的街道。它们都一一被保留了下来，让每一个后人都能牢记于心。是啊，谁愿意让历史的悲剧重演呢？

可以说德国人的核心是书了。有资料称，全世界图书中有百分之十二都是德语书。可以说，严谨而崇尚理性的德国人是热爱阅读的民族，甚至说他们是世界上最爱阅读的民族都不为过。

德国还是全世界人均书店密度最高的国家，平均一点七万人就有一家书店。难怪我们看到了那么多图书馆却找不到纪念品屋，路边小摊上能寻到书籍却找不到充饥的小吃。在地铁上、在咖啡厅中，都能看到许多德国人捧着各式书报。

然而，美好的时光总是那么短暂。当马路又变得宽敞，街道又显得嘈杂，原来高挂着的垃圾桶（因为欧洲人普遍高个子）现在又站回了地上。闻一闻衣领，德国住家弥漫的香水味再也寻不到了……

让爱在婚姻中活下去

王　敏

　　看了电视剧《人民的名义》，一方面感慨反腐工作的艰苦卓绝，另一方面为祁同伟唏嘘不已。祁同伟是典型的"凤凰男"，以前多卑微，就有多渴望摆脱卑微。他对于那光明的前途未来，满是眼含热泪的希冀。当个人奋斗的路被堵死，只好牺牲自己的爱情和婚姻往前闯。他的来路上拥塞着的艰辛痛苦的体验，都迸发成改变这一切的力量。于是不择手段，枉顾人命。

　　这让我想起了张爱玲的名作《红玫瑰与白玫瑰》。这个世界，无论中外，无论古今，攀爬的路上从来都不缺"凤凰男"，小说主人公佟振保就是那个时代的"凤凰男"。他凭着出色的天分，钢铁般的意志力，从社会底层的漩涡中挣脱出来，靠读书到爱丁堡留学，回国就接到英商纺织厂的聘书，拥有了混迹上流社会的各种本事。回国之后，他被朋友妻子王娇蕊"婴孩的头脑与成熟

的妇人的美"诱惑，成了娇蕊的情人。不料这个性感撩人、以"爱匠"为职业的女人居然马失前蹄，面对佟振保，心不再是一座随时可供出租的公寓，而成了振保一个人的房子，闹到要和丈夫离婚。出身寒微的"凤凰男"，从来不妄自菲薄，那是准备好在开往上流社会的大道上一路狂奔的。在这出人生规划中，他的妻子是要宜室宜家、身世清白的。这时的王娇蕊无疑是绊脚石。行文至此我一点也不觉得振保面目可憎。一个人若要负责任，那生活给不了他多少选择的空间。这种负责，不包括对自己的感情负责。连胡适这样的大师，也觉得爱情对自己是奢侈的，不敢对自己那么好，觉得生命中的任何东西都比爱情重要。何况佟振保。他的成功人生里没有娇蕊这样的女人的位置。如此逼仄的人生，如此狭窄的成功之路，实在无处安放爱情，何况是如此猥琐的爱情。为了踏上坦途，我们精于算计，我们压榨自己，关键时候出卖自己的爱情。我们都不是大勇者，还是觉得过和自己匹配的生活最省力气。张爱玲的那句话"你如果认识以前的我，一定会原谅现在的我"，用在佟振保身上真合适。

八年之后，振保和娇蕊在公车上重逢。娇蕊胖了，但还没到痴肥的程度；很憔悴，但还打扮着。这样一种不期而遇里，如果必须有人哭泣，那应当是娇蕊，但振保的泪滔滔地流下来。看到此处，我的心里只有疼惜，很想隔着时空，拍拍振保的肩膀说，你也不容易。

振保的梦想，要创造一个"对"的世界，随身带着。在那袖珍的世界里，他做绝对的主人。这真是伟大的梦想。我走上工作岗位之后发现，除了学习，只要个人努力就会见到成效之外，其他的事纯粹能自己掌控的还真不多。

时间永在流逝，岁月无法回头，我这个年纪也开始回望人生。有一年我参加了师范毕业二十年聚会。在定师门口"二十年来再聚首，母校芳华更润君"的条幅下徘徊良久。定师的古木参天依旧，明伦堂一如往昔，那个纯真的少年却一去不复返了。我们这群七〇后师范生，谈不上是凤凰，只是靠着学习从土地上挣脱出来，获得了现世的安稳而已。谈恋爱的，两对成了，两对分手。成的两对中，有一对是一个县的，另一对一直两地分居。常常想起他们的照片，在紫藤萝长廊下，女同学粉衣白裤坐在石桌上，旁边是那个明眸善睐的少年，美好得近乎恍惚。女主角说，我选择爱情，却嫁给辛苦。我冷眼旁观，却只体味到抱怨。男的抱怨奔波，女的抱怨劳累。如此的挚爱，尚且生出各种疲乏。现实里得到爱情的也是一地鸡毛。真的是我们这群人缺少爱的能力吗？

我们的生命比佟振保的更庸常吧。

其实佟振保的婚姻是他为出人头地付出的代价。这起于算计终于乏味的婚姻里就不曾有过爱。

所谓的美满，只不过是接受了，认命了。

张爱玲的小说是不开药方的，她只展示满目的荒凉。而青春、热情、幻想、希望，都没有存身的地方。

我觉得令人成长之处在于王娇蕊的表现。娇蕊的选择部分地传达了张爱玲的爱情观。娇蕊唯一的本事是逗弄男人，但爱上振保就不一样了。我佩服的是她被拒绝后的态度，极其清醒，不死缠烂打，"正眼都不朝他看，就此走了"，极像张爱玲离开胡兰成。在佟振保这里，娇蕊感到了真爱的快乐，也经受了真爱的磨难。

犹如蝴蝶飞越大江大河，掠过一路的风雨孤独，只是快乐地踏实地感受到翅膀的力量。她的落魄，都是这一路挣扎的痕迹，有着生命的味道，抵达了生命的真实。相比那个泪流满面的振保，让我感到直面自己的力量。人生真是选择的结果，我们选择了一条路，就同时拒绝了走上其他路的可能。

讲完《氓》之后，我让学生思考：怎样让爱在婚姻中活下去？《氓》中也是有深切的爱恋的，这里没有婆媳矛盾，甚至没有始乱终弃，艰辛的生活就已经让相爱的两个人分崩离析，真让人感到人生的幻灭。

那么我们在琐碎与平庸中如何捍卫自己的婚姻？

女人，要懂得示弱，更要懂得示强。一路成长带来的持续强大，能够巩固彼此生活中的安全感，当女人坚强又独立地展示风情时，就是比较理想的婚姻状态。

愿我们每个人在婚姻中能够伴爱前行，一同抵挡来自全世界的风雨。

长留清白在人间

卢 凯

　　妻子说我的性格和命运有点像我的父亲，倔强而不得志。在心里不得不承认她的眼光蛮有些深度。关于自己这一部分，尚在自我反省，力争弃旧图新早日走上阳关大道，而关于父亲，他已作古十余年，早已盖棺定论了。

　　父亲在二十岁以前，当学生阶段，最突出的特点是贫穷和聪明好学。他从上高小到读中学的几年里，在他所生所长的那个地处边远的小小省城（西宁市）里，算得上是个小名人了。特别是在家有学子的家庭里，父母们教育他们的孩子时常说的一句话是："你看人家卢××，家里穷得连书和本子都买不起，却年年考第一，写出的对子（即对联）都挂在了大街上……"

　　关于买不起书的事，我听父亲讲过。他上学用的课本，全是用手抄出来的，本子是用最便宜的麻纸钉的，使用方法是第一遍

当作业本（写小楷字），第二遍用毛笔在上面练大字，第三遍则是以红土块作笔在布满了大小字的黑黑的背景上练习生字和英文单词。父亲的故事给我印象之深使我至今用起纸来都有惜纸如金的下意识，尽管别的方面我未必够得上节俭。

需要说明的是，那时的西宁城里只有几万人口，和现在内地的一个大点的乡镇差不多，只有两所小学，一所中学。能读到中学的大都是些殷实家庭的孩子，他们不必为书本之类的开销犯愁。至于说到写对联，那时的人们有文化的虽然不多，但都很看重写字。不似今天有的读到研究生了，中文写得还像外文一样。

因为父亲写得一手好字，在人们的眼里口中，他的学问便无形中又长了许多。每当逢年过节，总有人请他写对联，他也乐得用不花钱的优质的纸墨练一番字，有时还可得一点润笔花红什么的。这一特长，一直被用到他去世的前几年。在他供职的省气象局，每当节庆时贴出来的大部分楹联都是出自父亲之手。奇怪的是父亲在省城多年，又热爱书法，但从来和"书法协会"一类的组织无缘。不知是他"不能主动靠拢组织"，还是因为他的功力不够之故。

父亲因为成绩优秀，也减轻了家里的经济负担，上学期间他三次跳级，这样他的小学中学加在一起上了还不到十年。1938年他中学毕业了。中学毕业在当时的西宁乃至整个青海省就算是上学上到了头。学校把他"举荐"（可能和今天的保送差不多）到南京继续上学（哪个学校未知其详）。但父亲贫困的家庭在供他上学期间已经像是推送卫星的三级火箭一样燃完了最后的力量，不但根本拿不出路费学费让他去南京，而且正急切地等待着他衔食反哺，尽快地养家还债。那年夏天，不到二十岁的父亲为了他不能再继续的学业，被煎熬得大病一场，几乎掉光了头发。不过这场危机过去后，他的头发又很快恢复了元气，直到他六十四岁去世时基本上还是满头黑发。这个经历使他对伍子胥过昭关一夜急白了头发的典故深信不疑，他说那就像是走了一趟地狱一样。

就在父亲的病刚好起来的时候，由于抗日战争的需要，西北的几个飞机场要急征一批有文化的军士，被选中者可以预支半年的薪金，那大约是五十块现大洋。这笔可以马上救父亲家人于水火之中的钱，还有"抗击倭寇"的光荣，从物质和精神两个方面抚慰了父亲受伤的心灵，于是他以西宁市首选的资格成了一名中国空军的测候士，中华人民共和国成立后叫作气象工作者。在这一行里他一干就是一辈子。

"拍马屁溜沟子"是父亲最不能容忍的品性。因此不论在新旧社会他都没有交一个当官的朋友。偶然有个朋友升任了官员，他便主动切断和人家的私交。因此在省气象局里我从半官方渠道听到对他的评价是：业务上有一套，政治上不开展，性格怪僻。我不得不承认组织上识人的确有火眼金睛。

1956 年全国吹起了"向科学进军"的号角时，局里突然任命在新旧社会一直做平头百姓的父亲当了一个中心气象站的站长，算是个科级官员了。这一回父亲倒是没有按他的一贯准则和自己断交，而是接受任命去上任了。在他一年多的任职期间，他仍像一名普通观测员一样顶班上夜班，向气象网发报，没有享受站长可以脱产的特权。他组织大家认真讨论每一次天气预报（那时还没有全省全国的统一预报），遇有灾害性天气，他就千方百计把

预报传达到农村地头。在管理上他采取的第一个行动就是向这个站长期存在的假造气象记录的问题开刀。观测员中有一名经常造假的女士，由于其夫是这个站的"现管"而且正在官场上走红，她把父亲对她的批评警告一如既往地当作耳旁风，上班觉照睡观测照误，误了就随便填一组数据。当她的把戏第三次被父亲拆穿时，她仍是一副满不在乎奈我若何的神气。父亲的拗劲上来了，他亲自三赴省局一直盯着那位"现管"上级在他老婆的记过处分材料上签上了"同意"。除了这些，父亲在他的任期里没有按照广播里高亢的调子干出任何轰轰烈烈的业绩。

这年十月一个秋雨连绵的午后，父亲踩着黄泥去大田里观测。在迈过一个半尺多高的土坎时，脚下一滑摔了个屁股墩。只听他"哎"了一声，好一阵才从地上爬起来。他忍痛做完观测困难地回到站里，主持了那天下午的三秋中期预报会。会后他连饭也没吃就爬到了床上，第二天就起不来了。父亲被送到县医院，随后又转到省医院。经过两次手术和一个多月住院治疗后父亲仍然躺着被送回了家里。过了几天局干部处来人看望，临走时用关怀的口吻说："你就安心养病吧，站上的工作就不要再操心了，病好后给你安排个轻松点的工作吧……"于是父亲便结束了他此生短暂的官员生涯。

那一次，父亲在家里休养了半年多，当时我刚刚初小毕业。暑假里父亲把一本他用手抄写的整整齐齐的《古诗八十首》交给我（当时的小学课本和书店里都没有这类教材），要我每天背一首。他在封面下方用隶书写着：中华文化，民族精华，每学一首，进步一筹。在这本手抄小册子里，除了有《望庐山瀑布》《登鹳雀楼》

这些今天教科书中常见的名篇以外，还有一首于谦的《石灰吟》：

> 千锤万凿出深山，烈火焚烧若等闲。
>
> 粉骨碎身浑不怕，要留清白在人间。

　　我能很快记住它首先是因为它像一条谜语。父亲当时没有写这首诗的题目，似乎是想不起来了。在叫我读过后他说："你猜猜看诗里说的是什么？"我猜不出。后来我学了化学，知道了那是氧化钙，一种很普通的物质，制造它的原料广泛地存在于祖国的山川旷野之中。

送 别

汪 澜

贝贝不吃不喝多日了，毛茸茸的小脑袋耷拉在窝沿上，四肢僵直，别说进食，甚至连抬头喝水的力气都没有了。贝贝患的是脊椎病，不断生长的增生物严重损伤了它的运动神经，经过治疗，时好时坏地拖了两三年，可这次发病用了许多办法都不见好转。十四岁的贝贝在犬类中已属高龄，发病后连带脏器一并出现了衰竭。之前跟医生有过约定，等到它实在熬不过去的时候，帮它做个解脱。贝贝一直非常坚强，病得再重也未见它吭一声，可昨天晚上，大概它实在疼得受不了了，第一次"嗷嗷"地叫唤了一整夜。看着它痛苦无助的样子，我们下了决心，准备送它走了。

早晨起来，用热毛巾帮它擦洗干净身体和毛发，换上新买不久的红白条的小衣服，泪水止不住地哗哗流淌下来。贝贝似乎预感到了什么，伸出舌头舔了舔我的手，很平静地注视着我们，似乎在帮我们做最后的决定……

　　和贝贝的首次相遇是在 2004 年的元旦。一位朋友家的母狗生下两只幼崽,急于送人,老公拉上我执意要去看看。他喜欢小动物,早就希望养条狗,但我因为怕狗,对他的想法一直比较排斥。走进朋友家门,两只刚刚满月的小狗狗晃晃悠悠地朝我们走来,走在前面的那只径直跑到我的脚边。我小心翼翼地捧起它,那么弱小,那么柔软,像个肉乎乎的小绒球,触摸到它的一瞬间,感觉心都融化了,这大概就是所谓天注定的缘分吧。很自然地,它跟我们回了家,因我们一家都视它为小宝贝,便取名为贝贝。

　　长到七八个月大,贝贝褪去了胎毛,出落成一个帅气的小伙子。贝贝的亲爹是博美和京巴的杂交狗,妈妈是纯种的博美,可以说它拥有四分之三的博美血统。它的个头比博美要大一些,四肢修长,不似博美更不似京巴的腿脚那么短小,却继承了博美蓬松的毛发。它的背毛是黄白相间的,四肢和前胸是纯白的,尾巴大而蓬松,形似秋天的芦花,行走时尾巴高高翘起,像旗帜般迎风招展。阳光下,它身上的白色毛发会像银针般地闪烁,常引得路人驻足夸赞。贝贝最生动的还属头部。它的脸型既不像博美的尖突,也不像京巴的扁平,它有着像猴子般突出的前额,鼻梁微微塌陷却恰到好处地在鼻端翘了上去,鼻头顶着个黑色的小肉球。嘴两边的毛色并不一致,一边白色,一边黑色,连带着胡子也是一边白,一边黑,有一点滑稽,却平添了几分稚气和有趣。最迷人的是它的眼睛,像熟透了的葡萄一般又黑又亮。记得曾把它的照片发给一位朋友,朋友惊叹:这眼睛简直就像婴儿般明亮纯净!贝贝有着博美一样的三角形的小耳朵,但并不经常竖起,而是软软耷拉在头顶,随

着身体的运动上下忽闪，像是雏鸟的一对小翅膀。

贝贝的有趣和美丽使它成为我们小区和它常去玩耍的绿地里的小明星，也因此收获了不少赞美。绿地里晨练的大妈们说，贝贝蓬松的臀部，细细的长腿，走起路来一扭一扭的，活像是穿高跟鞋的女人。健身房的服务员说："看，贝贝在笑。"它咧嘴喘气时，嘴角微微上扬，真的像是在笑。我们公寓里有一位开服装店的邻居，说她每次在电梯里碰到贝贝，这天的生意就会特别好。贝贝的粉丝中有一位胖阿姨，一天她等在贝贝散步经过的路口，说，过两天在外读书的女儿放假了，想借贝贝拍几张照片。我们欣然应允。那天，贝贝极其配合，和小美女一起拍了一组靓照。女孩儿带给贝贝一根火腿肠作为答谢，这成了贝贝的第一笔出镜酬劳。

贝贝虽不是名犬，却有着不一般的气质。我们特别喜欢贝贝在雪地里的一张照片：大雪纷纷扬扬地下着，贝贝挺胸昂首迎风而立，那气势，像是一头威武的小狮子。甚至在大小便时，贝贝也不失优雅。撒尿的时候，它喜欢选择高大的树干，上身挺直，踮起一只后脚，另一只脚则向一旁呈九十度直角笔直伸展，那姿态，真像是跳芭蕾。

跟所有拥有宠物的家庭一样，贝贝给我们带来无尽的欢欣和安慰。贝贝首先成了儿子的朋友和玩伴。贝贝幼年时，正值儿子考学的关键时段，没完没了的测试和做题，压力之大可想而知。儿子做功课时，贝贝喜欢趴在他的脚边，时不时体恤地用脑袋蹭一蹭小主人的腿肚子。儿子功课做累了，也会将它抱起来抚弄一会儿，放松一下紧张的心情。早晨闹钟响过儿子没有动静，贝贝会跑过去舔他的脸，拉他的被子，直到把他叫起来。后来儿子离家住校，贝贝想念他时，会跳到小床上，用爪子将被头处刨出一个窝，趴上一会儿，那里面有它喜欢的哥哥的气味。

贝贝非常机敏，无论白天黑夜，无论是在吃饭还是在玩耍，只要门口有些许响动，它都会跳起来冲过去一探究竟，恪守着它看家护院的本能和职责。贝贝的感觉之灵敏，常让我们感到不可思议。我们住在十楼，好多次老公从外边回来，还没进电梯它就有了反应，摇着尾巴早早地等在了门口，而我们通常是在几分钟之后，才会听到电梯铃响和钥匙开门的声音。贝贝迎接家人的方式是惊天动地的，特别是当它独自在家的时候，如果谁先打开房门，它就像疯了一般地扑过来，一个劲地往你身上蹿，嘴里上气不接下气地发出叽里咕噜的声音，像是在埋怨怎么那么长时间才回来，一直折腾到你弯下腰，让它亲到你的脸，或者把它抱在怀里摇晃，它才会安静下来。

贝贝也有恼人的时候。都说狗狗只认一个人为主子。在我们家，这个主子是我的先生，它的爸爸。这也公平，因为他照顾、陪伴它的时间最多最长。先生退休后，无论刮风下雨坚持每天早晚两次带贝贝去绿地遛弯，陪它玩耍，为它做好吃的。贝贝特别依恋他，老公也格外宠它。有阵子，老公晚上刚一上床，贝贝便紧跟着跳了上去。这下我可惨了，只要我一靠近床边，贝贝就冲过来阻拦，似乎这是它和爸爸独享的领地。虽然我知道它未必真会咬我，但它龇牙咧嘴的样子，的确让我有些害怕。我指挥不动它，便和它斗智斗勇，一面用肉条调虎离山，一面用靠垫作盾牌，以最快的速度迅速钻进被窝。遇上这样的荒唐事，先生总是呵呵笑着，至多装模作样地呵斥它几声，见我生气了，就劝我说它不懂事，别

跟它一般见识。

可贝贝也有让我得意的时候。每当我在书房写字桌前坐定，先生唤它，它肯定不理睬，而是会跑到我跟前，扒着我的腿，要我把它抱在身上。如果先生加重语气，它会鸵鸟一般地将头钻进我的臂弯里。我们一直不理解它这样做的缘由，或许，贝贝前世也是个读书人呢！但每当这个时候，我便会生出小小的得意，而贝贝寻求保护的天性，也让你对它生出更多的怜爱。

从一开始我们就把贝贝视为家庭的一员，无论走亲访友还是出门游玩，只要是自驾出行，必定将它带上。家庭聚会等重要的场合，只要有可能，都会带它出席。一次妹妹带着洋夫婿回国探亲，一家人在照相馆拍全家福，我们抱着它一起拍了照。这些年，贝贝随我们去过不少地方。为了方便出行，我们特地为它买了一个车载的布兜，可以固定在座椅上，这成了它的专座。贝贝容易晕车，路上它常常蜷缩着身体，有时还会呕吐，我们知道它并不好受，但只要一到达目的地，它立马活蹦乱跳起来。贝贝喜欢乡野的气息，一次我们在安吉爬山，贝贝始终走在我们前面，遇到陡峭的石阶，贝贝爸爸便将它抱了起来。记得旁边走过一对小情侣，女孩儿看见贝贝，对男友撒娇道，你看，我还不如这只狗，狗狗累了有人抱，我只能自己爬……

贝贝没有白白享受家人的呵护关爱，它也在尽力为这个家尽自己的一份职责。一次奶奶来我们家，跟爸爸说话时贝贝突然冲着奶奶叫嚷起来，原来奶奶一边说话一边比画着什么，动作的幅度有点大，贝贝担心爸爸受到伤害，于是表达了不满。开始我们以为它只对爸爸特别袒护，后来发现谁对谁不敬，它都不乐意。

有时爸爸为了逗它玩，佯装对我或者哥哥拍打几下，贝贝也会跳起来对着他一阵狂吠。我们明白了，贝贝是家庭和睦的小卫士，无论是谁，要想欺负别人都是不能容忍的，这是贝贝的是非观，它在用自己的方式维护着这个家庭的安宁与和谐。

就是这样，贝贝日复一日，年复一年给我们这个家带来了无尽的欢乐，特别是在儿子留学出国，先生退休之后，它更作为最忠诚、最亲近的家人陪伴我们左右，帮我们排遣孤单和寂寞，给予我们莫大的精神慰藉。人们常说狗是人类最忠实的朋友，而我们则视贝贝为亲人，视它为我们可爱的小儿子。虽然无须像操心孩子一般没完没了牵挂、担忧它的人格发展，它的学业、工作，甚至婚姻大事。它的使命似乎就是给你带来快乐，带来安慰，却没有更多的索取。

然而狗狗的不幸在于它过于短暂的寿命。十四岁对于人类而言正是花季年华，可对于犬类，已接近它生命的终点。贝贝十岁过后，精力、活力明显不如以前了，打盹的时间长了，毛病也渐渐多了起来，特别是脊椎病，严重妨碍了它的行走，限制了它的行动。最近两年，贝贝在家的时候，大多数时间是蜷缩在窝里的。我们常常发现它的窝会不断地变换位置，原来它一直注视着家人的一举一动，无论你在书房、客厅还是厨房，它总有办法将窝移动到一个看得见你的地方，就这么默默地注视着你，陪伴着你。

随着我们相继步入中老年，我们也尝到了腰腿犯病的痛楚，知道那滋味很不好受。贝贝的病情比我们严重得多，但它很少叫疼，它是怕叫出声来让我们担心，让我们难过吗？

终于，昨天夜里它开始哼叫了，声音并不吵人，"嗷嗷"地

憋在喉咙口，但每一声都如刀剁一般刺痛我们的心。我们明白，告别的时间到了。

给贝贝收拾停当，临去医院之前，贝贝爸爸提议带它再去一次绿地，让它最后看一眼它平日玩耍嬉戏的地方。

抱着贝贝踏上绿地的木栈道，迎面走过来几位小姑娘。要在几年前，贝贝是会扑过去跟她们亲热的。贝贝似乎对漂亮姑娘特别感兴趣，它的影集里，有不少跟美女的合影。记得有一回，一群初中女学生在栈道上与贝贝相遇，被它的可爱吸引，争相抚摸它。贝贝爸爸说，想让贝贝亲亲你们吗？女孩们连说愿意。在一片嬉笑声中，姑娘们排好队，逐个接受贝贝的亲吻。

栈道的下方是一片茂密的草丛，这是野猫出没的地方。记得贝贝小时候，涉世不深的它不知江湖凶险，对任何事物都充满着好奇。一次它追着一只猫咪进了草丛，不一会儿竟惨叫着从里面逃了出来，眼角和肚皮上有被抓伤的印痕。也许贝贝只想跟猫咪玩耍打闹一番，没想到猫咪动了真格。犬类世界的争斗法则是落败的一方只要倒地投降，优势的一方就会罢手，或许贝贝斗不过猫咪倒地认输亮出了肚皮，可猫不管这些，照样给了它一巴掌。有了这次的教训，贝贝再也不敢招惹野猫了。

走过红色的塑胶步道，前方是一片大草坪，这曾经是贝贝撒欢的地方。年轻的时候，每次带它来这里，它都像个矫勇的运动健将，在草地上不知疲倦来回穿梭，跟小伙伴们尽情地追逐翻滚。有一次它玩疯了，爸爸怎么喊也没反应。爸爸生气了，自顾自往前走，然后躲在一棵大树后面观察它的动静。贝贝玩了好一会儿，突然想起该回家了，却不见了爸爸的身影。只见它像没头苍蝇般地四处乱蹿，最终爸爸不忍看到它惊恐的样子，从大树后面走了出来。贝贝知错地匍匐在爸爸脚下，舔着他的裤腿。此后出门，它再也不敢离开爸爸的视线了。

我们抱着贝贝，沿着它日常散步的路线在绿地里走了一圈，最后来到一丛鲜花跟前。贝贝是喜欢花草的，尤其喜欢花草根部泥土的气息。记得它小时候，只要我们不在家，它把阳台花盆里的土刨得满地都是，看到它嘴上，脚上满是泥土，两眼无辜地眨巴着，那个呆萌的模样，让我们又可气又好笑。

我们让贝贝躺在花坛前的绿草地上，让它再一次亲近它喜欢的青草地，再嗅一口它喜欢的泥土的芬芳。贝贝费力地仰起头，宁静地望着我们，眼睛里没有责备，没有抱怨，有的是一如既往的依恋和信任，这样的眼神多少减轻了一点我们的自责和歉疚。

贝贝将要去的地方，一定有更大的草坪、更美的鲜花、更多的小伙伴，那里不会再有凶险，不会再有病痛。

贝贝，你在那里等着我们。如果有下辈子，我们还是一家人，你还是我们的小宝贝，我们也还是你的爸爸妈妈……

被点燃的生命

王凌云

清晨，阳光透过绿植，星星点点撒在身上，暖融融的，遭受阻挡由冽变软的风，正蚕丝般抚摸着肌肤。远方的喜鹊，唱着那支不老的歌谣，由远而近，似呼喊、似催促，追逐而来。

急促之声惊醒了美梦，心中便觉委屈，睡卧不安便随声而行，走出房门，喜鹊便扑棱翅膀飞向蓝天，仰脸寻觅，晨曦正乖巧地透过树叶斜射过来，将红、黄、绿叶揉成五彩的光，撒满一地，"委屈"像个淘气的孩子，一股脑儿跑了出去，身体便在阳光下慢慢舒展开来。在树影摇曳之时，光线钻过树隙跳上枝头，化作闪电，引入秋色。

我的秋天，何时变成灰色，已经记不清了，或许从娘胎出来，就不喜欢这萧条、沧桑、失落的季节，那一片片凋零的树叶，如同生命的结束，那枯萎的颜色血止苍白；那奄奄一息的倦容，早已刻入心底，伤感、绝望，对，那是冷，是寒，是冰透骨髓的记忆。

再遇到秋天，自然会逃避，害怕刺划伤肌肤，冰扎破心的痛卷土重来，人到中年已无力承受这种煎熬。不知是生于秋天，才会有如此多的伤感，还是泪干肠断、悲痛欲绝的心结无法释然。

今天，喜鹊相伴走入秋天，同样心惊胆战。

秋，就在眼前，可它是金色的。无数的银杏叶正沿着不同的轨迹运转，有的随车轮远行，有的留下与土为伴，有的依旧留恋着大树不肯离开，可这些对一个完成使命的叶子来说，都没有那么重要。

秋，就在眼前，可它是红色的。枫叶烈焰，不娇不束，那么泼辣、洒脱，有风相伴之时，它又舞动得那么妖娆、那么投入、那么深情。

驻足观望，阳光下的红生动起来，由暗到亮，由明到艳，艳成了风景；风儿吹，叶儿跃，红叶铆足劲地燃。突然，内心钻入一缕火苗，烘烤着，理解和友善汇入火苗燃成烈火，筑成城，垒成窝，将爱封在心底驱赶着悲伤。

透心凉的痛啊，已折磨了许久，忘记了春、忘记了夏，只记住了秋天的凋零和冬天的寒冷，一丝秋风、一朵雪花便可将心固化，固化成一尊顽石，不再流一滴感动的泪水，蜷起、缩起，只求安生。

温度骤升，秋在点燃、焚烧，化成一点点红融入眼前的美好。

风停、舞止，不知何时，顽石有了温度，由心而出，浅浅地升温、淡淡地变暖，变成微笑漾在脸庞，岁月的痕迹俨然成秋天盛开的菊花，正在悄然怒放！

生命的年轮终有一天停止，时光不会因为心结而停留，躲避不是最终的选择，感悟生命、感恩生命，才会倍感珍惜，点燃了就让它燃烧，燃烧不老的情怀，释然了，内心的十八岁才会永远停留。

也说瘦西湖

程立龙

都说烟花三月下扬州,所以总希望会在一个烟雨蒙蒙的时节,穿过薄雾霭霭,踏着早春青青,走进扬州,走进这个有着无数传说和故事的小城,走进这个留有无限诗行和赞叹的宜居城市。

然而,不知是季节的错位,还是错位了季节,我并没有在三月如期而至,却有了十月的不期而遇。说扬州美景首推瘦西湖,而瘦西湖之于扬州,相当于昆明湖之于北京,西湖之于杭州,玄武湖之于南京,当属非去不可之地。

瘦西湖本不是湖而叫炮山河、保障河,缘于清朝乾隆年间诗人汪沆的一首诗"垂杨不断接残芜,雁齿虹桥俨画图,也是销金一锅子,故应唤作瘦西湖"而得名。

走进秋末的瘦西湖,便感叹于瘦西湖的景致,正所谓"两堤花柳全依水,一路楼台直到山"。也难怪康乾二帝几番来过。秋末,依旧是微风送爽不觉冷，一路芬芳满枝头，果然曼妙无比。忽然间想到了早年间第一次来此，写得一副对联，上联"秋风吹瘦西湖，西湖瘦瘦西湖"，下联"夕阳照紫金山，金山紫紫金山"，心中满是趣意。

当然，瘦西湖就是瘦西湖，并非瘦了的西湖，她有自己独特的韵味，无论是五亭桥的亭桥合一，还是白塔的无独有偶，都在彰显其内在的不凡。特别是杜牧留下的"二十四桥明月夜，玉人何处教吹箫"的二十四桥，更昂扬着别样的诗情。

最令人难忘的，莫过于湖边大片的"彼岸花"，那叫一个艳，盛开在绿色丛中，绽放于碧波水面，只要看一眼，就能醉一天，醉在那"诗意彼岸"！如此想来，荷花九月菊花十月也好，比起烟花三月下扬州，竟不逊色。

斯为瘦西湖之游记尔。

第四季
冬雪漫歌

江南的冬日

毛新萍

　　江南的冬日，就这样不紧不慢地飘着些雨丝，透着冰冷的湿。行人打着伞，在街头巷口匆匆而过，江南的冬便在这光枝丫的梧桐树下静寂地沉默着，似一幅丹青水墨，意境悠长。

　　这样的冬日或许以前只在梦里出现过，梦中的我，着一袭碎花棉袍，梳着整齐的刘海，神色黯然地在小桥流水间放逐着。那些被岁月洗濯的心事如一部老电影，静静地一幕幕闪过，那被唐诗宋词描绘过无数遍的江南的冬，多少年来魂牵梦萦让我心驰神往让我憔悴不堪。江南的冬日很少有北方那种豪迈的漫天雪花，它就在雨的潮湿和氤氲里，抒发着旧时江南女子特有的爱与哀愁。

　　冬日飘雨的清晨，撑着伞穿行于桥与水之间，浓重的湿气就这样包裹着一个个人形，远远近近地从小巷走来。菜篮里绿的黄的，透着顽强的生命的色彩。突然从那些楼间巷间跑出几个顽童，打着陀螺，头顶上暖暖的湿气很快就升腾了，这是很平常的一个生活场景，江南的冬日是这样的自由而写意，聪慧的江南人知道这个世界每天都在不停地变化着，然而那些朴素的生活最是真的。

冬日的中午，雨渐渐地停了，远处的老树上，最后一片枯叶缓缓地落下，树梢上一个鸟巢孤零零地悬着，有几只小麻雀在嬉戏着，流年逝水，逝者如斯，寒冷中瑟瑟中不知谁家飘出《二泉映月》。在这冬日的中午闲闲地坐在屋檐下眺望，过去的许多时光和故事就这样迷蒙了双眼，眼前是水，水的远处是岸，岸上有劳作着的扎着头巾戴着围裙的母亲们，正弯腰拔草播种，湿冷的风吹起她们的衣角。

黄昏时分，天开始放晴。斜阳日暮里，那些泊在河边的船，那些在河边飞檐翘角的房屋都透着一种历史的凝重。江南人真的很有福，常常就这样在古老的文明和现代的时光中寻找到了自己的根基，此时，江南的冬日远不是陈烟暮事中的灰。在如歌的岁月间，那些临水的窗，在世界的喧哗行进中，演绎过怎样的故事？那些或感人或美丽，或真情或恬淡，或伤感或无奈的碎片，都透过了窗的无限的眼神。

这便是江南的冬日了，有了水边的散散淡淡的意境，有了桥边的吴侬软语的柔情，这个冬日就不再令人觉得冗长和乏味了。

洗 澡

叶墨涵

大年三十晚上，窗外，随着一声又一声的呼啸、爆炸声，烟花直蹿夜空，绽放出一朵又一朵硕大而绚丽的花。

一鸿躺在沙发上看《春节联欢晚会》。我正在厨房有条不紊地收拾、整理着。外婆将包袱归置到卧室里。她是一鸿下午接来城里的，由于走得甚是匆忙，满面风尘仆仆。

这个时候，外婆坐立不安，不由自主地站起来，蹒跚地走到卫生间门口，手扶着门框，低着头用那只粗糙的右手扯着衣襟，像个受伤的小孩不知所措地嘟着嘴。一鸿扭头看见外婆这般情况，立即问道："外婆，你怎么了？"

外婆嘟囔着并用纸巾擦拭嘴角（她曾患过面瘫，后来时常流口水）压低了声音："要过年了，我想洗个澡。"仿佛身染尘埃便是极大的罪过，格外讨人嫌一样。

一鸿笑道："噢，我当啥事呢，那就洗呀。"

一鸿欲起身，但转念一想，自己是个男人，唯恐诸多不便，便转身望向在厨房中忙碌的我，"可儿，要不……"

我明白他的意思，不用他说，我也会帮老人洗澡。

于是，我收拾完厨房后便把外婆搀进卫生间："外婆，慢点走，小心地砖湿滑，我帮你洗。"我顺势关上门，打开浴霸，调试水温。

瞬间，窄窄的方寸里，浴霸透着暖暖的光影，剔透着一颗玲珑心，揉进一匹素年锦时里。天然气刚点燃，水还有点冷，它们缓缓地顺着花洒喷涌而出，滚在地板上，溅在身上，直到水暖，外婆开始慢慢地脱衣服。

外婆被臃肿的棉衣束缚着，每脱一件都格外费劲。我担心她摔倒，索性自告奋勇地帮她脱。一件又一件的衣裳，泛着一阵又一阵的酸腐味，不知道外婆有多久没有洗过澡了。我只是浅笑，没有皱一下眉头，也没有一丝一毫的厌恶。此刻，眼里映入的是外婆裸露的身体，这一惊人的发现使我呆了！好半天都没回过神来。

原来，人老后，在时光面前便是一件麻布衣裳：粗糙的皮肤泛起褐色的褶皱，包裹着瘦削的骨架，脊梁已经变成弯弯的桥，淌过子孙后代的岁月。银色的发稀落落地耷拉在耳际，像一抹雪轻叹那无处安放的青春，令人不敢轻易碰触。

因为衰老是光秃在世间百味里的一丝怅然，又或是那总在不经意间落入黄昏时的一具子影。拾起来的那一笔光阴，无论如何也挡不住日渐的惆怅与荒芜。耷拉的脑袋瞧见昔日柔滑的肌肤这般模样，一定是惊愕的表情。肚子和乳房松松垮垮，仿佛古老的咒语深植于光阴的背后，休想挣脱风烛残年的谶言。

噢，上帝啊，这是一盏暮落清瘦的残灯，曾经点亮黑暗的黎明。这是一隅残影蹉跎的土地，也曾经蝶影翩跹的丰腴过。

水色氤氲，弥漫成一个梦幻的童话王国。她站在淋浴的正中间，即使花容已折颜，我也耐心地给她梳洗那头银雪，我看见一朵凋谢的花瓣，诉说着往昔的烟云黛青。于是，轻轻地搓洗着，深邃的水珠黑沉着脸，外婆绯红了一片云霞。

我关切地询问："外婆，水温合适不？洗头的力度行不？"

外婆侧目含笑地说："洗着好暖和、舒服。"

我也温情地笑了笑，哪还顾得上衣服、裤子是否溅湿。

"可儿呀，你良心真好，一点也不嫌弃我这老不死的。乡下阴冷，哪有这里舒服呀，冬天实在不敢洗澡呢。"外婆的背已经驼成一道峰了，只得弓着腰，任由我给她洗。

我知道，在乡下，偌大的屋子，到处漏风，冬天洗澡，的确不是件易事。倘若要洗澡，得事先找好毛巾、衣服、香皂、拖鞋。然后得在大灶上添一膛的柴火，狠狠地烧一锅热水，备置一个大木盆子，一个灌满开水的壶，还得舀半桶冷水备着。洗澡时先将开水倒进大盆，再兑进适量的冷水，然后跳进盆子里快洗。因为天寒地冻，房子不保温，烧好的水要不了多久便冷了。如果你再慢条斯文地搓身上的老泥，就有可能冷得发抖，极有可能感冒。

洗净了头发，我便帮她擦洗身子。温热的水顺着她干瘪的脖子缓缓地往腿根流，我的手指轻轻地抚着这苍老的身体。

此时，外婆裹在香气袭人的泡沫里，在迷幻的水雾中，隐隐约约像一座浮雕，如此的圣洁，与肮脏、腐败毫不相干。外婆突然打断了我的思绪，说："可儿，你真好，估计这世界上也只有你不嫌弃我肯帮我洗澡了。

我立即说："外婆，以后你想洗澡了就来我们家，我帮你洗，好吗？"

不知是热水还是泪水，转瞬淌了外婆一脸。

外婆一生无子，只得三个女儿。她不愿意和女儿住在一起，坚持独居在那栋风雨飘摇的老房子里，一个人生火煮饭，一个人吃饭，冷冷清清如萧索的冬天，没有一个可以说话的人，幸得养有几只鸡、一只老狗做伴。她老是说，趁着身子还能动弹，得多干点活，不然混吃等死讨人嫌。于是，她总是拖着重重的锄头，到地里干活，种玉米、花生、红苕，还种点棉花，收获后拿给子女孙辈。这不，我们家用的棉被便是外婆亲自种植采摘的棉花做成的。

我想起了我的父母，在我奶奶瘫痪以后，日复一日，毕恭毕敬地侍候奶奶。每到吃饭时，父母便把做好的饭菜一勺一勺地吹冷了再喂奶奶。奶奶脏了，尿了，母亲就烧水替她一遍又一遍擦洗。奶奶卧床多年，身上总是干干净净，清清爽爽的，从没患过褥疮，直到寿终正寝。

父母的言传身教，让我接受的教育便是家族崇尚的"品德高尚，孝贤为先；家庭和谐，关爱为基"的家风。因此，深信善待老人，方可安天下，这是多么朴素的道理。何况，谁没有个老的时候呢？

我如释重负地笑了，看着老人枕着一朵笑容，绽放开来……

窗外，烟花还在灿烂地绽放，喜乐的爆竹越发稠密了。新年，快要来临了！

永远的父亲

——

宓 月

十六年，也许永远，再也不会有你丝毫的讯息。

那颗一想起你就会疼痛不止的心，如今不再疼痛，只有一种温暖在暗夜里静静地弥漫。

偶尔，你会走进我的梦里，见你阔别多年的女儿。可你从不曾开口说一句话，只有你熟悉的眼神牵引着我不断地追随。我多想再叫你一声父亲，可暗哑的声音总是把我推出梦境……

让你感觉到了陌生，还是你太年轻，让我再也叫不出一声清脆而甜美的——父亲？

四十七岁，你的生命光华永远地栖息在了那里。

从此以后，陪伴我的，只有一枚你常挂在钥匙圈上的小石子。这枚黑色的小石子，曾聆听过普陀山的佛音禅语，而现在，像一个解不开的心结，一个永无答案的生命之谜。

抚摸着它，就像在触摸自己十九岁之前的光阴。

你说，一切都是有生命的。

于是，我真的听到了树与树的交谈，风与石头的耳语。我看到天空中的云也跟我一样，有时会莫名的忧郁，但更多的时候是在追逐、漂泊。

我曾为一只小兔子举行过葬礼，将它埋在樱花树下，并确信年年樱花盛开时，一定有一朵是那只小兔子的灵魂。

春去冬来，寒冷会阻止蝴蝶和蜻蜓蹁跹飞舞，却不能阻止你给予我梦想和快乐。

你会用黄酒温热冬夜,屋旁的那棵蜡梅也会开出一屋子的清香。
……

那无忧无虑的欢乐时光呵，有许多花儿在盛开，也有许多果子让人期待。

总以为，美好的日子会一直继续。

或者，抹去我的十九岁，一切都不会发生。

那可怕的病魔不会无情地夺走你的生命。我也不会从此就远离家乡，千万里地找寻你。在茫茫人海中，寻找你的身影。

四十七岁，你平静地走向山冈，我却无法平静地叙说我的十九岁。

即使过去了那么多年，只要一个词语甚至一个数字，就会勾起许多有关你的记忆。

我不愿相信，那就是我们最后的时刻。

我是你最宠爱的女儿，你不会一句安慰的话都不给我。可恨

的病魔让你再也不能开口说话，连一点温暖都不留给你！紧攥着你冰冷的手，我多想就这样将你焐暖……

你一定只是睡着了，或者你的灵魂正在远方遨游。如果我将自己灌醉，醒来时，就能发现你一直都在，从来都不曾离开。

十六年，也许更久，我都在寻找一条走向你的路。

你一定还常常牵挂着我。不然，你不会走进我的梦中。

你也一定能看见我的彷徨无措，能感觉到我在人群中的孤独。不然，泪水不会无缘无故从我脸庞流下。

我想对你诉说我的欢欣和委屈。那个爱笑、爱做梦的女孩子，我已快要记不起她的模样了。

独自一人在世间行走太久，常常会忘了来路，也会迷茫去向何处。

只有你独自遥望远方的背影，以及你在暗夜里轻声的叹息如此清晰。

你可以用一生来刷新我的生命，而我又能为你做些什么？

你给了我生命中最美好的开端,剩下的路,需要我自己去走完。

可我又多么害怕，害怕再见你时，依然两手空空。

害怕自己只是徒增了满头白发，却无法骄傲地告诉你它们是如何慢慢变白的。

害怕自己只是老了，老得再也不敢喊你——父亲！

在临高，我给孔子敬炷香

王树宾

　　早就听说临高文庙是海南最大的孔庙，今天终于得以一见。

　　碧空如洗，椰风轻拂。我随海南省作协采风团来到临高，拜谒文庙是这次临高采风之行的一项重要内容。

　　临高文庙又称孔庙，亦称学宫，坐落于美丽的文澜江畔，是海南规模最大、历史最久的古建筑群。文庙的主体建筑由大成殿、大东门、东庑、西庑、名宦祠、乡贤祠等组成。

　　据同行的临高籍作家介绍，临高文庙始建于北宋庆历年间，至今已有九百多年的历史，南宋绍兴年间移建于现址，毁于元朝，明洪武三年重建于旧址，距今已六百多年。文庙占地面积四千六百平方米，建筑面积二千二百平方米。

　　穿过巍然矗立的棂星门，走过架于泮池之上的拱形状元桥，文庙的主体建筑大成殿便呈现在我们眼前。

用气势宏伟一词来描述大成殿毫不为过。大成殿为双层叠式宫殿风格，置于正檐口的匾额上刻有"大成殿"三个金灿灿的大字。屋顶飞檐菱角，殿脊是双龙戏珠和孔子高足七十二贤彩色瓷雕。可谓形象生动，惟妙惟肖。

大成殿内雕梁画栋，古色古香。支撑大殿的一根根柱子挺立六百多年，依然顶天立地，完好无损，令人称奇。大殿正中巨大的神龛，应是文庙的核心。一座两米多高的孔子坐像供奉于此，其面目慈祥，神态端庄，让人觉得可亲可敬。

这位诞生于两千多年前的伟大的思想家、教育家，被誉为"至圣先师""万世师表"，深受民众的爱戴和崇敬，是人们心目中的神。他创立的儒家学说，是中华民族的传统文化之根，对中国乃至世界都产生着巨大的影响。

临高文庙曾经集祭孔、教学、藏书为一体，成为发展乡村教育、振兴地方文化、培养人才的重要载体，许多农家子弟由此脱颖而出，成为对当地乃至全国都产生重要影响的文人名士。如与丘浚、海瑞、张岳松并称为"海南四大才子"的大诗人王佐、明代状元刘大霖的成长都得益于此。

同行的临高县作协主席林青海向我们介绍，临高自古以来都有尊儒重教崇尚先贤的传统，大多数村庄都设有孔庙。逢年过节、学子高中等时刻，是孔庙最热闹的时候，人们纷纷到孔庙祭拜祈福，感恩还愿。

听罢林主席的介绍，我们感到十分惊讶。孔庙在乡村竟如此普及，这在全国怕也是绝无仅有的。由于时间关系，这次采风未能见识一下村级孔庙的模样，想来村级孔庙没有形制和规模的讲究，也没有临高文庙的精致与华丽，也许是一两间小屋，也许仅能容身一尊塑像，或许只是贴在土墙上的一幅画像而已。但无论是奢华或是简陋，一只香炉肯定是少不了的。庙大庙小，都是同样的尊敬，同样的虔诚，同样的缕缕香烟……

我觉得，一所孔庙就是一所学校，它默默无闻地承担着教化和激励的重任，对民众产生着潜移默化的文化滋养。中国传统文化之所以能够生生不息地传承光大，这种对民众特殊形式的教化功不可没。临高富饶的文化土壤，深厚的文化底蕴，淳朴善良的民风，与孔庙的普及不无关系。

临高是一部大书，值得人们去认真研读；临高是一座富矿，等待着人们去开采挖掘。

走出大成殿，我们又仔细观赏了庙内随处可见的许多浮雕和彩绘，花鸟鱼虫、草木山石，祥狮瑞兽，均是造型精美，神态逼真，技艺精湛，体现了极高的艺术水准。尤其难能可贵的是这些艺术珍品大多为历经百年沧桑的原件，足见历代临高人对文庙的珍惜。

确实，文庙能有今日，凝结了一代又一代人的心血。此刻，我仿佛听见那些走街串巷为重修文庙募捐者的匆匆脚步声，又仿佛看见那些为修缮文物奔走呼号者们忙碌的身影。

游罢殿内各处，我重返大成殿的香炉前。

怀着崇敬的心情，我虔诚地点燃一炷香插入香炉，为伟大的孔圣人，也为临高的历代先贤。

同行的一位朋友说，凡烧香都得许个愿。

那就许个愿吧：愿文澜江水常清，愿临高人民幸福！

雪的遐想

—

丁春梅

是昨日宫阙上的女子一夜尽兴的舞蹈，将云朵也揉成了漫天雪白的、片片晶莹的花瓣了吗？从宫廷上空的舞台俏皮地拉开神秘的帷幕，为人间上演了一场如梦似幻、如诗似画缥缈的美妙梦境。

洁白的花瓣用轻盈得不能再轻盈的姿态，和着宫廷独有的天籁般的声乐，身段婀娜，柔美得如绒花、如柳絮、如鹅毛，如薄纱般软软地落在了人世间的万物上，落在了倚窗而望的那女子绚丽的心田上。而风也似那顽皮的鼓手，时而轻击，时而急打，或婉转流畅绵延，或激烈短促高涨。轻击时，是那春姑娘的细碎而温柔的步履，多情地尾随着的雪花如胶似漆，一路形影不离地耳语着，洋洋洒洒地飘舞。偶尔一阵连着一阵的紧锣密鼓，成群的花瓣就会整齐有序地排列，和着节拍一路激情地小跑着。向左、向右，忽上、忽下，再旋转……朵朵洁白的花瓣，精心编织而成的素色银装，把自然裹扮出了冰清玉洁的娇容，美奂得令人目眩。而清凉、柔和、新鲜、安谧、明媚、圣洁的气息都不约而同地扑面而来。

身临如此脱凡的境界，心微微震撼着，也唯美起来。甚至于能嗅到一种奇香，是淡雅的、袭人心扉的那种清新，甚至还能悟出一种无声的语言，纯纯的美美的那种灿烂。你听，似克莱德曼弹奏的那首浪漫的《蓝色多瑙河》钢琴曲，在耳边窃窃私语，温婉的音乐令人陶醉。眼前仿佛就呈现出一池优美的湖畔，洁白的天鹅悠然自得地游戏其间，温馨和谐的画面正如此时此刻怡人的雪景，天上人间飘来的古筝曲《高山流水》，行云如水般地流泻。那种静寂、那种缥缈、那种空旷、那种惟妙惟肖，让浮躁的心事也沉寂了下来。

茫茫雪原似宽大的棉被，如母亲轻轻唤睡的歌谣般体贴爱抚，万物似孩子般甜美地进入梦乡里。润物细无声啊，不知不觉中，花儿更红、叶儿更绿、空气更新鲜、精神更清爽。很想对着瓣瓣雪花问长问短，有没有将那美好的祝福遥寄到远方亲人的心上，带着美的憧憬，让一串串的脚印，深深浅浅地镶嵌在皑皑的白雪里，一直绵延到远方。

雪的记忆

张厚富

早上醒来，透过窗户玻璃发现小区的院子里已银装素裹。那些光秃秃的树枝被装扮得调皮可爱，树上就像挂满了毛茸茸的奇花异果。而地面上的那些轿车，被冰雪包裹着，活脱脱就像大面包，白白胖胖的，整齐地排列在那儿。对面楼群的墙壁上，各家外挂的空调器、晒衣架也都戴上了厚厚的白帽子。雪还在洋洋洒洒地下着，我在心里惊呼：今年的第一场雪好大啊！多年没见了。

我迅速穿衣下楼，打着伞，在雪地里行走起来。驻足，回首，身后留下一行深深的脚印。凝视这脚印，我的思绪走进了儿时的记忆。1966 年的冬天，父亲把我送去三姨家过几天。三姨家在灌云小伊，这是个小村子。20 世纪 60 年代，人口稀少，许多人家都是低矮的土坯房，房顶上缮的是草，墙四周也披着草。冬天，各家门上还要挂着用柴草编织的吊搭子保暖。我刚到没几天，这里就下了一场大雪。大雪过后，各家的房子在雪地里就像一个个白白的大雪堆似的。当年，那场雪真大！站在村头举目四望，广袤无垠的大地上，可谓沟满河平，眼前仿佛就是一个纯白的世界。雪后，村里的男人们会拿着棍子，带着狗，到雪地里逮兔子，非常有趣！

雪后的第二天上午，大人们脚上都穿着草鞋（毛窝子）。因为贫穷，身上衣服都很单薄，为抵御寒冷，他们出门就在雪地不停地跑动着，并四处张望，寻找那些藏在雪地里的兔子。我跟在大姨哥后面，艰难地挪动着双腿。不一会儿，他发现几十米远的地方有个正冒热气的雪窟窿。只见他一路跟跄地跑过去，举起棍子使劲敲打雪窟窿。正当我纳闷时，却惊奇地发现雪窟窿里跑出一只受伤的兔子。大姨哥迅速放开狗让它追上去，这兔子就被逮着了。兔子特别多，一个上午，每个人都能捉到好几只呢。

雪后，村里的大男人几乎都在雪地里逮兔子。因为雪很厚，在雪地上无论男人们，还是狗和兔子，跑得都很慢。那场景有点像电影里的慢镜头：跳起来落进雪里，再跳起来，再落进雪里，波浪似的起伏着。阳光下，雪在践踏中溅起浪花朵朵！大人们的吆喝声，猎狗撕咬兔子的狂吠声，还有人们不时陷进雪坑里的惊叫声，在这白雪皑皑的大地上，构成一幅贫穷岁月里为生存而辛苦劳作的图景。

那时的我，还是个十二三岁的孩子，根本分不清哪儿雪深、哪儿雪浅，远远地跟在大姨哥后面，试探着一步步向前。突然，一脚迈出去，就陷进了齐腰深的雪坑里，吓得哇哇大哭起来。大姨哥跟跄着赶过来拉起我，气喘吁吁地对我说："雪地上有芦苇的

地方别走，那里是水沟！"我抬头见大姨哥衣服上有不少血迹，草鞋早就湿透了，身后的背篓沉沉的，走起来身子向前倾着，头上冒着热气，脸上却满是收获的喜悦。

那个年代，农村虽人少地多，但没有多少收成，一亩地收不了几十斤粮食。吃不饱肚子是常有的事。记得我在三姨家几天，吃的就是胡萝卜和山芋。许多时候大人们还不让孩子尽饱吃。各家更是少有油盐，捉了野兔，也基本就是煮着吃。这少油盐的野兔肉在当时也算是家家很难得的美味佳肴了！记得当时的我，吃得那么香甜，今天想来，都无法形容。多年后，日子逐渐好了，嘴馋了，我会常常买来兔肉，放上好多作料烧着吃，却再也没吃出过那个香味来。或许，这就是所谓的"时位移人"吧！

因为雪后寒冷，我和几个姨兄弟晚上会到生产队的牛房去过夜，睡在干草上，村里还有的人钻进喂牛的草堆里去睡。

几天后，没等雪化完，大姨哥就把我送回了家。

"咚"的一声，一团雪花从树枝上落下，砸在雨伞上，惊醒了我。此时，我的身上也顿觉冷冷的了，急忙回到了屋子里。

几十年过去了，每每遇上雪天，我都会情不自禁地在雪地里徘徊，忆起那段辛酸而又难忘的日子。儿时的点点滴滴，在流逝的时间里，再不可能找回当时的模样，但是不管怎样，我都感谢生活，感谢生命中的每一个痕迹，尤其是那些不需要想起，但又从来不会忘记的痕迹！

洪泽湖冬景

徐世荣

　　我曾多次陪同事，陪亲戚游玩过洪泽湖湿地，领略过洪泽湖湿地春天的满眼翠绿和万紫千红；感受过洪泽湖湿地夏天的多情热烈和勃勃生机；品尝过洪泽湖湿地秋天的累累硕果和野生鱼虾。然而，要是问我喜欢洪泽湖湿地的哪个季节，我还是最喜欢洪泽湖湿地的冬天。

　　洪泽湖湿地在经历过春天的成长、夏天的躁动和秋天的成熟之后，到了冬天就显得格外安静，就像一个母亲在哄睡了顽皮的孩子以后，安静地入睡了一样。

　　虽然冬季前来游玩的人很少，但是在冬季，这里的另一番景致是春天、夏天和秋天都不能比拟的。环看冬季的湿地，更加辽阔、更加空旷，好像是宇宙把一个刚出生的婴儿赤裸裸地捧在人们面前，没有任何粉饰。远处是水连着天、天连着水，水天一色。一

块块大小不均的水渚，星罗棋布般地漂荡在水面上，偶尔从水渚上还能飞出几只水鸟，扑棱棱直上蓝天，给冬天寂静的湿地增添了欢乐的气息。每一块水渚上都挤满了芦苇，这时的芦苇虽然没有夏秋季节时那么雄壮、强悍，但是，却比夏秋季节时的芦苇更显得刚毅、倔强。它们鲜嫩的绿装已经被夏天的烈日炙烤得泛黄，尖刀一样的芦叶已经被凛冽的寒风吹得刀尖朝下，但它们钢筋铁骨般的身躯依然傲立在寒风中，它们头顶上的芦花就像古代战士头盔上的盔缨一样在猎猎寒风中招展，它们一团团、一片片紧紧地站在一起，如同准备冲锋的战士。

这时荷花已经芳华散尽，荷叶就像被烟熏过的一样萎缩、发黑，叶口也不像夏秋时节那么招展着，把飞溅的浪花接纳下来，变成一枚枚晶莹剔透的珍珠，而是叶口朝下，就像路边老人头上戴着的斗笠。

莲蓬垂着头在风中摇摇摆摆，有的还一头扎在水里。但是，荷茎却像钢筋一样支撑在水面上，虽然有的已经弯曲、折断，可它们还倔强地用枯瘦的身躯抵御寒风，并努力地告诉来往的行人们，这里曾经有过的繁华和昌盛，同时也预示着来年必将是繁花似锦。

其实，洪泽湖湿地的冬季，还有一种让人看不到，也感受不到，但却无时无刻不在涌动的巨大的力量，那就是万物在大地下的蛰伏、涌动，那是对春天的孕育和期盼。

有人把冬天比作人生的晚年，我觉得更恰当一点的是应当把冬天比作人生的逆境。每个人都有可能身处逆境、身受磨难，在这种时候，要像冬季的芦苇、荷莲一样，默默地蛰伏、孕育、反思，要相信万紫千红的春天一定会到来。

天寒语暖

吉福生

绿蚁新醅酒，红泥小火炉。

晚来天欲雪，能饮一杯无？

一千一百多年以前，白居易在一个天欲雪的暮冬，雅吟这首语浅情深，言短味长，富有神韵的小诗。新酒温度，火炉温度，友情温度把朋友的真挚与人性的馨香升华至极，流溢出友情的融融暖意和人性的阵阵芳香。

数九寒冬的周日上午，窗外寒风凛冽。我坐在温度偏低的暖气书房翻阅古诗词，手脚有点凉凉的。读到这首小诗，就被诗中浓浓的生活情调深深感染，生活在这一刹那间泛起了玫瑰色，发出了甜美和谐的旋律。纵有冷彻肌肤的凄寒也会被这温暖如春的诗意驱散，心底荡漾春情的涟漪，花香漫漫，余音袅袅。

随着诗情我想起闺蜜晓辉，我们俩从同学情谊增至姐妹亲情，三十年情谊相伴至今，历久弥香，幸福来临邀来共同庆贺，痛苦降至唤来倾吐为快，生活中的苦与乐在友情和亲情中融化。

打开微信，发了一条消息：天气多变，记得添衣，隆冬季节，保重身体。

情在心间，无酒也浓。

这时，寄闺女（名义寄养）进来为我送来一杯温开水，叮嘱我："寄妈喝点儿水吧！别累着了，休息一会儿再看书。"我用柔柔的声音回答道："好的，听闺女的话。"我们俩会心地微笑一下，我的心间涌上无限温情，气温较低的书房一下变得暖融融的，一股暖流涌遍全身，冰凉的手脚此时也渐渐变暖。

爱在心中，一笑愈亲。

时光在温馨中悄悄划过，已是中午时分。老公打来问候电话："老婆，做饭了没，和闺女准备吃什么？"简单的话语，简短的问候，送来深切的关怀，远方的牵挂。

念在心中，一语骤暖。

人生最大的幸福，不是有多少人爱你，而是有多少人陪你。

清河的年味

马晓凤

接连几日天气阴沉，气温骤降，或许因为如此，人也冷得麻木了。忘了渐渐走近的春天，甚至忘了将至的年关……

若不是看到小城中集市上高挂售卖的对联和街道口商贩喧声叫卖糖果，或许已全然忘记了新春将至。

生于大山，长于大山，乡村中的年味儿已如陈年老酒，醇厚浓香。时逢年关，一起走进清河，去看看春日里的青山秀水，去听听大山里的春日呢喃，去感受一番清河村里越来越浓厚的年味儿……

春风十里，再一次吹绿了山野。循着清水河边的小道缓缓迈步前行，清风拂面，送来阵阵玫瑰扑鼻的芳香。随手折上一根泛黄的芦苇，俯下身去散漫地撩起那层层叠荡的碧波。当红日那耀眼的光芒如流沙一般洒落人间，和花草摩擦出细碎声响之际，那河面犹如一块通彻透明的玉镜，静静地、一点点地隐射着清河的

一切，似是要把整个清河全都装进镜里去了。这些年在外求学，年末极少有时间能够提前回家帮母亲搭把手。时光荏苒，虽渐渐模糊了记忆中儿时过年的种种，但依旧记得，腊月二十四的扫尘日。今年，提早回家了，也正是如此，让我得以再一次重温了多年未参与过的扫尘日。

这一日，母亲早早地起了床。她依旧如多年前一般，身着一件浆洗的蓝布衣裳，前头系一件蓝色打底、用小碎花镶边的围裙。这么多年过去了，岁月没能改变她的穿衣风格，却改变了她多年前那头乌黑秀丽的长发和她那俏丽的脸庞。如今只见得双鬓如霜，虽向后梳起一个精致的发髻，却也难掩岁月的无情与摧残。为寻回更多儿时扫尘日的味道，贴近多年前的模样，我特意跑到母亲身旁，如儿时一般拉扯着她那蓝布衣角，吮着小嘴要母亲将那平日里编造的背篓给翻出，背上身，晃晃悠悠地随母亲走上田埂，走向枝繁叶茂的绿竹林。挥刀砍下三四棵拇指粗细的绿竹，拖回家用细铁丝捆绑到一起，扫尘的工具便制作好了。我问母亲，为何扫尘的工具要用这拇指粗细的绿竹，还可以用其他的吗？母亲咧着嘴笑了，嘴唇微颤，温婉地说："傻孩子，这是老祖宗传下来的规矩哩。"我听完依旧啥也不懂，但看着母亲专心地捆绑着绿竹，也不好多问，只好坐在一旁默默地不作声。一次偶然的机会，随朋友到其家中做客。朋友的爷爷，是位慈祥且学识渊博的老者。我看到那花坛中的绿竹，不禁又想起了母亲，想起了扫尘日。见我呆呆地看着那绿竹，爷爷便开口说："孩子啊，这绿竹蕴含的意义可深远着呢。"我不禁好奇地应答道："爷爷，这区区绿竹，与其他植物无异，又有什么意义呢？""南方人每逢年关扫尘日，总爱用绿竹进行扫尘，同时也是对新一年春天的企盼和来年新事物的祝愿。"说到这，我才猛然顿悟母亲所说的意思。

扫尘，母亲总是从楼房最高处开始动手，接着一层一层来，最后扫至房门外。扫尘途中，口中不停念叨着："一扫，扫去尘埃；二扫，扫去不快；三扫，扫去迷茫；四扫，扫去宿怨。腊月二十四，掸尘扫房子，把霉运通通赶跑，把幸运扫上眉梢。把疾病全部打倒，健康随时报到。扫一扫门前路，一年都走平安路。"

最后将扫尘途中积累下的东西装进一个干净的口袋，待一切完毕后，将口袋及扫尘的绿竹一齐扔到那川流不息的河中，随那河水流至远方。用村里话来说，那是将旧年里的旧事物扔到长流水中，同时寄予了乡民们对来年财源滚滚的美好祝愿……我想，无论将来行至何处，清河的年味儿，我将一生永记。也总有一份情谊装在心底，总有一份抹不去的乡愁，时刻洋溢……

年的模样

———

王玉晶

年，是个什么模样？

年，是传说中的猛兽，是噼里啪啦的鞭炮；是大红灯笼，福字春联；是阖家欢乐，是中华民族的传统，是中国人的情结！是最接地气的百姓的气氛和味道！

孩提时，过年是瓜子花生糖块，巧克力果脯蜜饯；是成群结队挨家挨户拜年领压岁钱；是除夕熬夜守岁，是爷爷奶奶的花馍馍；是焚着香祭祖先敬神明。

少年时，过年是期待的漂亮衣裳，同学相约的谈笑玩耍。

青年时，过年是忙不完的妈妈的厨房，各种鸡鸭鱼肉，年货置办，还有除夕晚上那准点的全民聚焦的央视春晚。

结婚前，过年是怕回家，此起彼伏爹妈亲朋那些催婚的话。

结婚后，过年是盼回家，正月初二就能去看看久别的爸妈和那个家。

过去，过年是一次一次或欢乐或惆怅的时光的凝固。

现在，过年是父母老公儿子、家里家外，把一切打点妥当才能心安的忙碌。

将来，待白发苍苍，垂垂老矣，过年是盼儿孙，盼团圆，盼时光留住。

在大都市，年是花团锦簇，节日盛装，夜景璀璨。

在城镇乡村，年是杀鸡宰羊，热火朝天，开开心心，忙忙碌碌。

医院里，年是医护共同欢送康复病患，安抚危重病患，严阵以待急危突发。

边疆哨所里，年是多一重的警惕，守卫、责任、担当和爱国。

各行各业仍在职在岗第一线的人们，年是那份职责、光荣和敬业。

到了海外，年是各地华人的拳拳赤子思乡情！

……

无论怎样，一岁又一岁，年都在那里等你；愿不愿意，喜不喜欢，它也在那里！不偏不倚，正是冬去春来；不离不弃，一定相约如期！

而对于我，近在眼前的年，就是再一次总结过往，展望未来，祈福明天！就是趁父母体健，孩子尚小，我们尚未老，迈开脚步，出去走走，或游览祖国大好河山，或拜访历史名胜古迹，与他们在一起，及时亲子，及时行孝！

这便是当下，我的年的模样！

守望那道风景

鲍水云

深秋初冬，赣西的冷空气比人们预料中的来得早。

独自行走在明月山周围的袁山公园，是我多年来寻找内心独白、远离城市喧嚣和酒绿灯红、坚守内心宁静的独特方式。

人们还未来得及表达对深秋的眷恋，冬天的寒气已悄悄来临，或许是季节的交替，公园平时热闹的场景已找不到踪迹。

进入袁山公园，沿着弯弯曲曲的百姓健步大道，你可以欣赏到道路两旁布满的健康文化知识宣传栏。赏心悦目的月光倒影和夜空繁星交织，构成了宜春月亮之都独有的江南画卷。

绕公园一圈，最后在湖心亭稍作休息，这是当年中央电视台中秋晚会的现场。游览的人们都会在这儿重温当年晚会的荣华与璀璨。但今夜游人稀少，湖水拍打的浪花声与月色交相辉映，远处的城市灯光，在召唤着行色匆匆的人们，日月轮回，心归何处？

在湖心亭南侧另一端石台上，蜷曲着一对女子，看上去好像是一对母女。年轻女子不停地抽泣，从不爱搭讪的我也禁不住上前问个原委。简单自我介绍后，这位母亲毫不介意地打开了话匣子……

她说自己的女婿在部队服役，已两年多未回家探亲；女儿由于平时工作压力大、身体又差，既要照顾好年幼的小孩，还要照顾好长年患病在床的婆婆，所以时常在情绪低落时独自啜泣。

女婿服役所在部队驻守在中印边境海拔在四千多米的高原上，在基层连队当连长。和女儿结婚五年多了，很少回家探亲。女儿去过两次，由于高原反应，至今再也没去过。最近，两岁多的小孩生病住院已一月有余，女婿本想回家探亲，但因故盼了好久的假期未能成行，女儿心生埋怨，这不，带着女儿到公园来散散心。

听着这位母亲的叙述，我不禁对这对母女肃然起敬！这也勾起了我三十多年前部队艰辛的点滴岁月。

军校毕业后，当时我来到连队。我所在部队驻扎在东南沿海前线，战备训练异常艰苦。20 世纪 90 年代初期，训练任务重，三天一小拉练，每周一大拉练成了当时日常训练的重要内容。每天两趟五公里越野长跑，有些战士已经疲倦不堪，"两眼一睁，忙到熄灯"就是连队日常生活的真实写照。官兵唯一的慰藉是休息时读着远方的来信，这是军人以特有的方式，品味着他们的酸甜苦辣和儿女情长。

作为最基层的带兵人，每年都经历着"铁打营盘流水兵"的情感洗礼，也深知部队对官兵提出的要求。这不，当时准备休假探亲的我在这个节骨眼上就面临了一场考验。一边妻子来信说临近分娩，又患有高血压妊娠反应，几份电报催促，我心里早已焦

虑不安；一边部队紧急拉动野外驻训，官兵停止休假，连长指导员为我向团里请示作为特殊情况报批也未能如愿。此时此刻，作为军人，我最终选择了放弃休假。在离部队驻训结束的前几天我获批回老家探亲，当我以最快的速度打点行装，坐上二十几个小时的火车回到家里，儿子已出生，妻子躺在医院的病房里艰难地吸着氧，还是好心的邻居把妻子及时送到医院，才保了母子平安。此时，纵是七尺男儿，眼泪也忍不住夺眶而出……

三十多年过去，军营生活已成掠影！

起身走出公园湖心亭，没等我回过神来，刚才那对母女已走到公园的另一个拐弯处，望着她们远去的背影，心中感慨万千。是啊，作为军人，选择绿色就是选择奉献！在人们尽情享受着富足安宁的今天，那些长年戍边守关的军人不正是我们心中最亮丽的风景？国家的富强，人民的安宁就是军人内心最长情的告白。

茶 趣

——

江 锐

　　品茶有道，悟在其中。我爷爷好茶，父亲茶不离手，到了我这一辈，或多或少都有些影响，至于茶趣，在一壶之间。

　　清明回老家祭祖，大雨倾盆，山间杂草丛生，毛竹乱舞，难辨山中路。丛中不时有映山红闪烁，红的似火，在一片绿色中十分耀眼。雨中路滑，每走一步都小心翼翼，还时不时要注意脚下荆棘。在这荆棘之中，乱枝之间，点缀着一两棵低矮的茶树，经春雨的洗刷绿得养眼，尤其是枝尖嫩绿的细芽，在这春色里看了格外喜人。

　　隔天早上，天空放晴，妻子念念不忘昨日的那一抹丛中绿，拉起我带上儿子上山采起茶叶来，我兴奋，儿子却无趣。只好哄他说山上有野兔，儿子方才高高兴兴地跟着我们出发了。

　　茶园我是见过，但亲手摘茶叶是第一次尤其是这野茶。在妻

子的指引下，我和儿子很快学会辨认茶树了，枝尖轻轻一掐，嫩嫩的细芽落在了手掌心，这一瓣嫩绿似是春天捧在我的手里，从这里漫出来，以至于漫山遍野全是绿色了。

不多时我们就收获了不少，这里一棵那里一簇，手指在枝尖飞舞，鸟儿在林间欢唱，春色在身边流连。儿子毕竟十岁，没过多久变得不耐烦起来，没了耐心，吵着要回去挖竹笋。妻子略使小技，说儿子最会摘，比爸爸摘得还多，儿子听了来了劲儿，一本正经地教起我来。此刻童趣和温情洒满了整个山间。

采茶回来，妻子一改往日小女子形象，系个围裙，在锅灶边炒起茶来，让我吃惊不小。我问会做吗？妻子说，小时候看过奶奶炒茶。起先大火，嫩绿变蔫再开始小火，用手翻炒至翠绿，一股绿茶的清香开始飘散出来，香至鼻尖，沁在心脾，不似毛峰的浓厚但有山间的醇野，这是茶园所没有的。

妻子，这个平日不怎么作声的小女子，此时让我刮目相看，做起茶来有模有样，似有奶奶的身影，让我这个品茶之人自叹不如。品了几十年的茶，其中茶趣，又岂是品茶之人所能体会得到的。真正的茶趣在于山间，在于那指尖泛出来的茶香……

古今谁英雄？

蔡 逸

"数英雄，论成败，古今谁能说明白……"刘欢老师的歌声久久萦绕在我的耳旁。古今谁英雄？今天，在这里，且让我以稚嫩之笔来写写说说。

罗曼·罗兰曾经说过："真正的英雄不是永远没有卑下的情操，只是永远不被卑下的情操所屈服罢了。"秦末刘邦，出身村野，年少时也曾游手好闲，酗酒闹事，打架斗狠。然而后来他却能立大丈夫志，行常人不敢为之举。自芒砀山举事，"约法三章"，先入关中而不称王，慧眼识珠拜将韩信，审时度势，不吝分封，终成霸业，立汉四百余年。是真英雄也！

英雄者，固然也热爱自己的生命，但当与邪恶力量作斗争时却会不惜付出自己宝贵的生命。抗日女英雄赵一曼，在一次执行任务时不幸被捕，为保守秘密，穷凶极恶的日寇对她施以电刑等

酷刑,而她却终不畏惧。她是中国人的骄傲,更是中国女性的骄傲!她用自己美丽的生命诠释了一个现代中国的巾帼英雄!

上马统军冲锋,下马治国安邦,这样的英雄尤为难得!明朝第三位皇帝朱棣便是这样的英雄。朱棣,自年轻时就对丝竹之音和轻柔细语不感兴趣,只有万马奔腾和号角嘹亮才是他的最爱。他成功地发动了"靖难之役",亲自披挂上阵,所向披靡,在登上皇位之后,仍然是政治、外交和军事手段兼施,硬是把当时的边界外患鞑靼整了个落花流水。朱棣不仅是一位有作为的皇帝,而且还是一位政治头脑和军事才能兼具的英雄!

还有一种英雄,在我的记忆中倍感珍贵。因为这类英雄确实不多,南宋的辛弃疾算一个。如果您了解辛弃疾的一生,再去读读他的词作,相信您一定会惊异于我中华青史竟有这样光明俊伟的人杰。辛弃疾自年轻时就征战沙场,后因与当政的主和派不合,被弹劾而落职。可辛弃疾恢复中原的爱国信念始终没有动摇,他把对国家兴亡、民族命运的关切、忧虑,全部寄寓于词作之中;把横戈跃马、恢复中原的豪情壮志郁积为满腔忠愤,尽托于如椽大笔而自铸伟词:"醉里挑灯看剑,梦回吹角连营""夜半狂歌悲风起,听铮铮、阵马檐间铁"……中国的文人大多是"达则兼济天下,穷则独善其身"的,而辛弃疾一生却有进无退,始终没有忘记收复故土。谁说书生无用,笔下亦显英雄!

有人说,英雄是拥有鹰的眼睛、豹的速度的战士;英雄是舍己为人、勇于牺牲的爱国者……在这里,我想说,英雄还是敢爱敢恨、敢做敢当的每一个人!

怀念北京的冬天

顾琬丽

这一天，天空中飘起了雪花……

腊月出生的我，说不上是对冬天的喜欢还是讨厌，每到此时就特别的怕冷，尤其是一双手脚，怎么都焐不热，好似冰坨。但又耐不住喜欢那银装素裹的皑皑白雪……

冬天来了，里里外外都透着一股子寒气，南方的冬天，湿冷的感觉是无法拒绝的。每年的冬天，我都会生冻疮，手、脚、脸、耳，皆会因长冻疮而皮肤发痒，甚至发烂、红肿得吓人。即使到了初春，冻疮好了，也会留下疤痕，到了来年的冬天就像生了根一样，原先生长过冻疮的地方，会依然接着生长，这是南方冬天最令人生厌的地方。

儿时的记忆总是刻骨铭心，尤其是冬季的早晨，我喜欢睡懒觉，享受被窝里那一时的温存。"讨厌"的爸爸却总是不给我机会，

每次爸爸都是以军人的方式来叫我起床，嗓门大得让我听来心生害怕，也无处躲藏，爸爸常常以迅雷不及掩耳之势将整床被子给掀了。那时的我，对爸爸的做法可谓是敢怒而不敢言。

一日之计在于晨，我虽然喜欢睡懒觉，但不管如何贪睡，清晨读书是雷打不动的习惯。尤其是当我捧着一本书，独自一人站在空旷的楼顶上，双目眺望着远方，有几分"欲穷千里目，更上一层楼"的意境。虽因清晨那一抹雾霭，阻挡了视线而未尽如人意，但那种"会当凌绝顶，一览众山小"的豪迈之情却在我的心头涌动着。

我呼吸着新鲜空气，寒冷的风呼呼地吹拂着。屋后那不远处的小溪，潺潺的流水声，还有那隔河相望的学校，广播里那悠长的旋律，也是听觉上美的享受。

晨读是我最幸福的时光，即使在如此美好的时光里，偶尔也会有开小差的时候。有一回天空又飘起了雪，也不知妈妈何时在楼顶上放了个罐子。楼顶上因为没有被脚踩过，还能看到一层薄薄的雪，而在雪的中间，那个罐子就显得格外刺眼。我就询问妈妈为什么要放个罐子在那。妈妈说："用罐子装着纯天然的雪，等雪化后，那雪水非常香甜可口。"我很是期待这雪水的香甜，然而南方的冬天雪下得很少，即使会下，也看不见雪堆子，基本上边下边融化了，那种湿冷的感觉，彻骨。

俗话说："瑞雪兆丰年。"时隔好几年，又让我遇到了一场久违的雪，即使冷得瑟瑟发抖，也都坚持着晨读，雪天的湿冷丝毫也不能阻挡求学者的热情。雪呀雪，终在我期待已久的时刻，悄然而来。

我欣喜大过厌烦，下课铃响起，我就迫不及待地冲出教室，手捧那一抹白雪，视若珍宝，竟不觉得寒冷。

相比之下，我更喜欢北方的冬天。

北方的雪下得要比南方的壮观，雪后也不会很快融化，好多时候，雪下久了，就会堆积在一起，变成了一个个大大的冰坨子，一般很难撼动。不管何时何地，都能见到雪的痕迹，这也是我喜爱北京的理由之一。

在北京长达八年的生活里，我这个外乡人也逐渐爱上了这座城市。虽然经历了那年初次来京的种种不适，但那一场场雪的印记，却带给了我无尽的乐趣。尤其是每当我下班回到家里，屋子里的温暖瞬间融化了我浑身的冰冷。再支上个电磁炉，与家人一起围坐着吃火锅，那滋味甭提有多带劲了。

一夜北风寒，大雪纷纷落。清晨推开门窗，眼前的雪景真是令我叹为观止。战士们各个都忙着出公差，上街帮忙扫雪，为方便大家的出行。环卫工人们也都在忙碌着清扫积雪，在下过雪的地面上抛撒盐末，以此达到融雪防滑作用。

有一次，我因着急上班，匆忙中就"中奖"了，身子一下就失去了重心，脚底一打滑，整个人就摔倒了，疼痛感顷刻袭来。由于我生来怕冷，也怕长冻疮，每次出门前，我都会费心穿戴一番。帽子、围巾、口罩、耳套、手套等御寒保暖的物件是一样都不可或缺。肥胖的我，犹如一棵大树一样，倒下了就怎么也爬不起来。多亏了志愿者的搀扶，我才忍着疼痛，缓慢地爬起来。

即使如此，冬日的雪天，我仍然喜欢得不得了，像是个没长大的孩子一样，总是手舞足蹈地在雪地里留下一排排歪歪扭扭的

脚印。

也许是因为北京的冬天有暖气,外冷里暖,在北京的这些年里,我竟然连冻疮都没有再生长过,这也是我喜欢北京城的另一个原因。

北京,这座给了我无限温暖的城市,除了对雪的印记,还有对冰的向往。周末闲暇时光里,我会约上几个朋友一起到植物园里游玩,河面的水波已不在,整个河面都会结上一层厚厚的冰,这也成了胆大者的"乐园",肆意地滑翔在冰面上,享受那种放飞自由的惬意。

虽然北京的雪没有我想象中的那么洁白,因为雾霾、扬沙,有时还会带着一丝暗黑,但丝毫不能削减我对雪的钟情。我带着满载的回忆,恋恋不舍地结束了在京八年的岁月。我时常调侃自己,在北京的八年,是我的"抗战八年"。

如今,冬天又来了,而我却又回到了那个最初的地方,重新回味南方的冬天。叶落归根,从哪里走出来,最终还会回到哪里,尤其是像我们这样漂泊的游子,骨子里对故乡,对家的渴望,会随着年龄的增长而与日俱增。

不知是否在北京待久了的缘故,每到此时,我就会怀念起北京的冬天来,尤其是对那雪的记忆⋯⋯

家乡的味道

冯道庆

　　每逢周末，我都习惯回到与安庆一江之隔的江南小村庄，一个普通的江南小村落——杨墩。那里是我的家乡，不仅有我头发已花白的老父亲，更有着我无论何时何地都难以淡忘的乡村味道。

　　出生在 20 世纪 70 年代农村的同龄人，都几乎有着和我一样的成长经历。小学时放学路上，我们直接背着书包来到父母耕作的田间地头，帮忙除草、分苗、整枝等（我们老家是棉产区）；麦子割完以后，我们这些孩子都争抢着去别人家地头捡拾遗落的几根麦穗；甚至我们还经历过在上课的最后十分钟，老师也会背着两"蛇皮袋"炸嘴的棉桃来到教室让我们帮忙剥花，这是我们最快乐最放松的十分钟。可以说，我们同龄人的很多知识都是在田间地头学到的，都是在浓郁的泥土味道里感悟的。

　　农忙时往田间给劳作的父母端茶送水，农闲时去江边树林捡拾柴火，夏季里帮着在地头摞麦，秋季时帮着在田间捡棉花、拾

黄豆……儿时乡村的生活里弥散着成熟和收获的香甜，我们这一代人经历的是直接从田间地头得到了收获。相比我们的孩子这一代人，我们的经历里有更多、更苦、更长久封存、更让我们留恋的东西。

乡村的味道，最浓的当然还要数每一年的岁末年初了。现在我们常说年味淡了，没什么意思了。过年除了喝酒就是打牌，完全颠覆了"辞旧、守岁、迎新"的原始含义。我清晰地记得，儿时乡村的过年是最香甜、最有意思的时候。

腊月二十四到了，就意味着要过年了，乡村里家家矮小的土灶屋里就开始煎炸烹煮了，虽说那时年货的品种无法和现在相提并论，但那时准备的认真劲却也是现在无法比拟的。村庄里，有如我母亲那样心灵手巧的大嫂大娘们，总是想方设法地做出原料相对单一，但种类各式各样、味道极美的年夜饭。那时的春节，不仅仅是一个万家团圆的节日，它还是妇女们施展聪明才华的舞台。对于我们这些孩子来说，最高兴的除了能吃上母亲做好的可口解馋的"过年饭"外，还有那过年饭后置换的一身新衣，虽然可能只是一套"海军蓝"，但也够让我们骄傲、显摆一阵子了。儿时虽然贫穷，但春节，那浓浓的年味，总在每一个乡村里缭绕。

我陶醉于乡村的味道，时常回忆起，那时夜间躺在门前搭好的凉床上，感受着"稻花香里说丰年，听取蛙声一片"的情境；还有手握鱼竿，偷偷躲在生产队集体鱼塘角落钓鱼，感受着"疏影横斜水清浅，暗香浮动月黄昏"的意蕴。

一年四季，乡村都充溢着清新、温情。

留恋乡村，留恋家乡的味道。

无悔的军旅

——

何孟遥

　　带着五彩梦，从军走天涯，女儿十七八，行走在阳光下，一声令下，男儿女儿并肩出发。在十八岁那年，我脱下红装换上了军装，从此，开启了一段不一样的人生，拥有了一段不可磨灭的记忆。为什么要当兵？这是我到部队报到时被问到的第一个问题。女孩儿就应该好好上学，何必自讨苦吃。战场上没有男女之分，生死也没有男女之别。可我想说，万绿丛中一点红，未来战场撑起一片天。我骄傲，我是一名中国军人，是新时代的女兵。

　　只有在危难的时刻，我们才知道永远冲在前面的都是我们的解放军。他们不怕危险吗？也许怕过，因为他们也有家人，他们也是血肉之躯，只是使命重担和责任担当让他们克服了自己的恐惧。试想一下，两年间你可以完成什么？何况五年，甚至八年。每一名军人都是在花样的年龄，投身这片火热的军营，把人生最

美好的青春奉献给军营。保卫着国家的和平，守卫着一方安宁。当我看见同学节假日团圆的时候，只能把自己的儿女情长埋于心底。因为我知道，从选择军营的那一刻起，就注定了我的名字属于中国，我骄傲，我是一名中国军人。

铁马秋风，战地黄花，楼船夜雪，边关冷月，将士不羡千金裘，男儿何不带吴钩。国家复兴之际，正是展示风采、成才报国之时，中华好儿女从军去，迎接一场必然的"脱胎换骨"，让青春澎湃铁血豪情。

记得第一次参观我们军队的历史陈列馆，当看到战士们在忍受着各种难以想象的困难，坚守阵地的时候，当听说战士们无数次流着眼泪，向战友的遗体读烈士牺牲前久盼的家书的时候，当听到军人说"牺牲不要紧，只要国安宁；亏了我一个，幸福千万人"这光辉的人生信条的时候，我的心被震撼了！从那时起，一种责任感，便紧紧地包围了我。我怎能忘记，汶川抗震救灾斗争中的场景。余震来临前，部队指挥员挥泪下死命令，让已经钻入废墟的人员马上撤出，一个刚从废墟中带出一个小孩子的战士跪下来大哭，对拖着他的战友说："求求你们让我再去救一个，我还能救一个。"我怎能忘记，维和战士远离故土，当家人满心期盼却只等来一封遗书。

我时常在军训中收到很多学生给我写的信，其中有一份让我很感动。在信中他这样说道：我的教官让我重新审视军人，军人确实是最可爱的人！虽然我们处在和平年代，但是军人却在人民最需要的时候挺身而出。

因为一份热爱，一份信念，我选择成为一名军人。在人生道路中，我们都会面临很多选择，在这期间，我们可能会困惑、烦恼，但是一旦我们决定了，就要坚定自己的信念，在自己所选的领域不断拓展。迷彩青春，无悔的军旅——我骄傲！我是一名中国军人！

坚守自己心中的渡口

——

蔡泗明

　　其实，我们每一个人都有自己心中的渡口，只是有些人会很清淅，有些人却比较模糊而已。

　　何为自己心中的渡口？就譬如：在一处隔河而未有桥梁的地方，那里的人们交通不便，依赖于船舶，恰恰您是那里的摆渡人。您在那里，方便着乡亲和偶尔的过客，心中只有义务和责任——或者没有收费，或者只是极其廉价的收费。风餐露宿，两岸奔波，只为上辈的一份承诺，或为自己心中坚守的那份热忱！当然，在这样的前提下，没有经济利益的喧嚣，也不会有竞争者。你的收获，是匆匆过客们的一个笑脸，乡亲们的一份赞许以及那些温暖的目光。

　　您若细想，在您的心中，定会有这样的渡口，这种非功利的朴实坚守，是您在人世间挺直腰杆和脊梁不弯的永恒保障！并且，这种坚守，可让您全身充斥可贵的正能量，并且不断影响着周边更多的人们！

回到现实中来，您要坚守什么呢？如果能站准您的位置，找准角色，便不会疑惑——或只是安分守己，自食其力，不敛不义之财；或是吃苦耐劳，勤俭持家，照顾好自己的父母妻儿；能力大些，闯出一番天地，惠及乡里；或能力再大些，建功立业，德泽百姓，流芳千古！

一个人，一旦没有了自己坚守的渡口，而只有投机的"活脑筋"，是很难找到主心骨的！——有对父母不尽孝而敷衍了事者；有对朋友不行仁义而过河拆桥者；也有对国家不忠而名节尽失者……他们，为人们所不齿！他们的内心常常虚得发冷！或如行尸走肉，或如丧家之犬。即使后世留名也必是遗臭万年！

我们的生活或许平凡，但因为有了坚守，坚守自己心中的渡口，我们的生命也将熠熠生辉！

老街，那岁月沉淀的味道

潘屹楠

在浙江金华，市区东南有一座"奇山"——积道山，它是浙南仙霞岭的余脉，海拔虽然只有三百零六米，却是金东区境内唯一的孤山，平地而起，山势雄奇。在积道山方圆百里内，分布着大大小小，不同年代不同风貌的古村落，多以明清、民国时期的建筑群居多。徜徉在幽曲的老街古巷，斑驳泛黄的白墙，黝黑发亮的青石板，无声地诉说着历史的沧桑。

千年古道——坡阳老街

坡阳老街不长，仅五百余米，老街因坡阳岭得名，整条坡阳街由青石板铺就，路面两侧以鹅卵石点缀，两旁排列着保存完好的民国建筑。金温公路未开通前，这条街是"上通温台处，下达金衢严"的交通要道。

世事变迁，坡阳老街渐渐淡出了人们的视线。老街里住着的多是老人，当夕阳的余晖洒向斑驳的朱漆木门，老街和老人，愈显沧桑而孤独。

街边一间不起眼的小屋内，陈列着形态各异的婺州瓷。天青色的玲珑茶具，明媚而不失清丽，造型婉约，如同江南水乡的女子，灵动而不失柔美。一套灰褐色青釉天球瓶，褐色的釉面，精美的雕刻，古朴的造型，既有古陶器的朴拙厚重之感，又有新瓷器的圆润丰盈。近观玉青瓷，色泽通透，胎色净白，触感细腻温润，犹如弄玉。婺州青瓷在唐代已盛名，唐代陆羽在《茶经》中写道："碗，越州上，鼎州次，婺州次，岳州次……"随着历史的变迁，这始于汉，盛于唐，鼎于宋的婺州瓷，却渐渐失落在历史长河中。如今的复兴之路仍漫漫……

老街的豆腐宴远近闻名，每逢元旦，坡阳老街都有摆豆腐宴的习惯。一桌豆腐宴一般摆上十几道菜，道道都和豆腐有关。一品豆腐、芹菜香干、咸菜香干、荷花豆腐、马兰头凉拌豆腐、雪菜炖豆腐……材料除了村民自制的手工豆腐，大多采用当季的时鲜食材，因此豆腐宴也因时而异，每一桌都别有风味。

古今风韵——蒲塘村

蒲塘村，三面浅山坡环抱，一面清水塘环绕，当地人俗称"燕儿窝"。

蒲塘村大部分村民姓王。村里的王氏宗祠，始建于明嘉靖六

年（1527年），从明至今历时近五百年。王氏宗祠的建筑风格，是典型的徽派"四水归堂"格局，意思是"肥水不流外人田"。大堂上，悬挂了"左丞""四世一品""礼部尚书""状元""叔侄登科""百岁老母"等匾额，庄严肃穆。行走在蒲塘村，古建筑的青瓦白墙与新民居的二层小楼相映成趣，恍如穿越古今。

村里的古建筑，大多结合了徽州与婺州风格，小天井，马头墙，青石条，磨砖花雕门面。街巷曲折，厅堂相连，弄堂狭窄，让人产生出踯躅穿行在明清的错觉，仿佛一抬头就能看见手持团扇的温婉女子。

在蒲塘村的许多古建筑中，文昌阁独具特色。顾名思义，文昌阁是激励崇文向学的文化场所，但在蒲塘文昌阁内，上供奉文昌帝君，下供奉武圣关公，门楼之内有"文昌武曲"牌匾，大门之阳有"文经武纬"祖训。文昌帝君与武圣关公同奉一阁，堪称独特。

"奇村"——琐园

古朴自有力量。琐园，这个拥有四百多年历史的古村落，是传说中的一个"奇村"。琐园村周围分布有七座小山，靠北有一湖，形成了天然的"七星拱月"星象地理。整个村庄"地处龙背"，极似一把吉祥金锁，由此取名"琐园"。

琐园是严子陵第五十一世孙严必胜在家乡盖的十八座雕梁画栋的厅堂。时光垂幔，岁月流金，历经几百年岁月洗礼，琐园内现保存有旌节石牌坊、严氏宗祠、务本堂、怀德堂、聚义厅等堂屋十六座。这些厅堂建筑结构、艺术风格极具江南古民居的典型特色。这里最别具一格的是把牛腿与拱牵巧妙地设计成一条腾飞的牵龙，惟妙惟肖。厅堂的雕刻极为精细，除梁架、马腿上雕有栩栩如生的走兽花鸟外，窗棂腰板上雕刻的楼台古刹、山水风景更是精湛。而四个大门倾篷都刻着麒麟、凤凰、松鹤、鲜花等形态生动的砖雕，是中国古建筑雕刻作品中的上乘之作。目前厅堂建筑大多散落于村民家中，由村民负责维护、接待与讲解，在参观的同时还可感受到琐园村百姓的热情与好客。

走在青石板铺就的小巷上，耳边传来婉转的花腔和锣鼓声，寻声而去，一片空阔处正在搭台唱戏。"转身后，百年转，明镜台，看不穿，问菩提，这一花叶可圆满？听前世，轮回转，看今生，随心盼，修来世，明月照心禅。"

在这朗朗秋日的午后，在琐园古朴的永思堂前，听一曲缠绵柔和、委婉细腻的婺剧，细品岁月静好。

儿时的春节

———

汪 明

我的童年是在"狗吠深巷中，鸡鸣桑树颠"的小村里度过的。那时是计划经济时代，没有电和自来水，人们过着日出而作，日落而息的生活，精神和物质都极度匮乏，而我家在小村里当时是首穷，住的是丁头草舍，一到下雨天就漏雨，平时是吃不饱穿不暖的，让我们兄妹四个最兴奋的就是一年一度的春节了。

尽管家里很穷，母亲在过年时还是挺讲究的，兄妹四个，一人一套新衣服是必不可少的。一跨进腊月，家家户户都开始忙年，首先是做山芋粉，然后勺山芋粉条，腊月十八、十九除尘，母亲总念叨着几句顺口溜："要得发，扫十八；要得有，扫十九；要没得，扫二十。"紧接着清洗被褥衣物，母亲是个爱干净的人，两间丁头舍总是收拾得亮堂堂的。

过年最忙碌的要数做豆腐了，头一天就开始把黄豆用水浸泡好，第二天早晨，父亲将泡好的黄豆装进两只木桶里，放在独轮车上，推到四五里外的大队加工厂，磨碎成带渣豆浆。下午，用两根木棍支撑四方纱布，吊在屋梁上，开始晃浆过滤豆渣工序，过滤的头浆、二浆留着做豆腐，母亲把滤过的三浆给我们煮大米豆浆粥，真是香啊！一年一次的三浆大米粥，让我们吃得快要撑破肚皮了。我们村是有水稻田的，种的水稻需要上交给国家，只有在中秋节、春节，每户人家才能分到四五斤大米，后来我读到"昨日入城市，归来泪满巾，遍身罗绮者，不是养蚕人"这首诗时，心中就会泛起一阵阵酸楚，真有点同病相怜的味道。

腊月二十八、二十九开始蒸馒头、炸肉团，当然是萝卜团比较多，母亲是不准我们孩子围在锅旁的，害怕我们说什么不吉利的话，如：馒头怎么这么小，肉团怎么炸焦了，等等。第一锅馒头出锅时，母亲说："大发大发。"第一碗肉团炸好时，母亲说："金黄色的肉团子，不错不错。"这些都寓意来年能有个好兆头。

最丰盛的就是大年三十的那顿午饭了，有鱼有肉有米饭，我们兄妹四个吃得心花怒放，父亲也可以喝两杯白酒提提神，母亲仍叮嘱我们：大年三十不能吃汤泡饭，如果吃了，来年会遭雨淋。下午父亲开始贴春联，母亲开始包饺子，搓实心糯米圆，煮鱼，为新年的第一天的早餐做准备。到了晚上，全家人开始烤柴火和芝麻秆火，寓意来年要发财，生活像芝麻开花节节高。烤完火，母亲开始对我们小姐弟仨训话，哥哥比我大六岁，基本不要父母操心。在大年初一早上，饺子应称"弯弯顺"，寓意人生的道路是坎坷的，但最终还是顺利了；糯米圆应称"元宝"，千万不能叫"汤圆"，因为"汤"和"淌"是谐音，意味着元宝淌掉了。

年初一早上，桌上必有一盘咸菜煮鱼，一盘白糖，寓意年年有余，生活甜甜蜜蜜，这盘鱼是不能动筷的，留着在新年请乡里乡亲吃饭用，糯米圆是下在粥锅里的，"粥"代表着做生意趟趟"足"。就因为这些称谓问题，弄得我们小姐弟仨很紧张。记得有一次新年早晨，小弟弟还躺在床上，眼一睁，就高声叫："妈妈，我要吃汤圆。"就因为这句话，被母亲狠狠揍了一顿。母亲对过年习俗有着极致的要求，也许是穷怕了，更或是对美好生活的向往。

正月初一吃完早饭，按惯例，我领着大弟、小弟给爹爹（祖父）磕头，爹爹给我们姐弟仨一人一块接近一厘米厚的大糕，量是比较多的，而母亲在大年三十晚上，只给我们每人两小薄片的大糕。奶奶去世比较早，母亲都没见到过奶奶，爹爹是独居的，爹爹的房间里躺着一口黑色大寿材，寿材其实就是棺材，人未去世，棺材已经准备好的，称寿材，上面盖着一块红布，让我特别惧怕，总觉得是和死亡连在一起的，平常我决不进爹爹的屋子，不是那一厘米厚的大糕吸引我，估计我都不敢给爹爹拜年。父母下达给我们的过年节目都做完了，剩下就是自由活动时间。

新年最精彩的节目就是玩麒麟，每年我都是从村西头看到村东头。年初一上午，玩麒麟的就登场了，大概是由三个中年壮汉组成的，各有分工，一人收钱，一人打镲唱麒麟歌，一人背着一只一米多高的大麒麟，色彩斑斓，很是壮观。他们挨门逐户地讨钱，一般从一户只能讨一毛钱，条件好的家庭给两毛。有一次，玩麒麟到二妈妈家，二妈妈不想给钱，躲在屋子里不出来，打镲的开始唱了："麒麟一打格铮铮，你家门口多少人，前一层哦后一层，不知谁是当家人，嘿！不知谁是当家人。"这一曲唱完，如果二妈妈不出来，就开始唱不吉利的曲子，谁家也不想在大年初一讨不吉利的彩头，二妈妈不情愿地出来了，恰巧没有一毛钱零票，说只有五毛钱整票，油腔滑调的玩麒麟人说，不要紧，我们找你四毛钱，二妈妈轻信了玩麒麟人的话，玩麒麟的拿到五毛钱，喜滋滋的，急忙就跑，根本不找四毛钱给二妈妈，因为心疼这五毛钱，二妈妈哭了好久。

过年不仅给我带来了乐趣，也给我带来难受和难堪。

让我难受的是：父亲和母亲每到年末都要吵一次架，大概是贫贱夫妻百事哀吧，都是因为钱花多了，不够支出，春节后我们上学的学费，必须要在过年前就控制下来，来年的春天是青黄不接的季节，没有收入的。有一回，父亲母亲吵得不可开交，哥哥也劝不住，根本无视我们的存在，我带着两个弟弟爬上了草堆头，躲在上面，天黑了也不回家，后来直到父亲母亲停止吵架，我们才从草堆头上下来回家。

让我难堪的是在我十岁的时候，母亲给了我五毛压岁钱。年初一上午，我在邻居二梅姐家玩耍，二梅姐比我大五岁左右，说带我们这帮孩子去六套电影院看电影。六套小街离我家六七里路程，小伙伴们个个兴高采烈，只看过露天电影，没尝过在屋子里看电影是什么滋味，我忘记了跟父母打招呼，跟着二梅姐后面，一路小跑到电影院，电影票是五毛钱一张，上午中午的票都卖完了，只剩下午两点半的票，准备买票时，我下意识地掏掏插手口袋，发现五毛钱不知什么时候丢了，我当时就哭了起来，后来二梅姐借了五毛钱给我，买了票，我也没钱买午饭，饿着肚子看完电影，已经是下午四点半钟。我到家时，天已黑透，家里人早已吃过晚饭，

一到家就被母亲死打一顿，晚饭也未吃，在床上哭着哭着就睡着了。第二天，因为两顿饭没有吃的缘故，我在床上已经起不来，母亲心疼我了，泡了一碗米糕，里面加了好多糖，让我吃，没有哥哥弟弟的份儿，又帮我还了二梅姐的五毛钱。

　　年关在即，新年的忙碌又要开始了，为人妻为人母的我，体会到了做父母的不易，从毕业工作到现在，为着要维持生活，整天忙着，多少想干的事情不能实行，心里的确万分难过。尽管现在丰衣足食了，却时常怀念起那童年的贫瘠生活，那朴实的民风……

你在我心里最柔软的地方

———

冯宝琴

.

就要过年了吗？大街小巷早已张灯结彩，商店里挤满了购买年货的老百姓，到处是人们奔忙的身影，理发店门庭若市，就连美甲店都挤满了人排队等候美甲。一年就这么要结束了吗？春天就要来了吗？

婆妈妈今年五十三了，要过年了，她也烫了时髦的发型，染了个漂亮的颜色，看起来一点都不像五十的样子。她皮肤白皙，身材匀称保养得很好。平日里她没啥兴趣爱好，就是踏踏实实照顾孙子，逗孙子玩是她最大的乐趣，看着她辛苦并快乐着，我又想起了我苦命的妈妈，同样是五十几的妇女，她正该是享受儿孙承欢膝下时，自己却不幸离开了人世。

这个年是母亲离开后的第一个年，我劝了自己多少遍不要回忆有母亲的日子，更不要去想年前母亲做什么，可是心就是不听劝。

　　往年这个时候，母亲早已烫好了自己喜欢的发型，不时对着镜子梳梳这儿，抹抹那儿，还不停地问我们兄妹几个，这次烫的头发怎么样？显老不？每次问到我时，我从不认真看母亲，随口丢一句不错，母亲便能乐呵一天。第二天继续问我们，母亲祥林嫂式的问话，弟弟总不耐烦地说好便好，不好便罢，有什么意思，真搞不懂你们女人。母亲的这种问话一直要延续到正月里走亲戚，逢亲戚便问，我今年这个发型怎么样。我的姑姑们每年都会说嫂子今年又年轻了许多，这发型更显年轻漂亮，真不错。我的姨姨们会问花了多少钱，母亲告诉多少钱时，姨姨们便会趁价钱评论，怎么烫得这么干，颜色染得不匀称啊，花了那么多钱也不怎么样啊。母亲对于所有人的评论大多一笑，对着镜子扒拉下头发，痴恋地看着镜子中的自己。

　　直到母亲病了，多次的放疗，使母亲浓密而乌黑的长发掉得稀稀疏疏，那年过年母亲再也没说烫头发的事。我们为母亲买了一个漂亮的假发，母亲戴着假发过了那个年。从那以后母亲就只能戴假发了，经常见母亲在镜子前打理假发，问我们自己戴正了没有。

　　母亲自己的头发掉没了，看着我们一头乌黑的秀发，抚摸着我们光滑的头发坚定地说不要剪头发让狠狠地长，那一年我的头发长到了腰间，只为母亲。

　　再后来母亲病得严重，头发全部掉光，戴假发都成了负担，索性戴了帽子。从此以后，再也不见母亲在镜子前站着。

　　我第一次认真地看母亲的头发，是在母亲病得严重不能自理，为母亲擦洗头时，曾经掉光了的头发像初春里尖尖的草芽探出了头，它很短很密，但一根黑发周围全是密密的短短的硬硬的白发，白发占据了整片天地。

临近过年这几天，婆妈妈变着花样为我们做饭，肉丸子、红烧肉、排骨、羊肉面、年糕、饺子。但无论吃什么都吃不出熟悉的味道。这些可口的饭母亲也曾为我们忙前忙后张罗过，我们吃着总要挑三拣四评论半天，提出许多意见：盐放少了，火候大了，调料轻了。母亲总微微一笑，下次改进，母亲年年会说下次改进，谁知道距离上一次说此话仅仅只是一年时光，却也再听不到母亲如此说了。

曾经，我以为母亲一切都好，什么都不需要，不需要安慰，不需要关注，不需要理解，总觉得母亲是一棵茂盛的大树，风雨吹不垮霜雪压不倒，直到母亲开始大把大把地吃药，直到母亲一夜一夜睡不着，直到母亲病情严重，直到母亲病到生活不能自理，我才知道，我忽略了一个不愿面对的现实，母亲老了，她生命即将凋谢。

看着上了点年纪的婆妈妈，为我们忙前忙后，孩子她带，饭她做，家里的一切都是她承包着，我突然感觉到自己多么自私。她们老了，该是我们这些年轻人来为她们忙前忙后，该是她们享受生活的时候，该是我们多体贴照顾她们的时候。

望着忙碌的婆妈妈，我若有所思。

行走在音符上的声音

孙 思

　　第一次听到雪飞的声音，是在 2013 年浙江嘉兴南湖举办的海峡两岸"月河·月老杯"爱情诗大赛颁奖晚会上。那天是七夕，晚会在月河湖畔举行。雪飞当时朗诵的是爱情诗大赛一等奖的作品，名为"月河之恋"。

　　七点五十分，当主持人报出雪飞名字时，我看到了高挑瘦削的雪飞站到了台上，皮肤黝黑，白衫黑裤的他，自然、简约得像一幅素描。接着，轻柔舒缓的音乐里，传来了他的声音。这声音真切、低缓、辽阔致远，似乎过滤了很多尘嚣，仿佛来自遥远的天际，它落下来后，就被听众融化了。这个时候，你甚至感觉不到自己的存在，似乎整个人，整颗心都被这声音牵走了，牵到了很远的地方。那里不仅有杨柳岸、乌篷船、小桥流水绕人家的江南；也有蒙古包、辘轳车、风吹草低见牛羊的大草原和马头琴。高亢如小号般激昂的声音，在舞台上嘹亮不绝；只有技巧，没有内容的声音在电视和广播里肆意地浸染着听众的耳膜，而像雪飞这样的有着山高水低、冷暖起伏的声音，真的是久违了。

此时，坐在嘉宾席上的我，轻轻地闭着眼睛。我害怕睁开眼睛会被舞台上的灯光、背景消减去哪怕一丝微不足道的我对声音的体味和感觉。这个时候，我不需要视觉，因为视觉能看到的都在声音里了。声音托着诗，融汇着诗里的全部内涵；音乐托着声音，与声音丝丝相扣，然后三者相交相融，不可分割，似乎它们生来就为一体。

说来惭愧，由于我这人一向低调，平时躲在大学的象牙塔里除了教书，就是阅读和写作，很少有时间顾及电视广播，因此对于主持《经典947》的雪飞，我是一无所知。但自那之后，我开始喜欢上了他主持的节目，有时候，他主持的那个时间段，我刚好有事，就会请家人把它录下来，然后晚上回来听。

夜晚，我坐在落地窗前，打开录音，静静地听着雪飞主持的《经典947》，听着他的声音在我内心的某个地方，雨打芭蕉般地轻叩着。窗外夜幕低垂的天空，繁星点点，像一张开满鲜花的草地，似乎触手可及。草地的那一头有河，河上有灯光。窗内，我开着一盏台灯，小小的，小得就像只点在自己的内心里，而它带给我的温暖亦如雪飞的声音。

认识雪飞后，每年去嘉兴参加诗歌大赛颁奖会，因为我不会开车，都会搭雪飞的车。他是朗诵家，我是诗歌评委，在车上我们的共同语言很多，很谈得来。认识他久了，走得近了，我发觉雪飞对音乐，对诗的审美和把握，不是常人能够企及的，而且他

为人真诚、随和，肯帮助人，这样的一种境界，就注定他在主持和朗诵上走出一条与常人不一样的路。

可能我教美学的原因，对艺术非常挑剔，一般朗诵家（包括某些著名）的朗诵都很难入我耳，因为任何一门艺术都不是装腔作势，而是要靠真情付出。雪飞每一次的朗诵都会花很多心思，一遍遍揣摩诗歌，甚至打电话与作者一遍遍沟通，十分敬业。而雪飞，作为一名艺术人，他对艺术怀有的虔诚，一直没有变。

雪飞始终把自己放得很低。一个主持人或者朗诵者能把自己放下来，非常不容易，怕就怕他们把自己放得太高，这样的话，他们的声音就落不下来，听众的耳朵够不着，何谈进到心里？

一直以来，我都在思考，为什么雪飞的声音这么独特，这么容易感染听众？我想，那是因为他的声音是行走在音符上的。他的声音除了有节奏，有旋律外，主要还是因为有容量。这个容量你看不见，摸不着，但你能感觉到。这个容量就是他的思考，他丰盈的内心世界，他思想的节点和核心。它们连接在一起就是一个个音符，把这些音符串起来，就是一首经典音乐，亦如他主持的《经典947》。

当然，还有更重要的，当他的声音向你传来时，他的心在远方。

年俗在嬗变中传承

彭立新

　　老一辈人心中也许存在着一个永恒不变的真理, 落叶要归根, 过年要团圆。因此, 在这个中国最富有特色的传统节日——春节到来之前, 我们所有漂泊在外的游子都必须回家过年团圆并祭拜先祖。

　　自懵懂以来, 我发觉人们把年俗的庆祝活动过得越来越丰富多彩了。每年进入腊月上旬开始, 从置办年货、新衣新帽、洒扫庭院、张贴春联, 到年夜团圆、熬夜守岁、除旧迎新、走亲访友; 从舞狮子、耍龙灯、唱花鼓戏、猜灯谜、赏灯会、逛庙会, 到吃年糕、整鸡、整鱼, 等等, 不一而足, 象征着来年团团圆圆、甜甜蜜蜜、阖家欢庆, 年年有余, 也无一不透露出人们对于新春佳节仪式感的重视与崇拜。

　　有人说年味淡了, 我不以为然。所谓年味, 其实是一个时代

的人的体验积累而成，而且每个人的年味像每片树叶一样是独一无二的。比如，像我奶奶那辈，就没有看春晚这个习惯，还记得她老人家对此非常淡漠，也常常抱怨叔叔他们从不陪她聊一聊家常；我父辈这一代，热衷举家团圆、观看春晚与走亲访友，而对于已经习惯不看春晚的子侄辈，春晚也不是过年的必要组成部分。

因为时代发展，虽然这些仪式或多或少会流逝，但新的年俗仪式已经开始。比如看春晚，跨年夜放鞭炮，代替一家子聊天守岁；比如短信拜年，刷朋友圈，在群里"抢红包"代替春晚、鞭炮；比如举家外出旅游代替在家吃团圆饭、走亲访友。这其实很正常，虽然这些随着时代进步确实在不断地改变以往旧时的过年体验，也许一部分人会觉得年味变了、少了、淡了，其实只是这部分人各自珍藏在记忆里的年味，在如今越来越难完全重现了。但我们更应该看到：其一，随着物质生活水平提高，我们过去对美好生活的追求在平时基本已经得到满足，所以对传统春节中部分物质需求的期待值已经不那么高了。其二，我国主要社会关系因时代发展不断变迁，不再囿于家族而逐渐转向社区。过去，人们的人际交往范围较小，亲朋好友等大都生活在附近，因此每到春节，大家都会上门拜年，互道祝福。但现在，亲戚、朋友、同事过年可能并不在一个城市，人们更习惯用一个电话、一条短信拜年。于是面对面交流少了，人与人之间的那份亲切、热情就少了，过年也就显得没那么喜庆。其三，部分传统文化的吸引力下降。早早就开始采购年货、打扫房屋、准备年夜饭、舞龙舞狮、踩高跷、玩花灯等是以前过春节的"标配"。但现在，不少人嫌传统过年方式太麻烦，认为唱歌、逛街、旅游这些现代文化休闲活动更简单、有趣。

　　尽管如此，但这些变化丝毫没有影响举家团圆、欢聚一堂。辞旧迎新、祈望未来吉祥平安一直是中华民族过年的永恒主题。我们更应该看到，众多的新民俗、传统文化活动，比如灯会、庙会的多元化等仍然焕发着勃勃生机，正在激起年轻一代浓厚的兴趣；春节出游正日趋成为一种时尚，一改以往吃吃喝喝团圆聚会的旧习俗，将年过出了新的气象；按照习俗，吃过年夜饭，就发压岁钱，这是孩子们新年最盼望的礼物。压岁钱又叫"压祟钱"，传说用它可以压住邪祟，保护晚辈平安度过新的一年。这一传承千年的习俗，蕴含了长辈对晚辈的关爱。近些年来在不少城市或家庭兴起了经济自立的晚辈给长辈压岁钱，这体现了孩子对老人的敬畏之心，也唤起了人们的尊老意识。这些年来，道路拥堵、车票难买、假期短暂等常常阻碍了远在异地他乡打拼的年轻人回家的脚步。只要能举家团圆，共享天伦，哪里都一样，"反向过年"悄然兴起，开始成为部分父母们选择到儿女们家里过年的新年俗。

　　我们所怀念的年味儿，其实是对自己小时候特殊记忆的一种怀念。正如人们对于家的怀念一样，有父母在的日子，家的感觉永远存在，一旦父母不在了，就感觉家散了，不复甜蜜温馨。但现实就是如此，因为那一切无法重现。所以，我们不应该只感叹什么年味变了、少了、淡了，而应该以一种积极向上的心态，让所有的人找回属于自己的年味，让新的年俗在嬗变中传承，让中华民族美好的传统文化在传承中发扬光大。

我是女兵

——

王文慧

女兵，当我有了这一神圣的称呼之后，我的人生从此不再平凡。"携笔从戎""女汉子""流血流汗不流泪"，这些词与我息息相关，使我变得与众不同。

如今，我已在军营里走过了整整六个年头。这六年中，我的人生实现了一次又一次蜕变。

刚入伍时，我有着和男生差不多的发型，一样黝黑的皮肤。每天听到最多的就是训练——训练体能，训练队列，训练专业，这些都让我很挣扎。我总是不及格——体能倒数，队列不规范，专业总是垫底。除此之外，还有那种半夜三更睡得正香、被人叫起来的苦涩；大年三十，万家团圆，而自己却在值班站岗，心里想念着远方亲人的心痛。

那一年，我有过迷茫、低落，甚至绝望……

人生时时有风景，军营处处有阳光。在人生的暗淡之处，仿佛看见了远方的曙光。于是，我开始储蓄力量，不断发力。晚上战友们休息之后，我还在"开小灶"，别人学一遍，我就学两遍、三遍。渐渐地，我的专业成绩开始上升，终于从无人注目的角落里爬了出来。训练亦如此，只要有休息时间，我就给自己加练，要求三公里考核，我每天跑五公里、六公里……

上军校后，我变得更加坚强勇敢。不论是雨水里，还是泥地上，只要教员一声令下，我们照样与男生们一样，摸爬滚打，奋勇向前。野外训练，徒步拉练，手上多了茧子，脚上多了血泡，温柔贤淑的女孩子，活活被磨炼成了一名"女汉子"，我们从无怨言。

……

六年，曾经是那么的漫长，如今却如此短暂。六年，身上的伤疤增加了不少，它在不断提醒着我，泪水、汗水，最后都变成坚毅、不服输。六年，让我真正懂得了女兵的意义，让我懂得了什么是奉献，什么是责任，什么才是真正的人生。

感谢军营，六年让我看到了一个不一样的自己。

人生最美是军旅，我骄傲，我是女兵！

这一世的思念

——

孙天英

　　每个人的心里都有着过年情结，经历不同，过年的情结就不一样，或期许，或盼望，或烦扰，或惧怕。怕过年带来的劳累，怕过年的各种应酬，或者怕置办年货时要承受的经济负担。而我，一年一度中却盼望着年尽早到来。

　　小时候盼过年，就像其他孩子一样，盼望着过年的有限的美食，盼望着过年的新衣，与之不同的，是每逢过年来临，我更盼望哥哥姐姐能更早地回到家中。

　　在我的记忆中，我很小的时候，哥哥姐姐就离开家乡，离开我们去了他乡。每到过年，东北的大哥，山西的大姐和在北京求学的二哥都会在这时候赶回来跟我们团聚。盼星星盼月亮比不上我盼着哥哥姐姐回来的急切和情深。因为每次他们的到来虽然不能给我带来更多的物质享受，却能让我们这个家团圆，才能更像一个家，也能更多地享受到他们对我的疼爱，能享受到他们带我玩耍时的快乐。大哥讲述人生体味，大姐给我扎羊角辫，帮我洗脏衣服，二哥教我做作业，这一切都是任何物质享受不能相比的。尽管我犯错时他们会很严厉，大哥会让我在烈日炎炎下罚站，二哥会动手打人，但跟他们给我带来的疼爱和乐趣相比简直微不足道。大哥说：外面的世界比杨场村富足、思想开放、人性复杂。我这才知道哈尔滨有色彩绚丽耀眼的冰宫，有广袤的森林牧场，有一条黑河与俄罗斯只一河之隔；大姐的巧手裁制的时装让我知道衣服的款式不只有妈妈手下的粗布衣裳；二哥说：大学里有几个女同学追他，朦胧中感觉，这么穷的家庭怎么会有人不嫌弃。

小时候有哥哥姐姐的春节是那么快乐、充实和幸福。母亲总说：穷日子富节。那时候日子再拮据，过年的几挂鞭炮是必不可少的。个别富裕的家庭每次过年都要买来上千元的爆竹，以表示自家的富有，这对我们这样的家庭来说简直是望尘莫及的。有一次过年，一个邻居家的男孩，跟二哥是高中同班同学，但无论从相貌、才学、气度、口才、聪明程度或是及第的大学，他跟二哥都是没有可比性的。许是他想找点儿自我安慰吧，每次二哥带我们放完一小挂爆竹之后，紧接着就会从他家的院子里传来更长更响的爆竹声来向我们示威。我家那有数的几挂爆竹哪能是人家的对手，于是二哥灵机一动，说：下次咱们得改策略了，不能一下放一整挂了，不然几下就放没了。于是二哥就带我们把爆竹都拆成一个一个的，等他家长长的爆竹声一停，二哥就拿起孤单单的一个爆竹点着，只听"啪"的一声响之后，从他家院子里就传来又一阵长长的"噼啪"声，如此这般循环往复着，等我们还有两挂整编的时候，再放，

已经听不见他家的爆竹声了，那一年的除夕夜虽然没有更多的物质享受，却是我们度过的最快乐的除夕之夜。

　　每次过年来临之前盼望哥哥姐姐的日子是那么漫长，有哥哥姐姐陪伴着过年的时间是如此快乐而短暂。转眼，我也已为人妻，但还是像个孩子似的期盼着一年一度的年的到来，期盼着哥哥姐姐早点回家爸爸妈妈还有我们这些小弟弟小妹妹们团聚。

　　我结婚这年的春节正月，我们还没能从春节的喜庆中回过神来，一个噩耗传来，我亲爱的父亲没了。我们几个弟弟妹妹只顾哭作一团，家里的一切大小事都是大哥二哥支撑着，他们没有放声大哭，但我知道不是他们不悲伤，而是他们还有更重要的事要打理，他们只是把悲伤隐藏到心里。倘若他们也跟我们一样只顾哭，父亲的后事怎么还会料理得妥帖。大哥的气度、处理事情的能力、他伟岸的身躯和俊朗的面容，无一不彰显着他的过人之处，这都是我们这些弟弟妹妹崇拜敬重他的缘由。送走父亲以后的春节，我更加盼望着年的到来，因为长兄如父，有大哥在，我们的内心就有依靠，有大哥在，就像父亲还活着一样。

　　可是，难道世间之事真像古人说的：祸不单行吗？父亲离世的第三个年头，又一个噩耗传来，哈尔滨的大哥没了，那边打过电话来说要人过去收尸，说明了地址后电话就挂断了。接到家里来信时我正忙于秋收中，忍着像刀剜一样的剧痛，强支撑着身体把剩下的最后一点农活干完，几乎再没有行走的一点力气，要不是靠仅有的急于回娘家的心情做支撑，我定会瘫软在地上没力气起来。我跌跌撞撞地骑了二十多里的车赶到娘家，家里早已乱作一团。大哥是什么时间没的？怎么没的？是暴病身亡还是他杀？

我们都无从知晓。大哥只身独闯黑龙江，那边的情况我们一概不知，这几次过年回来，他说经营的公司已经投产运营，大哥刚刚四十岁的年龄身体正值旺盛期怎么可能是暴病身亡？而且平时一点毛病也没有。难道是有人想窃取他的财产而害命？时间容不得我们胡乱猜测。哈尔滨距离家里几千里之遥，去那个人生地不熟的地方能平平安安地把尸首收回来就是万幸。准备好盘缠和地址，二哥带着大嫂踏上了去往东北的列车，去之前，母亲嘱咐二哥说："无论你大哥怎么死的，病死或他杀，都不要去做追究，那边他的所有一切都放弃，你们只管平平安安地把他的尸首收回来即可，你们千万不要再有什么闪失。"在家里等候的我们想象不出二哥他们途中会遇见什么状况，我们就像热锅上的蚂蚁，彻夜难眠，看着母亲日渐消瘦的身体和陷下去的黑眼窝，我们纵是心里有万分伤痛也不敢轻易在母亲面前显露。家里和二哥几乎每时每刻都保持着电话的畅通，确定他那边的安全。

经过十五天的往返，二哥跟大嫂终于抱着大哥的骨灰安全回到了家。见到了大哥的骨灰，一家人再也忍不住多日来压抑在心里的悲伤放声痛哭。"大哥。你怎么也这么急着离我们而去了？之前，你告诉我说无论多忙也要送我这个妹妹出嫁，却不知那一次的见面却是你和弟弟妹妹的永别，和惦念你的母亲永别。像山一样的父亲走了，我还以为这世上还有一个像父亲一样的大哥疼我，可是，你也这么绝情地走了，我又少了一个疼我爱我的人。"大姐已经哭得背过气去。二哥似乎比父亲去世时看上去还要镇定，也许他已经在这半个月的途中把泪流干了。二哥像父亲去世时的大哥一样，忍着内心的悲痛料理完大哥的后事。大哥的几件简单

的遗物中有本日记，我几乎是流着泪看完的。大哥说，刚去东北的日子里，无依无靠，没有正经事做，没钱吃饭的时候就几天几天地饿着，住不了宿就蜷缩在黑夜里，后来去了农场搞农事，替人放马，骑马时从马上摔下来无数次，九死一生，在不断的磨难中，创出了属于自己的公司。可是大哥，你所有经历的这些苦与痛，回到家来，跟我们却只字未提过，你让我们看到的是你的苦难前面的光鲜。

我尚在年轻的岁月里，短短的三年里失去了两个对我来说至亲又挚爱的人，他们都是支撑我在人生之路上偶遇困难时的强大力量，有委屈时可以跟他们诉说，有解不开的疙瘩，他们能用丰厚的知识和阅历轻而易举地帮我化解。他们的离去就像我心里的两座大山轰然倒塌，原来的那种家的感觉似乎再也找不回来了，虽然我还有依然疼我的二哥、三哥，但是大哥在我心中的位置、在一个家的位置不是集所有疼爱就能代替的。即使父亲不在了，只要有大哥在，一个家就有无形的凝聚力，大哥的肩不亚于父亲的肩，能担千斤，能扛百担，能担荣辱，能挑喜怒，能担雨雪，能挑风霜……如今，纵是我能记大哥万般的好，又怎能换回大哥的重生？怎能换回大哥对我们的千般恩万般宠？

"每逢佳节倍思亲"，不光是游子对家的思念，也是我此时此刻对亲人的沉痛思念。无论时光怎么打磨我的容颜，无论岁月怎么增加我的年轮，无论随着春节的到来会给我带来怎样的劳累和应酬，我也始终像小时候一样，急切地盼望着年的到来——春节来了，我们的家就团圆了，我们和母亲就能给父亲和大哥燃香祭祀，让父亲和大哥跟我们一起过这举国同庆的日子，就如同他们还尚在人世间一样。

爸，大哥，如果有来生，下辈子做我们的父亲、大哥之时，请不要把悲伤过早地留给深爱着你们的亲人。好吗？

人小体单的我们哪堪承受这一世的思念。

怕过年

王沁

年年过年，年年难过；年年难过，年年过。转眼，年，又来了。忙碌中，总有一种莫名的恐惧。不知从何时开始，过年，于我而言，不再是一种渴望和喜悦，而是一种负担和辛劳。

步入中年，"上有老下有小"，烦恼的事不少。年关，要为家庭日常开销去操心应酬，家里家外，忙得团团转。女人过年就是洗洗涮涮、收拾房间、打扫卫生、忙里忙外，过的不是春节，而是劳动节。天天忙烧锅，忙拜年。渐渐地，真的怕过年，一到年关，就头痛心悸。

小时候，年是一种期盼。腊月一到，小心脏激动得怦怦跳，天天掰着指头数着日子，总盼着年快点到来。那时候，喜欢看大人们办年货，家家户户请裁缝上门做新衣，忙着磨豆腐，杀年猪，炒米切糖，扫尘祭祖。那年月，只有过年时才吃得最好，穿得最美！

放鞭炮，观花灯，看大戏，只管尽兴地疯玩。

儿时，最期盼的是家里杀年猪，妈妈会喊亲戚好友来家里吃年猪饭。这一天，爸爸妈妈的笑容最灿烂，然而，最兴奋的却是我。手里拽着早就准备好的一根空心竹管子，紧跟着杀猪佬，苦守着猪尿泡，杀猪佬把猪尿泡往地上一丢，我就迫不及待地扑过去，抓起猪尿泡就跑，找到猪尿泡的通口，把竹管往里一塞，跪在地上，翘着屁股，一边使劲地吹一边用劲地揉。泡，越吹越大；脸，越吹越红！猪尿泡上粘满了灰尘，可我玩得不亦乐乎，那才叫一个开心呢！

妈妈几天前就会开始嘱咐我，杀年猪时不要乱说话，乱说打嘴！我围着杀猪桶兴奋得不得了，一会儿大叫："我家杀年猪咯！"一会儿疯笑："我家有肉吃咯！"妈妈都会温和地摸着我的小脑袋。哪知越兴奋话越多，话一多就容易出纰漏。有一次，也不知我哪根筋搭错了，我突然高叫一声："哈哈，我家肥猪终于上西天咯！""啪——"父亲给了我一记响亮的耳光："滚远点，讲不到好话！"我被父亲撵到老远处站着……

裁缝上门时，我便端来小板凳，托着下巴，痴痴地守着缝纫机就是一整天。漂亮衣服做好了，我小心翼翼地折叠好衣服，放进小木箱，每天傍晚，偷偷拿出衣服贴在身上，站在镜子前面臭美一会儿再放进木箱摆好，一直坚守到大年初一才正式穿上。哎，现在回想起来，心里还美滋滋的……

春节最开心的莫过于孩子和老人们了。对于孩子们来说，是可以暂时地摆脱繁重的学习任务，有充足的时间玩游戏，甚至跟家人一起外出旅游，还有一笔可观的红包收入，对于留守儿童来说，

最高兴的是在外打工的父母归来，可以投入父母的怀抱；老人们开怀了，翘首期盼的儿女从远方归来，子孙满堂，一家人能相聚一起过个团圆年！

每到过年，都会想起以前的年关，母亲总是为来家的五亲六眷忙个不停。那时，并不懂得母亲的辛苦，天天盼望着家里能来客人，既热闹又有好吃的。如今轮到了自己，才真正体会到了母亲的辛劳，我的手艺也比不了当年的母亲，感到更加力不从心。

过年去别人家走动，觉得乏力乏味，要是接亲戚来自己家做客，真不知该怎样去应付！我最害怕的是年关应酬，一想到家里来客烧饭我就脊梁骨发麻。别人请你一家吃饭了，你不请别人，于情于理，都觉得过意不去；到餐馆去吧，正月里的饭菜又特别贵。思来想去，还是我亲自下厨。厨房里只见瘦小的我忙上又忙下，叮叮当当几小时。接着，一大桌的人聚在一起喝酒、拼酒。酒后，又忙着擦，洗，扫……可以说，这样的情景从大年二十九晚上一直到正月十五就基本没间断过。

家人相聚——喝！

同学聚会——喝！

拜年——喝！

送寿——喝！

结婚——喝！

初一，初二，初三，初八……除了喝还是喝！

酒桌之上，觥筹交错，白的、红的、啤的换着花样喝。因为是过年，大家放松了，喝得比平时要多、要猛。好酒之人大多会醉酒，尤其是在春节，似乎必须喝得比平时多才能显得高兴。于是乎，感觉一个正月似乎都是酒的世界，满大街都有醉汉，满世界都有酒味。

烦，酒味！烦，醉汉！烦，喝酒！

更讨厌的是人情往来。过年要走亲戚串门，大过年的，串门总不可能空手吧？肯定要带些东西去。东西还要讲究体面还要讲究双数。今天要去大伯家，明天要去姑妈家，后天他们来我家，这样来来往往的，一个春节下来花费不说，年结束了，房间的东西满满的，像个小杂货店，吃又吃不掉，兑又兑不得，年年如此！

说真的，春节过得越来越让人累，让人烦。还有大年三十晚上的群发短信，而且拜年短信一般都是提前一天开始收到，持续到大年初二才会结束。无论平时常联系的还是一直不联系的，除夕之夜全部闪亮登场。最可笑的是，有时收到对方的转发信息名字竟然不是他本人，感觉一点都不真实。天天不住地迎来送往，不间歇地赶场子，时间都不由自己做主……

过年，一个字，累；两个字，破费；三个字，太遭罪；四个字，又长一岁！

年，越来越近……

心，越来越慌……

橘色灯光

——

卫本兴

　　现在已很难见到橘色的灯了，然而我心中的那盏橘色灯却永远地亮着，那是已在天国的母亲为我点燃的一盏灯。

　　童年时，大部分家庭都日子窘迫，普通百姓都过着紧巴巴的口了。为了省电，多数人家里都是点着十五瓦的白炽灯，那微弱的橘色灯光在漆黑的夜里，也仅仅能让人们辨清家里的物件。家里若有孩子做作业，必须将灯拉低，凑近灯光才能勉强完成作业。我的小屋就有一盏这样橘色的灯。

　　尚未入冬时，母亲就会在微弱的橘色灯光下给我制作棉衣；临近春节，母亲会凑近灯下给我赶做新衣。新衣做好、棉袄赶出，母亲会把我揽入她的怀中试穿新衣，母亲那特有的身味体息现在还时常弥漫在我的鼻间。试衣时母亲会扯扯这、拉拉那，还常常会嗔怪地说："都这么大了，衣服还不会穿！"母亲是大家族出身，再朴素的服装，母亲都会"讲究"地穿在身上。记忆中从未有过头发凌乱、衣服不整不洁的母亲形象。

同样在橘色的灯光下，我的父亲喂着不到一元钱的散酒，就着几粒花生或简单的下酒菜。父亲嗜酒但不酗酒，记忆中父亲从未酒醉过。每次喝酒最多也就不到三两。

寒冬腊月，火炉上炖着热菜，香味随着热气氤氲弥漫小屋，橘色的灯光映在积满水汽的玻璃窗上，形成缤纷的橘色光斑、光点。父亲这时喝酒最为惬意了。

偶尔会见到父亲在喝完酒或快喝完酒的时候，眉头微锁深思的样子，不知父亲是在愁思苦难的日子，还是在忧虑别的什么。

父亲嗜酒，更爱抽烟。

为了省钱，父亲时常购买烟叶自做香烟。父亲做烟我是得力助手，尚小贪玩的我之所以帮父亲做烟，是为了听父亲那永远也讲不完的故事。橘色的灯光下，我和父亲一起做着烟，一边听着父亲讲故事……

橘色的灯光下，我做语文、算算术；我绘画、读书……

不管是雪花飞舞的黄昏还是凄雨霏霏的夜里，只要走入小院、走近我的小屋，望见那散射出橘色灯光的窗户，我就不会再感到寒冷、感到凄凉和孤独……

母亲去了天国，橘色的灯光变得有些惨淡；异地读书，橘色的灯不再常常点亮；小院没了、小屋拆了，橘色的灯光熄灭了。

不知在天国的父母是否拥有一盏橘色的灯。

我想有那么一天，我会再和母亲、父亲被同一盏橘色灯光映照的。

老龙潭拾趣

胡冀兰

据说，骑龙乡的老龙潭飞瀑，珠玑四溅，轻烟薄云，甚是秀美。

心驰神往，朋友却说，现已至秋冬，老天爷没下雨，瀑布无水，哪有啥子美景可观呀。

我们偏不信，四人相约请当地村民做向导，前往老龙潭。我们披荆斩棘穿过一片松树林，终于来到一片豁然开朗的溪流边。真是隽秀清美！听溪流潺潺，娓娓而来的轻柔沁润着我的心，一扫路途跋涉中的疲倦。一些孩子不顾凉意仍然兴致勃勃地玩水嬉戏。两边的山林树木应着深秋的霜染出现了色彩的多变。

这时，同伴中有人拾捡到一块花纹奇特的石头，大叫："快看，这就是贝壳化石！"我们欣喜地凑在一块仔细鉴赏。果然，这石头上的纹路清晰可辨，好多好多的小贝壳形态都密密麻麻烙刻于这一长约十五厘米的石头里，与石一体，像无数双眼睛与我们相望，似乎要诉说亿万年前海洋与火山的故事，期待今人的探索。

漂亮的化石激发了我们继续淘宝的兴致，大家猫着腰，在溪水里寻找更多形态分明造型好看的石头。就这样，一路沿溪水拾捡而上，袋子里已盛装了颇有分量的"贝壳化石"，算是小小的满足了。

越往上游寻去，石头、石壁越来越大，越平滑开阔，不觉间，我们已来到了老龙潭瀑布跟前。谁说这个季节已不见瀑布的美？我们欢呼雀跃起来。瀑布前一块巨大石屏，正适合我们拍照倚靠。身后的银练玉珠撞击着山石欢快地倾泻，瀑布高约三十多米，虽不及夏季那样湍急面宽，但别有一番洁白如玉、银河下泻、微雨纷落的仙境美态。仰头望石壁峰回，清溪蜿蜒九曲至岩壁一道豁口，疾流而下，飞翠溅碧至潭中。来不及探询关于潭池中的传说，我却听带路人介绍，瀑布上端的那座造型弧圆的拱桥，原来是当地人为转换运势依山水而搭建的风水桥，这一搭，令这瀑布在蓝天下增添了横空幽然的曲线美，于山林中增添了一份雅致与情趣。

揣着拾捡的石头回家，再端详一番我那块贝壳石，发现立于灯光下像极了一只猿猴安静地休憩。回味着在瀑布前拍摄的照片，越发觉得老龙潭是一块宝地，四季俊美，蕴藏丰富，有风情有趣味，任何时候都不会令游客失望。

给母亲洗脚

吴秋敏

让我这辈子永远都惦记的人，是我的母亲。

小时候，父亲常不在家，为全家生计奔波各地，母亲独自带我们姐弟三人。读幼儿园时，母亲会早早带我们吃完饭然后去货运码头，看看来往的船只在游动，几乎天天如此，只为哄我们开心。

母亲心思比较细腻，我有什么事情，她都能看透，任何行为表达都逃不过她的眼睛。我有什么事对她倾诉，她都会安慰我说："孩子，没事！"

有一次我哭了，她的眼眶也红了，我本不想让她伤心，可我就是抑制不住内心的痛。那些年，母亲的不容易不是几句话就能说得清楚的。高一那年，班主任专门给我布置了一个特殊的作业——给母亲洗脚。回到家，吃完晚饭，我弄了盆水端到母亲面前，对母亲说："任老师让我回家给您洗脚。"母亲当时一个劲说"不用"，可我非要洗，可能是一半出于好奇，一半为了完成作业吧！我用手把母亲双脚轻轻放在热水盆里。当我的手触碰到母亲的脚时，心不经意颤抖了一下。这么多年，从未曾想起给母亲做过一件什么让她感动的事，而她却一直满足我很多无理的要求。

我问母亲："水烫吗？""不烫。"母亲柔声回答。可我明明看到她两只脚都红了，虽然不至于起泡，但明显是红的。我很认真地洗、搓，突然从盆里出现一个声音："滴。"这个声音美妙动听、清脆悦耳！对，这是一颗很特别的泪珠，饱含了，也表达了一位母亲对孩子说的话。我的眼睛是模糊的，我试着抹去眼前的雾，可是怎么抹都抹不掉，一层又一层地蒙住我了的眼睛，最后我用袖子使劲擦，才擦去。然后清晰地看见母亲偷偷地用手不停地抹着泪水……

很多时候，我在想，下辈子我还能做您的孩子多好！多希望能一直被您爱着，不计回报地爱着……

母爱如水般清澈、明亮、甘甜！感谢老师给予我那次给母亲洗脚的机会，让母亲很欣慰，也让我体会到母亲的不容易。

母亲，我想对您说："您辛苦了！"

踏上返乡路已然沐春风
——

董志文

　　年要到了，心中乡愁渐浓，对于远在异乡的人，回家是化解这份乡愁唯一的解药。"有钱没钱回家过年"是人们发自内心对团圆的渴望和追求。无论是万水千山的距离，还是面对凛冽寒风的艰辛，没有什么能阻止"春运"的脚步，每一颗滚烫的心都在渴望着回到他生命的起点——家。

　　家是什么？是温情、是团圆、是包容、是理解，是可以笑的欢乐场，更是可以哭的避难所。

　　每到年关，家便是那样的温暖，总能触动游子们最柔软的心窝和最脆弱的泪腺。当兵十五年，回家过年的次数屈指可数。天南海北，无论身处何方，每到过年时，家乡那一桌魂牵梦绕的年夜饭是我永恒的思念主角。一桌齐心协力的年夜饭只是家的外在形式，浓浓的亲情，心灵的归宿才是年夜饭的本真，山珍海味绝不是年夜饭的主打内容，有父母、有兄弟姐妹的年夜饭，才是真正的团圆。

身在军营身不由己，我已经连续三年没有与父母吃过一顿团圆饭了。自从得知母亲患了严重的高血压，我经常在夜深人静凝视窗外点点灯火时，脑海中浮现出母亲双眼微闭，强忍晕眩与头痛的场景。有时我多么渴望在母亲饱受病痛折磨时，自己能给她递上小小的一片药或者一杯水。一想到两鬓斑白的父母，我常常惭愧不已，自从参军以来没有一天尽到儿子应尽的职责。我很想弥补，当有人说山楂干泡水能治疗高血压时，我利用周末爬到山上摘来一篮子山楂，仔细清洗，切片晾干；当战友告诉我，每天吃三五粒陈醋泡制的黑豆能缓解高血压时，我马不停蹄去商场买来黑豆泡进陈醋中……望着一大包山楂干和一整瓶黑豆，我心中涌起阵阵苦涩，这些或许只是对千里之外母亲的情感慰藉，对于年迈的父母来说，可能没有什么比陪伴更无价。

家是最小的国，国是千万的家。自古忠孝难两全，对军人而言，常年坚守岗位，与家人聚少离多是常态。逢年过节，为了万家灯火明，为了万家团圆夜，他们有的在大漠戈壁练兵备战，有的在深山密林蛰伏待命，有的在北疆哨所守卫国土，有的在南国海岛执勤站岗，更有的在万里重洋之外维护世界和平，展现大国力量。春节属于每一个中国人，军人自然也是其中之一，但战备在位率是军营的铁律。"独在异乡为异客，每逢佳节倍思亲"，这是每个游子的心灵独白，军人亦是如此。每到团圆时，这些铆在战位上不能回家的铁血硬汉们，总是用各种方法压制心中无限的乡愁。他们不仅把父母、妻儿装在心中，更把使命职责扛在肩上。尝一口母亲的年夜饭、看一眼绚丽多彩的花灯、听一段妻儿的欢笑，这些微不足道的日常生活，对坚守在战位上的军人而言都是奢望。这不禁让我想起电影《湄公河行动》中的一句台词："这个世界不是没有黑暗，而是有人替你把黑暗挡在你看不见的地方！"

今年我是百万个战友中的幸运者，可以带着妻子和女儿回家过个团圆年，心情格外激动。再过一天，我们将跟随着心灵的感应踏上久违的回家路。七百公里的路程将不再遥远，因为远方的家有父母期待的眼神，一路的风雨将不再寒冷，因为心中的亲情正在升温，家人的团圆将令我倍感温馨，因为我们的身后有百万双警惕的眼睛，为我们紧盯着每一片风浪。

躺在行李箱里的山楂干和黑豆，这是我对母亲一年牵挂发酵的"产品"，我想这或许是所有铁血军人对父母最朴素最真挚的爱。有时军人并非无情，只因心中有大爱，肩头有重担，在这万家团圆的日子里，他们把所有的叹息和泪水、思念和愧疚都装在那一排排随时待命出击的战备背囊中！

亲爱的战友们，你们辛苦了！

留点文字给岁月

黄　明

现实生活中，其实文字是有生命的，它能穿越历史的长河，它能穿透时光的隧道。在今天绽放激情与力量，流露伤悲和忧愁……

今晚无眠，顾我思绪，执笔案前，想让情感在笔尖流淌，在字里行间寻找疯狂和眷恋，在淡淡回忆中沉淀爱情和难忘。

时光很瘦，指缝很宽，人生如诗，岁月像画。静静中我听到昔日的声音，还有那魂牵梦绕的故乡。

所有的岁月不能在今夜全部绽放，择一次成长品一回人生，写一段文字记一段时光。

十八岁，花一样的年龄，春一般的季节。我带着儿时的梦想，怀着几分青涩，把一切打入实实的背囊中，青春的路从山里走出来。那时真不知火车的模样。山外的世界是这样，繁华的都市，热闹的街道，还有那夜幕下的路灯。无论怎样，离别总会难忘，

望着母亲强忍着泪水，还坚强地叮嘱："走出去了，要听领导的话，好好地干，家里不要牵挂。"

军旅生涯的开始总是深刻的，记忆犹新，因为那是梦想腾飞的地方，独立生活的始发地。那里有很多的第一次，有转身的汗水和坚强，有失望的害怕和畏惧，还有选择的迷茫和惆怅，正因这一串串滚烫的符号，奏响了我当兵的乐章。

有时，真不愿让回忆太细腻，太深，因为长长的记忆中，总会有自己的伤心地，还有那浓浓的挂念。我知道昨天是用来回忆的，因为我们都从昨天走来，让我放缓一下手中的笔，尽量让撰写的文字充满力量。

从军是我的梦想，更是我成长的道路与平台。

军营里，我几度酷暑严寒，几经风吹雨打，摸爬滚打中成长，苦与累，笑与泪都雕刻在时光的记忆里。选择就得拼搏，成长就得坚持，因为还有诗和远方，通过自身的努力，我在从军的第三年考入了北国的军校。

现在，当我每每站在今天的桥头，回望过去时，我庆幸自己没有忘记来时路和兵之初，还有那份属于山里娃的执着和坚强。生活中，我很喜欢这样一句话："自己选择的路，跪着也要走完。"其实人生就是这样。

难忘军旅路，难忘自己成长的蜕变和痛楚，难忘对故乡的眷恋和乡愁，更加难忘那双鬓斑白的父母。

"不忘初心，继续前进。"人生又何尝不是这样，走过的岁月，流逝的时光永不回，我们唯有时刻背上行囊，伴随时光，走向远方，撸起袖子追逐梦想。

梦在远方，你在心上

慕 妍

踏入了冬的门楣，冷风拂过，每当想起你，还是揪心地疼。多么渴望远方的那个美梦能够早点实现，让我带着成功的满足去找你的足迹。

重复折叠的光阴里，你的身影总是在梦里出现，今生今世都不能忘怀。或许，是我太痴迷，或许是你太冷漠，擦肩而过。有时看着感人的电视剧，我会悄然落泪，甚至感伤，不能自已。

生活平淡如水，而你总在心海里掀起波澜，随后消失不见。那些飘零的落叶，飞舞在冷风里，凌乱了心。如果时光可以倒流，或许，你我还能相见，还能看到那个纯情的你，那个不善言辞而又略带羞涩的你。

碎碎念念，岁岁年年，物是人非，欲语泪先流……是心在滴血还是情在萦绕心头？说不清道不明的情感纠葛，在内心世界里

苦苦挣扎。

昨天的梦，今天的远方。如果梦在远方渐渐向我靠近，那么也不枉费我多年来付出的心血。因为我有个深情的期待，一个伟大而又遥远的梦想等待着我的冲刺与攀登。

在这冷风萧瑟的冬日里，户外寒气逼人，户内暖意融融。喝一杯浓茶，轻轻掀开记忆的门帘，走进一幕幕往事，暖暖的旧时光，清纯美丽的笑脸，聚聚散散，缘来缘去，虽然朴素，但不失落落大方的风格与情趣，泛着淡淡的暖意，友善的微笑，留在记忆的深处。

恍然如梦，十几年过去了，我不再是清纯的少女，沉淀了很多，收藏了很多。花开花谢，叶落飘零，而你是否在等待，等待我的梦想变成现实的那一天早早来临，给我一个惊喜呢？

如果用"我爱你，我想你"的字眼表达此刻的心情，似乎太肤浅了，太虚伪了，那些刻骨铭心的记忆将永远留在心间。因为那段时光，那段过往，曾在心里流血，甚至差点毙命。或许，你是我今生最牵挂的人，因为你是我跌入低谷时的精神支柱。因为有你，我才振作起来，因为有你，我才含辛茹苦地追寻那个远方的梦想。

挫折使人成长，经历使人丰富。走过坎坷的风雨人生，心痛莫过于深情的思念。或许，对你的思念与期待已经很久，思念时时刻刻敲打着心扉，牵挂已成一种习惯。

是谁的思念化成冰冷的冬日风儿，吹人心凉，潸然泪下？泪水滑落，心已凝噎。

收起记忆，把爱珍藏，在这情意绵绵的冬日里，用彩色的画笔描绘出心中充满魅力的爱意，所有的理想与憧憬，渲染在冬天的阳光下，任凭思绪飞扬，肆意洒脱，在茫茫人海里寻梦。

有你在心中，我才有勇气追寻远方的梦。感谢有你，一路心灵的陪伴。

后记

　　人到了一定年龄，欲望越来越少，思考的问题自然会纯粹些。

　　近年来，我总是在深思一个问题：匆匆几十年，人这一生应该给社会留下点什么呢？苦思冥想了很久，始终未找到合适的答案。后来，在与作家周庆荣的一次谈话中，给了我启示，使我茅塞顿开。他说："人生无非有两样东西可以留下，一是物质上的，二是意识上的。物质上的难以永恒，而意识上的却能不朽！"

　　2016年底，我在网络上申请了一个公众号，将自己的作品一一推出，供爱好文学的朋友品读，自得其乐。时隔不久，有作者主动给我投稿。对此，我不便推辞。没想到，一发不可收拾，投稿的人越来越多，工作量大增，几乎占去了个人全部的可支配时间，而我却乐此不疲。为便于及时讨论交流，还利用微信成立了"冬歌文苑"交流群，构建文学家园，让更多的人走近文学、爱上文学，有归宿感。

为此，有人不解地问我："一没名，二没利，将个人业余时间的全部精力都花在了公众号上，有意义吗？"闻此言，只是笑笑，不去辩解，我清楚坚守的意义！

去年年底，部分作者有出书的想法。回顾一下"冬歌文苑"上发表近两千篇作品，觉得有些文章的质量已达到入书的水准。文字变墨香，这是好事。于是，我义不容辞地承担起这一繁琐却十分有意义的重任。

在组稿过程中，作者积极性很高，献计献策，加班加点，义务担负起所分配的各项任务。其精神与善举，多次让我动容。"为什么我的眼里常含泪水？因为我对这土地爱得深沉……"

《四季恋歌》能够顺利出版，首先要感谢中国言实出版社的领导及史会美编辑给予的大力支持，其次要感谢中国作协副主席吉狄马加先生在百忙中题写书名，再次要感谢舒洁老师、王树宾老师欣然作序，最后要感谢周庆荣、龚文宣、蔡泗明、陈国俊、赵晓芳、张玉成、张守权、徐莲华、王玉晶等朋友在幕后的默默付出。想感谢的人实在太多，纸短情长，不一一列举，在此一并致谢！

黄玉东

2018 年 5 月 16 日 于北京